Auf diesem Pfad

von

Monalishan Santhalingam

4. Auflage

© Monalishan Santhalingam 2024

Verlag: BoD · Books on Demand GmbH, Überseering 33,
22297 Hamburg, bod@bod.de
Druck: Libri Plureos GmbH, Friedensallee 273,
22763 Hamburg

Korrektorat: Irina Sehling

Layout: Dr. Jens Röder

Titelbild: Monalishan Santhalingam

ISBN: 978-3-7597-8605-0

Für
Justin, Filomena, Xenia und Taj und Merlin.
Und für alle, die die Wahrheit kennen.

„Der Laves-Pfad ist irgendwie magisch. Er zieht einen an und lässt einen gar nicht mehr gehen."

Die Namen der auftretenden Personen und einiger Orte sind geändert. Die in diesem Buch genannten Handlungen sind entweder frei erfunden, dazugedichtet oder basieren auf wahren Ereignissen. Einige Informationen über den Laves-Kulturpfad und der Polizeiinspektion wurden ebenfalls erfunden oder weggelassen.

Danksagung

Hiermit möchte ich mich herzlichst bei allen Menschen bedanken, die dazubeigetragen haben, dass das Buch veröffentlicht wurde. An meine lieben Probeleser, die den Text gelesen und mir konstruktive Kritik gegeben haben. An Herrn Makowski aus der Polizeiinspektion Hildesheim, der mir seine Geduld entgegengebracht und alle meine Fragen beantwortet hat. Und natürlich auch an die Menschen, die dazubeigetragen haben, dass dieses Buch überhaupt geschrieben wurde.

Charaktere:

- Philip Eckhart — ermittelnder Kriminalhauptkommissar
- Chloe Hahn, Leon Wagner, Malia Oman, Walter Schmitt — weitere Kommissare
- Agnes Ahrens — Bereichsleiterin der Wohngruppe
- Elke Böhm — Gruppenleiterin
- Karsten Wendt (Herr Wendt) — Kassenführung, vermisster Betreuer
- Marcel Voigt, Ella Noll, Claudi, Natascha und weitere — weitere Betreuer
- Adam Seeger, Mila Evers, Jendushen Pal — vermisste Schützlinge
- Luna - jüngster Schützling
- Markus, Robin, Kevin, Noah, Beatrice, Sven — weitere Schützlinge
- Thomas Krüger — Einrichtungsvorstand
- Angela — Hauswirtschaftskraft
- Lars und Anja Seeger — Eltern von Adam
- Paul Lennarts — Führer am Laves-Pfad
- Merlin — Hund von Ella
- Und viele mehr!

Prolog

Donnerstag, 20.06.2019

„Scheiße! Scheiße, Scheiße, Scheiße!", fluchte Philip, als er es sah. Musste nun ausgerechnet das erscheinen? Er fuhr sich mit einer Hand über seine müden Augen. Mit einem kalten Bier saß er im Wohnzimmer seiner Drei-Zimmer-Wohnung und schaute im Fernsehen einen Bericht:

> TV-Reporter: *„Seit nunmehr als zwei quälenden Wochen gelten die drei Jugendlichen aus der John-Stewards-Einrichtung schon als spurlos verschwunden. Am Freitag, den 7. Juni 2019, wagten sie sich mit ihrem Betreuer auf den Laves-Kulturpfad, einen Wanderweg in Derneburg. Trotz erbitterter Suchaktionen und verzweifelter Bemühungen der Polizei bleibt ihr Schicksal verborgen. Ein Rätsel, das die Gemüter bewegt und die Fantasie beflügelt. Daher bittet die Polizei um Mithilfe. Wer diese vier Personen gesehen hat oder Näheres zu deren Verschwinden weiß, wende sich bitte umgehend an die Polizei."*

Es folgten mehrere Bilder:

> **Karsten Wendt:** 30 Jahre alt, schlank, Vollbart, unterwegs mit einer dunkelblauen Hose und einem gleichfarbigen T-Shirt.

Adam Seeger: 18 Jahre alt, schlank, brünett unterwegs mit einer blauen Jeans und einem grauen Hoodie.

Jendushen Pal: 21 Jahre alt, schlank, indischer Abstammung, unterwegs mit einem dunkelblauen Hemd und einer schwarzen Hose.

Mila Evers: 20 Jahre alt, vollschlank, violettgefärbte Haare, unterwegs mit einer schwarzen Bluse mit Blumenmuster und einer kurzen, schwarzen Stoffhose.

Philip schaltete den Fernseher aus, warf die Fernbedienung auf das alte, heruntergekommene Sofa und merkte, dass er alles falsch gemacht hatte. Gab es noch eine Chance, sie lebend zu finden? Vorwürfe machten sich breit, wie ein sich ausdehnender Ballon. Er hätte nicht auf seine Kollegen hören dürfen. Er hätte sich mehr Mühe bei dem Fall machen sollen.

Schützend hielt er sich die Hände vor sein Gesicht und dachte nach. Sah die Verschwundenen, deren Eltern, Freunde und die Jugendeinrichtung vor sich. Verzweiflung plagte ihn, spielte ein wildes Spiel mit seinen Gefühlen. Warum war er nur so dämlich gewesen? Seine Gedanken blieben an den armen Eltern der Jugendlichen hängen, die nun ein ähnliches Schicksal mitmachen mussten, wie er vor vielen Jahren. Er kannte das Gefühl, das diese nun plagte. Wusste genau, wie es war, von der Ungewissheit gequält zu werden. Wusste, wie es war, einen geliebten Menschen zu verlieren. Alte Wunden in ihm wurden wieder aufgerissen, so schmerzhaft, so gnadenlos.

In Gedanken ging er den Fall noch einmal durch.

Kapitel 1

Mittwoch, 22.05.2019

13^{15} Uhr: Ein schepperndes Poltern ertönte aus der Küche. Mehrere Töpfe waren auf den Boden geprasselt und rollten nun durch die schmale, äußerst enge Küche. Darauf folgte ein lautes: „Nichts passiert!".

Es herrschte wieder ein riesiges Chaos im Gruppenraum der Wohngruppe, fast so als wäre man direkt in der Grundschule gelandet. Dabei war es eine Wohngemeinschaft für heranwachsende, junge Menschen. Eine Idee der John-Stewards-Einrichtung, einer Jugendhilfeorganisation mit knapp über fünfzig-jähriger Tradition und mehreren Standorten, welche sich darauf spezialisiert hatte, Jugendliche mit psychiatrischen Krankheitsbildern zu unterstützen und sie in ihrer Handlungsfähigkeit zu stärken. Dazu hatte jeder Bewohner eine eigene Wohnung und sollte, je nach Entwicklungsschritt, selbstständig darin leben.

Es war Mittag und die Hauswirtschaftskraft Angela hatte gerade gekocht. Vegetarische Tortellini in Käsesoße, dazu gab es einen selbstgemachten Salat. Karsten, ein braungebrannter Betreuer und seine Kollegin Claudi, eine schwarzhaarige Frau in ihren Dreißigern, befan-

den sich im überladenen Büro nebenan, das als Nachtbereitschafts-
zimmer, abgekürzt NB-Zimmer, bezeichnet wurde. Darin schliefen
die Betreuer während der Nachtdienste, verstauten ihr Zeug und
bewahrten die einzelnen Schlüssel und Medikamente, die einige der
Jugendlichen bekamen, auf. Beide diskutierten gerade leidenschaft-
lich darüber, wer am Wochenende kochen würde, da Angela dann
immer frei hatte. Die achtzehnjährige Beatrice, die ihre Wohnung
gegenüber dem Aufenthaltsraum hatte, roch bereits den warmen,
köstlichen Duft des Essens.

Der Gruppenraum, früher eine übliche Drei-Zimmer-Wohnung,
war der Aufenthaltsraum der Jugendlichen und Betreuer, in dem
gekocht wurde und die Kaffeerunde stattfand oder man sich zusam-
mensetzte und Pläne schmiedete.

Beatrice kam aus ihrer Wohnung und freute sich schon darauf,
mit den Betreuern zu reden. Doch im Gruppenraum angekommen,
musste sie feststellen, dass die Betreuer die Tür zum Büro zugemacht
hatten. Enttäuscht stampfte sie in das Esszimmer, indem ein rechtecki-
ger, langer Holztisch, der für Mahlzeiten und stundenlange Spielerun-
den genutzt wurde, und eine lehmbraune Ikea Kommode standen.
Sie setzte sich an den von Angela gedeckten Tisch und kämmte mit
ihren gewaschenen Fingern ihr ungepflegtes, rosa gefärbtes Haar.

Am Tisch saß schon der einundzwanzigjährige Markus, der durch
seinen stämmigen Körper und seine Größe deutlich älter geschätzt
wurde. Er wartete darauf, dass das Essen auf dem Tisch stand und hatte nichts Besseres zu tun, als in der Zwischenzeit ein paar Nachrichten
mit seinem Smartphone auszutauschen. Robin, der ein Stockwerk
höher seine Wohnung hatte, kam wie ein Nilpferd stampfend auch
herunter. Er hatte den ganzen Vormittag über geschlafen und war
vor kurzem von Markus telefonisch aufgeweckt worden. Mit seiner
zerzausten, löwenprächtigen Frisur, die in der Farbe an einen blonden Wikinger erinnerte, setzte er sich mit müde blickenden Augen

ebenfalls an den Tisch. Dabei wurde er von Angela begrüßt, die den Topf mit den Tortellini auf den Tisch stellte. Kurz und knapp grüßte er zurück.

Die Fenster standen auf Kipp und draußen konnte man einen Bus hören, der an der Haltestelle hielt, die sich vor dem Haus der Wohngruppe befand. Dann konnte man lautes Gelächter und das Geschrei von Kindern und Jugendlichen hören und wenig später kamen Adam, Luna, Mila und Jendushen lachend in den Aufenthaltsraum.

„Hey, damit ihr Bescheid wisst, wir sind wieder da", erzählte Adam in ruhigem Ton, da sie sich immer bei den Betreuern anmelden mussten, wenn sie aus der Schule zurückkamen.

Karsten trat aus dem Büro, nickte. „Alles klar."

Die vier legten ihre Taschen an die Seite, setzten sich zu Beatrice und unterhielten sich mit ihr, während sie ungeduldig mit ihren Fingern auf die Tischplatte trommelte. Hungrig wie ein Bär, als hätte sie tagelang nichts mehr zu essen gesehen, war sie alles andere als an Gesprächen interessiert. Dabei war nur eine halbe Stunde vergangen, seit sie ihren letzten Snack in den Mund geschoben hatte.

„Das Essen ist angerichtet!", rief Angela, nachdem sie den Salat auf den Tisch gestellt hatte, und wischte sich die Schweißperlen von der Stirn. Karsten und Claudi kamen aus dem NB-Zimmer und setzten sich zu den Jugendlichen, während Angela wieder in der kleinen Küche verschwand.

Es war halb zwei und alle durften sich schon mal das Essen auftun. Da kam der siebzehnjährige Noah, ein hochgewachsener junger Mann, zur Tür herein. Der Letzte, der mitaß. Er grüßte alle und ließ sich auf den letzten leeren Platz fallen, sodass er mit dem Stuhl beinahe rückwärts an die Wand kippte.

Adam atmete auf, als er ins Haus kam. Das Essen war beendet und er hatte sich auf den Weg zu seiner Wohnung gemacht, die im gegenüberliegenden Haus lag. Im Treppenhaus war es angenehm kühl. Der Tag war bisher verdammt heiß gewesen, was er morgens aufgrund des bewölkten Himmels gar nicht erwartet hatte. Seine Haut glühte von den warmen Sonnenstrahlen, seine Lunge brannte von der lästig heißen Luft und er war heilfroh, endlich im Schatten zu sein. Er brauchte etwas zu trinken, ganz klar. Adam stieg die Treppen hinauf, wollte in seine Wohnung, welche sich im ersten Stockwerk befand, seine Sachen in sein Zimmer werfen, eine Saftschorle aus dem Kühlschrank nehmen und den Fernseher anschalten. Ein festes Ritual, um der erdrückenden Stille zu entgehen. Er überlegte, was zur zeit im Fernsehen laufen würde, doch um die Uhrzeit bestimmt nichts Gescheites.

Als er die Treppe hochgehen wollte und vor der Wohnungstür stand, die zum Gemeinschaftsbüro der Betreuer führte, welches größer war und hauptsächlich von der Heimleiterin Frau Ahrens genutzt wurde, wurde diese Tür so schnell geöffnet, dass sie an die hintere Wand krachte. Ein lauter Knall erhallte im Treppenhaus, als hätte jemand eine ordentliche Schelle bekommen. Eine übergewichtige Frau mit zerzausten, weißblonden Haaren stand vor ihm und starrte ihn mit ihren kleinen, misstrauischen Augen an. Frau Ahrens.

Mist! Nicht das noch, dachte sich Adam und atmete instinktiv aus. Er konnte den Geruch von Lavendel wahrnehmen, der von ihr ausging.

„Hallo, Adam", begrüßte ihn die ältere Dame, die es liebte, Macht gegenüber ihren Mitarbeitern und Schutzbefohlenen auszuüben. Ihr Blick glich dem einer Eule, die eine Maus registriert hatte. Der Kopf jedoch eher dem eines Waldrapps.

„Guten Tag, Frau Ahrens", grüßte Adam ein wenig widerwillig zurück. Er wollte weitergehen, in seine Wohnung flüchten, doch die Bereichsleiterin versperrte ihm mit ihrem breiten Körper den Weg.

„Ich glaube, ich muss mal mit dir schimpfen, Adam!", sagte sie ihm und legte ihre Hände an ihre Taille, die als solche gar nicht mehr zu erkennen war.

Na toll! Bitte nicht, dachte er. „Warum?"

„Immer wieder höre ich, dass du jeden Tag in deiner Wohnung hockst und nie rausgehst. Nichts mit Freunden, Schulkameraden oder anderen Gleichaltrigen unternimmst", fing Frau Ahrens an.

„Ich gehe doch raus, wenn ich zur Schule gehe!" Adam schob seine Hände in die Taschen seiner grünen Jeans. Das würde ein langes Gespräch werden.

„Du weißt, wie ich das meine! Jeden Nachmittag sehe ich dich allein in deiner Wohnung hocken. Du unternimmst nie irgendwelche Freizeitaktivitäten, verweigerst jegliche Gruppenaktivitäten und hast auch keine Freunde. Wie sollst du dich denn bitte weiterentwickeln, wenn du soziale Kontakte meidest und stattdessen nur in deiner Wohnung rumzockst?", fragte die ältere Dame, die mit ihrer schulterlangen Frisur aussah, als wäre sie aus der Zeit gefallen.

Alles erlogen, schlecht recherchiert!, dachte sich Adam. Er zockte gar nicht und Freunde hatte er auch. Zudem setzte er sich häufig zu den Betreuern in den Garten hinter dem Haus und unterhielt sich ausgiebig mit ihnen. Doch er behielt es für sich, da er nicht mit Frau Ahrens diskutieren wollte. Das hatte keinen Sinn.

„Du weißt doch hoffentlich, was mein Appell an dich ist, oder, Adam?" Die Bereichsleiterin verschlang den schlanken Jungen beinahe mit ihren Blicken.

Adam schüttelte den Kopf. Er wollte es auch nicht wissen. Wollte nur in seine Wohnung.

„Ich möchte, dass du weniger Zeit in deiner Wohnung verbringst. Du solltest mehr mit deinen Mitbewohnern unternehmen, mehr aus dir herauskommen und die Gruppenausflüge nicht verweigern, verstanden?" Das sagte die Bereichsleiterin in einem Ton, der Adam einen kalten Schauer über den Rücken laufen ließ. Er nickte bloß und

ballte die Fäuste in seinen Hosentaschen. Das hätte er sich denken
können.

„Und das umgehend!", fügte sie noch hinzu und schaute ihn mit
zornigen Augen an, als wäre er ein Angeklagter in einem erschüttern-
den Mordfall. Adam mied ihre Blicke, um sie nicht noch mehr zu
reizen. Eine Person in einer Machtposition, so sagte sein Vater stets,
ist gefährlich. Ultra gefährlich.

„Okay!"

Frau Ahrens ging erzürnt wieder in das Büro und schloss die Tür,
ohne sich zu verabschieden. Adam fand ihr Verhalten nicht konstruk-
tiv, doch er war froh, dass sie endlich weg war und er nun in seine
Wohnung entfliehen konnte. Betrübt stieg er die Treppen hinauf, holte seinen Schlüssel aus seiner Jeanstasche, schloss seine Wohnungstür
auf und verschwand in seiner Wohnung.

$16^{\underline{00}}$ Uhr — Kaffeerunde: Adam kam aus seiner Wohnung und
wollte in den Aufenthaltsraum gehen. Auf der Straße hoffte er, dass
Frau Ahrens ihn sehen würde, wie er sich mal außerhalb seiner vier
Wände aufhielt. Doch an den Fenstern des Büros stand niemand.
Somit konnte sie nicht erkennen, dass sie unrecht hatte, worüber
Adam enttäuscht war.

Er hatte sich nach ihrem Gespräch die ganze Zeit Gedanken darüber gemacht und sich teilweise gefragt, ob das von ihr Behauptete
gar stimmte und er wirklich faul geworden war. Doch er war ein erwachsener junger Mann. Es war doch seine Entscheidung. Sagten
seine Betreuer ihm ja selbst.

Als er den Gemeinschaftsbereich betrat, konnte er schon das Gelächter und Gebrüll seiner Mitbewohner hören. Leisen Fußes trat
er in den Aufenthaltsraum. Jendushen, Markus und Robin saßen
am Tisch und waren mit ihren Smartphones beschäftigt. Mila, Luna
und Claudi spielten „Phase 10", ein Kartenspiel. Karsten und Beatrice

unterhielten sich über alte Kinderserien, während sie die Gebäckmischung auf dem Tisch allein aßen.

Adam setzte sich zu Karsten, seinem Bezugsbetreuer.

„Alles gut?", bemerkte dieser mit seinen großen, strahlenden Augen und schaute ihm in sein schmales Gesicht. „Siehst so mitgenommen aus."

Mit hängenden Mundwinkeln verriet Adam: „Gar nichts ist gut!"

„Wieso?", fragte Karsten ruhig.

„Ach", seufzte Adam und machte dabei eine abwertende Handbewegung, „nicht wichtig!"

„Sollen wir das unter vier Augen besprechen?", fragte Karsten.

Adam bejahte dies nach kurzem Zögern und so gingen beide nach nebenan ins Wohnzimmer, das durch eine breite, schwarze Ledercouch, tannengrüne Baumwollgardinen und einen rabenschwarzen Flachbildfernseher von Samsung verkleinert wurde.

Nachdem sie die Tür geschlossen hatten, schlug Beatrice mit ihrer flachen Hand auf den Tisch und sagte gleich beleidigt: „Boah, immer kriegt der, was er will! Ich hab' grade mit Karsten gesprochen, da mischt sich Adam ein und bekommt wieder die volle Aufmerksamkeit!"

„Und wer hatte den ganzen Tag Betreuung von Karsten? Adam nicht, der war in der Schule!", gab Mila zur Antwort und blickte weiterhin in ihre Karten.

Im Wohnzimmer setzten sich Adam und Karsten auf die Couch, durch welche der Raum an Gemütlichkeit gewann. Adam rümpfte die Nase, er mochte den stickigen Geruch des Zimmers nicht. Hier mussten dringend mal die Fenster geöffnet werden. Am besten dauerhaft.

„Also erzähl mal, Adam! Was ist los?" Karsten fuhr sich durch seine kurzen, dünnen Haare.

„Ich hatte vorhin ein Gespräch mit Frau Ahrens ... Leider. Wir sind uns zufällig im Treppenhaus begegnet und sie hat mir darauf gleich den Weg zu meiner Wohnung versperrt."

Karsten fragte schmunzelnd: „Ach ja? Warum das?"

„Sie hat mir gesagt, dass ich nur in meiner Wohnung hocke und die Gruppenaktivitäten verweigere und keine Freunde hätte. Dabei weiß sie das ja gar nicht." Adam schüttelte den Kopf. „Sie hat mich die ganze Zeit nur angemeckert."

„Lass mich raten! Du hast nichts entgegengebracht?"

Adam nickte. Vielleicht hätte er das tun sollen. Vielleicht hätte es ihm geholfen. Vielleicht auch nicht.

„Na ja, dann musst du dich nicht wundern, warum du von ihr nur angemeckert wirst. Wenn man nicht spricht, kann man seine eigene Meinung nicht klar wiedergeben, und wenn man seine eigene Meinung nicht äußern kann, kann man sich auch nicht verteidigen."

„Ich weiß, Karsten, aber ich wollte nicht mit ihr diskutieren. Sie sah eh schon gereizt aus, daher wollte ich sie nicht noch wütender machen."

„Teilweise kann Frau Ahrens nicht wissen, dass du die ganze Zeit in deiner Wohnung hockst. Da gebe ich dir recht. Andererseits muss ich sagen, dass sie nicht unrecht hat. Du bist in der letzten Zeit wirklich viel in deiner Wohnung und kommst wenig aus dir raus. Da kann Frau Ahrens dich auch nicht zu Gesicht bekommen. Das ist schade, da du ein aufgeweckter junger Mann bist."

„Ja … schon, aber ich bin grad' gerne in meiner Wohnung, da ich für das Abi lerne. Ich will meine Eltern stolz machen und ihnen ein gutes Zeugnis präsentieren. Das hab' ich ihnen versprochen. Zudem bin ich häufig bei den Kaffeerunden dabei und komme mit euch in den Garten, um zu plaudern."

„Adam, sie sieht dich nicht oft genug und hört nur das, was die Gruppenleiterin oder wir ihr erzählen. Nämlich, dass du ab und zu mal hier bist, aber die meiste Zeit in deiner Wohnung verbringst und nicht viel mit deinen Mitbewohnern oder Freunden aus deiner Schule unternimmst."

„Na ja, ich verstehe mich ja mit Luna, Mila und Jendushen gut und mit den anderen geht es so. Wir sind jetzt nicht alle die besten Freunde, aber wir haben uns dennoch gern. Und an meinen Mitschülern hab' ich nur mittleres Interesse, da die meisten eh nur auf cool tun oder lieber in ihrer Mädchenclique bleiben."

„Ja, Frau Ahrens hätte dir nicht sagen dürfen, dass du gar keine Freunde hast. Das ist übertrieben."

„Mal ehrlich, sie ist mir gegenüber nur gereizt und noch zickig dazu." Adam runzelte die Stirn. Die Bereichsleiterin schien ihn nicht zu mögen.

Karsten zuckte mit den Schultern. „Ich denke mal, sie wundert sich, dass du wenig soziale Kontakte knüpfst und mit den anderen ins Kino gehst, in die Stadt fährst oder dich auf Partys rumtreibst, obwohl du in dem Alter bist, indem Jungen sowas gerne machen."

„Ach, müssen das alle Jungs tun? Du weißt, was ich von Partys halte … Ständig nur Besoffene dort und übertrieben laute Musik! Als würde man da nur hingehen, um seine Ohren zu schädigen. Ist halt nicht meins!"

„Versuch dich einfach zu verbessern und zeig ihr somit, dass du ein paar gute Kontakte zu deinen Mitbewohnern geknüpft hast", meinte Karsten. „Du könntest ja einen Gruppenausflug mit uns machen. Die verweigerst du ja, nach ihren Worten."

„Ach, verweigern ist das falsche Wort. Die Gruppenausflüge sind doch freiwillig. Außerdem, was machen wir denn groß für Ausflüge? Immer nur ins Kino oder Eis essen. Das kann ich auch zuhause. Im Kino laufen sowieso nur langweilige Filme, die sich niemand ansehen möchte."

Karsten legte seine Hand auf den Arm von Adam. „Ich finde sowas auch nicht aufregend. Aber du weißt doch, wie ich das meine.

Du könntest mehr mit uns unternehmen und gegen deine sozialen Unsicherheiten kämpfen. Uns kennst du ja, von daher wird das nicht so schlimm, wie wenn du gleich einem Verein beitreten müsstest."

„Und was sollen wir machen?"

„Wir könnten irgendwo wandern gehen, etwas besichtigen oder shoppen."

„Ne, shoppen ist eher so ein Frauending. Aber wandern hört sich ganz gut an. Ich mag Wälder und Berge!"

„Das ist doch mal was!" Karsten lächelte. „Ich liebe es ebenfalls, in der Natur zu sein. Einfach mal auf Pause drücken und frei sein. Frei von Regeln, von Verpflichtungen, von Ängsten. Einfach Abenteuer erleben. Hier, Mila und Jendushen gehen doch manchmal mit uns Betreuern in den Harz. Wahrscheinlich hätten sie auch Bock mitzukommen, wenn wir wandern gehen."

„Stimmt! Mila und Jendushen gehen gerne wandern."

„Warum bist du nicht mit ihnen mitgegangen? Die beiden waren schließlich erst vor drei Wochen mit Eduard im Harz unterwegs."

Adam schluckte. Die Frage fühlte sich wie ein Schlag in seine Magengrube an. „Ach, ich weiß nicht, ob sie etwas dagegen haben. Mila meinte mal, dass das ein Ding zwischen ihnen wäre und sie ihre Route laufen wollten. Daher wollte ich nicht stören."

„Blödsinn. Das ist ein Gruppenausflug. Jeder kann daran teilnehmen, wenn er möchte. Du kennst doch Mila. Sie ist nicht die Sportlichste, wird keine hundert Kilometer laufen. Sie hat bestimmt nichts dagegen, wenn du dabei bist. Sicherlich hat sie das mal aus einer Laune heraus gesagt."

„Aha, und wo wollen wir wandern gehen? Auf den Brocken?"

„Hm, Brocken wäre, glaube ich, etwas zu zeitintensiv, aber vielleicht in irgendeinem Waldstück oder … Warte mal!" Karsten stand auf und schaute freudestrahlend aus dem Fenster. „Ich glaube, ich kenne tatsächlich einen schönen Ort, zu dem wir hingehen könnten.

Der wird dir gefallen. Für mich ist er etwas ganz Besonderes." Dies sagte Karsten in einem Ton, der Adams Neugierde weckte. Er klang erheitert, fast schon euphorisch.

„Und was ist das für ein Ort, wo ist der genau?"

„Der Ort, den ich meine, befindet sich in Derneburg. Dort kann man gut spazieren gehen. Dabei überanstrengt man sich nicht, da der Weg nicht zu lang ist. Besser gesagt, ist das ein Pfad, auf dem sich mehrere Sehenswürdigkeiten befinden. Ich wollte euch eh fragen, ob wir mal für 'nen kurzen Spaziergang dahin wollen."

„Was für Sehenswürdigkeiten?" Adam begann die Stirn zu runzeln.

„Auf dem sogenannten Laves-Kulturpfad kann man mehrere Fischteiche, ein Mausoleum, welches als Pyramide gebaut wurde, und alte Fischerhäuser betrachten. Und zum Schluss siehst du versteckt im Wald einen griechischen Tempel. Beeindruckend."

„Warum steht mitten im Wald ein griechischer Tempel?" Mit fragenden Augen blickte Adam zu seinem Betreuer.

„Der Graf, dem das Gebiet mal gehörte, wollte vor mehreren Jahrzehnten einen Tempel griechischer Art haben und hat ihn daher erbauen lassen. Heutzutage kann man sich den Pfad mit seinen Sehenswürdigkeiten ansehen. Sehr geheimnisvoll. Und wie gesagt, da wollte ich demnächst mal wieder hin. Einmal im Jahr passiert was Besonderes auf diesem Pfad. Und das nähert sich jetzt."

„Und was? Ist einmal im Jahr ein Fest oder worauf willst du hinaus?"

Karsten lachte und fuhr sich mit einer Hand über den Kopf. „Komm mit und lass dich selbst beeindrucken! Alle meine Worte bedeuten nichts, wenn man den Pfad entlanggeht."

Adam zuckte mit den Achseln. „Na gut, aber wer kommt denn überhaupt mit?"

„Hoffentlich so viele, dass es als Gruppenausflug zählt und nicht als Einzelbetreuung. Das würde Frau Ahrens nicht gefallen. Ich werde mal die anderen fragen, ob sie Lust haben mitzukommen."

„Wann soll das Ganze stattfinden?"

„Womöglich am Freitag in zwei Wochen. Das ist der ideale Tag dafür. Da habe ich Dienst, das weiß ich schon." Karsten zog die tannengrünen Gardinen halb zu und verdunkelte den Raum, machte den Tag zur Nacht.

Adam wunderte sich nicht mehr, dass sein Bezugsbetreuer wusste, ob er an dem besagten Tag Dienst hatte. Anfangs war er über dessen außerordentliches Gedächtnis verblüfft gewesen. Karsten gehörte zu der Sorte Menschen, die wussten, wann im Monat sie in welchem Dienst arbeiteten. „Und wenn es regnet?"

„Dann nehmen wir Schirme mit."

Nachdem er lächelnd diesen Satz gesagt hatte, öffnete Karsten die Tür und ging zu den anderen in den Aufenthaltsraum. Gerade als er den anderen erzählen wollte, was sie geplant hatten, und fragen wollte, wer Lust hätte, daran teilzunehmen, kam ein anderer Mitbewohner namens Kevin in den Aufenthaltsraum. Mit seinem feuerroten Gesicht, welches durch seine vielen, entzündeten Pickel ständig rot wirkte, sah er die Mitarbeiter an und brüllte auch schon los:

„Ihr habt mir die falschen Öffnungszeiten gegeben. Ich stand grade vor geschlossenen Türen!" Die Hände in seine schwarze Jogginghose gesteckt, stand er selbstsicher vor Karsten, verteilte seinen AXE-Geruch im ganzen Raum und starrte ihm direkt in seine baumstammbraunen Augen.

„Beruhige dich erst mal, Kevin! Wovon sprichst du überhaupt?", fragte der Betreuer und zog seine Stirn in Falten.

„Ja, ich rede von meinem Arzttermin, den ich heute wahrnehmen sollte. Ich kam nicht rein!" Kevin verstärkte seine Lautstärke. Der ganze Raum bebte.

„Brüll doch nicht! Ich unterhalte mich mit dir doch auch anständig."

„Anständig nennst du das?", fragte Kevin und lachte kurz. „Du hast mir die falschen Öffnungszeiten rausgegeben. Du hast nicht richtig nachgelesen. Du musst auf deren Website gucken, da stehen die Zeiten. An der Tür stand, dass sie heute geschlossen haben. Mann, warum gibst du mir immer die falschen Angaben, Karsten, hä? Wegen dir bin ich da umsonst gewesen und hab' meine wertvolle Zeit vergeudet!"

„Das kann doch mal passieren. Ist doch halb so wild. Wenn du der Meinung bist, dass wir es falsch machen, dann mach es selber!", mischte sich Claudi ein und strich sich eine Strähne hinter ihr linkes Ohr.

„Ich habe mit Karsten geredet und nicht mit dir!", meinte Kevin, während er sich an seinen orangegefärbten, nach hinten gegelten Haaren kratzte.

„Du schreist hier eher rum, Kevin!" Karsten stemmte seine Hände an die Hüfte.

„Ja, weil ich sauer bin auf dich!"

Bei dem lauten Gebrüll waren alle Blicke auf Kevin gerichtet. Die meisten waren genervt von ihm, da er gerne Stress schob. Adam dachte, dass er seine tägliche Portion Aufmerksamkeit bräuchte und daher herumschrie. So hatte es Jendushen mal gemeint. Wie ein Kleinkind würde er sich dann bockig stellen, da er nicht gelernt hatte, anders auf sich aufmerksam zu machen.

„Jetzt beruhige dich endlich! Ich unterhalte mich nicht mit dir, wenn du so schreist!"

„Immer der Scheiß! Du hast mich belogen! Wegen dir habe ich unnötig Zeit damit verbracht, vor der Tür der Praxis zu warten! Eine halbe Stunde stand ich da dumm rum."

„Du stehst immer dumm rum!", meinte Mila und schlug mehrere

Karten auf den Tisch. Sie hatte gewonnen.

„Ich habe dich nicht belogen! Ich habe einen Fehler gemacht. Tut mir leid. Du hättest ja selber die Öffnungszeiten heraussuchen können!", sagte Karsten.

„Ja, immer bin ich schuld! Mann, Junge, ich hab' dir nicht die Scheißaufgabe gegeben, mir mal die Öffnungszeiten vom Arzt rauszusuchen. Ich will gar nicht zum Arzt, um mich durchchecken zu lassen, ob ich noch diese Scheißkrätze habe oder nicht! Ich weiß, dass ich sie nicht habe!"

„Na ja, solange nicht ärztlich bewiesen ist, dass du keine Krätze mehr hast, darfst du eigentlich auch gar nicht in den Gruppenraum kommen. Also geh bitte! Wir wissen nicht, ob du eine ansteckende Krankheit hast."

„Ja, genau!", stimmte Claudi ihrem Kollegen zu, sah Mila an und schüttelte genervt den Kopf.

„Ich habe keine Krätze und ich hatte auch keine!"

„Und warum kratzt du dich dann immer?", wollte Claudi wissen.

„Das ist normal! Ich kratz mich nicht die ganze Zeit!" Kevin hustete die Worte förmlich aus seiner Lunge und holte danach wieder tief Luft.

„Nein, so oft wie du dich kratzt, ist das nicht mehr normal!"

„Ich geh wieder in meine Wohnung! Ich habe keine Lust, angesteckt zu werden!", meinte Mila und stand auf. Gefolgt von Robin und Markus. Keiner von den Heranwachsenden hatte Lust auf Kevin und seine Wutausbrüche, da er sich über jede einzelne Kleinigkeit aufregte.

„Toll! Dank euch denken alle, dass ich eine ansteckende Krankheit habe, obwohl das gar nicht stimmt!", zischte Kevin, nachdem die Mitbewohner den Aufenthaltsraum verlassen hatten.

„Das Gegenteil ist noch nicht bewiesen!" Claudi kreuzte die Arme vor ihrer Brust. Sie fragte sich, wie lange Kevin das Theater noch durchziehen wollte.

„Danke! Ihr zerstört immer wieder mein Leben! Wegen euch will niemand mit mir etwas zu tun haben!"

„Bitte! Und jetzt verlass den Raum!"

Kevins Gesicht schwoll rot an, es glich dem Magma eines Vulkans. Er sah sich um und schnappte sich ein leeres Wasserglas, welches auf dem Tisch stand. Er wollte Karsten damit abschmeißen, es auf seinen Kopf hämmern, doch dieser war schneller. Geschickt entwand er ihm das Glas und hielt Kevin fest. Claudi eilte ihm auch schon zu Hilfe. Zusammen hielten sie den jungen Mann an den Ärmeln seines zerrissenen schwarzen Kapuzenpullovers fest, der ihn als einen Gangster erkennen lassen sollte. Seine Mitbewohner jedoch fanden eher, dass er dadurch wie ein Möchtegern-Cooler, ein albernes Strichmännchen wirkte, welches den Pulli aus irgendeinem Mülleimer stibitzt hatte.

Adam nahm Karsten das Glas ab, der sich bei ihm dafür mit einer Geste bedankte, und stellte es auf den Tisch. Karsten und Claudi schoben den schreienden Kevin aus dem Gruppenraum, da begann Beatrice laut zu lachen, wie eine schadenfrohe Hexe.

„Halt's Maul!", fauchte er sie an. Sie hörte jedoch nicht und lachte weiter. Zeigte mit ihrem Zeigefinger auf ihn.

„Lasst mich los ihr Wichser! Lasst mich los!", brüllte Kevin, während er versuchte sich aus den Griffen der Betreuer zu befreien. Doch wegen seiner zierlichen Gestalt hatte er gegen den großgewachsenen Karsten keine Chance. Er wurde vorsichtig, aber schnell durch das Treppenhaus geschoben. Die übrigen Jugendlichen kamen hinterher, um zuzusehen, wie Kevin rausgeschmissen wurde. Claudi machte die Haustür auf. Schnell schubsten sie und Karsten den Jungen aus dem Haus. Dabei stolperte Kevin über seine eigenen Beine und klatschte mit seinem Hintern auf den kühlen Betonboden.

„Ihr Pisser! Ihr könnt mich mal!", rief er. Blitzschnell stand er wieder auf, richtete seine Brille und wollte zurück in das Haus, doch

die Betreuer schlossen zuvor die Tür. Er war ausgeschlossen, wie ein
Außenseiter. Wütend hämmerte er gegen die Tür. Warf sich dagegen,
als würde eine Flut nahen, vor der er fliehen wollte. „Das werdet ihr
bereu'n! Das schwör' ich euch!"

Die Betreuer gingen in das Esszimmer zurück, wo Beatrice, Jendushen und Luna angefangen hatten zu lachen. Adam dagegen zog
die Jalousie hoch und sah aus dem Fenster. Im Grunde tat ihm Kevin
leid. Er wusste, dass dieser, wie die meisten von ihnen, aus armen
Verhältnissen kam und eine schreckliche Erziehung genossen hatte.

„Sie hat mich nicht mal richtig zu Wort kommen lassen", meinte
Adam, während er zum Boden blickte.

Abends, kurz vor neun, ging die Sonne gerade unter und färbte
den Himmel in einen leuchtenden Rotton. Der heiße Tag hatte sich
zu einem lauen Sommerabend gewandelt. Die Betreuer sowie Adam,
Beatrice, Luna, Noah und Jendushen befanden sich vor der Haustür.
Karsten reparierte zusammen mit Noah dessen kaputtes Fahrrad, da
er es ihm vor ein paar Tagen versprochen hatte. Claudi war gegangen,
sie hatte schon vor zwei Stunden Feierabend. Dafür war Ella, eine
weitere Betreuerin mit schwarzgefärbtem Haar, vor ein paar Minuten
gekommen, da sie die Nachtbereitschaft übernahm.

Gemeinsam mit Jendushen und Adam saß sie auf der Stufe vor
der Eingangstür und unterhielt sich mit Adam über das Gespräch
mit Frau Ahrens.

„Ich verstehe, dass du sauer bist, aber du weißt doch, wie sie ist!",
versuchte Ella Adam zu besänftigen und band ihre langen Haare zu
einem lockeren Dutt.

„Ich bin nicht sauer! Ich möchte nur nicht immer nach ihrer
Pfeife tanzen!"

„Na ja, sie ist die Chefin, doch ich gebe dir Recht! Niemand will
ständig nach ihrer Pfeife tanzen. Nachdem, was ich alles gehört habe,

hat sie schon übertrieben und dir auch keine konstruktive Kritik gegeben."

„Sie hätte es wenigstens in einem angemesseneren Ton erzählen sollen. Stattdessen hat sie mich mal wieder gleich angeschnauzt", meinte Adam kopfschüttelnd.

In dem Moment fiel die Eingangstür nach hinten und Mila und Robin kamen heraus. Sie zündeten sich jeder eine Zigarette an und rauchten vor den Betreuern. Diese sagten dazu nichts. Für sie waren beide volljährig und die Betreuer konnten und wollten den jungen Erwachsenen nicht ständig etwas verbieten, auch wenn ihre Chefin sie stets dazu aufforderte.

„Wenn es dich beruhigt, uns meckert sie auch ständig an und meint, wir sollten etwas mit dir unternehmen. Das haben wir nur nicht gemacht, da wir dir nichts aufzwingen wollten. Du bist ein junger, erwachsener Mann, der selbst Entscheidungen treffen kann. Aber ich dachte, du hättest jetzt mit Karsten ausgemacht, dass ihr eine kleine Wanderung unternehmt. Das ist ja auch etwas Schönes! Wo war das nochmal?" Fragend sah Ella Karsten an, der an der Fahrradkette herumschraubte.

„In Derneburg. Da gibt es einen Pfad, an dem mehrere Sehenswürdigkeiten zusehen sind. Du magst doch geheimnisvolle Orte, Adam? Der Laves-Kulturpfad ist einer davon!" Karsten schaute von dem Fahrrad zu Adam auf.

„Cool!" Adam zuckte emotionslos mit den Schultern.

„Na siehste, klingt doch spannend! Warst du da schon mal, Karsten?"

„Ja … mehrfach. Ist wunderbar dort. Und ich freue mich, wenn wir mal was unternehmen und nicht nur in der Gruppe rumsitzen und Däumchen drehen, wie sonst. Ich als Betreuer finde es super, wenn es mal jemanden gibt, der darauf Bock hat und mit dem man sowas unternehmen kann. Das muss man unterstützen."

„Steht schon fest, wer alles mitkommt?", fragte Adam.

„Ach ja, das hab' ich völlig vergessen. Gut, dass du fragst!", meinte der Betreuer, fuhr sich verlegen durch sein Haar und wandte sich an die anderen Jugendlichen. „Alle mal herhören! Adam und ich wollen am Freitag in zwei Wochen wandern gehen. Hat jemand Lust mitzukommen? An einem ganz wunderbaren Ort?" Karsten sah fragend in die Runde.

„Ja, ich!", meldete sich Beatrice zu Wort, die auf dem Rasen stand, der zum Häuserblock gehörte, und Karsten und Noah bei ihrer Aufgabe zusah.

„Hast du dich nicht gestern für Freitag mit einer Freundin verabredet?", wollte Ella wissen.

„Ach ja! Scheiße, stimmt!", sagte Beatrice deprimiert. „Schade! Dann doch nicht!" Mit herunter hängenden Mundwinkeln setzte sie sich auf die Wiese und bügelte ihr Blumenkleid mit den Händen glatt.

„Sonst wer?" Karsten sah zu Robin hin. Dieser schüttelte jedoch leicht genervt den Kopf.

„Ich würde mitkommen! Wandern ist voll cool! Die Natur, die Aussicht, die Luft …", rief Mila und zog an ihrer Zigarette. „Zudem sind Jendushen und ich etwas erfahren in dem Thema. Schließlich haben wir das schon oft gemacht."

„Super! Ihr beide seid unsere Wanderprofis!"

Mila sah von ihrem Smartphone auf. „Wo wollt ihr denn genau hin, dass du gleich „wunderbar" betonst?"

„Lass dich überraschen!" Karsten lächelte und blickte zum Fahrrad hinunter.

Ella sah zu Jendushen, der verträumt auf den Gehweg neben ihnen blickte und somit ihrer Konversation gar nicht zu folgen schien. „Jendushen, hättest du denn auch Lust, mit wandern zu gehen?"

Jendushen drehte abrupt den Kopf zu ihr. „Klar, natürlich."

„Dann nehme ich euch noch mit!", äußerte Karsten. „Noah, hättest du auch Lust?"

„Nein!", sagte Noah resolut und schraubte an seinem Fahrrad weiter.

„Okay! Aber ich denke, dass das an Leuten reicht. Sonst müsste noch ein Betreuer mitkommen", meinte Karsten.

Ella nickte und sah zu Adam hinüber. „Es wird dir bestimmt gefallen. Und Frau Ahrens sieht mal, dass du mit den anderen unterwegs bist!"

„Und ob ihm das gefallen wird!", mischte sich Karsten ein. „An dem Tag passiert etwas Wunderschönes auf dem Laves-Kulturpfad. Einmal im Jahr blüht der Pfad wie kein anderes Naturgebiet. Einmal im Jahr passiert dort etwas Sensationelles!"

„Und was passiert dort?", fragte Adam.

„Das verrate ich nicht! Wer mitkommt, kann es selber sehen, selber spüren ... Vielleicht könntet ihr für die anderen ein paar Bilder machen?", schlug Karsten Adam vor.

„Soso, ein Geheimnis, was?", meinte Mila und lachte ihren Betreuer an, der ihr zu nickte.

„Ja, bitte! Ich würde es auch gern ansehen!", meinte Ella und schaute verzweifelt Adam an. „Ich bin jetzt voll neugierig."

„Dann komm doch mit!", sagte dieser und lachte daraufhin.

„Ich würde tatsächlich, aber ich glaube, ich kann an dem Tag nicht. Ich habe von Mittwoch bis Freitag Nachtbereitschaft. Ich schaue nochmal nach, aber eigentlich weiß ich, wie ich im Monat arbeite. Marcel und ich haben an dem Tag die Dienste getauscht. Würdest du für mich ein paar Fotos machen?"

Adam nickte. „Klar."

Beatrice klatschte in die Hände, lachte und meinte daraufhin: „Ja, macht für mich auch Bilder. Am besten ganz viele!"

„Ist gut! Wir versuchen es."

Beatrice grinste daraufhin so breit, dass ihre Wangen hätten schmerzen müssen.

„Dürfte eigentlich dein Hund mit?", fragte Jendushen seine Betreuerin. Seine Augen leuchteten vor Erwartung.

„Oh ja! Bitte!", meinte Adam nun.

Ella sah von Jendushen zu Adam, die beide mit der Sonne um die Wette strahlten. „Ach, ich weiß nicht."

„Ach, komm schon, wir passen gut auf Merlin auf. Er ist doch ein Lieber."

„Und zudem hast du ihn ja schon öfter hiergelassen", schaltete sich Mila nun ein und stopfte ihr Smartphone in ihre Hosentasche, mit dem sie die ganze Zeit über Nachrichten geschrieben hatte.

Ella sah die Jugendlichen nachdenklich an. Danach zu ihrem Kollegen. „Karsten, hättest du ein Problem damit?"

Karsten sagte etwas, wurde jedoch von einem hupenden Auto übertönt. Ein blauer Pkw hatte einem anderen die Vorfahrt genommen und raste davon. „Ach, nein!", wiederholte Karsten auf Nachfrage.

„Also darf ich ihn dir mitgeben?"

„Das passt schon!"

„Also dürfen wir tatsächlich auf ihn aufpassen?", wollte Adam wissen.

Ella hob ihren Zeigefinger in die Luft. „Aber nur, wenn ihr auf ihn Acht gebt. Haltet ihn am besten an der Leine. Ich werde ihn dann Donnerstagabend mitbringen und Freitag hierlassen. Er kommt ja mit euch gut aus!"

„Und wie!", freute sich Mila und sah Adam und Jendushen an, die ebenfalls begeistert waren. Sie nahm einen letzten Zug von ihrer Zigarette und schmiss sie dann in den Aschenbecher, ein von Zigaretten überquellendes Gurkenglas, das auf dem Boden nahe der Eingangstür stand. Danach ging sie zum Fahrradständer zurück, holte wieder ihr Smartphone aus ihrer Hosentasche und verfasste einen neuen WhatsApp-Status.

Adam sah zu Luna, die sich auf den Boden neben ihm gesetzt hatte und schweigend mit Grashalmen zu spielen schien. „Willst du mitkommen, Luna?"

Luna sah zu ihm auf. „So gern! Ich würde mich freuen, mal aus dieser Gegend herauszukommen, und sei es nur für ein paar Stunden. Weit weg von der blöden Ahrens. Ich hoffe, ich habe keinen Termin an dem Tag wahrzunehmen", meinte das Mädchen mit dem runden Gesicht, welches durch die Glatze nur noch runder wirkte.

„Kannst ja nochmal Bescheid sagen, wenn du es weißt", meinte Karsten zu ihr und drehte sich zum Gehweg um, auf dem ein paar Fußgänger mit ihren Einkäufen vorbeikamen und ihnen beim Herumschrauben zusahen.

Adam sah schließlich träumend in den Himmel hinauf. „Was für ein himmlischer Tag!", flüsterte er. „Wie schön wäre es doch, diesen wundervollen Augenblick anzuhalten und jedes Mal von Neuem zu beginnen! Ich hoffe, die Wanderung wird herrlich."

Freitag, 07.06.2019

Die Sonne schien angenehm warm, die Vögel zwitscherten heiter in den Bäumen und Gelächter lag in der Luft. Es war ein strahlender Freitagnachmittag, so wie es Karsten vorhergesagt hatte. Um kurz vor vier kam Adam in den Gruppenraum, worum ihn Karsten bereits nach dem Eintreffen aus der Schule gebeten hatte. Mila und Jendushen warteten schon vor dem Büro darauf, dass es losgehen konnte. Auch Merlin war startklar und lag brav vor Jendushens Füßen. Dieser war mit seiner kohleschwarzen Digitalkamera beschäftigt, die er zu dem Ausflug mitnehmen wollte. Mila wiederum lehnte sich an einen

Türrahmen und schaute auf die Tür des Büros in der Hoffnung, dass diese in Kürze aufgehen würde.

„Hey, kommt Luna mit?", fragte Adam Mila, hoffend, dass sie etwas wüsste. Auf seine WhatsApp-Nachrichten hatte Luna nicht geantwortet, und er wollte sie nicht gleich mit tausend Nachrichten und Anrufen überfluten.

Mila schüttelte deprimiert ihren Kopf. „Nein, leider nicht! Sie wollte gern, doch Frau Ahrens hat ihr das nicht erlaubt, weil sie andere Aufgaben hat. Die alte Ahrens hat wieder herumkritisiert. Weißt ja, wie die ist."

Adam seufzte. Darüber war er enttäuscht, aber andererseits freute er sich, dass die Bereichsleiterin über den Ausflug Bescheid wusste. So würde sie sehen, wie er mal etwas mit seiner Gruppe unternahm. Wie er auch etwas außerhalb seiner Wohnung unternahm.

Etwas betrübt kniete er sich zu Merlin hinunter, der sich mit einem Schwanzwedeln freute, dass er gestreichelt wurde. Endlich wieder jemand, der ihm Aufmerksamkeit schenkte.

„Ist die neu?", fragte er zu Jendushen hoch, der noch immer dabei war, mit seiner Kamera zu spielen.

„Schon uralt. Sie kommt leider nur zu den Wanderungen zum Einsatz", meinte Jendushen.

Adam fragte ihn, ob er noch genügend Speicherplatz habe. Jendushen nickte lächelnd. „Ich benutze sie leider viel zu selten, um den Speicherplatz in ein paar Tagen oder Wochen zu füllen."

Die Haustür ging auf und jemand kam die Stufen im Treppenhaus hoch. Die Tür öffnete sich und Frau Ahrens kam herein. Schnaufend lächelte sie die drei an und wirkte, als würde sie gar keine Luft mehr bekommen.

„Hallo, ihr Lieben, ich hörte, dass ihr einen kleinen Wanderausflug unternehmt."

„Ja!", meinte Adam überglücklich, dass sie ihn nicht mehr anmeckern konnte, faul zu sein, und stand abrupt auf.

„Daher bin ich gekommen. Zum einen, um euch viel Spaß zu wünschen, und zum anderen, um euch noch eine kleine Aufgabe zu geben." Frau Ahrens stemmte die Hände in die Hüfte.

Adam ahnte bereits, dass sie keine schöne Aufgabe hatte, und wusste noch gar nicht, wie recht er dabei mit seinem Gedanken hatte.

„Und zwar finde ich es schön, dass ihr einen Wanderausflug unternehmt und somit mal an die frische Luft kommt. Andererseits will ich von euch auch erfahren, wie es für euch dort war und was für Sehenswürdigkeiten ihr dort betrachtet habt. Da ihr wahrscheinlich in der Schule wenig zu tun habt, dachte ich mir, dass ihr mir bis nächste Woche einen Bericht schreiben könnt, der sich um die Wanderung dreht. Dabei sollt ihr eure Gefühle reflektieren, also was euch gut oder auch nicht so gut gefallen hat, wie ihr damit umgegangen seid und ob euch so ein Ausflug hilft, euch zu entspannen."

„Ehrlich?", fragte Mila genervt. Ihr Blick hatte sich ab dem Eintreffen der Bereichsleiterin so schnell verfinstert wie ein Tag in einer Winternacht.

„Ja, sonst würde ich das nicht sagen!", meinte Frau Ahrens darauf und unterdrückte ein Stöhnen. Warum musste dieses Mädchen auch immer ihre Entscheidungen hinterfragen?

„Einverstanden!", sagten die drei zusammen genervt. Niemand war einverstanden.

„Ich würde mich außerordentlich darüber freuen. Zudem schadet es euch sicher nicht, einen einseitigen Bericht zu schreiben. Ihr geht in euch, achtet auf eure Gefühle und lernt, Texte ordentlich zu schreiben."

Die Jugendlichen waren alle verstummt und schauten sich an. Adam sah zu Mila, die die Augen verdrehte und der Bereichsleiterin den Rücken zuwandte. Danach zu Jendushen, der seine dichten Augenbrauen hochhob und ihn flehentlich anblickte. Adam fragte sich, warum ihre Bereichsleiterin sie immer wie Grundschulkinder behandeln musste.

Die Tür des NB-Zimmers ging auf und Karsten und sein Kollege Marcel, ein pummeliger Betreuer, dessen Figur der einer Hummel glich, kamen aus dem kleinen Büro. Beide hatten Frau Ahrens' Auftrag mitbekommen und heimlich darüber geschmunzelt. Sie grüßten ihre Chefin, die sie mit breitem Lächeln zurückgrüßte. Mila fragte Karsten, ob sie losgehen könnten. Wollte nur weg von dieser verschrumpelten Frau mit den altmodischen Gedanken.

„Wir haben noch genügend Zeit. Lasst uns erst einmal die Kaffeerunde genießen", äußerte Karsten.

„Ausgezeichnete Idee, Herr Wendt!", stimmte Frau Ahrens zu.

So setzten sie sich alle zu Robin und Noah an den Esstisch, tranken Kaffee oder Milch und aßen ein paar Kekse. Merlin dagegen legte sich wieder auf seinem Sitzkissen hin und schaute die anderen an, in der Hoffnung, etwas von den Keksen abbekommen zu dürfen.

„Was ist das für ein Ort, wo Sie gedenken hinzugehen?", wollte Frau Ahrens von Karsten erfahren und bat nebenbei Jendushen, sich während der Kaffeerunde einer Konversation zu widmen, anstatt mit seiner Kamera herumzuspielen. Irgendwann stieß Luna dazu und war sichtlich erschrocken, dass Frau Ahrens auch an der Kaffeerunde teilnahm. Als wäre die Bundeskanzlerin höchstpersönlich vor Ort. „Hey, ich hörte, du kommst nicht mit?" Fragend betrachtete Adam seine Mitbewohnerin, als diese sich zu ihm an den Tisch gesellte.

„Leider", flüsterte Luna und beobachtete Frau Ahrens. „Die blöde Kuh erlaubt es mir nicht, weil ich meine Wohnung aufräumen soll. Nur weil ich das ein paar Tage nicht gemacht habe. Dabei hatte ich keine Zeit. Frau Ahrens hat mir allerdings nicht zugehört und will die Wohnung in einem sauberen Zustand sehen, bevor sie Feierabend macht."

„So ein Mist! Wie kleinlich!"

Jeder wusste, dass Frau Ahrens großen Wert auf Ordnung in den Wohnungen legte. Bei einigen schaute sie sogar alle zwei Wochen vorbei und veranstaltete eine penible Wohnungskontrolle. Wenn die Wohnungen miserabel aussahen, wie es bei einigen der Fall war, befahl sie ihnen umgehend aufzuräumen und drohte gegebenenfalls mit kleineren Strafen. Es war schon einige Male vorgekommen, dass Mila, Noah oder Kevin sich Extragespräche mit ihr und Elke, der Gruppenleiterin, die sich zurzeit im Urlaub befand, anhören und den Aufenthaltsraum saugen, wischen, den Müll rausbringen oder die Spülmaschine aus- und einräumen mussten.

Um kurz vor fünf stand Karsten auf und fragte die drei Jugendlichen, ob sie los könnten.

„Na endlich!" Mila erhob sich und brachte daraufhin ihr benutztes Geschirr in die Küche. „Ich dachte schon, wir kommen nie weg."

Jendushen nahm seine Kamera und Mila im Anschluss ihre schwarze Handtasche, die an der Garderobe neben dem kleinen Badezimmer hing, welches mit sämtlichen Hygienemitteln vollgestellt war. Karsten holte sich die Hundeleine und seinen roten Rucksack, in dem sich seine privaten Gegenstände befanden, aus dem NB-Zimmer. „Wir machen uns mal auf den Weg."

„Ich begleite Sie ein Stück", meinte Frau Ahrens, richtete sich auf und bügelte ihren beigen Rock mit den Händen glatt, während Karsten den Hund anleinte.

„Halt durch!" Adam umarmte Luna und ging mit den anderen hinaus.

„Viel Spaß!", rief Luna ihnen nach, ging zu einem der beiden Fenster des Esszimmers und beobachtete, wie sie zum silbernen Dienstwagen gingen. Unter der Aufsicht der Bereichsleiterin, die auf jeden einzelnen Schritt zu achten schien.

„Und passt auf euch auf!", fügte nun die ältere Dame in einem strengeren Ton rasch hinzu, als die Gruppenmitglieder ins Fahrzeug stiegen.

Adam nickte schweigend und schloss die Beifahrertür. Dann fuhr Karsten los und Adam sah, wie die Bereichsleiterin immer kleiner wurde und am Ende ein Punkt in der Ferne war, ehe sie komplett aus seinem Sichtfeld verschwand. Vorfreude stieg in ihm auf, als er sich zu Karsten umdrehte. Der Ausflug. Die Natur. Die willkommene Abwechslung zum öden Alltag. Endlich hatten sie ihre Ruhe. Endlich waren sie frei.

„Wunderbar!", meinte Karsten und atmete genüsslich die frische Waldluft ein, die nach modrigem Laub roch. Er war der Erste, der aus dem Auto stieg, nachdem er es auf dem Parkplatz abgestellt hatte. Sofort stachen ihm die hohen Bäume ins Auge, welche majestätisch vor ihm in die Höhe ragten.

„Kennt man gar nicht, wenn man in der Stadt aufwächst", sagte Jendushen und schoss ein paar Bilder. „Die ganze Atmosphäre ist anders."

„Hier ist es nicht so gekünstelt wie in der Stadt. Dort wird ja immer alles auf perfekt getan", erwähnte Mila und lachte, während sie den Kofferraum öffnete, um Merlin herauszulassen. „Hier sieht es viel freier und beruhigender aus. Und so geheimnisvoll."

Jendushen sah in den undurchdringlichen Wald. „Wir sehen und nehmen viel wahr, aber es ist nur ein Bruchteil von dem, was wirklich zu sehen ist."

„Wollen wir losmarschieren?", fragte Karsten die Jugendlichen, nachdem er sich seinen Rucksack über die Schulter geworfen hatte. „Wir müssen die Straße runter und dann den zweiten Weg links abbiegen." Er schloss die Fahrertür.

„Okay!" Adam kniete sich zu Merlin und streichelte ihn kurz durch. „Ja, das magst du, ne?"

„Will einer von euch ihn nehmen, oder soll ich?" Mila sah die beiden Jungen fragend an, die meinten, dass sie nichts dagegen hätten, wenn sie ihn führe.

„Wir können uns ja abwechseln", erwähnte Adam und ging mit Jendushen gut gelaunt voran.

Mila legte ihre schwarze Handtasche auf den Rücksitz, ehe Karsten das Fahrzeug zuschloss, und ging mit ihm und Merlin den beiden Jungen nach. Die vier liefen die Straße hinunter und wurden gleich von einem älteren Ehepaar so angesehen, als wären sie gerade aus einer Justizvollzugsanstalt ausgebrochen.

„Was gucken die denn so?", fragte Mila ihren Betreuer. Ihr war deutlich anzusehen, dass es ihr unangenehm war, als sie an dem Ehepaar vorbeiliefen.

Adam nickte dem Paar zu, eine Geste, die unter Dorfbewohnern und Spaziergängern bekannt war. Allerdings bekam er nur verächtliche Blicke zurück.

„Einfach weitergehen!", meinte Karsten, als das Paar außer Hörweite war. „Jedes Dorf hat seine Menschen. Gute wie schlechte."

Wenig später bogen sie in den von Karsten gewünschten Weg ab. „Nun befinden wir uns auf dem Laves-Kulturpfad. Wir müssen jetzt nur dem Weg folgen."

Jendushen schoss mit seiner Kamera, die er um den Hals trug, gleich weitere Fotos. Mila sah sich den Bach an, der ihnen folgte. Adam kniete sich auf die Wiese und pflückte ein paar Gänseblümchen.

Mila schaute Adam dabei zu und lächelte. „Süß! Er pflückt Blumen."

Karsten schmunzelte. „Ist ja nicht schlimm. Es ist doch schön, wenn man sich für die wunderbare Natur interessiert. Die Natur ist des Menschen wichtigstes Gut. Man sollte sich dies bewusst machen und sich mehr dafür einsetzen. Es ist so beeindruckend, wie wandelhaft und hartnäckig sie ist."

„Stimmt! Ich finde es egoistisch zu denken, dass die Natur uns gehört. Wir gehören der Natur! Nur verdrehen das leider die Menschen gerne!", äußerte Mila stirnrunzelnd.

Die Sonne schien an dem wolkenlosen Himmel, Vögel zwitscherten und Blätter rauschten ab und zu im Wind. Im Moment sprach keiner von ihnen. Adam genoss die Ruhe und den Wind, der die Baumkronen tanzen ließ. Viel Zeit war vergangen, seit er das letzte Mal in der Natur gewesen war und die Geräusche vernommen hatte. Er hatte es vermisst. Die vielfältigen Klänge hatten immer etwas Beruhigendes für ihn. Warum hatte er bloß aufgehört, in die Wälder zu gehen?

Als sie an einer Bogenbrücke ankamen, stieg Adam vorsichtig hinunter zum Fluss und sah sich den Verlauf des Wassers an. Gelbe, braune und grüne Blätter schwammen wie Segelboote an ihm vorbei. Für einen Moment war er tief in sich versunken. Seine Gedanken flossen mit dem Fluss davon. Er hörte die anderen nicht mehr reden, sondern nur noch das Wasser plätschern und einzelne Mücken summen. Er liebte es, Zeit an Gewässern zu verbringen. Diese zogen ihn förmlich an. Erinnerten ihn immer wieder daran, wie er als kleines Kind Papierboote in den Bächen hatte starten lassen. Jendushen kam herunter zu ihm und leistete ihm in seiner ruhigen Art Gesellschaft, während Adam vorsichtig auf den Trittsteinen entlanglief.

„Pass auf, dass du nicht ins Wasser fällst, Adam!", rief Mila und kam mit dem Hund ebenfalls herunter. „Oh! Hier ist es schön kühl."

„Das liegt daran, dass wir uns an einem Fluss befinden, dessen kühles Wasser uns eine angenehme Luft spendet, die von den Schatten der Bäume unterstützt wird", erzählte Jendushen, während er ein paar Bilder von dem Fluss schoss. „Am liebsten würde ich jetzt hier meine Staffelei herausholen und anfangen zu malen."

Mila sah zum Fluss hin und lächelte. „Das Wasser verzaubert einen glatt. Am liebsten würd' ich gleich darin baden!"

Adam sah sie schmunzelnd an. „Bei Vollmond wäre es bestimmt noch aufregender."

Wenig später kam die Gruppe an mehreren Fischteichen vorbei, die sie fasziniert betrachteten. Besonders die Schwäne hatten es ihnen angetan. Jendushen, der nun den Hund übernommen hatte, schaffte es, ein gelungenes Foto von dem See mit seinen wunderschönen Tieren zu schießen, die sich dezent auf dem glitzernden Wasser hin und her bewegten. Mila bemerkte kleine Kröten, die vor ihren Füßen flink umherhüpften, und mahnte die anderen, etwas vorsichtiger zu sein.

Ein frischer Windhauch erfasste die Gruppe. Adam blickte zum Himmel hinauf und bemerkte, wie dunkle Wolken über dem Wald aufzogen. Es schien, als würde es bald regnen, und er teilte es Karsten mit. „Wir werden pünktlich an dem Ort sein, an den wir gehören!", war seine Bemerkung dazu.

Karsten und seine merkwürdigen Aussagen, dachte Adam. Seit er seinen Betreuer kennengelernt hatte, etwa ein Jahr war schon vergangen, erlebte er ihn andauernd mit merkwürdigen und philosophischen Sprüchen. Ein paar fand er selbst auch interessant, da diese ihn zum Nachdenken brachten.

„Diese eigenartig geheimnisvolle Atmosphäre hier im Wald könnte man auch in diesem blöden Bericht erwähnen", meinte Mila plötzlich und lachte.

„Hervorragende Idee!", lobte Karsten sie.

„Irgendwie ist es so unheimlich still hier. Man kann nur die Vögel hören, hier ist gar kein anderer Mensch. Überhaupt sind mir, seitdem wir den Pfad betreten haben, gar keine Menschen aufgefallen", entgegnete Mila.

„Wir befinden uns in einem Waldgebiet und nicht im Zentrum einer Großstadt", erinnerte Jendushen sie, der auf den Hund wartete, welcher anscheinend eine Witterung aufgenommen hatte.

„Aber ich meinte doch Wanderer. Hier gehen doch auch mal andere Spaziergänger entlang!", sagte Mila protestierend.

„Womöglich treffen wir noch auf andere Menschen", meinte Karsten seelenruhig.

Mila nickte und erwähnte, dass sie auch etwas über die kleinen Kröten in ihrem Bericht schreiben wolle. „Das wird der Alten bestimmt gefallen. Die ist doch auch so eine Kröte. Eine alte, fette Kröte."

Adam drehte sich der Magen um, als er wieder an den Bericht erinnert wurde, den er bis nächste Woche bei Frau Ahrens abgeben musste. Er kannte die strenge Bereichsleiterin nun gut genug. Er wusste, dass sie die Berichte unbedingt haben wollte und keine Ausrede duldete. Dauernd kam Adam sich vor, als wäre er in der Schule, da Frau Ahrens ihre Schützlinge öfter mal mit Aufsätzen über ihre Gefühle, Ängste oder Zukunftspläne quälte, die erledigt werden mussten. Andernfalls bekämen alle ein paar Strafen, wie den Gruppenraum zu wischen oder die schmutzige Wäsche der anderen zu waschen. Immer individuell. In seinem Fall würde sie ihm damit drohen, dass es eine Verpflichtung wäre, mit seinen Mitbewohnern wöchentlich Unternehmungen zu machen, was er prinzipiell nicht besonders schlecht fand. Ohnehin wollte er mal mehr Zeit mit der Gruppe verbringen, wenn da nur nicht Frau Ahrens und Elke wären.

Adam hatte zudem mal mitbekommen, dass Frau Ahrens früher, bevor sie als Bereichsleiterin anfing, in einer Förderschule als Lehrerin gearbeitet hatte, obwohl sie keine ausgebildete Lehrkraft war. Mila sagte immer, dass sie ihre Lehrerhaltung nie verloren habe. Zum Ärger der Jugendlichen und ihrer Betreuer, die das Verhalten der Bereichsleiterin ebenfalls lächerlich fanden. Dies äußerten Letztere allerdings nicht öffentlich, da sie Ärger befürchteten, welcher damit enden würde, dass die Betreuer zu einer anderen Dienststelle versetzt würden.

Als die Gruppe das Waldgebiet verließ, kamen sie an einem Feldweg entlang, der in ein kleines, idyllisches Dorf führte.

„Es hat den Anschein, als ob dieses Dorf hier völlig verlassen wäre", äußerte Jendushen, als er sich die einsamen Straßen mit den vielen kleinen Fischerhäusern ansah. „Die Häuser sehen so mitgenommen aus, da wohnt sicherlich keiner mehr. Der Ort gleicht einer Geisterstadt."

„Am liebsten würde ich hierbleiben und gar nicht mehr zur Wohngruppe zurückkehren. Hier hat man wenigstens seine Ruhe!", erwähnte Mila.

„Hier wohnen mehrere Menschen. Auch wenn die Fischerhäuser leer aussehen, gibt es hier noch mehrere schöne, bewohnte Häuser", meinte Karsten und deutete in einen Waldweg. „Dort entlang! Dort geht es zu den Sehenswürdigkeiten." Ein Hauch von Sehnsucht erfüllte Karstens Blick.

Gerade als Adam sich fragen wollte, was er genau damit meinte, ertönte plötzlich ein Flattern in seinen Ohren. Da bemerkte er, dass ein Rabe auf einem Ast rechts von ihm gelandet war und ihn anstarrte. „Hallo, Kleiner", flüsterte er ihm zu. „Na, suchst du etwas?" Adam staunte, wie groß dieses Tier doch war, wenn es einem so nahekam.

Der Rabe krächzte kurz auf und sah ihn eindringlich an. Adam blickte ihm direkt in die finsteren Augen. „Was willst du mir nur sagen?", dachte er laut nach. Er sah wieder zum Himmel hinauf, da sich dieser immer mehr verdunkelte. Merkwürdig, dachte er, ich glaubte, dass es ein warmer Tag wird.

„Adam!", rief Mila ihm zu und weckte ihn damit aus seinen Gedanken. Erst da bemerkte er, dass die anderen ein gutes Stück weitergelaufen waren. Mit schnellen Schritten ging er ihnen nach.

Nach ein paar Metern blickte er zurück zum Raben, der allerdings nicht mehr auf dem Ast saß. Adam konnte ihn nirgendwo herumfliegen sehen. Er war fort. Nachdenklich ging er weiter. Er wurde das Gefühl nicht los, dass der Rabe ihm etwas mitteilen wollte. Eine Botschaft. Eine Warnung. Oder doch nur ein Hirngespinst?

Der Himmel bewölkte sich und die Baumkronen fingen an, wild im Wind zu tanzen. Beinahe unheimlich. Immer wieder fielen Blätter auf die Jugendlichen und schienen sie begraben zu wollen.

Es dauerte nicht lange, und sie kamen an einer großen Steinmauer an. Dahinter befand sich eine etwa zehn Meter hohe Pyramide, ganz aus Stein erbaut und bereits mit Moos bewachsen, die sofort die Aufmerksamkeit der Zuschauer weckte. Das Steingebäude stand etwas versteckt hinter zwei massiven Bäumen und wurde von mehreren Gräbern umzingelt.

„Warum steht hier eine Pyramide?", wollte Mila wissen.

„Das ist ein Mausoleum, in dem ein Graf und dessen Familie begraben liegen", erklärte Karsten und zeigte zu den Gräbern vor der Pyramide. „In den anderen Grabhügeln liegen weitere Verwandte."

„Faszinierend", äußerte Jendushen und schoss schnell ein paar Bilder. Merlin allerdings schien die Umgebung als bedrohlich zu empfinden. Denn er fing an zu bellen, hatte seine Ohren nach hinten gelegt, den Schwanz eingezogen und lief im Kreis herum, ehe Jendushen ihn festhielt. „Was hast du denn?", fragte er ihn und streichelte sein dickes Fell, um ihn zu beruhigen.

„Er scheint Angst zu haben!", sagte Adam und wunderte sich über das Verhalten des Hundes.

Mila, unbeeindruckt von dem Benehmen des Hundes, zeigte auf das schwarze Tor aus Schmiedeeisen und fragte ihren Betreuer: „Kann man auf den Friedhof?"

Vergeblich versuchte Karsten daraufhin, das Tor zu öffnen. „Abgeschlossen. Wahrscheinlich, damit keine fremden Menschen den

Ort betreten."

Jendushen zeigte zur Bank, welche direkt vor der Mauer stand. „Na ja, theoretisch könnte man auch auf die Bank steigen und drüberspringen. Das Mauerwerk ist nicht sonderlich hoch."

Karsten fand die Vorstellung ausgezeichnet und ging auf die Bank zu. Mila lachte laut, als sie begriff, was Karsten vorhatte. Dieser stieg auf die Holzbank und kletterte mühevoll auf die Steinwand. „Brauchst gar nicht zu lachen! Bin halt nicht der Sportlichste!", scherzte er nebenbei.

„Was tust du denn da?" Adam errötete. Ihm war es peinlich, nachdem er die Frage, die er selbst beantworten konnte, gestellt hatte.

„Sieht man doch! Ich will mir mal das Gelände ansehen! Kommt ihr mit?"

„Warum nicht?" Mila eilte auf die Bank. Karsten half ihr hoch und sprang dann mit ihr auf das Gelände des Mausoleums. Beide wollten auf ihren Beinen landen, landeten jedoch mit ihren Hintern auf dem trockenen Boden. Adam, panisch, erwischt zu werden, schaute sich um. Kein Mensch war da. Niemand, der sie sehen konnte.

„Ist das nicht verboten?", fragte Adam unsicher. „Das dürfen wir nicht! Wir können doch nicht einfach so …"

„Jetzt sei kein Schisser, Adam! Komm! Ich weiß, du willst es auch!", meinte Mila halb lachend.

„Äh …" Adam fehlten die Worte. Erst recht, als Jendushen zu Merlin blickte und ihn aufforderte, dass er an Ort und Stelle bleiben sollte. Merlin gehorchte ihm und blieb auf dem Boden liegen. Danach kletterte auch Jendushen auf die Mauer und sprang auf die andere Seite. Sprachlos starrte Adam zu seinen Mitbewohnern. Des Öfteren hatte er sich über sie Gedanken gemacht, was sie in ihrer Kindheit erlebt und was sie alles durchgestanden hatten. Sie sprachen nie viel davon, deshalb dachte er, dass sie keine schöne Erziehung genossen hatten. Alles, was er wusste, war, dass sie ein angespanntes Verhältnis zu ihren Eltern zu haben schienen, da sie sie kaum besuchten. Durch Erzählungen von Mila wusste Adam, dass sie vor allem mit ihrem Vater des Öfteren Streitigkeiten hatte. Sie hatte sogar einmal gemeint, dass sie ihn nicht vermissen würde, wenn er weg wäre.

„Adam, jetzt stell dich nicht so an!", motivierte Mila ihn. „Selbst Jendushen macht es!"

„Aber, was ist denn mit Merlin? Jemand muss doch auf ihn achten."

„Schlechte Ausrede! Du weißt, er reißt nicht aus." Mila stemmte ihre Hände an ihre Hüfte und sah ihren Mitbewohner mit fragenden Augen an.

„Komm ruhig. Sieht uns eh keiner und Kameras gibt es hier auch nicht! Außer die von Jendushen. Merlin wird schon aufpassen, ob jemand kommt!", meinte Karsten daraufhin und blickte zur Steinpyramide hin. Seine Aufmerksamkeit war nun auf das Grabmal des Grafen gerichtet.

Verunsichert blickte Adam um sich. Keiner da. Er atmete auf. „Also gut …" Als er sich sicher war, dass niemand sie beobachtete, kletterte er mit seinem athletischen Körper auf die Mauer. Mila lobte ihn laut, als er auf das Grundstück gesprungen war.

„Pst! Nicht, dass wir noch erwischt werden!" Unsicher schaute Adam nochmal die Gehwege ab.

„Keine Sorge, außer den Toten ist keiner da!", erzählte ihm Karsten.

„Voll geil, wie wir hier so rumlaufen. Bei Dämmerung auf einem Waldfriedhof. Möglicherweise sehen wir noch Geister!", scherzte Mila aufgeregt und wackelte mit ihren fleischigen Fingern.

„Nachts wär's besser!", ergänzte Jendushen sie. „Mitternacht. Geisterstunde!"

Adam, der gleich wieder über die Mauer klettern wollte, wunderte sich über deren Verhalten. Was war hier los? Jendushen war doch sonst der Erste, der den Regeln folgte. Warum machte er so etwas mit? Dass Mila das tat, war ihm klar. Sie hatte ihren eigenen Kopf, tat, was sie wollte, und darum beneidete Adam sie. „Eigentlich sollten wir nicht hier sein. Wenn es doch abgezäunt ist, darf keiner hier rein."

„Ach!", seufzte Karsten. „Glaube mir, hier kommen öfter Menschen vorbei, da hier ab und zu Führungen stattfinden. Somit darf man das Gelände betreten."

„Dass du das überhaupt mitmachst, hätte ich jetzt nicht gedacht, Karsten!", äußerte Adam sichtlich überrascht.

„Aber sonst verpassen wir doch so viel im Leben. Wie soll man sich denn selbst finden, wenn man immer den Regeln gehorcht?", fragte Karsten daraufhin. Er klang gereizt. „Wir werden jetzt keine Sachbeschädigung anrichten und wir bleiben ja auch nicht lange! Passt auf, dass ihr nicht auf die Gräber tretet."

„Man kann hier echt gute Bilder schießen!", erwähnte Jendushen grinsend.

„Du und deine Bilder!", sagte Adam und schüttelte genervt den Kopf.

„Komm schon, Adam, reg dich ab! Passiert doch nichts!" Mila hatte eine Hand auf seine Schulter gelegt und sah ihm nun tief in die Augen.

Adam begann zu schwitzen. Er wusste, dass seine Mitbewohnerin nicht locker lassen und nicht eher ruhen würde, bis sie ihr Ziel erreicht hatte. Er seufzte nachdenklich. „Na gut! Lasst uns uns umsehen!", meinte er und lachte nervös.

„Ich wusste, du willst das auch!"

Die vier Personen sahen sich die einzelnen Gräber an und umrundeten die Pyramide. Dabei schoss Jendushen mehrere Bilder, die er später an die Fotoleinwand im Esszimmer hängen wollte, an der viele Fotos von ihm angebracht waren. Mila und Adam dagegen betrachteten den versperrten Eingang des Mausoleums, als Karsten zu ihnen trat.

„Da können wir leider nicht rein!", äußerte der Betreuer enttäuscht.

„Schade! Ich würd' so gern wissen, wie es da drinnen aussieht!",
erwähnte Mila, den Blick auf das Dunkel im Mausoleum gerichtet.

„Karsten, du meintest doch, hier liegen dieser Graf und seine
Familie, oder?", wollte Adam wissen. Sein Bezugsbetreuer stimmte
ihm zu. Adam drehte seinen Kopf wieder zu dem kleinen Tunnel.
Mit einem Male fühlte er sich eigenartig. So als würde jeden Moment
eine blasse, knochige Hand daraus erscheinen. Ihm wurde langsam
unheimlich, doch etwas zog ihn näher heran. Er versuchte, in dem
dunklen Raum etwas zu erkennen. Allerdings konnte er in der Grab-
kammer nur etwas Längliches ausmachen.

„Siehst du etwas?", fragte Mila.

„Nicht wirklich", antwortete Adam und linste durch die Gitterstäbe. „Ich kann ein paar Särge erkennen, die auf dem Boden stehen,
sonst nichts."

„Ich glaub', mehr ist da auch nicht", sagte Mila und hielt ihr Gesicht so nah an das Gitter, dass ihre Wangen die eiskalten Eisenstangen
berührten.

„Wahrscheinlich … hast du recht!", flüsterte Adam. „Kannst du
diese Atmosphäre auch spüren? Als ob wir beobachtet würden."

„Ach, hör auf! Du brauchst keine Angst zu haben. Ich glaube
nicht, dass hier irgendwo Kameras sind. Oder hast du etwa Angst vor
den gruseligen Toten, die wenige Meter von uns entfernt sind, hm?"
Mila beobachtete ihren Mitbewohner. Feine Haarsträhnen wehten
ihr ins Gesicht.

„Nein, es ist nur …"

„Wollen wir weiter?", unterbrach ihn Karsten abrupt.

„Ja! Ich denke, Merlin macht sich schon Sorgen."

Als sie wieder vor dem Tor standen, bellte Merlin vor Freude und sprang Jendushen gleich an, als dieser auf ihn zukam.

„Na, da freut sich jemand, uns wieder zu sehen", sagte Jendushen und sah zu Adam hinüber. „Willst du ihn nun übernehmen?"

„Klar, kann ich machen!"

Alle vier gingen langsam weiter und Merlin beruhigte sich wieder. Nah an Adam gedrängt, folgte er der Gruppe.

Adam fragte seinen Bezugsbetreuer, ob es das gewesen war, worauf er sich die ganze Zeit gefreut hatte. Die Pyramide. Ein ungewöhnliches Grabmal für einen Grafen. Karsten schüttelte lächelnd den Kopf. „Wart's ab!", meinte er. „Wir kommen noch daran vorbei."

Nach ein paar Schritten blickte Adam zurück auf die Pyramide. Er hatte das Gefühl, dass er daraus beobachtet wurde. Ja, er spürte es förmlich. Das Tor des Gitters quietschte bei den Windzügen und Adam merkte, wie es augenblicklich kälter wurde.

Plötzlich sah er eine kurze Bewegung am dunklen Eingang der Pyramide, die gut zwanzig Meter hinter dem Tor stand. Adam blieb stehen und schaute genauer, doch er konnte nichts erkennen. Er wusste nicht, ob er sich die Bewegung nur eingebildet hatte, aber er spürte noch immer, dass etwas ihn beobachtete. Es war kein Tier oder gar ein Mensch. Er spürte, dass es etwas anderes war, eher eine Macht, die ihn anzog und ihm ein eigenartiges Prickeln bereitete, welches seinen Körper beben ließ.

„Hier!", rief Karsten von weiter weg.

Adam bemerkte, wie die anderen schon wieder weitergezogen waren, und lief ihnen mit dem Hund nach. Dabei ließ er die Pyramide nicht aus seinem Blick, die hinter ihm immer kleiner wurde. „Jeder Ort hat etwas Magisches an sich!", hörte Adam seinen Vater sagen. Er war fest davon überzeugt, dass sich auch hier etwas Unheimliches, gar Magisches, befand, doch er wusste nicht, ob seine Mitbewohner den gleichen Gedanken teilten.

Vielleicht wusste Karsten etwas darüber. Der vollbärtige Mann wusste stets eine Lösung, egal in welcher ausweglosen Situation, und konnte einen immer zum Nachdenken anregen. Adam bewunderte ihn dafür. Am liebsten würde er auch in jeder Situation einen kühlen Kopf bewahren können. Doch bevor er Karsten ansprechen konnte, eilte dieser bereits weiter und stieg die Steintreppen hinauf.

Inzwischen hatte sich die Atmosphäre verändert. Der Wind hatte sich gelegt. Die Äste raschelten nicht mehr so stark. Wolken hatten sich am Himmel gebildet und versperrten jegliches Sonnenlicht. Adam hatte ein wenig Probleme, den dunklen Waldweg zu erkennen, den sie entlangliefen. Es gab keine Lampen, die ihnen den Weg beleuchteten. Keinen Mond, der ihnen Licht spendete.

„Wolken sind wie Menschen." Jendushen blickte zum Himmel. „Sie entstehen von allein und lösen sich ebenso schnell wieder auf!"

Adam fragte ihn, ob er diese unheimliche Beklommenheit ebenfalls fühlte.

Jendushen bejahte die Frage und erwähnte: „Langsam habe ich auch das Gefühl, angestarrt zu werden. Irgendwie bin ich mir sicher, dass wir nicht mehr alleine sind."

Adam schluckte schwer. Er war nicht mehr der Einzige mit der Meinung und spürte, dass die Situation sich nun veränderte. Der vertraute, sonst so harmlos wirkende Wald offenbarte nun seine bedrohlichen, fremden Schattenseiten.

„Hier entlang!", rief Karsten von weiter vorne.

„Karsten, wir haben das Gefühl, beobachtet zu werden", teilte Adam ihm mit.

„Wer soll uns denn beobachten?", fragte Karsten, während er den Waldweg entlanglief.

„Ich weiß es nicht", flüsterte Adam mit einem Kloß im Hals.

Karsten seufzte. „Wir sind gleich da!"

Meint er das Auto oder eine andere Sehenswürdigkeit, fragte sich

Adam und sah sich nach rechts und links um. Er hörte in den Wald hinein. Lauschte dem leisen Vogelgezwitscher, dem Knacken der Äste in der Ferne und ... Moment. Dem Knacken der Äste? Was war das? Adam sah wild um sich. Konnte jedoch nichts im dunklen Geäst erkennen. Vereinzelt konnte er das Knacken noch hören. Waren es Schritte? Von Tieren oder von jemand anderem? Mit einem Male fühlte er Eiseskälte. Er fror, zitterte am ganzen Leib. Das Gefühl, nicht allein zu sein, wurde immer größer und Adam bekam nun immer mehr Angst. Sein Puls raste in die Höhe. Er sah zu Merlin hinunter und merkte schnell, wie auch der Hund sich verändert hatte. Er wirkte aufmerksamer, hatte die Ohren gespitzt und blickte konzentriert in den Wald. Vermutlich liegt es daran, dass der Himmel sich zugezogen hat, versuchte sich Adam zu trösten. Doch er ahnte, dass es nicht nur deswegen war. Vielleicht hatte Jendushen recht. Vielleicht waren sie wirklich nicht mehr allein.

Es dauerte nicht lange, bis sich etwas aus den Bäumen hervorhob. Eine Art Gebäude. Jendushen fand den Zeitpunkt genau richtig, erneut ein Bild zu machen, und er schaffte es sogar, diese geheimnisvolle, mystische Atmosphäre darin grandios einzufangen. Die Gruppe trat näher heran. Die Jugendlichen erkannten, dass das Gebäude, dem sie sich näherten, ein alter Tempel war, der sich auf einem etwa einen Meter hohen Steinpodest hinter den Ästen versteckte.

„Der Laves-Pfad ist irgendwie magisch. Er zieht einen an und lässt einen gar nicht mehr gehen", meinte Adam, während er das Gebäude musterte.

Durch das mangelnde Licht und seine Größe wirkte der Tempel bedrohlich. Den Jugendlichen lief ein Schauer über den Rücken.

„Was ist das hier für ein Tempel?", wollte Mila wissen.

Karsten antwortete, ohne sie anzuschauen: „Ein alter Teetempel, erbaut nach griechischer Art."

„Warum?"

„Weil der Erbauer es wollte!", entgegnete Karsten. Den Blick auf das Dach des Tempels gerichtet.

Adam bemerkte im Gesicht seines Betreuers einen Vorgang. Seine Miene wurde finster. Er erkannte, dass Karsten etwas ahnte. Etwas, was passieren würde. Heute … an diesem Ort. Mit ihnen. Doch er konnte nicht entschlüsseln, was es sein mochte. Und plötzlich hörte er wieder das Knacken der Äste im Gestrüpp. Jenes Knacken, das immer lauter wurde.

$22^{\underline{00}}$ Uhr. Die Dämmerung war längst angebrochen und Ella, die die Nachtbereitschaft übernahm, schloss die Tür zum Gruppenraum auf. Doch ihr Hund kam weder zu ihr gelaufen, noch gab er einen Laut von sich. Einzig Marcel kam aus dem Büro heraus und blickte sie mit großen, besorgten Augen an.

„Hä, was machst du denn noch hier?", fragte Ella ihn an der Tür. „Du hast doch längst Feierabend."

Marcel sagte nichts. Ella runzelte die Stirn. Was war los? „Wo ist Karsten?" Fragend blickte sie sich um. Und was war mit ihrem Hund? Marcel gab ihr keine Antwort. Ein bedrückender Verdacht stieg in ihr auf.

„Wir müssen Ruhe bewahren", meinte Marcel plötzlich.

„Was?"

„Sie sind bis jetzt noch nicht da."

Bei der täglichen Übergabe erfuhr Ella von ihm, was geschehen war. Das bereitete beiden Sorgen, da es ungewöhnlich war, dass sich Karsten verspätete, vor allem in diesem Ausmaß. Zumal er oder die Jugendlichen sonst rasch an ihre Smartphones gingen und erreichbar waren.

Ella meinte zu Marcel: „Fahr nach Hause! Deine Frau wartet sicherlich. Du hast jetzt schon zu viele Überstunden gesammelt."

„Meinst du wirklich?"

„Ja, ich werde mich hier um das weitere Vorgehen kümmern."

Gegen Mitternacht fuhr Ella dann nach langem Zögern zur Polizeidienststelle in Rodingshausen, um eine Vermisstenmeldung aufzugeben. Sie hatte persönliche Gegenstände der Heranwachsenden aus deren Wohnungen entnommen sowie einige Bilder von ihnen herausgesucht, auf denen selbst Karsten gut abgelichtet war. Dies war nicht so einfach gewesen, da dieser meist nur in der Ferne abgebildet war.

Mit den Fotos saß sie in einem Büro, welches mit Aktenordnern und grauen Hängeregistraturschränken vollgestapelt war, zwei männlichen Polizeibeamten gegenüber, die sie mit lauter Fragen löcherten. Zudem gab sie ihnen die Handynummern der Verschwundenen, damit sie versuchen konnten, sie zu orten.

Als Ella wieder in der Wohngruppe ankam, hoffte sie, auf ihren Kollegen und die drei Jugendlichen zu treffen. Sie hatte gebetet, dass alle wohl auf waren und ihr Hund bellend auf sie zurannte. Dass die vier eine zwar schwer vorstellbare, aber plausible Erklärung hatten, warum sie viel zu spät gekommen waren und sich zusätzlich nicht gemeldet hatten. Doch dem war nicht so.

Sie nahm das Diensttelefon aus ihrer vorderen Hosentasche und versuchte Frau Ahrens anzurufen, um sie diesbezüglich zu informieren, aber wie immer hatte die Bereichsleiterin ihr Telefon am Wochenende ausgeschaltet. Daher sprach Ella ihr auf die Mailbox, auch wenn sie wusste, dass ihre Chefin sie erst am Montagmorgen abhören würde, wenn sie wieder im Dienst wäre.

Sofort dachte Ella an Karstens Familie. Er hatte immer gemeint, dass er eine Ehefrau und einen kleinen Sohn hätte. Doch zu ihrer Verwunderung hatte die Frau hier noch gar nicht angerufen. Ob sie sich auch große Sorgen machte?

Nach einer Stunde, nachdem sie weiterhin mehrmals versucht

hatte, Karsten anzurufen, und wieder nur die Mailbox rangegangen war, beschloss sie, sich schlafen zu legen. Allerdings bekam sie kein Auge zu. Sie musste stets an die Jugendlichen, ihren Kollegen und ihren Hund denken. Was konnte ihnen bloß zugestoßen sein? Auf Karsten war sonst immer Verlass. Lagen sie eventuell irgendwo verletzt herum? Warum sonst meldeten sie sich nicht? War etwas mit Merlin? In ihr breitete sich ein bedrückendes Gefühl aus, sodass sie sich ständig im Bett hin- und herrollen musste. Sie hatte leichte Bauchschmerzen, die immer heftiger wurden, als hätte sie Bleichmittel getrunken.

Dennoch versuchte sie, ihre Augen zu schließen. Doch als sie es tat, konnte sie ihre Gruppenmitglieder vor ihrem geistigen Auge erkennen, die sich gefreut hatten, einmal auf ihren Hund aufpassen zu können. Ella konnte nicht schlafen. Sie nahm ihr Smartphone und schrieb Karsten erneut an, wie sie es vor einer halben Stunde getan hatte. Doch auch diese Nachricht wurde nicht gelesen.

Seufzend stand sie auf, ging mit einer aufgebrochenen Chipstüte ins Esszimmer und stellte sich ans Fenster. Ella musste immer etwas essen, wenn sie nervös war. Kauend beobachtete sie die Autos, die vereinzelt in der Düsternis vorbeihuschten. Immer mehr kam ihr der Verdacht, dass ein Unfall geschehen war und alle vier schwerverletzt irgendwo herumlagen. Vielleicht in einem tiefen Wald. Oder war Merlin abgehauen und die anderen suchten nach ihm? Und was hatte Karsten mit „etwas Sensationellem" gemeint?

„An dem Freitag passiert etwas Wunderschönes auf dem Laves-Kulturpfad. Einmal im Jahr blüht der Pfad wie kein anderes Naturgebiet. Einmal im Jahr passiert dort etwas Sensationelles!", hörte sie ihn freudestrahlend sagen. Für einen Moment fragte sie sich, ob dieses besondere Ereignis mit ihrem Verschwinden in Verbindung stehen könnte. Nein, dachte sie sich. Warum sollte es sensationell sein, wenn vier Personen nicht mehr nach Hause kommen?

Je später es wurde, desto weniger Autos kamen. Ihre Hoffnung, eines davon würde der Dienstwagen sein, erlosch, als die Fahrzeuge allmählich verebbten. Ihre Gruppenmitglieder würden nicht kommen. Was war passiert?

Samstag, 08.06.2019

„Karsten!"

„Mila!"

„Jendushen!"

„Adam!"

Keine Antworten kamen zurück.

Die Polizeibeamten hatten sich in der letzten Nacht gemeldet und behauptet, dass Kollegen den Dienstwagen auf einem Parkplatz gefunden hätten. In ihm ein Smartphone mit Glitzerhülle und eine pechschwarze Damenhandtasche, beides augenscheinlich Mila zuzuordnen. Von den Vermissten allerdings fehlte jede Spur. Milas Smartphone war das einzige, das geortet werden konnte. Die der anderen waren ausgeschaltet worden und somit nicht mehr zu orten. Daher war das Fahrzeug von den Beamten aufgebrochen, die Beweisstücke eingetütet und mitgenommen worden.

Vor mehr als fünf Stunden hatte die Polizei dann in der Wohngruppe angerufen und die Betreuer darüber informiert, dass sie eine Suchaktion am späten Nachmittag starten wollte. Sofort hatte Claudi, die den Frühdienst übernommen hatte, die Nachricht in der WhatsApp Gruppe der Betreuer weitergegeben. Auch die Jugendlichen hatten Bescheid bekommen. Luna war die Erste, die sich meldete, um daran teilzunehmen. Markus und Beatrice hatten dem ebenfalls zugestimmt. Zusammen mit Claudi waren sie dann nach Derneburg gefahren, wo sie auf Marcel und Ella sowie weitere Einsatzkräfte getroffen waren. Etwas mehr als zwanzig Polizeibeamte hatten sich auf dem Parkplatz versammelt.

Kommissarin Niemann aus dem Kommissariat Rabenheim, die die Leitung übernommen hatte, hatte alle zusammengerufen und ihnen das Vorgehen erklärt. Luna hatte in das runde Gesicht der Polizistin, deren Namen sie gleich wieder vergessen hatte, geblickt und sich erschrocken. Das sollte eine Kommissarin sein? Luna runzelte die Stirn. Die blonde Frau Mitte vierzig wirkte gar nicht wie eine Kommissarin. In den Filmen sahen die Kommissarinnen immer empathisch aus. Doch die Frau vor ihr wirkte durch ihre kalten Gesichtszüge und ihren kühnen Blick ganz anders. Als würden Lunas Freunde sie nur von ihrer Arbeit abhalten, wobei ihre Freunde doch nun ihre Arbeit waren. Mit einem flauen Gefühl im Magen hatte Luna sich umgeblickt und die Suchmannschaft betrachtet. Das sollte alles gewesen sein? Wo waren die Hubschrauber mit den Wärmebildkameras? Wo die Drohnen? Warum nur drei Taucher? Warum nur zwei Spürhunde? Und warum nur ein Rettungswagen?

Mehr als eine Stunde suchten sie nun schon im Dickicht, an den Teichen und wühlten mit Stöberstöcken den Boden auf, ehe sie an der Pyramide ankamen und die Hunde plötzlich vor dem Zaun anfingen, hysterisch zu bellen. Immer lauter. Immer wilder. Die Blicke richteten sich auf die Hundeführer, die alle Mühe hatten, ihre Gefährten zur Vernunft zu bringen.

„Irgendetwas stimmt hier nicht!", meinte Luna zu Claudi, die direkt neben ihr stand und ihr mit einem Kopfnicken zustimmte. Der Schmerz in ihren müden Beinen, ihren steifen Gliedern verflog augenblicklich. Das alles war unwichtig. Luna zog ihr Smartphone aus ihrer Hosentasche und sah auf ihr Display. Die Nachricht an Adam war noch ungelesen. Sie tippte eine weitere SMS und klickte auf Versenden. *Wo bist du?*

„Vielleicht haben sie eine Spur gewittert", meinte Claudi schulterzuckend.

„Glaub' ich nicht." Ella, die mit Markus zu ihnen stieß, schüttelte den Kopf. Dunkle Ränder hatten sich unter ihren Augen gebildet. „Solche Spürhunde zeigen ganz anders, wenn sie eine Spur gewittert haben. Meist passiv, indem sie in einer Position, wie im Sitz oder Platz, verharren. Manche machen es aber auch aktiv, indem sie ihr Mitbringsel apportieren, welches am Halsband angebracht ist. Aber diese Hunde sehen so aus, als hätten sie vor etwas Angst. Sie wirken gar panisch."

Die Gruppenmitglieder sahen, wie einer der Hundeführer seinen Schäferhund mit größter Mühe zu der Kommissarin schleifte. „Ich weiß nicht, was mit den Hunden los ist. Es scheint so, als würden sie etwas fürchten. Sie knurren und bellen die ganze Zeit und wollen am liebsten weg von diesem Mausoleum." Fragend sah der Beamte Kommissarin Niemann an, die ihre Augen rollte und verdeutlichte, dass sie nun lieber in ihrem Garten sitzen und sich sonnen würde.

„Besteht die Möglichkeit, dass sie eine Spur gewittert haben, die in das Mausoleum führt?"

„Ausgeschlossen! Dann würden sie nur einmal bellen und sich danach hinlegen und nicht gleich so tun, als hätten sie den Teufel gesehen. In dem Falle ist es eher so, dass sie das Gebiet gar nicht betreten wollen."

„Was meint ihr, woran es liegen mag?", fragte die Kommissarin.

„Ich hab' nicht den geringsten Schimmer!", meinte der Hundeführer und wurde von seinem Hund in Richtung Waldausgang gezogen, so fest, dass der sportliche Mann sich beinahe auf den Boden legte. „Taj, aus jetzt!"

Einige andere Helfer hatten derweil mit schroffen Gesichtsausdrücken begonnen, die Umgebung um das Mausoleum abzusuchen. Da das Grundstück verschlossen war, konnten sie die Grabstätte nur von außen beobachten. Weil niemand sehen konnte, ob etwas auf dem Grundstück lag, gingen alle weiter. Die Hunde, welche von ihren Führern von dem Mausoleum weggeführt wurden, hatten wieder eine Spur gewittert und folgten nun dieser. Die Spur führte eine Steintreppe hoch, die alle langsam nacheinander betraten. Einige riefen weiter die Namen der Vermissten, erhielten aber keine Antwort. Luna war das klar gewesen. Wenn ihre Freunde hier irgendwo bewusstlos herumlagen, dann konnten sie sie nicht hören und sich nicht verständigen. Doch sie wollte nicht pessimistisch sein. Sie wollte nur die anderen finden und mit ihnen heimkehren, so wie sie es sich die ganze Zeit während der Autofahrt vorgestellt hatte. Verdrängte die aufkommenden Gedanken, ihre Freunde tot in einem Waldgraben liegend zu finden.

Plötzlich fingen die Spürhunde wieder mit ihrem Gebell an. Luna erschreckte sich für einen kleinen Moment, dachte, dass sie etwas gefunden hätten, dann entdeckte sie es. Die Hunde hatten tatsächlich etwas gefunden. Ein steinernes Gebäude ragte aus dem hohen Gras. Die beiden Hunde liefen darauf zu und zogen ihre Führer regelrecht vorwärts. Sobald sie vor der Mauer ankamen, stockten sie und bellten das Steinwerk an.

„Haben wir einen neuen Anhaltspunkt?", fragte Niemann als sie näher kam. „Scheint so, als würde die Spur in den Tempel führen." Sie kletterte auf die Mauer und ging zum Eingang des Tempels. Verschlossen.

„Natürlich!", seufzte sie und schlug mit beiden Händen auf die Gitterstäbe, so heftig, dass sie meinte, deren Vibrieren durch den ganzen Wald spüren zu können. Sie sollte lieber nach dem Mädchen suchen, das seit dem Vortag als vermisst galt, als hier Wurzeln in den Boden zu schlagen. Niemann blickte durch die Stäbe in den Tempel hinein. Nur ein kleiner, verschmutzter Raum, in dem so einiges lag, doch nichts, was auf die Vermissten hinweisen könnte. Aber warum verhielten sich die Hunde dann so auffällig? Erst am Mausoleum, jetzt hier? Eigentlich sollte sie beide Gebäude betreten und dort nach dem Verbleib der Verschwundenen suchen. Doch dann hatte sie eine bessere Idee. Sie würde die Kollegen der Kriminalinspektion Hildesheim dazuholen und Bescheid geben, dass ein Verbrechen vorliegen könnte, welches nicht ihr Zuständigkeitsbereich war. Somit könnte sie den Fall mit einem guten Vorwand abgeben und kannte sogar jemanden, der diesen Fall übernehmen konnte. Jemanden, der selbst an den schönsten Sommertagen arbeitete.

„Hier ist nichts!", rief sie entmutigt den anderen Helfern zu. Doch die Hundeführer waren anderer Meinung, da die Hunde wieder anfingen, zu knurren und zu jaulen.

„Irgendwas macht ihnen Angst! Sie sind ganz aufgeregt. Etwas muss doch dort sein", brüllte einer der Hundeführer so laut durch den Wald, dass die Eichhörnchen von Ast zu Ast flohen.

Luna, die den Streit zwischen den Beamten mitbekam, sah sich abrupt um. Weder um den Tempel herum noch auf der Mauer lag irgendwas, was auf ihre Freunde hindeuten konnte. Doch dafür konnte sie noch immer diese Aura spüren, derer sie am Mausoleum bereits gewahr geworden war und die vom Tempel zu kommen schien. Sie verschränkte die Arme. Mit einem Mal begann sie zu frösteln. Ein kalter Wind hauchte ihr entgegen. Ein Wind, der viel kälter war als so mancher Winter.

„Irgendwas ist an diesem Platz seltsam! Spürst du das auch?", fragte sie Beatrice, die sich dicht zu ihr drängte, ihr verdammt nah kam. Luna wich einen Schritt zurück, sie hasste es, wenn ihre Mitbewohnerin das tat.

Beatrice nickte sie an. „Es ist, als ob dieser Ort hier verzaubert wäre und Gespenster ihr Unwesen treiben würden!"

Unbehagen breitete sich bei Luna aus. Der Gedanke, dass ihre Freunde hier entlanggelaufen waren, ließ ihre Stimmung sinken. Sie spürte, wie sich ihr Magen immer weiter zusammenzog, als hätte jemand ein Seil um ihren Bauch gespannt, welches nun immer enger zusammengezogen wurde. Sie verschränkte ihre Arme, sah zu ihren Narben auf den Unterarmen. Sollte sie? Nein, sie hatte es Adam versprochen. Er wäre enttäuscht, wenn sie ihr Versprechen brechen würde. Am besten wäre es, sich zusammenzureißen und noch zu warten.

„Hier, ich hab' was!", rief plötzlich ein Hundeführer mit dunklen, nach hintengegelten Haaren, dessen Gefährte im Wald, keine zwanzig Meter vom Tempel entfernt, eine aus Ästen gebaute Hütte gefunden und vor seinen Füßen Platz genommen hatte.

Luna konnte ihr Herz pochen hören. Sie verspürte den Drang loszurennen, wollte sehen, was der Polizist gefunden hatte, doch die Kommissarin hielt sie zurück.

„Ihr bleibt hier!" Kommissarin Niemann streckte den Jugendlichen eine Hand aus als Zeichen, dazubleiben, wo sie waren. Doch Luna dachte gar nicht daran und hastete zur Hütte. Sie konnte hören, wie die Kommissarin ihr hinterherrief, doch sie lief weiter.

Ihre Finger verkrampften sich, als sich mehrere Beamte um die Hütte versammelten. Was hatten sie gefunden? Leichen? Die ihrer Freunde? Sie spürte einen Würgereiz in sich aufkommen, doch sie schluckte ihn herunter und zwang sich, ihren ganzen Schmerz zu unterdrücken. Für einen Moment schloss sie die Augen und ließ sich die Gedanken in Bildern vor ihrem inneren Auge abspielen. Die vier mit ausgetrockneten Mündern und knurrenden Mägen im dunklen, nie enden wollenden Wald. Umzingelt. Die vier am Fuße einer Klippe. Zermatscht. Die vier auf einem mit Algen und toten Insekten gefüllten See treibend. Ertrunken.

Der schlanke Beamte zeigte mit seinen langen, knöcherigen Fingern auf den Boden. „Hier, in diesem Unterschlupf hab' ich ihn gefunden."

Luna sah nach unten zu Merlin, der auf dem Boden lag und fiepend mit dem Schwanz wedelte, als er sie erblickte. Angebunden an einem kahlen Ast.

Sie spürte, wie sich ihr Magen beruhigte, ein Lächeln entwich ihrem Gesicht und eine Träne kullerte ihre Wange herab. Doch dann sah sie wieder hoch in den dunklen Wald. Wo waren die anderen?

Kapitel 2

Montag, 10.06.2019

Die ersten Sonnenstrahlen schienen in das erste Fachkommissariat einer der beiden Polizeiinspektionen Hildesheims, in dem Kriminalhauptkommissar Philip Eckhart saß und sich seinen Rücken wärmte. Seit mehr als zehn Jahren war der dunkelblonde, schlanke Mann mit dem leichten Dreitagebart schon in der Abteilung tätig, die für Strafverbrechen gegen Menschen zuständig war, und an keinem Tag wünschte er sich, irgendwo anders als Kriminalhauptkommissar zu arbeiten. Er war niemand, der gesagt hätte, dass er seinen Arbeitsplatz liebte, doch wechseln wollte er ihn dennoch nicht. Er mochte seine Kollegen, die Räumlichkeiten und die Atmosphäre zu sehr. Und seine neue Stellung erst recht. Seit wenigen Monaten durfte er sich nun Abteilungsleiter nennen.

Philip lehnte sich zurück und schloss die Augen. Das Protokoll vom Verhör eine Stunde zuvor hatte er erledigt. Nun hieß es: Pause. Bereits seit seinem vierten Lebensjahr lebte er in der Großstadt mit den vielen historischen Fachwerkhäusern, den frühromanischen Kirchen und den malerischen Gärten und Cafés. Selbst das längliche, sandsteinfarbene Polizeigebäude mit den fünf Stockwerken, in dem ebenso viele Fachkommissariate stationiert waren, stand seit den Fünfzigern majestätisch in der selbstständigen Stadt.

In den warmen Strahlen der Sonne träumte Philip vor sich hin und schaltete sein Gehirn für einen kurzen Moment ab. Doch seinen Träumen wurde gleich Einhalt geboten, als Jürgen Hammer, der Leitende Polizeidirektor, an die Bürotür klopfte. Philip öffnete die Augen und sah in Richtung Tür.

„Ich hoffe, ich störe dich nicht beim Träumen", meinte der ältere Mann mit den weißen Haaren und blickte schmunzelnd zu seinem Kollegen. „Lange Nacht geworden gestern?"

„Ach, Quatsch. Nein, nein!" Philip setzte sich auf. Machte sich wieder arbeitsbereit. „Was gibt's?"

„Ein neuer Fall. Eine vierköpfige Gruppe, drei Jugendliche und ein Betreuer aus einer Jugendeinrichtung, gelten seit Freitag als vermisst. Sie wollten in Derneburg spazieren gehen, kamen jedoch nicht wieder. Am Laves-Kulturpfad." Hammer reichte seinem Kollegen die Unterlagen. „Ihr werdet ermitteln. Die Kollegen aus dem Polizeikommissariat Rabenheim, die eigentlich dafür verantwortlich sind, haben zurzeit viel zu tun. Sie haben am Wochenende mehrere Suchaktionen stattfinden lassen und dabei das Auto gefunden, das auf dem Parkplatz stand."

Na toll, dachte sich Philip. Er hasste Vermisstenfälle. „An diesem Pfad?"

„Ja. Zudem auch den Hund, den die Gruppe mitgenommen hatte. Er war an einem Baum angebunden und allein zurückgelassen worden. Der Arme. Die Personen wurden bis jetzt nicht gefunden. Und da es Anzeichen eines Verbrechens gibt, hat man uns damit beauftragt, den Fall zu übernehmen. Ich weiß ja nicht so richtig, aber du kennst die Kollegen."

„Hm, bei so einem tollen Wetter hat niemand Lust auf Papierkram."

„Ihr könnt euch ja mal in den Fall einlesen."

Nachdem sein Vorgesetzter das Büro verlassen hatte, rief Philip die Kollegen in Rabenheim an, um mehr Informationen zu bekommen. Während es klingelte, dachte er, dass das wieder ein Fall wie jeder andere wäre. Dass es sich entweder um einen Entführungs- oder Unfall handelte oder dass die Vermissten kurze Zeit später wieder von allein auftauchen würden. Schließlich ging es hier nur um Bewohner einer Jugendhilfeeinrichtung.

Bei der Polizei war es nicht ungewöhnlich, dass solche Jugendlichen freiwillig verschwanden und wenig später wiederkamen. Wahrscheinlich war es auch hier so. Oder noch realistischer: Sie hatten sich in diesem Waldgebiet verlaufen und irrten nun umher.

Was auch immer geschehen war, er wollte den Fall aufklären, die Vermissten heil und lebendig finden. Schließlich war er bei seinen Kollegen angesehen, da er bisher jeden seiner Fälle aufklären konnte, und wollte diesen Ruhm beibehalten.

Zwar hatte er nie einen Fall gehabt, in dem eine Jugendeinrichtung involviert war, doch seine bisherigen Vermisstenfälle hatte er binnen weniger Tage aufklären können. Mal war ein Kind von zuhause ausgerissen, da die Eltern sich trennen wollten. Ein anderes Mal hatte sich ein Ehemann aus dem Staub gemacht — mit seiner zwanzig Jahre jüngeren Geliebten. Einmal war ein Kind entführt worden. Das war sein spannendster Fall gewesen, erinnerte sich Philip zurück. Auch wenn der Vater nur seine Tochter hatte sehen wollen und keine andere Lösung gefunden hatte.

Kriminalhauptkommissarin Niemann nahm den Hörer ab, begrüßte ihn und erzählte ihm in kurzen Sätzen alles, was sie über den Fall bisher wussten. „In dem Auto lagen das Handy und die Handtasche einer der Vermissten. Die anderen Handys konnten nicht geortet werden. Offensichtlich ausgeschaltet. Taucher haben in den

Gewässern gesucht, aber nichts entdeckt. Die Kollegen der Bereitschaftspolizei haben zum Schluss Anwohner im Dorf befragt, ob sie etwas gesehen hätten. Bisher keine Ergebnisse. Wir haben recherchiert, ob es einen Rettungseinsatz gegeben hat und vier Personen in ein Krankenhaus eingeliefert wurden. Auch kein Erfolg."

„Sind die Personen polizeilich schon mal aufgefallen?"

„Nein!", antwortete Niemann. „Die Kollegen in Rodingshausen sind der Meinung, dass die Personen abgehauen sein könnten, da sie die Einrichtung kennen und ihrer Meinung nach dort ständig Jugendliche ausreißen."

„Und was sagt ihr dazu?"

„Wir gehen von einem Verbrechen aus. Deswegen haben wir den Fall an euch weitergegeben. Ihr seid doch für Verbrechen zuständig. Jedenfalls haben wir im Auto nichts Weiteres gefunden und der Hund hat uns auch nicht zu ihnen gebracht. Daher deutet für mich alles darauf hin, dass den Personen etwas zugestoßen ist. Das wirkt nicht so, als hätten sie sich verlaufen. Daher haben wir auch schon Anzeigen in der Tageszeitung geschaltet."

Philip fragte sich, ob sie wirklich von einem Verbrechen ausging oder es nur eine Ausrede war, um die Verantwortung abzuschieben. Er kannte Kollegin Niemann. Er mochte sie, aber er wusste auch, dass sie bei dem Sommerwetter keine Lust auf Arbeit hatte.

Als er die Bilder der Vermissten genauer unter die Lupe nahm, bemerkte er, dass die Jugendlichen gar nicht wie typische Ausreißer wirkten. Die Fotos waren bei POLIS, einem Polizeiinformationssystem, in das jede Dienststelle mit Hilfe einer Vorgangsnummer Einsicht hatte, online gestellt worden. Doch das musste nichts bedeuten. In seinem Beruf hatte er gelernt, wie schnell der Schein trügen konnte.

„Übrigens, an diesem Laves-Kulturpfad stehen ein alter Tempel und ein Mausoleum. Für das Grundstück um das Mausoleum und um in dieses sowie in den Tempel zu gelangen, gibt es Schlüssel. Diese hat die Gemeinde. Wir wollten einmal nachfragen, ob wir die Schlüssel bekommen könnten, um auszuschließen, dass die Vermissten dort sind, schließlich sind die Spürhunde dort total ausgerastet. Das hättest du sehen sollen. Sie haben laut gebellt, geheult, gejault und waren gar nicht mehr unter Kontrolle zu bringen. Aus einem unbekannten Grund."

„Wie? Haben sie vielleicht angeschlagen?"

„Eben nicht. Selbst die Hundeführer waren ratlos, warum sie sich so verhielten", meinte die Kollegin in einem rauen Ton. „Wir haben jedenfalls nichts gesehen und sind auch noch nicht dazu gekommen, die Schlüssel zu besorgen."

„Wieso nicht?", fragte Philip spitz.

Seine Kollegin am Hörer räusperte sich. „Ach, na ja, wir haben uns den Tempel von außen angesehen, auch das Grundstück um das Mausoleum. Wir konnten weder Stimmen vernehmen noch etwas sehen, was auf die vierköpfige Mannschaft hindeutete. Außerdem ermitteln wir parallel in einem weiteren Fall."

„In was für einem?"

„Eine Teenagerin ist von zuhause ausgerissen. Da können wir schlecht auch noch nach vier Wanderern suchen."

Philip verdrehte schmunzelnd die Augen. „Soso. Vielleicht sind die Wanderer auch ausgerissen. Wollten mal etwas anderes sehen als ihre Jugendeinrichtung."

„Jedoch kann auch ein Verbrechen vorliegen."

Philip unterdrückte ein Stöhnen. Seine Kollegin hatte wohl kaum Lust auf zwei Untersuchungen gleichzeitig und den dazugehörigen Papierkram. „Wie viele Suchaktionen habt ihr denn durchgeführt?"

„Nur eine, da wir zeitlich nicht mehr einrichten konnten. Wie gesagt, wir wollten gestern noch eine weitere durchführen, allerdings mussten wir die Teenagerin suchen."

„Aha! Doch nicht mehrere Suchaktionen!"

„Ein minderjähriges Mädchen geht vor. Die Kleine ist erst elf", betonte Kommissarin Niemann. „Ihr solltet euch noch mal im Dorf umhören. Vielleicht weiß ja jemand etwas."

Nachdem er das Telefon zur Seite gelegt hatte, schüttelte er amüsiert den Kopf. Nun war der Fall an ihn übertragen worden, da sich keiner angesprochen fühlte, in dem Fall zu ermitteln. Weder die Kollegen aus Rodingshausen noch die aus Rabenheim. Womöglich lag tatsächlich ein Verbrechen vor, auch wenn er nicht daran glaubte. Wie auch immer, er war froh, etwas zum Arbeiten zu haben. Nicht ohne Grund war er dafür bekannt, dass er gerne Überstunden machte und sogar in seinem Büro übernachtete.

Philip setzte sich auf den Tisch, nachdem er zu seinen vier Kollegen geschritten war und sie über den neuen Fall informiert hatte.

„Also ich habe das Gefühl, dass da etwas passiert sein muss", äußerte Chloe Hahn, eine junge Kollegin, die ihre Haare erst kürzlich von Braun in Blond gefärbt hatte.

„Eine Entführung?", fragte Malia Oman sie, die nicht älter war als Chloe.

Ihre Kollegin zuckte mit den Schultern. „Kann schon sein, doch ich will andere Theorien nicht ausschließen."

Philip erging es ähnlich. „Wir sollten uns im Dorf umhören. Möglicherweise hat irgendein Anwohner etwas beobachtet. Zudem will ich mir einen Überblick verschaffen zu diesem Ort." Das war eines seiner Rituale. Er musste jeden Handlungsort auf sich wirken lassen. Nur so konnte er die Atmosphäre spüren und den Tathergang rekonstruieren. „Wir sollten auch die Zimmer der betreuten Jugendlichen durchsuchen", sagte er anschließend in die Runde.

Walter Schmitt, ein Mann Ende vierzig, schüttelte den Kopf. „Ach, Blödsinn! Wir haben Besseres zu tun. Glaubt mir, das ist nur Zeitverschwendung. Wir sollten unsere Aufmerksamkeit lieber auf

unseren aktuellen Stalking-Fall legen. Das ist wichtiger. Wer würde denn schon Leute aus einer Jugendhilfeeinrichtung entführen
wollen?"

„Eben! Schließlich können wir der Frau doch nicht sagen, dass wir
für sie keine Zeit mehr haben", stimmte ihm Malia zu und fuhr sich
durch ihre dunklen Locken, die sie mit einem Haaröl zum Glänzen
gebracht hatte.

Philip schwieg, unsicher, was er sagen sollte. Im Grunde konnte
er selbst nicht daran glauben, dass im Vermisstenfall etwas Ernsthaftes
passiert war. Sonst hätte man doch Blutspuren im Wald gefunden.
„Kann ja sein, wir finden dort etwas, was von Bedeutung sein könnte."

„Warum sollten wir? Schließlich wollten sie nur einen Ausflug
unternehmen und dann wieder heimkehren. So war zumindest der
Plan. Da werden sich bestimmt keine Spuren in den Wohnungen
finden lassen."

„Ich glaube, dass sie bald schon wiederkommen werden", meinte
Walter, während er seinen Rücken streckte. „Vielleicht haben die
Jugendlichen sich nur verlaufen."

„So wie ich das sehe, ist das ein kleines Gebiet. Schwer, sich zu
verlaufen", mischte sich Chloe ein und sah zu ihrem älteren Kollegen
hinüber. Ihr Blick glitt zu dessen Schuhen, die augenscheinlich mit
einer braun-schwarzen Wollschnur verschnürt waren.

„Ach, Jugendliche aus sozialen Einrichtungen kennen nur Ghettos. Keine Wälder. Höchstwahrscheinlich wollten sie einen Abenteuertrip machen und haben sich nach zehn Metern verirrt."

„Und was ist mit dem Betreuer?", fragte Leon Wagner lachend,
der mit Ende zwanzig der Jüngste unter ihnen war.

Sein Kollege Walter hob die Schultern und lächelte verlegen. „Ach,
erst vor kurzem hat sich ein Betreuer aus einer anderen Einrichtung
mit einer seiner Minderjährigen abgesetzt. Ist groß in den Medien
diskutiert worden. So was kommt vor."

„Na, wenn du meinst. Wartet, ich hab' mir eine Karte von diesem Gebiet besorgt", meinte Leon und verließ das Büro.

„Schicke Schnürsenkel hast du übrigens. Sind die neu?", fragte Chloe schmunzelnd und deutete mit ihrem Kinn auf die braunen Businessschuhe ihres älteren Kollegen, die schon teils abgenutzt waren.

„Danke, meine richtigen waren schon ausgeleiert und halb kaputt. Und da ich noch Wolle zuhause hatte, habe ich mir gedacht, mal Geld zu sparen. Zudem muss ich zugeben, dass ich ab und an faul bin", meinte Walter scherzhaft.

„Damit würde ich nicht mal zum Briefkasten gehen", lachte Malia.

Walter wandte sich zu Philip: „Bestimmt lachen die Kollegen in Rabenheim sich schlapp, da sie nun ein Paket an Arbeit losgeworden sind."

„Wahrscheinlich. Daher liegt es nun an uns, die Vermissten zu finden. Ich werde gleich diese Wohngruppe anrufen und mich vorstellen. Ich will mit den Betreuern persönlich sprechen, schließlich kennen sie die vier am besten. Zwei von uns fahren heute da mal hin."

„Hier, ich hab' sie!", rief Leon, als er wieder den Raum betrat, und streckte ihnen eine Landschaftskarte entgegen, die er an der baumstammbraunen Pinnwand aus Kork aufhing.

„Das ist wirklich kein großes Gebiet", stellte Philip fest. „Somit ist es kein Ort, wo man sich schnell verlaufen kann. Eigentlich."

„Wenn sie sich irgendwo im Wald verlaufen haben, dann sollten wir lieber dorthin fahren. Und nicht in die Wohngruppe", äußerte Walter mürrisch.

Philip sagte: „Es wurde eine Suchaktion durchgeführt, die allerdings erfolglos verlaufen ist. Nur den Hund und das Dienstfahrzeug hat man bisher gefunden."

Leon zuckte mit den Schultern. „Vielleicht ist der Hund ausgebüxt und sie sind ihn suchen gegangen.""

Walter hob beide Hände nach vorne. „Leute, wir werden sie schon finden. Da kann nichts Schlimmes passiert sein, daher sollten wir nicht so viel Zeit mit dem Fall verschwenden."

Die Rollläden waren hochgezogen, als sie mit leisen Schritten ihr kleines Büro betrat. Die wenigen Sonnenstrahlen, die der Morgen zu bieten hatte, schienen genau auf ihren Schreibtisch und erhellten ihn wie einen Thron. Niemand außer ihr befand sich derzeit in der Nähe. Darüber war sie äußerst erleichtert. Sie wollte nichts mehr von dem Vorfall hören. Wollte nicht von den negativen Ereignissen überflutet werden.

Sie hatte es bereits nicht glauben können, als sie Sonntagabend, kurz nachdem sie ihr Haus nach dem wöchentlichen Familientreffen wieder betreten hatte, den Anrufbeantworter abgehört und erfahren hatte, was geschehen war. In ihr war sofort ein Gefühl von Beklommenheit verursacht worden, welches immer noch anhielt. Andauernd fragte sie sich, warum Karsten und die Jugendlichen nicht zurückgekommen waren. Kurz dachte sie an die Berichte, die sie an diesem Tag hatte lesen wollen. Das konnte sie nun glatt vergessen. Sie würde sich mit ihren Kollegen über die Sache austauschen müssen und zusätzlich auch noch mit Thomas Krüger, dem Einrichtungsvorsitzenden. In ihrer Zeit als Bereichsleiterin hatte sie viele schwierige Situationen durchleben müssen. Einige Jugendliche fingen an, mit Drogen zu experimentieren, einige zerlegten ihre Wohnungen und andere verweigerten jegliche Hilfestellungen. Doch keines der Erlebnisse war mit dem aktuellen zu vergleichen: dem Verschwinden einiger Gruppenmitglieder.

Sie ließ sich auf ihren breiten, cremeweißen Schreibtischstuhl sinken und grübelte darüber, was zu tun war. Die Polizei würde sicherlich bald auftauchen mit irgendwelchen Neuigkeiten. Doch nicht nur sie würde sie demnächst konfrontieren. Auch andere Bereichsleiter in der Einrichtung und vor allem der Vorstand würden ihre misstrauischen Augen auf sie richten. Sie sollte sich bereithalten, um ihnen ein gutes Bild von sich zu präsentieren. Wenn sie wüssten, wie sie hier arbeitete, dann würde der Teufel höchstpersönlich auf Erden kommen und sie holen.

Die ältere Dame versuchte, sich zu beruhigen. Bestimmt würde Herr Wendt mit den Jugendlichen wieder lebendig auftauchen, dachte sie sich. Das war bestimmt nichts Großes. Das hoffte sie zumindest und versuchte, sich dies in ihren zotteligen Kopf einzubrennen. Etwas anderes durfte nicht passieren. Es würde nur den bereits schlechten Ruf der Wohngruppe endgültig zerstören. Vor ihrem inneren Auge konnte sie schon sehen, wie immer mehr Schützlinge aus der Wohngruppe verschwanden. Ihr Körper zuckte zusammen, als sie das dumpfe Klopfen an der Tür wahrnahm.

„Herein!", brüllte sie in einem barschen Ton.

Die Tür öffnete sich und wenig später stand Marcel ihr gegenüber. „Guten Morgen, Frau Ahrens", grüßte er sie, während er das Gewicht von einem auf das andere Bein verlagerte. Er wollte am liebsten umkehren. Er ahnte bereits, derjenige zu sein, der ihre schlechte Laune abbekommen würde.

„Was wollen Sie?", fragte Frau Ahrens stöhnend und nahm einen Aktenordner aus dem Schrank, um diesen auf ihren Schreibtisch zu legen.

Tolle Begrüßung, dachte sich Marcel. „Ich weiß nicht, ob Sie das erfahren haben, aber am Freitag …"

„Ich weiß Bescheid!", unterbrach ihn seine Chefin und nahm sich ein paar Unterlagen aus dem Ordner.

Marcel legte die Stirn in Falten. Was? Sie hatte es längst abgehört, doch sich diesbezüglich informieren wollte sie nicht? „Okay. Ich wollte Sie fragen, ob ich die Jugendämter gleich informieren soll."

„Nein!"

„Wie … nein?" Ihn beschlich das Gefühl, sich gerade verhört zu haben.

„Nein!", wiederholte Frau Ahrens und schloss den Aktenordner so hart, dass es im ganzen Haus zu hören war. „Nein heißt nein! Sie werden den Jugendämtern nichts mitteilen. Weder per Telefon noch per Mail!"

Marcel zuckte zusammen. Er war oft mit vielen ihrer Entscheidungen und Vorschläge nicht einverstanden gewesen, hatte sie als dümmlich abgestempelt, aber diese Entscheidung toppte alle anderen. „Wieso?"

„Überstürzen Sie nichts! Ich finde, wir sollten noch ein wenig warten. Ich will kein unnötiges Drama."

„Aber wir müssen doch den Jugendämtern einen Bericht schreiben, damit sie, auch wenn die drei wieder aufgetaucht sind, darüber Bescheid wissen. Und wir müssen es noch den Eltern mitteilen. Außerdem wird auch Herr Wendt vermisst."

„Ach, papperlapapp! Das kann noch warten! Ich gebe Ihnen Bescheid, wenn wir das Jugendamt und die Eltern informieren werden! Wahrscheinlich sind sie heute wieder da, daher brauchen wir die Ämter nicht unnötig in Unruhe zu versetzen."

„Aber wann soll das sein? Das ist doch dann viel zu spät."

„Zweifeln Sie an meinen Entscheidungen?" Die ältere Dame hob ihre Augenbrauen und sah ihren Mitarbeiter misstrauisch an.

Marcel schluckte. Irgendetwas an ihrem Blick erinnerte ihn immer an den einer Eule. Er atmete tief ein, schloss für einen Moment die Augen und sagte dann: „Nein!" Er konnte ihr nicht die Wahrheit sagen. Er war ein Feigling.

„Gut. Ich gebe Ihnen Bescheid, wenn ich der Meinung bin, dass es Zeit ist, die Jugendämter zu informieren, Herr Voigt."

„Wie können Sie sich so sicher sein, dass sie heute wieder da sind?", fragte Marcel. „Schließlich hat die Suchaktion am Wochenende auch nichts gebracht. Man hat nur Merlin und das Dienstfahrzeug gefunden."

Frau Ahrens blickte zu ihren Unterlagen. Den albernen Hund und die Schrottkarre hatte man gefunden. Ihre Schützlinge nicht. Tolle Polizeiarbeit. „Ich bin fest davon überzeugt, die Jugendlichen wiederzusehen. Wir werden den Jugendämtern also keinen Heidenschreck einjagen müssen. Schließlich bin ich die Bereichsleiterin! Nicht Sie! Sie werden meinen Entscheidungen Folge leisten müssen. Verstanden?"

„Ja, Frau Ahrens." Marcel schüttelte genervt den Kopf. Er wusste, dass es keinen Sinn hatte, mit ihr zu diskutieren, da sie dafür bekannt war, sich auszuagieren, wenn sie mal nicht die volle Kontrolle über ihre Mitarbeiter hatte.

„Wer weiß von dem Vorfall?" In schleichenden Schritten ging die Bereichsleiterin auf ihren Mitarbeiter zu. Zu seinem Kopfschütteln sagte sie nichts mehr. Sie wollte sich nicht noch mehr aufregen, da sie wusste, dass es nicht gut für ihr Herz und ihren Blutdruck war.

Marcel verkrampfte seine Finger. Warum wollte sie das wissen? Es gab doch jetzt Wichtigeres zu tun. „Na ja, alle Betreuer wissen darüber Bescheid. Außer Elke. Zu ihr hat niemand von uns so richtig Kontakt."

Frau Ahrens unterdrückte einen Fluch. „Von den Bereichsleitern, meinte ich."

„Niemand, soweit ich weiß."

„Gut. Das wird auch so bleiben! Glauben Sie mir, Herr Voigt, die Jugendlichen und Herr Wendt werden wieder auftauchen."

„Dürfen wir Ihnen etwas anbieten?" Malia blickte in die Augen des braungebrannten Mannes, den sie um die vierzig schätzte. Chloe und Malia hatten Richard Mayer zu sich eingeladen, der sich am

Morgen telefonisch bei ihnen gemeldet hatte und glaubte, ein Zeuge zu sein sowie wichtige Hinweise zu haben.

„Nein. Danke!" Richard Mayer hob abwehrend eine Hand, ehe er sie wieder auf seinen Bierbauch legte.

„Okay. Dann fangen wir mal an mit unseren Fragen", meinte Chloe und schloss die Tür ihres Büros.

„Gerne." Richard Mayer räusperte sich, während er sich im Stuhl aufrichtete. „Ich hab' mitbekommen, wie bei uns in Derneburg ein paar Spaziergänger verschwunden sind. Wissen Sie, meine Nachbarn haben es mir mitgeteilt."

Chloe nickte und setzte sich an ihren Schreibtisch. Er schien ein gesprächiger Mann zu sein, diese Art von Menschen mochte sie bei Befragungen mehr. „Ja, genau. Am Freitagnachmittag wollten vier Spaziergänger den Laves-Kulturpfad entlanggehen. Dort verliert sich ihre Spur."

„Ah, okay! Ja, da war ich schon mal. Schön dort. Eigentlich."

„Waren Sie auch letzten Freitag dort?"

„Nein!" Seine Stimme ließ Malia aufhorchen. Er klang nervös, seine Finger zitterten. Vielleicht hatte er nie zuvor mit der Polizei zu tun gehabt. Oder womöglich war es doch etwas anderes, was ihn nervös machte.

„Aber Sie meinten am Telefon, dass Sie uns vielleicht helfen könnten."

Richard Mayer steckte seine Hände in die Taschen seiner dunkelblauen Weste. Offenbar hatte er bemerkt, dass die Kommissarinnen auf seine Hände achteten. „Vielleicht. Ich bin Freitag spätabends mit Blue, unserem Golden Retriever, Gassi gegangen. Es war in der Nähe des Waldstücks, wo sich das Mausoleum und der Tempel befinden."

Also war er doch dort, dachte sich Malia und nickte dem Mann zu. Sie wollte alles wissen, was er zu sagen hatte. Irgendetwas verschwieg er. „Erzählen Sie weiter!"

„Eigentlich sollte das Wetter gut sein, aber so ab 20^{00} Uhr wurde es schon bewölkt und immer dunkler."

„Okay." Stirnrunzelnd betrachtete Malia ihre Kollegin, die ihren Blick jedoch nicht erwiderte.

„Ich fand das seltsam. Dann gegen 21^{00} Uhr habe ich einen Schrei gehört, der aus dem Waldstück kam. Daraufhin hat mein Hund plötzlich angefangen zu bellen, obwohl er das nie macht. Er hat circa fünf Minuten lang gebellt und war nicht ruhig zu kriegen."

Chloe beugte sich zu ihm vor. „Welche Art von Schrei war das? Männerstimme oder Frauenstimme?"

„Definitiv eine Frauenstimme. Sie klang schrill und absolut panisch. Ich dachte auch zuerst, es sind irgendwelche Kids, die ihren Spaß haben. Aber als ich hörte, dass seitdem ein paar Leute vermisst werden, habe ich mir gedacht, ich gebe das mal besser an die Polizei weiter", meinte er und lächelte verlegen.

Chloe nickte lächelnd, um ihm zu signalisieren, dass er das Richtige getan hatte. „Guter Gedanke! Ist Ihnen denn sonst noch etwas aufgefallen?"

Frau Ahrens hatte gerade ihr Vollkornkäsebrot aufgegessen, als sie das schrille Klingeln hörte. Zuerst dachte sie, dass es einer der zu Betreuenden wäre, wie Kevin oder Noah, die ständig klingelten und andauernd etwas von den Betreuern wollten. Daher ließ sie ihre Mitarbeiter, die im Büro nebenan hockten und Protokolle schrieben, die Tür öffnen. Doch schnell stellte sie fest, dass keiner der Jugendlichen an der Tür stand, sondern die Polizei. Das hätte sie sich gleich denken können.

Aufmerksam hörte sie nun dem Gespräch zu, welches die zwei Polizisten mit Natascha, einer blonden Sozialarbeiterin russischer Herkunft, die die Spätschicht übernommen hatte, führten. Hoffte, dass sie die vermissten Gruppenmitglieder gefunden hatten. Was war mit ihren Schützlingen? Was mit Herrn Wendt? Ihre Hoffnung zerplatzte in tausende Bruchstücke, als sie erfuhr, dass die Vermissten noch nicht gefunden worden waren.

Frau Ahrens schreckte kurz auf, als sie hörte, dass die Polizisten, wie erwartet, mit ihr sprechen wollten. Jetzt war es so weit. Natascha klopfte an ihre Tür und öffnete sie, nachdem Frau Ahrens es bejaht hatte. Natascha streckte ihren Kopf in den Raum und erzählte ihr, dass die Polizei da wäre und mit ihr über die verschwundenen Gruppenmitglieder sprechen wollte. „Ja, sie können hereinkommen!", rief Frau Ahrens ihr zu, während sie die Falten in ihrem altmodischen Rock glättete. Philip und sein Kollege Walter traten in den Raum. Die Tür wurde wieder geschlossen.

„Guten Tag!" Philip streckte ihr die Hand entgegen. „Kriminalhauptkommissar Eckhart, ich untersuche mit meinem Team den Fall. Das hier ist mein Kollege Schmitt." Philip deutete mit seinem Kinn auf seinen Kollegen.

Frau Ahrens reckte sich und begrüßte sie ebenfalls. Sie musste die innere Anspannung verlieren, abschütteln, vergessen. Philip wirkte auf sie gutmütig, sein Kollege, der ungefähr in ihrem Alter war, dagegen nicht. Er wirkte wie das komplette Gegenteil seines Kollegen. Mit seinem kühlen Blick und seinen kleinen, eisblauen Augen sah er regelrecht angsteinflößend aus. Sie würde sich jedoch von diesem Mann nicht einschüchtern lassen.

„Ich hörte bereits, drei meiner Schützlinge und einer meiner Mitarbeiter werden vermisst. Setzen Sie sich bitte", fing Frau Ahrens an und wies auf die beiden billigen Holzstühle am Beistelltisch vor ihr. „Gibt es denn erste Hinweise zu ihrem Verbleib?"

„Leider nicht!", meinte Philip, nachdem er mit Walter gegenüber der Bereichsleiterin Platz genommen hatte. „Aber Kollegen von uns haben auf dem Parkplatz in der Nähe des Laves-Kulturpfades das Dienstfahrzeug entdeckt, mit welchem Ihr Mitarbeiter und die

Jugendlichen unterwegs waren."

„Und was ist mit den Personen selbst?" Die penible Bereichsleiterin betrachtete die Beamten nun genauer. Der jüngere von beiden war schick angezogen. Graues Hemd, schwarze Hose, schwarzer Gürtel. Der ältere ebenfalls. Weißes, kariertes Hemd, blaue Jeans. Doch den jüngeren mit dem honigblonden Haar, den sie auf Ende dreißig schätzte, fand sie attraktiver. Zudem wirkte er aufgeschlossener als der ältere, der ihr mit einer finsteren Miene zeigte, dass er sie nicht wertschätzte.

Walter berichtete von der durchgeführten Suchaktion am Wochenende mit den negativen Ergebnissen. Frau Ahrens blieb kerzengerade in ihrem Bürostuhl sitzen und hörte konzentriert zu.

„Doch in dem Dienstfahrzeug", fuhr Philip dann fort, „wurden ein paar Habseligkeiten der Personen gefunden, wie das Smartphone oder eine schwarze Handtasche, die Mila Evers gehören könnte."

„Wahrscheinlich gehört sie ihr!", meinte Frau Ahrens enttäuscht. Von den vermissten Jungen erwartete sie nicht, dass sie mit einer Handtasche durch die Gegend liefen. „Was meinen Sie, wie lange dauert es noch, bis sie gefunden werden?"

„Das werden wir sehen!", äußerte Walter grimmig. „Ich gehe allerdings davon aus, dass man sie finden wird. Schließlich sind Ihre anderen Jugendlichen auch immer wieder von allein aufgetaucht, wenn sie verschwunden waren."

Dieser Idiot von einem Beamten! Wie stumpfsinnig doch die männliche Spezies sein konnte. „Ich wüsste nicht, dass jemals einer meiner Schützlinge verschwunden wäre. Was Sie meinen, Herr Schmitt, ist, dass sie abgängig waren, also freiwillig abgehauen und nach kurzer Zeit wieder von selbst aufgetaucht sind", meinte die Bereichsleiterin schroff.

„Na ja, Frau Ahrens, was ist, wenn Ihr Mitarbeiter mit den Jugendlichen ebenfalls abgehauen ist?", stichelte Walter sie an. „Es wäre nicht das erste Mal, dass so etwas geschieht!"

„Das ist eine absurde Theorie. Herr Wendt ist ein vertrauenswürdiger Mitarbeiter und einer meiner besten Angestellten. Ich traue ihm so etwas Unfassbares nicht zu und den Jugendlichen auch nicht. Einer von ihnen hat dieses Jahr sogar seine Fachhochschulreife erfolgreich absolviert und bereits einen Ausbildungsplatz. Der andere ist Gymnasiast und wäre nächstes Jahr ebenfalls Absolvent. Mila dagegen macht ein freiwilliges soziales Jahr in einem Altenheim, auch etwas Vorbildliches."

„Bitte beruhigen Sie sich, Frau Ahrens!", besänftigte sie Philip, der bemerkte, was sie vorhatte. Ihre Schützlinge waren alle brave Musterschüler. „Wir sind hier, um Ihnen noch einige Fragen zu stellen!"

„In Ordnung!", meinte Frau Ahrens, die fortan nur noch Philip ins Gesicht sah. „Legen Sie los!"

„Wann haben Sie die vermissten Personen zuletzt gesehen?", fragte Philip sie schnell.

„Am Freitagnachmittag, kurz bevor sie abgefahren sind. Wir saßen noch zur Kaffeerunde zusammen. So gegen 17^{00} Uhr sind sie dann losgefahren. Ich glaube, sie wollten um 19^{00} Uhr wieder zurück sein."

„Und ist Ihnen etwas aufgefallen an den Personen?"

„Nein, sie haben sich auf den Ausflug gefreut." Frau Ahrens war mit ihren Gedanken noch bei dem Abschied. Erinnerte sich, wie sie den vier Personen zugewunken hatte, wie die vier in den Wagen gestiegen und wie sie losgefahren waren.

„Wie lange kennen Sie schon Herrn Wendt?", fragte Philip und riss die ältere, selbstbestimmte Dame aus ihren Gedanken.

„Seit ungefähr einem guten Jahr ist er bei mir tätig und er ist immer pflicht- und verantwortungsbewusst gewesen. Und er ist ein richtiger Naturliebhaber. Er meinte mal zu mir, dass er es erstaunlich finde, wie die Bäume so hartnäckig gegen den Winter ankämpfen würden. Ja … Wälder liebt er."

Die beiden Kommissare warfen sich einen schnellen Blick zu.
Philip erkannte in den Augen seines Kollegen sofort, dass dieser von
der Bereichsleiterin genervt war. „Ein gutes Jahr ist nicht besonders
lang!", meinte Walter, während er sich abschätzig das Büro der Bereichsleiterin ansah. Es war ungefähr so klein wie seines, welches er mit
Chloe teilte. Nur wirkte es durch die farblich aneinandergereihten
Aktenordner und den blitzblanken Beistelltisch ordentlicher. „Und
die Jugendlichen?"

„Anständige Jugendliche! Mila und Jendushen waren schon län-
ger in der Einrichtung. Adam ist seit fast einem Jahr hier", erklärte
Frau Ahrens. „Die Gründe darf ich Ihnen allerdings aufgrund des
Datenschutzes nicht mitteilen."

„Was ist das denn eigentlich genau für eine Einrichtung?", fragte
Philip.

„Wir sind eine Einrichtung für Jugendliche mit sozialen und emo-
tionalen Entwicklungsverzögerungen. Die Jugendlichen hier leben
in einer Wohngruppe, auch betreutes Wohnen genannt. Es dient
dazu, sie emotional zu stabilisieren, sozial zu integrieren und zu ver-
selbstständigen, damit sie später eigenständig leben können. Jeder der
Jugendlichen hier besitzt eine Zwei-Zimmer-Wohnung in derselben
Straße, die er in einem ordentlichen Zustand halten soll, muss aber
die Miete und die Nebenkosten nicht bezahlen. Nur die Wohnung in
einem sauberen Zustand halten, den Haushalt meistern, pünktlich
Termine wahrnehmen und einen Rhythmus in seinen Alltag bringen.
Sozusagen eine Tagesstruktur aufbauen. Glauben Sie mir, das klingt
simpel, ist für viele aber alles andere als das."

„Okay."

„Die vermissten Jugendlichen kommen gut damit zurecht. Sie
sind recht autark und haben einen strukturierten Tagesablauf. Die
Wohnung hier, wo wir uns gerade befinden, ist das Gemeinschaftsbüro, in dem hauptsächlich ich und meine Mitarbeiter sitzen. Das

Hauptgebäude der Wohngruppe sozusagen. Im gegenüberliegenden Wohnblock befindet sich der Aufenthaltsraum der Jugendlichen mit Küche und Bad. Ebenfalls Erdgeschoss."

Philip nickte, interessierte sich allerdings nicht für das Gesagte. Schließlich wollte er hier nicht anfangen zu arbeiten. „Wie kam es denn zu dem Ausflug?"

„Die Jugendlichen wollten wandern gehen und haben daher Herrn Wendt gefragt. Das machen sie regelmäßig mit den Betreuern. Und noch nie ist etwas Derartiges passiert."

„Machen sie das immer mit Herrn Wendt? Und auch immer die selben Jugendlichen?"

„Auch mit Herrn Wendt. Aber nicht ausschließlich. Wir haben noch einen Kollegen, der dies mit den Jugendlichen unternimmt. Meistens sind Mila und Jendushen dabei. Adam war, meines Erachtens, zum ersten Mal dabei."

„Okay!", meinte Philip und knöpfte sich ein Loch seines Hemdes zu. „Wissen die Eltern schon Bescheid?"

„Meine Mitarbeiter werden heute die zuständigen Jugendämter darüber informieren und diese werden sich dann an die Eltern wenden", log Frau Ahrens und zog ihre dunklen Augenbrauen dabei hoch. „Sie brauchen sich daher keine Gedanken darüber zu machen. Und bei Herrn Wendt weiß ich nicht, ob sich seine Frau gemeldet hat. Sicherlich! Die Arme wird sich auch Sorgen um ihren Ehemann machen!"

Die Kollegen schauten sich kurz an, bevor sie wieder zu der Bereichsleiterin hinüberblickten. „Hoffentlich!", meinte Philip vorsichtig. „Unser letzter Stand ist, dass sie sich noch nicht gemeldet hat. Kennen Sie sie denn?"

„Nein! Herr Wendt erzählte mir nur ein paar Sachen. Zum Beispiel waren die beiden mal für ein paar Tage in Irland."

„Hat Ihr vermisster Mitarbeiter keine weiteren Angehörigen …

Eltern, Geschwister etc.?", fragte Walter, der sich weiterhin mehr für das Büro interessierte als für dessen Besitzerin.

„Wenn er davon einmal gesprochen hat, dann nur über seine Frau und ihr gemeinsames Kind. Zumindest mit mir!", erzählte die Bereichsleiterin mit erhobener Brust.

„Melden Sie sich bei uns, wenn Sie etwas erfahren! Wir müssen auch nochmal mit den Jugendämtern sprechen."

Frau Ahrens nickte stumm. „Natürlich! Ich werde Ihnen die Kontaktdaten der zuständigen Jugendämter zufaxen." Dabei hatte Frau Ahrens überhaupt kein Interesse daran, der Polizei irgendetwas zuzufaxen.

„War es eigentlich seine Idee gewesen, zum Laves-Kulturpfad nach Derneburg zu fahren?", wollte Walter nun wissen.

„Der Vorschlag kam meiner Meinung nach von ihm. Er kennt viele schöne Orte hier in der Umgebung. Er sagte, dass es auf dem Laves-Kulturpfad ein paar Sehenswürdigkeiten zu erkunden gibt, und war euphorisch, als er darüber sprach."

„Hat er sich die drei gezielt ausgesucht?"

Die Bereichsleiterin seufzte. „Was heißt gezielt? Er hat alle gefragt, wer auf den Wanderausflug Lust hätte. Die Jugendlichen heutzutage gehen viel zu selten an die frische Luft. Dauernd hocken sie in ihren Wohnungen herum und vereinsamen dort. So wie Adam. Er ist ein zurückgezogener Junge und ich finde es gut, dass Karsten Adam dazu überredet hat. Und wissen Sie? Adam hat, meiner Meinung nach, viel zu viel in seiner Wohnung herumgesessen und Löcher in die Luft gestarrt. Das können Ihnen meine Mitarbeiter bestätigen. Ich weiß nicht, was dieser Junge immer in seiner Wohnung gemacht hat, aber nichts Anständiges. Stubenhocker! Gut in der Schule, aber Stubenhocker!" Das Wort „Stubenhocker" betonte sie so verächtlich, dass den Beamten deutlich wurde, wie sie solche Menschen auf den Tod verachtete.

„Wurde der Ausflug spontan entschieden oder gab es dazu schon länger eine Ansage?"

„Herr Wendt hat die Jugendlichen vor ein paar Wochen gefragt, soweit ich es gehört habe. Meine Mitarbeiter können Ihnen da eine bessere Auskunft geben. Warum fragen Sie?", fragte die ältere Dame und zog eine Augenbraue in die Höhe.

„Wir gehen nur sämtlichen Spuren nach!", antwortete ihr Walter genervt und atmete tief aus.

„Das war's auch schon mit unseren Fragen. Wir hoffen sehr, wir finden Ihre Jugendlichen und Ihren Mitarbeiter schnell und gesund wieder!", meinte Philip, um die Situation zwischen Frau Ahrens und seinem Kollegen zu beruhigen, und stand auf. Er legte ihr noch seine Visitenkarte auf ihren Schreibtisch mit der Ansage, sich jederzeit bei ihm melden zu können, und verabschiedete sich von ihr. Frau Ahrens gab ihnen ebenfalls die Hand, bei Walter nur widerwillig, strich ihren grünen Rock wieder glatt und verabschiedete sich, während sie die Beamten zur Tür begleitete. Die beiden Kommissare wollten noch mit den Betreuern sprechen, doch diese befanden sich nicht mehr im Büro.

„Wahrscheinlich wieder im Aufenthaltsraum", antwortete Frau Ahrens und schloss die Tür.

Draußen angekommen, betrachtete Philip die Straße, in der die Häuser aneinandergereiht standen. Die Wohngruppe lag an einer vielbefahrenen Straße in einem der elendesten Vierteln von Rodingshausen. Alle Wohnblöcke an der Straße waren in ein altes, verdrecktes Aschgrau getaucht und mit kirschroten Dächern bestückt.

„Schlechte Gegend hier!", rief ihm sein Kollege zu, als er seinen Blick bemerkte.

„Okay!" Philip lächelte verlegen und glaubte ihm sofort. Auf der Straße quoll ihm der Gestank von Zigaretten, Alkohol und Bioabfall in die Nase. Eine ältere Dame kam ihm entgegen, die sich wochenlang nicht gewaschen zu haben schien. An der Bushaltestelle hockten Jugendliche, während sie Musik hörten und an Zigaretten zogen.

Philip konnte das Haus der Wohngruppe bereits sehen, welches auf der anderen Straßenseite stand. Er wollte mit den Betreuern noch einmal sprechen und ging auf das Haus zu, doch sein Kollege hielt ihn am Ärmel fest.

„Komm, Philip, lass uns gehen! Die schrullige alte Dame hat uns die Antwort auf die Frage geliefert. Es war die Idee von diesem Betreuer!" Walter steuerte in Richtung Dienstwagen.

Zögerlich ging Philip ihm nach. „Vielleicht sollten wir uns mal die Wohnungen der Jugendlichen ansehen."

„Ach, Philip. Glaub' mir, das wird nichts bringen. Wenn die sich freiwillig aus dem Staub gemacht haben, dann werden die uns keine Spuren zurückgelassen haben. Und warum willst du denn überhaupt die Wohnungen durchsuchen? Wir haben doch keine Leichen ge-funden. Lass uns zurückfahren, das führt hier zu nichts mehr. Nur Zeitverschwendung. Vielleicht haben die anderen ja etwas Neues", meinte Walter und stieg zur Beifahrerseite ein.

Philip wollte etwas entgegnen, doch er kannte seinen Kollegen gut. Ein äußerst sturer und verdammt missmutiger Mann. Da er keine Lust hatte, mit seinem schlecht gelaunten Kollegen bei den Betreuern aufzutauchen, überlegte er es sich doch anders und folgte ihm. Wahr-scheinlich hatte sein Kollege recht und sie würden wirklich nichts finden. Vielleicht waren die Vermissten wirklich nur abgehauen.

Er stieg in das graue Dienstfahrzeug und schloss die Tür. „Du hättest etwas freundlicher sein können!"

Verwundert blickte Walter seinen Kollegen an. „Was?"

„Na ja, das grad' eben war nicht professionell. Sie hält dich jetzt bestimmt für einen Griesgram."

Walter zuckte mit den Schultern und griff nach dem Gurt. „Und wenn schon? Ist mir doch egal, was die von mir hält! Sowieso glaube ich nicht, dass den Ausreißern von dieser Einrichtung hier irgendwas zugestoßen ist. Wenn, dann eher dem Betreuer, diesem Wendt!"

„Könnte doch sein, dass wirklich etwas passiert ist", äußerte Philip. Er war derjenige von seinen Kollegen, der Walter bereits mehr als fünfzehn Jahre und damit am längsten kannte.

„Dein Ernst? Das ist eine Jugendhilfeeinrichtung für Kids aus sozial geschwächten Familien. Die sind doch alle nicht so verantwortungsbewusst, wie es diese uneinsichtige Frau zu wissen glaubt. Und dann leben die hier noch in so einem Assi-Viertel. Kein Wunder, dass die Jugendlichen ständig abhauen, ich würd's hier auch nicht lange aushalten! Schon gar nicht bei der Alten!"

Philip konnte mit der Voreingenommenheit seines Kollegen nichts anfangen. Das Beste wäre, dachte er sich, seine Launen zu ignorieren. Das funktionierte immer bei ihm.

Er steckte den Schlüssel ins Zündschloss, startete den Motor, schnallte sich an und fuhr los. „Jetzt mach' mal halblang! Hier sind Jugendliche mit ihrer Aufsicht verschwunden und bislang hat man kein Lebenszeichen von ihnen gefunden. Wir sollten sie schleunigst finden. Die Chance, sie noch lebend zu finden, sinkt mit jeder Minute!"

„Ach!", stöhnte Walter. „Die haben sich bestimmt alle zusammengeschlossen und sind gemeinsam abgehauen, haben eine Abenteuerreise unternommen oder haben diesen Betreuer entführt. Aber dann müsste ja bei der Frau des Mannes ein Erpresserbrief aufgetaucht sein. Andersrum kann ich mir das nicht vorstellen. Wer verlangt denn schon Geld von Assi-Familien?"

Philip schüttelte den Kopf. „An die Entführung glaube ich nicht ganz, aber wenn du schon davon sprichst: Frau Wendt hat sich meines Wissens bei niemandem über sein Verschwinden informiert. Weder bei der Polizei noch auf der Arbeitsstelle ihres Mannes. Findest du das nicht eigenartig?"

„Ach, eventuell leben sie getrennt oder haben sich sogar schon geschieden", entgegnete ihm sein Kollege.

„Oder sie weiß etwas."

„Adam, bitte komm wieder, bitte!", flüsterte Luna leise vor sich hin und drückte ihr großes Kopfkissen gegen ihr Gesicht. Sie hatte ihre Musikbox angestellt und auf das Lied „Still" getippt. Ihre Gedanken waren bei Adam und den anderen.

In den letzten Tagen gab es kein anderes Gesprächsthema als die vermissten Gruppenmitglieder. Langsam wurde es brenzlig, sie noch lebend zu finden. Täglich fragten die Jugendlichen ihre Betreuer, ob es etwas Neues gäbe und die Polizei sie schon gefunden hätte. Immer wieder mussten die Betreuer dies verneinen und ihnen Hoffnung spenden, doch für sie selbst war niemand da. Frau Ahrens würde ihnen keinen Lichtblick geben, so viel war klar. Sie hatte sich den ganzen Tag in ihrem Büro aufgehalten, ehe sie Feierabend gemacht hatte. Das passierte selten. Normalerweise kam sie zu den Betreuern und überprüfte, ob sie ihre Arbeit erledigten. Beäugte sie kleinlichst, als wären sie Kleinkinder, die jederzeit das Haus abbrennen könnten. Etwas schien auch in ihr vor sich zu gehen.

Luna hatte noch nie großes Vertrauen in andere Menschen gesteckt. Erst als sie vor einem halben Jahr in die Einrichtung gezogen war und Adam kennengelernt hatte, hatte sie wieder Vertrauen gefasst und sich aus ihrer Wohnung getraut.

Doch in letzter Zeit hatte Adam sich immer mehr in seiner Wohnung zurückgezogen, fiel ihr nun auf, als sie darüber nachdachte. Das lag daran, dass er für sein Abitur lernte, welches er unbedingt bestehen wollte. So hatte er es zumindest behauptet.

Auch Mila war dies aufgefallen und sie hatte es sogar den Betreuern erzählt in der Hoffnung, Adam zu helfen. Doch stattdessen hatte er nur Ärger von Frau Ahrens bekommen, wie Luna es selbst auch manchmal erlebte. Und wie jeder andere es erleiden musste, der unter ihrer Macht stand.

Mit jedem Tag, mit jeder Stunde wurde die Sorge größer. Sie konnte sich zu nichts mehr motivieren. Nicht zum Lesen, nicht zum Fernsehen, zu rein gar nichts. Das Einzige, was zählte, waren ihre Freunde. Sie hatte so viel Zeit mit ihnen verbracht, dass sie nicht mehr wusste, was sie nun ohne sie tun sollte. Sie konnte nicht mehr mit ihnen schreiben, sie konnte sich nicht mehr mit ihnen im Gruppenraum verabreden. Nicht einmal zusammen zum Bus gehen konnte sie mehr. Warum musste es ausgerechnet ihnen passieren? Warum nicht jemand anderem? Kevin und Frau Ahrens hätte niemand vermisst. Und dann wurde es ihr bewusst. Schlagartig fragte sie sich, was passiert wäre, hätte sie mitgedurft. Wäre sie dann auch verschwunden?

Sie sah zu ihren Unterarmen. Nun konnte sie ihren Schmerz, ihren Frust nicht mehr unterdrücken. Nun musste sie es tun. Sie hatte genug gewartet und es hatte nichts gebracht. Seufzend holte sie eine Glasscherbe hervor, die sie in der obersten Schublade ihres Nachttisches versteckt hatte. Mit einem Mal stach sie sich damit in ihre Haut. Langsam gravierte sie mit der Scherbe kleine Linien in ihre Haut. Luna verspürte keinen Schmerz, auch nicht als Blut aus den Öffnungen quoll.

Am Abend hatten sich mehrere Polizeibeamte mit einem Spürhund, einer Rettungsmannschaft und dem Team um Philip Eckhart zum Laves-Kulturpfad begeben, da Chloe mit der örtlichen Gemeinde telefoniert und gebeten hatte, die Gebäude für eine Suchaktion zu öffnen. Hastig versammelten sie sich vor dem großen schwarzen Tor, welches zum Mausoleum führte. Allein durch die Erzählungen von Niemann hatte dieser Pfad ein seltsam ungutes Gefühl in ihm bereitet. Warum waren die Spürhunde so ausgeflippt? Hatte das was zu bedeuten? Philip wollte dieses Waldstück auf sich wirken lassen, die Bilder und Gerüche des Waldes in sich einsaugen. Er wollte diesen Ort kennenlernen, an dem die Wanderer verschwunden waren, und blickte nun in den Wald, in dem diese den Kräften der Natur wohl ausgesetzt gewesen waren. Irgendetwas in ihm bereitete ihm ein mulmiges Gefühl beim Betrachten des Waldes. Von wegen Entspannung. Der Wald wirkte unheimlich, gar bedrohlich, als würde in ihm nur das Böse auf ihn lauern.

Schon als er den Pfad betreten hatte, hatte er das Gefühl gehabt, dass sich fremde Blicke aus dem Wald in seinen Rücken brannten, doch wenn er sich umdrehte, konnte er niemanden bemerken.

Er sah zu den vielen Birken, den Buchen, den Büschen … und dann sah er sie. Die schattenartige Gestalt, die sich zwischen den Baumstämmen zu bewegen schien. Er blinzelte. Was sah er da? Philip hielt seinen Blick aufrecht, doch die Bewegung war hinter den unzähligen Bäumen verschwunden. Bestimmt nur Einbildung oder doch nur Spaziergänger, dachte er sich kopfschüttelnd. Er schreckte kurz zusammen. Der Hund hatte schon nahe dem Mausoleum angefangen, zu bellen und zu knurren, und teilweise versuchte er sogar vor etwas wegzurennen. Der bärtige Hundeführer zog ihn heftig an der Leine und brüllte ihn an, ruhig zu sein. Vergeblich.

Philip betrachtete den Rüden. Vor irgendetwas hatte er Angst. Das konnte er aus dessen Blick ablesen und das sollte schon etwas bedeuten. Denn Polizeihunde waren nicht für Ängstlichkeit bekannt. Sein Blick wechselte zwischen dem Spürhund und dem Mausoleum hin und her. Es musste dieses Bauwerk in Pyramidenform sein, welches ihm Angst einjagte. Selbst ihm, einem erfahrenen Kommissar, jagte dieses Bauwerk einen Schauer über den Rücken. Es schien so, als würde eine dunkle Energie aus der Steinpyramide drängen, welche die Umgebung verpestete.

„Schau mal hier!" Chloe winkte ihren Kollegen zu sich herüber und zeigte auf eine Informationstafel, auf der der Graf zu Münster abgebildet war. „Hier steht etwas über diesen Grafen. Unheimlicher Mann, nicht wahr?"

Philip ließ seine weiteren Kollegen wortlos stehen und ging zu Chloe. Betrachtete die Tafel, die wie ein Speisekartenständer im Boden festgenagelt war. Auf dem leicht vergilbten Papier war ein unendlich langer Text platziert, daneben ein Schwarz-Weiß-Gemälde des Grafen. Mit „unheimlich" hatte seine jüngere Kollegin recht. Dem Mann, der einen auf dem Bild kalt anstarrte, würde man am liebsten aus dem Weg gehen wollen. Schmale lange Nase, große runde Augen, rätselhafter Blick. Es schien, als würde er wissen, wohin die Wanderer verschwunden waren. „Ja, irgendwie seltsam."

„Bevor ich mit Paul Lennarts, der für die Führungen um den Laves-Kulturpfad verantwortlich ist, telefoniert habe, hat sich ein Zeuge gemeldet, der letzten Freitag einen Schrei gehört haben will."

„Einen Schrei?"

„Ja. Er will in der Nähe des Waldstücks einen Frauenschrei gehört haben. Vielleicht die Vermissten."

„Kann ja auch nur aus Spaß gesetzt worden sein", meinte Philip. „Es könnte auf ein Verbrechen hinweisen, muss es aber nicht." Er sah zum Weg, der zum Tempel führte. Irgendetwas schien hier vor sich zu gehen. Auf diesem Laves-Kulturpfad.

„Sind Sie die Herrschaften von der Polizei?", ertönte eine klägliche Stimme hinter ihnen.

Beide Kommissare drehten sich um und sahen einen dürren, älteren Mann mit tiefen Falten im Gesicht aus dem Schatten der Bäume auf sie zukommen. Ein dichter Vollbart umrundete sein Kinn.

„Ja, Kriminalhauptkommissar Eckhart und meine Kollegin Hahn. Sind Sie Herr Lennarts?"

Der Mann nickte ihnen zu, als er kurz vor den Kommissaren stehen blieb.

Philip gab Paul Lennarts die Hand und begrüßte ihn, nachdem

er bei ihnen angekommen war. Dann erkundigte er sich schnell, ob er die Schlüssel für das Tor dabeihatte. Er wollte unbedingt auf das Gelände, in das Mausoleum. Irgendetwas zog ihn dort hinein, auch wenn er nicht sagen konnte, was genau. Es war so, als hätte er dort etwas verloren. Als wäre er dort schon einmal gewesen. Vor langer, langer Zeit.

Der ältere Mann nickte und zog seine Schlüssel aus seiner hinteren Hosentasche. „Schrecklich, dass so etwas hier passiert sein soll. So etwas ist noch nie hier geschehen!", meinte er noch nebenbei, als er das Metalltor aufschloss.

„Noch nie?", fragte Chloe, die direkt hinter ihm stand.

„Nicht, dass ich davon gehört hätte!", erwähnte der Führungsleiter und blickte voller Sorgen den Hund an, der ununterbrochen bellte.

Nachdem das Tor geöffnet worden war, marschierten Philip und sein Suchtrupp schnurstracks los und begannen mit der Suche. Der Hundeführer allerdings konnte seinen Gefährten nicht dazu bewegen, mit auf das Grundstück zu kommen, da dieser beschlossen hatte, keine Pfote auf dieses zu legen.

Die anderen Polizeibeamten hatten indes schon angefangen, das Gelände zu durchstreifen. Sie schauten in den Büschen und Sträuchern, auf der Wiese, hinter den vielen einzelnen Bäumen, an und auf der breiten Mauer. Auch die bewachsenen Gräber, die außerhalb der Pyramide lagen und von länglichen Steinblöcken umzäunt waren, wurden beäugt. Philip, Chloe und Paul Lennarts standen an der Pyramide und betrachteten die Kollegen.

Paul Lennarts hatte bereits angefangen, den Beamten historische Informationen über das Mausoleum und den Laves-Kulturpfad zu liefern. Mit erhobener Brust und hinter dem Rücken zusammengefalteten Händen stand er wie ein Geschichtsprofessor vor den Beamten und berieselte sie mit Informationen.

„Wann wurde das Mausoleum gebaut?", wollte Philip wissen.

„1839. Laves, also der erfolgreiche Architekt, der den Laves-Kulturpfad entworfen hat, bekam im Todesjahr des Herrn Grafen den Auftrag, ein geeignetes Grabmal für ihn zu erstellen. Genau da hat Laves eine Chance gesehen, eine seiner langersehnten Ideen zu verwirklichen. Die ägyptische Steilpyramide."

„War der Ort hier davor etwas Besonderes? Wurden im Mittelalter irgendwelche Bräuche oder Rituale durchgeführt?"

„Nein. Ich denke nicht." Der ältere Mann zuckte mit den Schultern.

„Wie entstand das alles hier?", fragte Chloe und streichelte die Wand der Pyramide, als würde sie eine Katze streicheln. Hoffte insgeheim auf ein Dankeschön, eine Antwort. Wie das Schnurren einer Katze.

„Wollen Sie das ausführlich haben oder in einfach?", scherzte der Mann und lächelte die Kommissarin breit an.

„Nur in einfach!", gab Philip genervt als Antwort. Er hatte keine Lust, nun einen Geschichtsvortrag zu hören.

„Na ja, der Graf von Münster bekam das Kloster von Derneburg geschenkt als Belohnung für seine Leistungen. Allerdings musste er das Kloster erst bewohnbar machen. Der Graf liebte Kunst. Schließlich fasste er den Entschluss, einen Landschaftsgarten im englischen Stil zu errichten. Dafür holte er sich Hilfe von Laves und beide waren enge Partner, da sie die gleichen Interessen und Vorlieben hatten."

„Und was war mit dem Tempel?"

Paul Lennarts hob das Kinn in Richtung Stirn. „Der diente dem Grafen als Aussichtspunkt, von wo er seinen Besuchern seine Besitztümer und Gärten präsentieren konnte. Er ist meist als Teetempel bekannt, da der Graf dort früher Tee zu sich nahm. Im Inneren befand sich ein Kaminzimmer."

„War der Ort irgendwie besonders?"

„Nein, es gibt zwar Legenden hier, aber die wurden alle von unwissenschaftlichen Menschen aufgestellt. Früher war der Tempel nicht umwaldet und vor dem Zweiten Weltkrieg gab es dort auch noch eine von Eichen gesäumte Allee."

Abrupt drehte sich Philip um und sah die elf Meter hohe Pyramide an, die unweit vor ihm stand. Das war besser, als den älteren Mann zu sehen. Doch das mulmige Gefühl hinsichtlich der Pyramide blieb. Ständig fragte er sich, ob er sich das nur einbildete, aber sein erfahrener Instinkt sagte ihm, dass die Pyramide etwas verbarg. Ein Geheimnis, welches er lösen musste.

„Dürfen wir uns auch mal innerhalb der Pyramide umsehen?" Philip sah Paul Lennarts erwartungsvoll an und zeigte auf das verschlossene schwarze Tor, welches als Pforte gelten sollte.

„Schon, aber eigentlich ist es sinnlos, denn man kommt nicht rein, außer mit den Schlüsseln! Ich verstehe ja, dass Sie das Gelände hier absuchen, aber auch in der Pyramide? Ich weiß nicht, ob das unbedingt sein muss", meinte der Führungsleiter und fuhr sich durch seine bereits ergrauten Haare.

„Ja, in der Pyramide!", wiederholte Philip gereizt. „Das muss sein! Es geht hier um vier vermisste Personen."

Paul Lennarts schloss das Tor nach kurzem Zögern auf. Er wollte die Polizisten vorlassen, doch diese baten ihn vorauszugehen. Ein wenig mürrisch ging er hinein. Chloe und Philip, der seinen Kollegen noch ein Zeichen gab, folgten ihm. Drinnen war es gar nicht so dunkel, wie die Beamten es erwartet hatten. Paul Lennarts schaute die junge Blondine an. „Soll ich uns Licht machen?"

„Ich denke, das geht schon", lächelte Chloe den älteren Mann an und sah zu ihrem Kollegen, der ein paar Schritte in den Raum tat.

Philip sah auf die Sarkophage, die vor ihm standen, und spürte gleich die Macht, die von ihnen ausging. Unheimlich fühlte es sich an, als ob er sich in einem Horrorfilm befände. Er betrachtete den kleinen Raum genauer. Spinnen und andere Insekten hatten sich hier breitgemacht. Der Boden verdreckt und voller Staub. Genau wie die vier Sarkophage, die an den Wänden standen. Drei aus Holz, einer aus Stein. Einige hatten schon vom Staub ihre Farbe verloren. Aus dem ganzen Staub im Raum hätte man einen Ball formen können.

„Hier liegt der Graf Ernst zu Münster!", erzählte der Führungsleiter und zeigte mit seiner linken Hand zu dem Sarkophag, welcher sich mittig an der Wand befand. Seine Stimme verhallte im Raum. „Mit seiner Frau und deren beiden Töchtern."

Philip nickte stumm. Sah nur die Sarkophage an, vor allem den in der Mitte, welcher direkt gegenüber von ihm stand. Er hatte das Gefühl, dass der verstaubte Sargdeckel sich jederzeit öffnen könnte, der Graf persönlich aus seinem Grab aussteigen und sich bedrohlich direkt vor ihn stellen würde. Seine Nackenhaare stellten sich bei dem Gedanken schon auf. Keine einzige Nacht würde er hier verbringen wollen. Diese beklemmende Atmosphäre und diese eisige Stille forderten einen auf, das Gebäude fluchtartig zu verlassen und die Umgebung zu meiden.

„Können wir gehen?", riss ihn Paul Lennarts aus seinen Gedanken. Er schien ebenfalls Angst zu haben. „Ich meine, wir wissen nun, dass hier niemand ist. Auch deutet hier nichts darauf hin, dass hier vor kurzem jemand war. Hier sieht es absolut verlassen aus!" Ungeduldig tappte der grauhaarige Mann auf der Stelle.

Chloe bemerkte die innere Unruhe des Führungsleiters. „Wir schauen uns dennoch ein wenig hier um! Warum sind Sie denn so ungeduldig?"

„Ich möchte nur, dass die Toten ungestört ruhen können. Ich verstehe die Mannschaft da draußen. Dagegen hab' ich nichts, aber hier drin sind doch wirklich keine Hinweise auf den Verbleib irgendwelcher vermisster Personen zu finden!"

Wieder draußen angekommen, schloss Paul Lennarts umgehend

das Tor zu. Malia kam ihren Kollegen entgegen, die den Führungsleiter dabei beobachteten. Ernüchtert erzählte sie, wie sie das komplette
Grundstück abgesucht hatten und nicht eine Spur finden konnten.
Deprimiert starrte Philip auf die Pyramide. Genau das, was er nicht
hören wollte.

„Wir müssen noch einmal in den Tempel rein!", berichtete der
Kommissar dem älteren Mann, der ihm darauf mürrisch zunickte.

Nach seinem Kommando verließ die Suchtruppe das Mausoleum
und lief zum Tempel hoch, wo der Hund sich wieder so verhielt wie
zuvor am Mausoleum. Doch auch im Tempel konnten sie nichts
finden. Dabei war Philip sich sicher gewesen, dass sie etwas finden
würden. Ein riesiger Irrtum, wie er nun bitter feststellen musste. Er
schaute zu den Bäumen hoch, die längliche schwarze Schatten auf
den Ort warfen und den Tempel unheimlicher erscheinen ließen. Die
Finsternis würde in wenigen Stunden hereinbrechen und diesen Ort
verdunkeln, gar verdecken. Stöhnend kickte er einen Stein in den
Wald und blickte hinein.

In dem Moment bemerkte er es. Was war das? Der Körper des
Kommissars spannte sich an, als wäre er unter Hochspannung. Hinter
einigen knochigen Klauen der Buchen bewegte sich etwas. Unwillkürlich musste er an das Gesehene von vorhin denken. Er fokussierte
seinen Blick, sah länger hin. Schemenhaft erkannte er, was gute dreißig Meter vor ihm stand. Zwei Personen versteckten sich hinter einem
Baum und sahen den Ermittlern bei ihrer Arbeit zu. Beinahe hätte er
sie nicht gesehen, wenn die eine Person, augenscheinlich eine Frau,
nicht ein knallrotes Shirt angehabt hätte.

„Entschuldigung!" Philip näherte sich den beiden Personen. Diese allerdings zeigten wenig Interesse, mit dem Kommissar zu sprechen.
Hastig verschwanden sie hinter Büschen und Bäumen.

„Warten Sie!" Philip beschleunigte sein Tempo. Seine Gedanken
überschlugen sich. Waren es zwei der Vermissten? Er würde es gleich

herausfinden. Hatte sie gleich eingeholt. „Hey, warten Sie! Wo wollen Sie hin?"

Die beiden Personen drehten sich um, blickten sich kurz an und blieben daraufhin stehen. Hatten gemerkt, dass es keinen Sinn hatte, davonzulaufen.

„Wer sind Sie? Und warum beobachten Sie uns?", fragte Philip schnaufend, als er die beiden eingeholt hatte. Ein junges Paar Anfang dreißig. Wirkten wie Hippies mit ihren langen, dunklen Dreadlocks und den farbenfrohen Kleidern. Für einen Moment hatte er gedacht, die Vermissten gefunden zu haben. Fehlanzeige.

„Ach, wir sind nur zufällig auf Sie gestoßen. Wollten eigentlich etwas spazieren gehen", meinte der Mann mit einem frechen Lächeln im Gesicht und winkte mit einer Hand, die der eines Skelettes glich, ab.

„Ach ja? Deswegen rennen Sie vor mir weg?" Philip betrachtete die beiden skeptisch, glaubte dem Mann kein Wort.

„Sie sind doch von der Polizei. Wir wollten nicht verdächtigt werden. Nur mal sehen, wie der Tempel von innen aussieht, da er sonst immer zugeschlossen ist", entgegnete ihm die Frau, während sie ihre Hände in ihre Hosentaschen steckte.

Philip traute ihnen noch immer nicht. Sie verbargen doch etwas. Weshalb sonst hatten sie sich im Geäst versteckt?

„Wer sind Sie überhaupt?" Seine Kollegen hatten sie erreicht.

„Johannes Heller und Joana Molle. Ist das so wichtig?", fragte der Mann mit einem Stöhnen.

„Ja, haben Sie beide einen Ausweis dabei?", verlangte Malia zu wissen.

Das junge Paar sah sich kurz an. Sie zückten ihre Ausweise aus ihren Taschen und gaben sie der Kommissarin mit den dunklen Locken.

„Haben Sie etwas von dem Vermisstenfall gehört?", fragte Philip, während er Malia beim Betrachten der Ausweise zusah.

„Machen Sie Witze?", fragte der junge Mann und lächelte den Kommissar an. „Das ganze Dorf weiß davon!"

„Haben Sie vielleicht etwas gesehen letzten Freitag?"

„Nein! Warum auch? Ist ja nicht unsere Sache", meinte die Frau mit dem roten Shirt und verschränkte die Arme, wirkte wie eine beleidigte Teenagerin in der Pubertät.

„Vier junge Menschen sind verschwunden!"

„Wir haben nichts damit zu tun, wenn Sie das denken." Der Mann beugte sich zu dem Kommissar vor, so nah, dass Philip dessen Schweiß riechen konnte, und gab einen abwertenden Gesichtsausdruck von sich. „Sind doch selber schuld, wenn sie als Neulinge hier wandern gehen."

„Wie meinen Sie das?"

„Vielleicht spukt es hier an diesem Ort. Vielleicht verschluckt der Wald seine Wanderer. Und vielleicht hat der Graf zu Münster sie ja geschnappt."

Es dauerte nicht mehr lange, und die Sonne war untergegangen und hatte ihre Strahlen auf die andere Seite der Erdkugel gerichtet. Draußen vor dem Kommissariat war ein riesiger Lärm. Um diese Uhrzeit herrschte immer viel Verkehr auf den Straßen Hildesheims. Hunderte Menschen wollten nach Hause. Entspannen. Philip saß in seinem Büro und ruhte sich von der misslungenen Suchaktion aus, indem er sich gemeinsam mit Walter die Fundstücke ansah, die sie auf seinem Schreibtisch ausgelegt hatten. Ein Smartphone und eine Handtasche.

Die Begegnung mit den Hippies hatte keine neuen Erkenntnisse gebracht. Wahrscheinlich waren es nur irgendwelche schaulustigen Naturliebhaber, die im Tempel übernachten wollten. Sie hatten sie gehen lassen müssen. Es gab keine Hinweise darauf, dass sie in den Fall verwickelt waren. Philip konnte sich noch gut daran erinnern, als die beiden mit hämisch grinsenden Gesichtern den Weg fortgeschritten waren. Sie hatten ihn ausgelacht.

Mit verschwitzten Gummihandschuhen sah Philip in der Tasche nach, ob sich etwas darin befand, was ihm helfen konnte, das Rätsel um die Verschwundenen zu lösen. Doch Mila hatte nichts Besonderes in ihrer Handtasche. Nur einen alten Kugelschreiber, irgendwelche alten, verfärbten Papiere, Kondome, Taschentücher, ausgelaufene Kosmetika und sonstigen Kleinkram. Keine Hinweise auf ein freiwilliges Verschwinden. Keine Notizen. Keine Urlaubsprospekte.

Genervt setzte er sich hin und hoffte instinktiv, dass ihm irgendein Hinweis einfiel, der zur Lösung des Rätsels führen konnte. Doch es kam nichts. Das Smartphone des Mädchens wollten sie den Technikern im Haus übergeben, die dieses genauer untersuchen sollten.

„Wenn auf dem Handy keine Hinweise auf ein freiwilliges Verschwinden gefunden werden, müssen wir von einer Gefahr ausgehen."

„Sie muss ja nicht unbedingt mit diesem Handy irgendwelche wichtigen Details gegoogelt haben. Es fehlen auch noch die der anderen. Daneben fehlt ja auch ihr Portemonnaie mit ihren Ausweisen", meinte Walter. „Im Übrigen hat deine Suchaktion auch nichts gebracht."

In dem Moment klopfte Chloe mit langsamen Fingerbewegungen an die Tür. Philip sah mit trüben Augen zu ihr hinauf.

„Eine Streife war in Grothenburg, um der Frau von Herrn Wendt einen Besuch abzustatten", teilte sie ihm mit, nachdem sie den Raum betreten hatte. Philip nickte ihr zu, eine Aufforderung weiterzusprechen. Chloe fuhr fort: „In der besagten Wohnung konnten sie allerdings niemanden antreffen. Sie hätten längere Zeit dort geklingelt und gewartet, doch nichts hat sich getan. Die Kollegen haben die Nachbarn befragt. Diese haben ausgesagt, Karsten Wendt zu kennen, zwar nicht gut, aber von einer Frau und einem Kind wissen sie nichts.

Da das Haus nur drei Stockwerke hat, kennen sie sich alle besser und somit weiß jeder, dass Karsten Wendt in seiner Wohnung allein lebt."

„Schräg", sagte Philip.

Chloe nickte. „Die Beamten haben durch die Fenster gesehen, allerdings sah die Wohnung leer aus."

„Vielleicht hat sich der Betreuer tatsächlich aus dem Staub gemacht", meinte Philip.

„Vor dem Haus steht jetzt eine Streife, für den Fall, dass er sich zu seiner Wohnung zurückbegeben wird", informierte Chloe ihre Kollegen.

Philip interessierte dies jedoch nicht mehr. Sein Blick fiel auf die Bilder, die auf seinem Schreibtisch verstreut lagen — die Bilder der Vermissten. Er sah in die ernste Miene von Mila Evers, die traurigen Gesichtszüge von Jendushen Pal und den flehentlichen Blick von Adam Seeger. Ihm lief die Zeit weg. Seit drei Tagen waren sie verschwunden. Seine Aufmerksamkeit lag nun auf dem Foto von Karsten Wendt. Wer war dieser Mann wirklich? Der Mann, der auf dem Bild lächelte, ohne zu wissen, dass er fotografiert wurde. Eventuell hatte Jendushen das Bild geschossen. Aus den Unterlagen, wusste er, dass Jendushen eine Vorliebe für Fotografie hatte. Joelle hatte auch immer gerne Fotos geschossen. Sie hatte es geliebt, die Momente festzuhalten, die ihr außerordentlich wichtig waren. Philip versank in seinen Gedanken, dachte mal wieder an seine Frau. Seine Frau, die ihm fürchterlich fehlte. Die dunklen Haare, strahlenden Augen und ihr Lächeln, das jeden im Raum auf sie aufmerksam machte …

„Philip!", unterbrach ihn Chloe.

Der Kommissar erwachte bei seinem Namen aus seinem Traum, aus dem er gar nicht erwachen wollte. Er sah zu seiner Kollegin auf und verbarg seine Müdigkeit, die der Tag gebracht hatte.

„War ein langer Tag heute, was?" Chloe sah in die funkelnden blauen Augen ihres Kollegen.

„Ein langer, erfolgloser Tag!" Philip nickte vehement. „Ich frage mich … die ganze Zeit … was passiert sein könnte. Sie lagen nirgends verletzt rum oder haben sich im Wald verlaufen. Vielleicht sind sie doch freiwillig verschwunden."

„Aber vielleicht gab es irgendwelche Spannungen innerhalb der Gruppe. Wir müssen uns diesen Betreuer genauer ansehen, ich glaube, er bildet das Zentrum. Er hat entweder bewusst oder unbewusst etwas damit zu tun. Außerdem benehmen sich die Hunde so eigenartig. Und dabei handelt es sich um ausgebildete Spürhunde."

Philip nickte schweigsam und hielt das Foto in der Hand, auf dem Karsten Wendt abgebildet war. „Warum haben seine Kollegen gemeint, er habe Frau und Kind, die er anscheinend gar nicht besaß?"

Dienstag, 11.06.2019

Mit großen Augen sah Philip sie an. „Gar nichts?"

„Ich konnte es selbst nicht glauben, als ich heute Morgen die Mails gecheckt habe. Aber laut Interpol und Europol hat der vermisste Betreuer keine polizeiliche Vergangenheit. Es war eine Sackgasse!", meinte Chloe in der Teambesprechung enttäuscht und ließ sich in den Stuhl fallen. Nachdem sie mit einem Kaffee aus dem Automaten im Büro eingetroffen war, hatte sie als Erstes ihren Computer angeschaltet und ihre Mails durchgelesen. Kurz vor Feierabend hatte sie bei den Behörden noch erfragt, ob diese den vermissten Betreuer durchleuchten könnten und einmal seine Kriminalakte prüfen würden. Sie war sich sicher gewesen, dass der vermisste Betreuer bereits straffällig geworden war und die Kollegen aus Rabenheim nur die Akten der Jugendlichen geprüft hatten. Doch der Betreuer war sauber.

Für einen kurzen Augenblick schloss Philip die Augen und lehnte sich zurück. Obwohl er dies bereits vermutet hatte, war die Erkenntnis dennoch enttäuschend. Er hatte sich bessere Nachrichten für den Anfang des Tages gewünscht. „Na ja, immerhin haben sich zwei Damen gemeldet, die Herrn Wendt persönlich kennen", sagte er schließlich. „Zwei frühere Arbeitskolleginnen. Sie haben durch Zeitungsnachrichten mitbekommen, dass ihr ehemaliger Arbeitskollege als vermisst gilt."

„Haben sie denn etwas Wichtiges zu berichten?", wollte Walter wissen, während er sich streckte.

Philip fuhr fort: „Das weiß ich noch nicht. Ich habe sie heute hierherbestellt. Vielleicht hatten sie mal etwas mit ihm."

„Oder sie wissen, wo er sich aufhalten könnte", entgegnete Malia.

Leon zuckte mit den Schultern. „Ich hoffe nur, das bringt uns weiter."

Philip nickte. „Chloe, übernimmst du das Gespräch mit den beiden Frauen? Ich werde mit der Wohngruppe telefonieren, um von den Betreuern etwas über ihren vermissten Kollegen zu erfahren. Vielleicht wissen sie mehr von ihm."

Chloe legte die Stirn in Falten. „Wart ihr nicht gestern dort?"

„Ja. Aber Walter war nur schwer dazu zu bewegen, die Wohngruppe zu besuchen und mit den Betreuern zu sprechen. Daher sind wir nach dem Gespräch mit der Bereichsleiterin wieder gefahren." Philip zuckte mit den Schultern und warf ihr unsicher ein Lächeln zu. Er wusste, dass es eine dumme Ausrede war. Chloe nickte daraufhin, auch wenn sie stattdessen lieber mit den Betreuern persönlich gesprochen hätte.

Der Blick des Kommissars wanderte beschämt zum Fußboden. Er verfiel in ein kurzes Schweigen, ehe abrupt ein finsterer Gedanke seine Seele trübte. „Was ist, wenn der Mann gar nicht Karsten Wendt heißt?"

Draußen tobte ein Unwetter. Ein starker Wind blies durch die Straßen, schob die Menschen buchstäblich durch die Gegend. Regentropfen prasselten in Massen auf die Stadt, wie in der Dusche, nachdem der Duschkopf angestellt wurde. Dicke, graue Regenwolken, in denen Blitze zuckten und Donnergrollen zu hören war, verdunkelten die Umgebung.

Frau Ahrens saß in ihrem Büro und unterhielt sich mit der Gruppenleiterin Elke Böhm, die aus ihrem dreiwöchigen Urlaub zurückgekehrt war.

Elke, ihre engste Verbündete, saß mit großen Augen gegenüber und konnte nicht glauben, was passiert sein sollte. Die Erzieherin mit den hüftlangen, aschblonden Haaren hatte wenig Kontakt zu den anderen Betreuern. Aus der WhatsApp-Gruppe war sie kurz nach ihrem Eintritt wieder ausgetreten und privat traf sie sich auch mit niemandem. So bekam sie erst jetzt erzählt, was geschehen war.

„Unser lieber Einrichtungsvorsitzender Thomas Krüger hat noch am gestrigen Nachmittag angerufen, um mehr Informationen zu dem Fall zu bekommen. Er wollte alle Details wissen", erzählte Frau Ahrens wild gestikulierend. Ihre Lippen zitterten, als würde sie frieren. „Auch andere Bereichsleiter der Einrichtung haben sich informieren wollen. Sie werden es alle erfahren! Sie werden sich darüber lustig machen. Werden sich kaputt lachen, weil in meiner Wohngruppe so ein Vorfall jetzt passiert!"

Elke schüttelte den Kopf. Konnte es nicht glauben.

„Der Fall macht in der Einrichtung gerade den Lauf und es wird nicht lange dauern, bis es alle wissen!", meinte die Bereichsleiterin und schüttelte sich am ganzen Körper. Es war ihr deutlich anzumerken, wie unangenehm es ihr war, auf diese Weise im Mittelpunkt zu stehen — im Mittelpunkt eines Geschehens, das die Einrichtung, aber auch die Stadt in Aufruhr versetzen könnte.

„Schrecklich! Das muss ich erst mal sacken lassen!", meldete Elke sich zu Wort. Erschüttert saß sie mit ihrem lässigen Outfit, bestehend aus Jeans und T-Shirt, neben ihrer Chefin, fasste sich mit ihrer rechten Hand an die Brust und starrte sie mit ihren großen Augen an. „Das wirft nur ein schlechtes Licht auf uns! Und dabei haben wir eh schon einen schlechten Ruf unter den Kollegen."

Frau Ahrens nickte ihr zu und juckte sich hinter dem linken Ohr. „Wenn die Jugendlichen und Herr Wendt weiterhin verschwunden bleiben, wird das üble Konsequenzen mit sich bringen!"

„Und was sagen die Jugendämter oder die Eltern?" Elke schob ihre Brille mit dem nachtschwarzen Gestell wieder auf ihre Stupsnase und strich ihre blonden Haare nach hinten.

„Schlimm genug, dass Herr Krüger und einige Bereichsleiter davon Wind bekommen haben. Ich will nicht auch noch, dass die Jugendämter mir im Nacken sitzen. Daher habe ich die Kollegen gebeten, sie noch nicht zu informieren. Das wäre mir zu stressig. Sogar eine Journalistin hat mich gestern bezüglich des Falles angerufen und um mehr Informationen gebeten. Ich habe gleich wieder aufgelegt. Auf weitere schlechte Neuigkeiten hatte ich gestern keine Lust mehr!"

„Wann wollen Sie die Jugendämter informieren?"

„Wenn ich das wüsste. Ich will die Jugendämter am liebsten gar nicht kontaktieren, wer weiß, welchen Aufruhr sie verursachen würden. Eventuell nur für eine banale Angelegenheit, weil irgendwelche Pubertierenden denken, sie müssten rebellieren und sich trotzig im Wald verlaufen!"

Es läutete, als Philip in der Jugendeinrichtung anrief, um die Betreuer über den derzeitigen Ermittlungsstand zu informieren. Ella, die am Telefon war, konnte kaum glauben, dass Karsten Wendt sie und alle anderen Kollegen angelogen haben sollte bezüglich seines Familienstandes. Erst recht nicht, dass man dem Hinweis nachging, dass Karsten unter falschem Namen bei ihnen gearbeitet habe.

„Haben Sie denn die Familie von Herrn Wendt mal kennengelernt?", wollte der Kommissar wissen.

Ella verneinte die Frage.

„Haben Sie denn mal ein Bild von seiner Frau oder seinem Kind gesehen?"

Erneutes Verneinen. Allmählich kam sich Ella lächerlich vor. Das ergab alles keinen Sinn.

Philip war sich sicher, dass Karsten Wendt ihnen allen etwas verheimlicht hatte. Bestimmt lag hier irgendwo der Schlüssel der Geheimnisse verborgen.

„Aber warum sollte er uns anlügen? Er hätte doch sagen können, dass er ledig ist", meinte Ella fragend. „Außerdem hat Herr Wendt einen Ehering an der rechten Hand getragen."

„Jeder Mensch hat dunkle Gedanken. Möglich, dass der Ehering gefälscht und eine Attrappe war."

Ungläubig schüttelte Ella ihren Kopf. Warum? Warum das Ganze?

Philip befragte sie nach ihrem Verhältnis zu dem vermissten Kollegen und forderte sie auf, eine präzise Charakterbeschreibung zu liefern. Er musste erfahren, wer der Betreuer war. Wie er war.

„Gut. Wir haben den gleichen Bezugsklienten. Adam Seeger, der auch verschwunden ist. Daher haben wir viel miteinander zu tun, Ziele festlegen, Absprachen und so weiter. Ich würde ihn als verantwortungsbewusst und locker im Umgang mit den Jugendlichen beschreiben. Außerdem hat er etwas Beruhigendes an sich. Er ist zwar etwas geheimnisvoll, da er nicht viel von sich preisgibt, aber ich kann trotzdem nicht glauben, dass Karsten unter falschem Namen hier bei uns gearbeitet, und schon gar nicht, dass er die drei entführt haben soll!"

Philip war sich da nicht sicher. Das Wort geheimnisvoll machte ihn aufmerksam, weitete seine Gehörgänge. Freundlich, beruhigend, verantwortungsbewusst, das waren die Wörter, die Angehörige über vermisste Personen ständig sagten, auch wenn diese manchmal meilenweit davon entfernt waren.

Er informierte sich weiter und bekam mit, zu wem der Betreuer engeren Kontakt hatte. Dazu zählten seine Kollegen Marcel, Claudi und Ella. Offensichtlich pflegte der Dreißigjährige allerdings nicht allzu gerne engeren Kontakt zu anderen, was auffällig war, da diese Eigenschaft nicht zu der Charakterbeschreibung passte. So ein aufgeschlossener Mann, wie alle sagten, war er wohl nicht. Philip unterhielt sich daher nochmals mit der Gruppenleiterin, um eine andere Sichtweise auf den Betreuer zu erhalten.

„Karsten ist für die Abrechnungen und die Gelder allgemein zuständig. Zudem versteht er sich mit allen Kollegen prima und kommt gut mit den Jugendlichen zurecht", erzählte ihm Elke. Ihre Stimme klang hart, wie die einer seiner damaligen Grundschullehrerinnen. Hastig schüttelte er sie wieder aus seinen Gedanken heraus.

Das brachte den Kommissar jedoch nicht weiter. Er fragte die Gruppenleiterin, ob sie in irgendeiner Art eine Nachricht von den Verschwundenen bekommen hätten.

„Nein, wenn, dann hätten wir doch nicht die Polizei dazugeholt." Elke erhob ihre Stimme. „Die vier Personen haben sich nicht mehr gemeldet und das werden sie auch nicht, wenn Sie sie nicht finden. Das ist ein ernster Fall. Sie werden sich irgendwo verlaufen haben."

Interessant. Wenn sie so reizbar reagierte, musste sie etwas verheimlichen. „Entschuldigen Sie, aber ich muss allen Hinweisen nachgehen", sprach er in das Telefon.

„Also bei uns sind keine Nachrichten von den Vermissten angekommen. Und, bevor ich es vergesse: Erpresserschreiben haben wir auch nicht bekommen."

„Hat Herr Wendt sich denn in letzter Zeit irgendwie merkwürdig benommen?"

„Nein!", berichtete Elke. „Er war so wie immer. Die Jugendlichen auch."

Nach dem Telefonat sah er zum Fenster hinaus, wie er es immer tat, wenn er grübelte. Seine Gedanken flogen zu den Eltern, deren Kinder er noch immer nicht gefunden hatte. Ob sie schon davon Bescheid wussten? Wie sehr sie wohl gerade leiden mussten. Nicht zu wissen, wo ihre Liebsten gerade waren. Was mit ihnen passiert ist. Warum sie überhaupt verschwunden sind. Ob die Jugendlichen ein gutes Verhältnis zu ihnen hatten? Schließlich lebten sie in stationären Einrichtungen.

Die meisten seiner Kollegen dachten, dass sich die vier abgesetzt hätten. Auch er musste sich eingestehen, dass er daran glaubte. Aber wie hatten sie sich vom Pfad entfernt? Die Vermissten hatten das Dienstfahrzeug auf dem Parkplatz stehen lassen und hätten von dort aus mit einem anderen Fahrzeug weiterfahren müssen. Karstens Auto hatte noch vor der Wohngruppe gestanden. Darin hatte die Spurensicherung auch nichts gefunden, was auf den Verbleib der vermissten Jugendlichen hindeuten konnte. Keine Prospekte von beliebigen Reiseorten, keine Landkarten, keine Tickets.

Es war nicht unlogisch, dass sie ein anderes Fahrzeug gemietet und es kurz vorher am Parkplatz des Pfades abgestellt hatten. Am besagten Freitag hätten sie damit weitergereist sein können, doch warum hätten sie das tun sollen? In der Einrichtung hatten sie doch eigene Wohnungen, ihre eigenen vier Wände, ihre Ruhe. Ruhe vor ihren Eltern, Kontakt zu anderen Gleichaltrigen und soziale Hilfe. Einer hatte sogar sein Abitur gerade erfolgreich absolviert, einen Ausbildungsplatz gefunden und sollte in wenigen Wochen sein Zeugnis bekommen. Warum sollte er dann abhauen? Vor allem ohne seinen Abschluss? Das ergab keinen Sinn.

An eine Entführung wollte er nicht glauben, da es keine Lösegeldforderung gab. Er hatte kurz überlegt, ob Karsten Wendt die Jugendlichen aus einem anderen Grund entführt haben könnte, doch die Jugendlichen waren zu dritt. Gemeinsam hätten sie sich wehren können.

Etwas in ihm sagte, dass es sich hier um einen seiner bizarrsten Fälle handelte. Auch wenn er bislang kaum spannende Fälle bekommen hatte, die man in den Actionfilmen immer zu sehen bekam. Schon als kleiner Junge hatte er sich immer gewünscht, als Polizist zu arbeiten und eine Menge Abenteuer zu erleben. Und nach der Polizeischule hatte er die Realität kennengelernt.

„Die Tür ist jetzt auf. Wir können rein!", rief Walter und stürmte als Erster in die Zwei-Zimmer-Wohnung.

Gegen Mittag untersuchten er, Leon und Malia das Zuhause des Betreuers. Nachdem die Staatsanwaltschaft ihnen am Morgen einen Durchsuchungsbefehl ausgehändigt hatte, waren die drei Kollegen daraufhin zur Wohnung nach Grothenburg gefahren.

Schon an der Tür erkannten die Beamten, wie spärlich die kleine Wohnung ausgestattet war. Die Durchsuchung würde nicht allzu viel Zeit in Anspruch nehmen. Sie teilten sich auf. Walter untersuchte das Wohnzimmer und die Küche, Leon das Badezimmer, Malia das Schlafzimmer. Die Wohnung glich einer Studentenbude. In der gesamten Wohnung lagen Klamotten und zerknitterte Chipsverpackungen auf dem Boden. Benutztes, dreckiges Geschirr stand auf der Spüle, bereit zum Abwasch, wie bei einem Studenten vor seiner Prüfung.

Außerdem roch es in der Wohnung muffelig, als hätte man hier ein paar Monate lang nicht mehr die Fenster aufgerissen. In den Ecken einiger Räume hatte sich bereits Schimmel gebildet. Von Ordnung und Sauberkeit hielt der Vermisste vermutlich nicht viel.

Malia betrat das Schlafzimmer. Sofort fiel ihr auf, dass das Zimmer nichts Persönliches an sich hatte. Keine Bilder hingen an den Wänden, keine Fotos und Dekoartikel standen in den Regalen. Bücher, Hefte und Blumen waren nicht vorhanden und auf dem Nachttisch standen nur ein halbleeres Glas, augenscheinlich gefüllt mit Wasser, und eine Schale mit Erdnüssen. Malia rollte genervt die Augen, als sie es sah. Alleinstehende Männer und deren Ordnung. Hier in dieser Wohnung würde sich bestimmt keine Frau mehr als fünf Minuten aufhalten wollen.

Sie streifte sich die weißen Einweghandschuhe über und fing an zu suchen. In den zwei Regalen und unter dem ungemachten Einzelbett. Im zweitürigen Holzschrank gegenüber dem Bett und unter der grauen Couch. Doch außer Staub und Dreck fand sie nichts. „Mann, Mann, Mann!", murmelte sie. „Widerlich!"

Sie ging zum Nachttisch über, einem veralteten Modell von Ikea. Sie beugte sich zu den vielen Schubladen hinunter. Öffnete jede einzeln und durchwühlte sie in der Hoffnung, einen Schatz zu finden. In der obersten Schublade fand sie allerdings nur Knabbereien. Nüsse, Schokoladentafeln, Hustenbonbons. In der zweiten waren nur leere Blätter und ein paar Kugelschreiber. Die Schublade darunter war leer. Etwas genervt riss sie die unterste Schublade auf, so stark, dass sie die Frontplatte halb herausriss. Doch bevor sie sich über die mangelnde Qualität ärgern konnte, entdeckte sie es. Etwas kam ihr entgegen, etwas legte sich genau vor ihr hin, etwas, was ihr Herz schneller pochen ließ.

„Vielen Dank, dass Sie sich die Zeit genommen haben", meinte Chloe, nachdem Kristina Niel, eine ehemalige Arbeitskollegin von Karsten Wendt, ihre Aussage unterschrieben hatte. Während des Gespräches hatte sich herausgestellt, dass auch die ehemalige Kollegin ein falsches Bild von Karsten hatte. Auch sie hatte geglaubt, dass Karsten eine Frau hätte, da er ihr einmal ein Bild von ihr gezeigt hatte. Die Frau auf dem Foto wäre blond und dünn gewesen, hätte eine Brille getragen und ein unglaubliches Strahlen in ihrem Gesicht gehabt, welches einen ganzen Raum erhellen konnte.

Nachdem das Gespräch mit Kristina Niel beendet war und sie sich mit ihrer quietschenden Stimme verabschiedet hatte, kam wenig später Gloria Sahndu, eine weitere Ex-Kollegin von Karsten Wendt, in das Büro von Chloe.

„Bitte setzen Sie sich!" Chloe zeigte auf den Plastikstuhl, der vor ihrem Schreibtisch stand und auf dem kurz zuvor Kristina Niel gesessen hatte.

Dankend nahm die Betreuerin Platz. Sie sah jung aus, wirkte fast noch wie ein Kind. „Ich habe gerade meine Kollegin getroffen. Sie hatte auch ein Gespräch mit Ihnen wegen Karsten, oder?"

„Ja!" Chloe lächelte sie an, etwas verwundert über ihre Frage. Anscheinend hatten beide Frauen sich schon ausgetauscht. Sie blickte zur Frau gegenüber, schätzte sie auf Mitte zwanzig. Sie sah zudem asiatisch aus. Die dunklen Haare, die dunkle Hautfarbe, wahrscheinlich Inderin. Vermutlich sah sie deswegen jünger aus als ihre Kollegin. Chloe hatte Menschen mit dunklem Hautton immer beneidet. Bei ihnen konnte man kaum eine Falte ausmachen. „Darf ich Ihnen ein Glas Wasser oder eine Tasse Kaffee anbieten?"

„Im Moment erst mal nicht." Gloria Sahndu schob ihre offenen, schulterlangen Haare nach hinten. „Es ist unfassbar, dass Karsten als vermisst gilt. Sonst sieht man immer die Berichte von anderen im Fernsehen. Aber das ist dann auch immer so weit weg. Nie hätte ich gedacht, dass das einer Person in meinem Umkreis passieren könnte", fing die Betreuerin gleich an.

„Sie standen sich wohl nahe?", fragte Chloe, während sie sich hinsetzte, und konnte sichtlich spüren, wie die junge Frau rot wurde.

„Nicht wirklich. Wir haben uns nicht lange kennengelernt, allerdings haben wir uns schnell verstanden", entgegnete die Betreuerin ihr schnell. „Ich konnte es kaum glauben, als ich gestern den Zeitungsartikel gelesen habe."

„Kann ich mir vorstellen. Kennen Sie denn seine Familie?"

„Nein. Er sagte immer, er hätte eine Frau und ein Kind. Ich hab'
mal einige Bilder von ihr gesehen, allerdings habe ich sie nicht persönlich kennengelernt."

Chloe rieb sich ihre Augen. „War sie etwa dünn, blond und trug
eine Brille?"

Gloria Sahndu fing an zu nicken und meinte, dass sie ziemlich
sympathisch ausgesehen hätte.

„Kann es sein, dass der Herr Wendt sich von seiner Frau getrennt
hat?"

Die junge Frau blies die Wangen auf. „Davon hat er nie etwas
berichtet. Und er hat auch nie von seiner „Ex" gesprochen, sondern
von seiner Frau."

Natürlich nicht, dachte sich die Kommissarin. Es war ein guter
Trick, Frauen von sich fernzuhalten, wenn man sich als vergeben
ausgab. Ihre erste große Liebe hatte dies auch getan und sie von sich
gestoßen. „War Herr Wendt auch auf den Bildern abgebildet?"

Gloria Sahndu brachte ein hastiges Kopfschütteln hervor. Somit
hätten es auch Bilder aus dem Internet gewesen sein können. Chloe
befragte die junge Frau, wie Karsten mit den anderen Mitarbeitern
und den Jugendlichen auskam, obwohl sie die Antwort vor zwanzig
Minuten gehört hatte. Gloria Sahndu erzählte genau das Gleiche wie
ihre Kollegin. Doch Chloe beschlich das Gefühl, dass sie etwas mehr
wusste.

Zum Schluss wollte sie von Gloria Sahndu wissen, ob sie wisse,
wo ihr Ex-Kollege wohne, um zu erfahren, ob sie ihn doch besser
kannte, als sie angab.

„In Grothenburg, aber haargenau weiß ich nicht, wo er wohnt.
Wir haben uns privat nur in Bars oder Kneipen getroffen", antwortete
diese darauf.

Die Kommissarin wurde in ihrem Verdacht bestärkt. „Also verstanden Sie sich doch gut mit ihm?"

Die junge Inderin schmunzelte. „Ach, normale Freunde halt. Wir haben viel miteinander geredet."

„Nur geredet?"

Gloria Sahndu nickte eifrig.

Die Kommissarin war sich da nicht so sicher. „Mochte Herr Wendt es eigentlich zu wandern?", wollte Chloe von ihr wissen.

„Und wie! Karsten und die Natur, zwei Synonyme. Er hat damals immer versucht, die Kids zum Wandern zu bringen, doch das hat nicht geklappt. Dafür waren wir beide mal wandern. Im Harz. War echt schön." Gloria Sahndu blickte lächelnd zur Seite. Offensichtlich hatte es ihr sehr gefallen.

Die Kommissarin horchte auf, als sie von dem gescheiterten Vorhaben hörte. Vielleicht hatte er damals schon versucht, einige Jugendliche zu entführen. Chloe schlug ihr rechtes Bein über das andere und fragte: „Wissen Sie, warum Karsten gekündigt hat?"

Gloria Sahndu zögerte, als sie antwortete: „Nicht so richtig. Wir haben darüber nicht viel gesprochen. Ich denke, es war für uns alle überraschend. Aber … aber ich denke, es ist ihm zu langweilig bei uns geworden. Wissen Sie, wir sind ein Jugendzentrum. Da kommen die Jugendlichen hin, um mit Gleichaltrigen abzuhängen. Wir Erwachsenen sind nur zur Betreuung da und geben den Kids Ratschläge bei Problemen. Wir organisieren ab und zu mal Ausflüge, aber sind trotzdem nicht viel draußen. Karsten saß meistens mit uns im Büro und hat sich, schätze ich, gelangweilt. Außerdem …" Gloria Sahndu verfing sich im Satz, brachte für einen Moment keinen Laut mehr heraus. „Außerdem hat er mal angedeutet, dass er für jemanden gewechselt hat."

„Wegen jemandem? Für wen denn?", fragte Philip seine Kollegin, während er sich gegen den alten Holztisch lehnte.

„Das konnte sie mir nicht beantworten."

Nachdem sich alle Kommissare im Dezernat wiedergefunden hatten, berichtete Chloe ihren Kollegen über ihre Gespräche mit den ehemaligen Arbeitskolleginnen.

Philip schüttelte den Kopf. Karsten hätte aus den unterschiedlichsten Gründen wechseln können. Sei es aufgrund von Langeweile am Arbeitsplatz, Meinungsverschiedenheiten oder aus Liebe. Nichts deutete auf eine Entführung hin, wie Chloe es glaubte. Er brauchte stichfeste Beweise, Fakten.

Genauso wie seine Kollegin Malia, die die Aussage von Gloria Sahndu auch nicht ausschlaggebend fand und nun über die Hausdurchsuchung erzählte. Alles hatten sie abgesucht, doch nirgends hatten sie einen brauchbaren Hinweis entdeckt, der ihnen etwas über den aktuellen Aufenthaltsort der Vermissten sagen konnte. Dafür hatte sie jedoch in einer der Schubladen ein Foto gefunden, welches den Vermissten gemeinsam mit einer Frau ablichtete. Sie sah zu ihren Kollegen, die sie mit skeptischen Blicken beäugten.

„Na, das deutet darauf, dass der vermisste Betreuer wirklich mal eine Frau hatte", sagte sie und hob eine Augenbraue, während sie ihren Kollegen das Foto zeigte.

„Das könnte darauf hinweisen", ergänzte Philip. „Allerdings könnte es auch nur eine Freundin oder eine weitere Arbeitskollegin zeigen."

Chloe sah sich das Foto genau an. Zwei Menschen, die sich halb umschlungen und lächelnd anblickten. Die Augen voller Freude. Die Münder weit zu einem Lachen geweitet. Die Frau, genau wie die Arbeitskolleginnen sie beschrieben haben, wirkte voller Lebensfreude, voller Energie. Man konnte die Atmosphäre geradezu spüren. „Ich bitte dich, sieh dir die beiden doch mal an. Das sind nicht einfach nur Freunde. Sie sind viel mehr als das. Zudem sieht die Frau genauso aus, wie die ehemaligen Arbeitskolleginnen sie beschrieben hatten", sagte sie und übergab Philip das Foto.

„Schaut mal auf die Rückseite", äußerte Malia.

Philip drehte das Foto um, sah, was dahinter stand. „Annalena."

„Kann ja sein, dass es seine Freundin ist oder zumindest war. Wir wissen nicht, ob der Betreuer mentale Probleme hatte", meinte Walter stirnrunzelnd. Er war der festen Überzeugung, dass alle vier abgehauen sein mussten, und dachte gar nicht daran, sich von seiner Theorie abbringen zu lassen. „Ich denke, die ganze Hausdurchsuchung war komplette Zeitverschwendung. Vielleicht haben sich alle vier bereits längere Zeit darauf vorbereitet und haben den Entschluss gefasst, die Region oder sogar das Land zu verlassen."

„Möglich", schaltete sich Philip ein, das Foto immer noch betrachtend. „Aber dann müssten wir doch etwas finden. Tickets, Buchungen oder Ähnliches."

„Aus der Akte habe ich die Bank ausfindig gemacht und in die Kontobewegungen von dem Betreuer hineingesehen, aber auch hier hat es keine Auffälligkeiten gegeben", meinte Malia. „Keine extrem hohe Summe auf dem Konto, keine hohen Überweisungen an andere Konten und auch kein ausländisches Konto. Nicht einmal Geld wurde seit dem Verschwinden abgehoben. Und die Jugendlichen haben ihre Konten auch nicht angerührt."

„Die vier werden bestimmt nicht so dumm gewesen sein und uns Spuren dagelassen haben, die auf deren Aufenthaltsort hinweisen. Sie werden alles sorgfältig mitgenommen und entsorgt haben. Geld werden sie zurückgelegt und auf Onlinekäufe und Buchungen werden sie verzichtet haben. Es wird ihnen klar sein, dass wir dies zurückverfolgen können", meinte Walter.

„Vielleicht hat der Betreuer die Jugendlichen entführt", wandte Leon ein.

„Warum sollte er? Ich habe heute Vormittag in der Zentrale der John-Stewards-Einrichtung angerufen und die Personalakte von Kar-

sten gefaxt bekommen", erzählte Malia. „Dabei habe ich gleich nachgefragt, ob sie ein Erpresserschreiben bekommen hätten. Fehlanzeige.
Und auch die Eltern der Jugendlichen sind nicht reich."

„Außerdem waren sie zu dritt. Gemeinsam hätten sie sich wehren
können", ergänzte Walter und hob einen seiner Zeigefinger. „Daher
habe ich eine andere Theorie, was passiert sein könnte."

„Und die wäre?", wollte Malia wissen.

„Dass die Jugendlichen ihrem Betreuer etwas angetan haben und
danach abgehauen sind."

„Was ist, wenn sie gar nicht mehr auftauchen?", fragte Kevin
plötzlich in die Runde. Selbst er hatte begonnen, sich Sorgen zu
machen, doch mehr wegen Mila als wegen der anderen. Mila fand
er am heißesten. Sie hatte, so hatte er es einmal seinen männlichen
Mitbewohnern gegenüber erwähnt, die größten Brüste, die er live je
gesehen hätte.

Die anderen senkten entweder ihren Blick oder schauten ihre
Gruppenleiterin an, die am Kopfende des Tisches saß, wild auf ih-
rem Smartphone tippte und die Frage gar nicht mitbekommen hatte.
Natascha, die an diesem Tag ebenfalls im Dienst war, befand sich im
NB-Zimmer und erledigte dort kleinere Tätigkeiten.

Alle hatten sich zur Kaffeerunde versammelt, da Elke es ange-
ordnet hatte, um beisammen zu sein und sich gegenseitig Trost zu
spenden.

Jetzt saß sie jedoch vor ihnen, blickte seit zehn Minuten zu ihrem
Smartphone und sprach kein Wort mit ihnen. Es war ein offenes
Geheimnis, dass sie unter ihren Kollegen nicht sonderlich beliebt war.
Sie hatte, so waren alle der festen Überzeugung, den falschen Beruf
für sich ausgesucht.

„Wir sollen bei der Kaffeerunde nicht mit unserem Handy spielen,
Elke!", stichelte Noah in den Raum, der schon so oft deshalb von ihr

angemeckert worden war.

„Das ist nicht privat, sondern dient der Arbeit!", entgegnete Elke ihm mit einem seufzenden Unterton, ohne ihn auch nur eines Blickes zu würdigen. Noah war alles andere als ihr Lieblingsbewohner. Das wussten alle, da sie es ihm ständig offen mit ihren Launen zeigte.

„Ach, und warum benutzt du dann nicht das Diensthandy? Auch noch lügen, was?" Noah starrte sie an, während er sich am Kopf juckte. Er musste sich ständig kratzen, was daran lag, dass er zu Schuppenflechte und trockener Haut neigte.

Elke stöhnte genervt und tippte weiter auf dem Display ihres Smartphones, was Noah sichtlich verärgerte.

„Pack bitte dein Handy weg, Elke! Stell dich nicht so an wie ein bockiges Kind! Wir wollen uns hier gemeinsam unterhalten, wie du es immer sagst!", befahl Noah ihr und schlug mit seiner flachen Hand laut auf den Tisch. So laut, dass sich Beatrice erschrak und hustete, da sie sich an einer der Waffeln, die sie aß, verschluckt hatte.

„Noah, du hast mir nichts zu sagen!", meinte Elke und richtete wieder ihre Brille, ehe sie ihn wütend anblickte. „Hör gefälligst auf, irgendeinen Scheiß hier abzuschieben! Du bist kein Erwachsener!"

„Und du hältst dich für etwas Besseres?"

Es dauerte nicht lange, und aus dieser Diskussion wurde ein regelrechter Streit. Die anderen hielten sich zurück. Ihnen war es förmlich anzusehen, dass es ihnen unangenehm war. Keiner der anderen hatte nun große Lust, sich zu zanken. Jetzt, wo sie sich alle eigentlich Hoffnung und Trost spenden sollten.

Seit dem mysteriösen Verschwinden ihrer Mitbewohner und ihres Erziehers, sank die Stimmung in der Gruppe von Tag zu Tag immer weiter und nach vier Tagen wusste man noch nicht, wo sie waren und was ihnen zugestoßen war. Niemand hatte daher Lust, irgendwelche Unternehmungen zu machen, da sie sich in gewisser Art schuldig fühlten.

Vor allem vermissten alle Karsten, der selbst bei Ernstfällen gelassen blieb. Kein Betreuer war immer gut gelaunt wie Karsten. Kein Betreuer war sogar an seinen freien Tagen in der Gruppe anwesend, außer Karsten. Keiner der Betreuer hatte es bisher je geschafft, die ganze Gruppe zu einer Gruppenaktion zu motivieren, außer Karsten. Er fehlte. Ohne ihn war die Stimmung so antriebslos, als wären sie in einem Altenheim gefangen und müssten sich die Zeit mit Kreuzworträtseln totschlagen.

„Ich hab's satt!" Mit einem lauten, kuhgleichen Stöhnen stand Elke von ihrem Platz auf und verließ den Aufenthaltsraum, um in ihr Büro auf der gegenüberliegenden Straßenseite zu flüchten.

„Hey! Bleib hier, Elke!" Noah, der endlich eine Antwort von ihr haben wollte, verfolgte sie bis zur Straße, beleidigte sie und brüllte ihr lautstark hinterher. So laut, dass selbst die Nachbarn am Ende der Straße, gute fünfzehn Meter entfernt, dies mitbekamen und mal wieder etwas zu beobachten hatten.

Seitdem von der Einrichtung mehrere Wohnungen gemietet worden waren und diese an Jugendliche vergeben wurden, die ständig ungehorsam und teils kriminell waren, war die Chance auf eine nette Nachbarschaft bereits verloren. Einige Heranwachsende hatten von ihren Fenstern aus Anwohner angebrüllt oder beleidigt. Andere wiederum zockten in ihren Wohnungen in einer Lautstärke, die man in der nächstgelegenen Stadt noch hätte hören können. Natürlich hatten sich mehrere Nachbarn bei den Betreuern und selbst beim Einrichtungsvorstand beschwert. Als sie merkten, dass man frei seine Meinung darüber äußern konnte, ohne dafür ein blaues Auge von den Jugendlichen zu kassieren, beobachteten sie diese und kritisierten sie immer weiter — bei jedem noch so kleinen Fehler. Mal war der Müll nicht richtig sortiert, mal lagen zu viele Zigarettenkippen vor der Haustür, mal war jemand im Treppenhaus zu laut umhergewandert und mal wurde der Briefkasten nicht gelehrt.

Mittwoch, 12.06.2019

Mutterseelenallein lief Philip den einsamen, verlassenen Weg entlang. Die Bäume und Pflanzen um ihn herum bewegten sich nicht. Kein Vogelgezwitscher. Kein Rascheln der anderen Kleintiere. Alles war still. Als ob die Zeit stehen geblieben wäre. Nur die tiefen Atemgeräusche und die schweren Schritte auf dem kiesbedeckten Boden, die er von sich gab, konnte er hören. Er wusste nicht, wohin und wie lange er schon lief, aber er schmeckte bereits seinen Schweiß auf den Lippen. Sein Magen rebellierte, seine Beine schmerzten vor Anstrengung, als würden sie ihm jeden Moment abfallen. Doch er blieb nicht stehen. Konnte nicht. Lief weiter. Plötzlich hörte er etwas aus der Ferne. Gelächter. So wie es sich anhörte, waren es mehrere Personen. Er beschleunigte seine Schritte. Begann zu keuchen. Da sah er ihn. Mit dem Rücken zu ihm gekehrt, stand er gut fünfzehn Meter entfernt mitten im Wald und schaute, mit der rechten Hand an einen dicken Baumstamm gestützt, auf den Boden. Mit der linken Hand hielt er etwas in die Luft, das er nicht erkennen konnte. Ein hochgewachsener Junge mit braunem Haar. Adam. Philip rannte auf ihn zu. Doch im selben Augenblick lief dieser lachend los.

„Adam!", keuchte er. „Adam Seeger!"

Doch Adam blieb nicht stehen, drehte sich nicht einmal um. Er lief unbekümmert auf das gräuliche, alte Gebäude zu, welches sich überraschend aus den Ästen hervorwagte. Der griechische Tempel. Der Laves-Kulturpfad. Adam hielt inne und starrte das Gebäude an, welches sich unmittelbar vor ihm befand. Philip, völlig aus der Puste, näherte sich mit klopfendem Herzen. Er bemerkte, dass sie nicht allein waren. Auf der Mauer des Tempels standen zwei weitere Schemen. Philip kannte sie von den Fotos, die die Betreuer seinem Team zur Verfügung gestellt hatten. Jendushen und Mila. Mit kurzen, langsamen Schritten trat er den Jugendlichen näher. Vom Betreuer war keine Spur zu sehen.

„Philip, komm näher!", drang es in sein Ohr.

Verwundert sah er sich um. Die Stimme kam ihm bekannt vor. Philip starrte Adam an, der seinen Kopf in Zeitlupe zu ihm drehte. Er traute seinen Augen nicht, als dieser zu ihm blickte. Das Gesicht war nicht identisch mit den Fotos aus seiner Akte und doch kannte er das wunderschöne, ovale Gesicht zu gut.

„Das kann nicht sein!", hörte er sich flüstern. Philip wurde kreidebleich, als er es sah. Die glänzenden Augen, die schmale Nase, die gut durchbluteten Lippen. Das Gesicht seiner Frau. Seiner Frau, die er für tot gehalten hatte. Sie lächelte ihn an. Winkte ihm zu.

„Philip, manche Dinge sind so düster, dass wir versuchen, sie auszublenden, und weiterhin glauben, sie existieren nicht."

„Nein! Du kannst nicht …", wiederholte er sich und schüttelte leicht den Kopf. „Joelle?"

Sie nickte und lachte wieder engelsgleich. Auf einmal begann ihr Gesicht größer zu werden. So groß, dass bald nur noch ihr Gesicht vor seinen Hornhäuten schwebte. Ihr Lachen wurde immer lauter und monströser. Philip hielt sich die Ohren zu und schloss gleichzeitig die Augen. Doch es brachte nichts. In seinem Kopf hatte sich das Bild ihres sich vergrößernden Gesichts längst eingeritzt, wie Narben auf der Haut. Ihre Stimme dröhnte nun in seinem Kopf, der anfing heftig zu beben.

„Philip, ich bin doch tot, oder nicht? Pass auf, schau genau!", brüllte sie laut.

„Nein!", schrie Philip, die Hände schützend auf seine Ohren gelegt. „Nein!"

„Neeeeiiinnn!" Der Kommissar schreckte hoch und schmiss dabei rasch die Decke vom Bett. Er war schweißgebadet und keuchte. Um ihn herum herrschte Dunkelheit. Er fand sich im Schlafzimmer seiner Wohnung wieder. Sein Wecker zeigte 3^{14} Uhr.

„Scheiße! So eine Scheiße!", fluchte er sich an, während er den Schweiß vom klebrigen Körper wegwischte. Er versuchte, sich zu beruhigen. „Es war ein Traum!", redete er sich ein. „Ein verfluchter Traum! Nur ein Traum!"

Der Fall seiner Frau hatte mit dem der Jugendlichen nichts zu tun, auch wenn sich im Traum beide Fälle gemischt hatten. Doch Philip glaubte nicht an die Wirkung der Träume, konnte nicht glauben, dass man durch Träume in die Zukunft oder in Parallelwelten blicken könne. Er war sich sicher, dass er in den letzten Tagen vermehrt an die Personen gedacht hatte. An die Jugendlichen und an seine Frau, obwohl er an sie täglich dachte, wenn auch nur für kurze Zeit. Jedoch schienen beide Fälle eine Gemeinsamkeit zu haben: Die Vermissten tauchten nicht wieder auf, egal ob tot oder lebendig.

Er rappelte sich auf. Zwar hatte er noch genügend Zeit, doch er wusste, dass er nicht mehr einschlafen konnte und es auch nicht wollte. Er brauchte einen klaren Kopf. Er musste raus. Musste joggen. Er zog seine schwarze Sporthose über, danach eine dünne Jacke und seine Sportschuhe. Anschließend nahm er seine Schlüssel und verließ hastig die Wohnung.

Allein saß Luna während der Pause an einem der verkratztesten Tische im Pausenraum. Schon lange hatte sie die Lust an der Schule verloren. Da das Schuljahr sich dem Ende zuneigte, ließen die Lehrer den Unterrichtsstoff schleifen. Machten mehr Pausen oder irgendwelche Matheaufgaben, um die Schüler zu beschäftigen. Sie selbst saßen dann immer da, Smartphones in der Hand oder mit einer Zeitung beschäftigt.

Sie saß öfter allein, doch nun empfand sie das nicht als einsam. Der ganze Vorfall mit ihren Freunden bereitete ihr ziemlichen Stress. Sie spürte, wie ein tosender Sturm in ihren Gedanken unaufhaltbar aufzuziehen begann. Nie hatte sie sich vorgestellt, dass sie bei einem derartigen Fall so sensibel reagieren würde, doch sie hatte sich auch früher nie vorgestellt, dass sie je Freunde besitzen würde.

Luna erinnerte sich ungern an ihre Kindheit zurück. In der alten Schule war sie ständig gehänselt worden aufgrund ihres damals fülligen Körpergewichtes, ihrer leichten Sprachstörung oder ihrer maskulinen Klamotten. Ein Junge hatte ihr einmal mit seinem Fuß ins Gesicht getreten, während die anderen gelacht und mit ihren dürren, nackten Fingern auf sie gezeigt hatten.

„Warum hast du dich nie gewehrt?", hatte Mila einmal gefragt. Sie hatte nur den Kopf geschüttelt, da sie die Antwort nicht offen sagen wollte. „Ich hatte Angst! Ich war ein Weichei!"

Nach der Schule hatte sie sich als Kind unter ihrer Decke versteckt und geweint. Sie hatte sich selbst die Schuld gegeben. Sich und ihren Körper gehasst. Die Haare kurzgeschnitten, die Arme geritzt. Versuchte stundenlang, sogar tagelang zu fasten, doch mehr als siebzig Stunden hatte sie es nicht ausgehalten. Und seitdem sie noch einige Lehrer bekommen hatte, die alles andere als begeistert von ihrer Transsexualität waren, hatte sie angefangen, sich immer mehr zurückzuziehen. Und dann war sie irgendwann in der Jugendeinrichtung gelandet und hatte Adam, Mila und all die anderen kennengelernt. Diese hatten sie, so wie sie war, schnell akzeptiert, weil sie genau das durchgemacht hatte, was sie auch bereits erleiden mussten. Da hatte sie endlich Personen gefunden, denen sie vertrauen konnte. Und dann verschwanden diese.

Luna holte ihr Smartphone aus der Tasche, schaltete es an, klickte auf die Fotogalerie und sah sich die Bilder an. Schlagartig fühlte sie sich in alte Zeiten zurückkatapultiert. Eines stach ihr besonders ins Auge. Ein Selfie mit Adam. Das Foto war kurz nach ihrem Einzug entstanden, der ihr Leben veränderte.

Es klingelte an der Tür. Mit einem Kloß im Hals stand Luna vom

Boden auf und ließ die ockerbraunen Umzugskartons, die ausgeräumt werden wollten, stehen. Sie schaute aus dem Zimmer, das ihr Schlafzimmer werden sollte, spähte in Richtung Tür. Wer konnte das sein? Mit schleichenden Schritten nahte sie sich der Tür. Wahrscheinlich waren es die Betreuer, die ihr entweder noch etwas sagen und geben oder sie aufmuntern wollten. Schließlich fühlte sie sich noch nicht heimisch hier. Hier in dieser Wohnung, die viel zu groß für sie allein war. Und dann waren da noch die anderen Mitbewohner, die sie gar nicht kannte. Die sie gar nicht kannten. Womöglich auch nicht kennenlernen wollten. Luna schluckte bei dem Gedanken. Nein, daran durfte sie nicht denken. Immer positiv denken, wie ihre Mutter immer sagte.

Es klingelte erneut. Allenfalls war es die dicke Bereichsleiterin, die ihr schon beim ersten Anblick Angst eingejagt hatte. Hoffentlich nicht. Dann wäre die Wahrscheinlichkeit groß, dass sie sich in die Hosen machen würde, wenn sie mit dieser Frau allein wäre. Ihre viel zu kleinen Augen, ihr durchdringender Blick, ihr zerzauster Schädel. Wie eine Hexe hatte sie ausgesehen, hatte sie angeblickt, als würde sie sie gleich im Ofen braten wollen.

Luna legte ihre Hand auf den Türknauf, drückte ihn herunter und öffnete die alte, weißgestrichene Holztür. Zu ihrer Verwunderung stand vor ihr nicht die alte Dame mit der zerzausten Frisur oder einer der dauergrinsenden Betreuer, die sie gleich am Anfang begrüßt hatten, sondern ein schlanker Junge. Was wollte er? Wer war er überhaupt? Einer der anderen Bewohner? Wollte er sie schikanieren?

„Hey!", grüßte er mit einem verlegenen Lächeln, als er sie sah.

„Wer bist du?", fragte Luna schroff und merkte gleich, wie unhöflich sie klang.

„Adam. Die Betreuer haben mich geschickt. Haben gemeint, ich solle mal mit dir reden und dir unsere Gruppe zeigen." Er zuckte mit den Schultern.

„Okay, sag ihnen, ich habe keine Lust, vielleicht ein andermal."

„Ach, komm. Ich kann dir mal meine Mitbewohner vorstellen. Die wirst du bald sowieso kennenlernen. Sie sind ganz okay, keine Sorge. Brauchst keine Angst zu haben."

„Ich hab' keine Angst!", meinte Luna, nahm ihre Haustürschlüssel, trat in das Treppenhaus und schloss die Tür. Mit erhobener Brust stand sie vor ihm. „Gut. Dann zeig mir deine Mitbewohner."

Adam lächelte. Zusammen gingen beide die Treppen hinab. „Wie heißt du?"

„Luna."

„Schöner Name." Adam öffnete die Haustür und trat ins Freie. Ein kalter Windstoß wehte ihr ins Gesicht. Sie hätte sich eine Jacke mitnehmen sollen. Sie wusste ja gar nicht, wie lange dieser Adam ihr alles zeigen wollte. Hoffte, dass sie gleich wieder ihre Ruhe hatte.

„Das sind Mila und Jendushen." Adam zeigte auf zwei Jugend-liche, die an dem Fahrradständer neben dem Eingang standen. Das Mädchen blickte sie an und zog dabei an ihrer Zigarette. Der Junge nickte nur knapp.

„Hey!", grüßte Luna, ohne großartig Blickkontakt aufzunehmen.

„Du bist die Neue?", wollte Mila gleich wissen und sah sie eindring-lich an. Betrachtete sie vom Kopf bis zu ihren schwarzen Hausschuhen.

Luna nickte und verschränkte ihre Arme. Bei ihrem Blick wurde ihr nur noch kälter, als es schon war. Vielleicht war sie mit der Bereichs-leiterin verwandt?

„Das ist Luna. Wo sind die Betreuer? Eben gerade waren sie doch noch hier." Adam sah sich um.

„Die sind ins Büro gegangen. Zur ollen Ahrens", meinte Mila, deutete auf das gegenüberliegende Gebäude und lächelte. „Bist wohl der neue Womanizer, was?"

„Witzig." Adam rollte die Augen und sah zu Luna herüber. „Merk' dir eins: Mila macht am Tag tausend Witze, bewusst wie auch unbe-wusst."

„Okay", sagte Luna und nickte verlegen ihren Kopf.

„Nicht nur ich, sondern auch diese alberne Elke", lachte Mila. Danach wandte sie sich zu Luna zurück. „Wie findest du es hier?"

„Schön", sagte Luna knapp, dabei hatte sie kaum etwas von der Wohngruppe gesehen. Sie wusste nicht mal, wie viele Mitbewohner sie hatte.

„Na, dann wirst du schnell merken, dass es nicht so schön ist, wie du denkst."

„Hör auf, ihr Angst einzujagen!", forderte Adam sie kopfschüttelnd auf. „Ich habe ihr eben noch gesagt, dass ihr ganz okay seid."

Mila hob eine Augenbraue in Richtung ihres Haaransatzes. „Was denn? Sie wird schon merken, wie unsere tolle Bereichsleiterin wirklich ist. Du kannst sie ja auch nicht leiden!"

Luna schluckte. Anscheinend lag sie bei ihrer Vermutung nicht daneben. Die breitschultrige Dame war wohl gewiss so, wie sie wirkte.

„Was ist mit deinen Haaren passiert?", fragte Jendushen nun und betrachtete Lunas kurzgeschnittenen Schädel.

Auf die Frage hatte Luna sich längst eingestellt. „Ich hab' sie abrasiert. Will kein Mädchen sein."

Mila nickte schweigend. „Haben deine Eltern dich gebracht?"

Luna runzelte fragend die Stirn. „Ja, wer hätte mich sonst herbringen sollen?"

„Das Jugendamt. Oder andere Betreuer." Mila klang beleidigt, als wären ihre Theorien die einzig richtigen. „Hast du Geschwister?"

„Nein!", stotterte Luna. Langsam wurde ihr beileibe kalt. Sie schlang nun ihre Arme um ihren Körper, als würde sie jede Wärme darin verlieren.

„Sei froh. Ihr seid alle Einzelkinder", bemerkte Mila lachend und sah ihre Mitbewohner an. „Ich habe mehr als zehn Geschwister, die mein beknackster Vater mit unterschiedlichen Frauen gezeugt hat."

„Von uns vier'n bist du die Einzige. Die anderen haben teilweise auch Geschwister. Kevin soll fünfzehn haben, aber ich glaub' ihm kein Wort", erzählte Jendushen.

„Wisst ihr, früher habe ich mir immer Geschwister gewünscht. Ich habe meine Eltern immer versucht dazu zu überreden, allerdings nie welche bekommen", meinte Adam nun lächelnd. „Jetzt sind wir hier eine Familie."

Luna blickte zu ihren neuen Mitbewohnern und wandte sich schließlich Adams warmen Augen zu. „Findet ihr es schön hier?"

Die drei Jugendlichen sahen sich kurz an. Luna bemerkte, dass unter ihnen eine angespannte Atmosphäre herrschte. Etwas wollten sie erzählen, etwas Unschönes. „Es geht… Ich meine, wir haben hier unsere eigenen Wohnungen und die Betreuer sind auch echt cool", sagte Adam dann nachdenklich.

„Na ja, nicht alle", äußerte Mila mit herunterhängenden Mundwinkeln.

„Luna, du wirst dich bestimmt hier wohlfühlen. Wir haben alle unsere Zeit gebraucht", meinte Adam und blickte ihr ins Gesicht.

„Okay", meinte Luna nur. Ihr Blick ruhte auf den dunklen, vertrauenswürdigen Augen von Adam. So ein friedliches Wesen, so schöne dicke, dunkle Haare, so ein tolles Lächeln… Anders als die Jungs aus ihrer Schule oder ihrer Nachbarschaft. Sie fragte sich, wie viele Mädchen Schlange bei ihm standen. Hatte er überhaupt eine Freundin?

„Mila, hast du endlich aufgeraucht?", fragte Adam und trat von einem Bein auf das andere. „Lasst uns die Betreuer holen, ich habe keine Lust mehr, in der Kälte zu stehen. Angela hat extra einen Kuchen gebacken. Den können wir essen, dann sieht Luna auch den Gruppenraum."

Während der Kaffeerunde hatten sie sich dann besser kennengelernt und Selfies geschossen. Bereits vom allerersten Mal an, als sie mit Adam gesprochen hatte, wusste Luna, dass dieser junge Mann die Welt *verändern konnte. Im positiven Sinne.*

Es klingelte. Luna erwachte erneut aus ihren Gedanken. Mit aufgerissenen Augen blickte sie sich um und sah, wie die meisten Mitschüler gegangen waren. Die Pause war zu Ende. Stöhnend steckte Luna ihr Smartphone wieder in die Tasche und stand auf, um weiter den Schultag zu ertragen.

Regungslos saß Philip, mit seinem Feuerzeug in der Hand, in seinem Schreibtischstuhl und war regelrecht erstarrt. Am liebsten wollte er sich eine Zigarette in den Mund stecken und die Qualen in die Luft hauchen, doch er hatte seiner Frau versprochen, es zu unterlassen. Kurz zuvor hatte er ein enttäuschendes Gespräch mit seinem Vorgesetzten Jürgen Hammer geführt. Und jeder, der Philip Eckhart kannte, wusste, dass Enttäuschungen für ihn schlimmer waren als für andere das Ende eines Urlaubes. Vor allem hasste er es, seinen Vorgesetzten zu enttäuschen, der nach all den Jahren so etwas wie ein alter Freund für ihn geworden war.

Jürgen Hammer, der Polizeidirektor mit übergroßer Hornbrille, hatte wissen wollen, wie der momentane Ermittlungsstand war. Philip hätte sich am liebsten einen Sack über den Kopf gezogen, als er ihm mitteilen musste, dass sie bei ihren Ermittlungen noch nicht weitergekommen waren. Er hatte nicht einmal einen Verdacht, den er äußern konnte. Er hatte keine Spur. Der grauhaarige Mann hatte geseufzt und gemeint, dass er hoffe, in einer Woche mehr Informationen mitgeteilt zu bekommen.

„Am besten, wir haben die Vermissten bis dahin gefunden!"

Philip und seine Kollegen waren bislang blitzschnell im Auflösen eines Kriminalfalles gewesen. Dadurch hatten sie, und vor allem der authentisch wirkende Kriminalhauptkommissar, der meist im Vordergrund seines Teams stand, besonderen Ruhm genossen. Doch

alle seine bisherigen Fälle hatten Hinweise gehabt, konkrete Spuren.
Spuren, die es bei dem Fall nicht zu geben schien.

Seine Kollegen verfolgten die Spur, dass alle gemeinsam abgehau-
en wären, aber war es auch das, woran er glaubte? Sein Bauchgefühl
sagte ihm etwas anderes. Er wusste nicht, wie er es beschreiben sollte,
doch irgendwas war mit den vier Wanderern passiert, was er nicht erklären konnte. Irgendwas, an das sie gar nicht dachten. Oder denken
wollten.

Als er im Dezernat angekommen war, hatte er gleich begonnen,
die Fakten an sein Whiteboard zu schreiben. Vier vermisste Wanderer, die nachmittags verschwanden. Ein Zeuge, der gegen Abend
einen Schrei gehört haben will. Keine Zeugen, die die vier danach
noch einmal gesehen haben. Ein Fahrzeug, das verlassen und ohne
brauchbare Hinweise auf dem leeren Parkplatz stand. Ein Hund, der
unverletzt im Wald gefunden wurde. Die Wohnung des vermissten
Betreuers halb verlassen. Keine weiteren Kontobewegungen. Handys
ausgeschaltet.

Statuenhaft saß er nun da, als hätte er nie gelernt sich zu bewegen.
Andauernd überflog er seine Notizen, versuchte sich einen Reim darauf zu machen. Alles sah entweder nach einer gut geplanten Flucht
oder nach einem Verbrechen aus. Doch an die einfache Entführungs-,
Vergewaltigungs-, Mordtheorie — daran wollte sein Instinkt nicht
glauben. Irgendwas anderes war vorgefallen. Etwas, was mit dieser
Pyramide und dem Tempel zu tun hatte. Mit dem ganzen Pfad. Das
hatte er gespürt, als er da gewesen war und den bedrohlichen Stein-
werken gegenübergestanden hatte.

Daher fing er an, über den Laves-Kulturpfad zu recherchieren,
jedoch fand er nicht viel heraus. Es gab keine ähnlichen Fälle, die
am selben Ort, Jahre zuvor, passiert waren. Auch galt der Ort nicht
als heilig oder war je zuvor ein Ort gewesen, an dem irgendwelche
Rituale stattfanden. Dabei hatte er nach dem Gespräch mit den Hip-

pies gehofft, dass es so gewesen und er endlich fündig geworden war, damit er endlich eine Lösung vorweisen konnte. Doch selbst das Dorf Derneburg galt als verschlafen. Da passierten keine Verbrechen.

14^{00} Uhr. Das Mittagessen in der Wohngruppe war gerade beendet. Elke, Claudi und Marcel sowie einige der Jugendlichen hatten ihr benutztes Geschirr achtlos auf die Spülmaschine gestellt und Angela war gerade dabei, hastig den Tisch abzuwischen.

Das Mittagessen war unangenehm ruhig verlaufen. Außer den Betreuern, die versucht hatten, die Stimmung unter der Gruppe aufzulockern, hatte niemand großartig gesprochen. Ab und zu hatte Noah mit Markus ein paar Witze gemacht, da dieser die besten Sprüche auf Lager hatte. Darüber waren die Betreuer sichtlich erfreut gewesen, da somit der Zusammenhalt in der Gruppe gestärkt wurde und die Stimmung unter allen nicht gleich unter den Nullpunkt sank. Doch Luna, die seit Tagen kaum mehrere Bissen herunterbekam, hatte nicht einmal ansatzweise lachen können. Sie wollte nur über die Verschwundenen reden, doch die Betreuer zeigten kein Interesse daran. Vor allem nicht die Gruppenleiterin.

Elke, die den Esstisch als Erste verließ, um noch ein paar Dokumente zu faxen und Berichte zu erfassen, hatte vor dem Essen Luna beiseite gezogen und ihr noch eine Ansage gemacht.

„Du musst aufhören, so ein Gesicht zu ziehen wie achtzig Tage Regen, Luna. Ich weiß, das Verschwinden der anderen nimmt dich mit, aber du solltest dich nicht zurückziehen. Das tut dir nicht gut, das weißt du. Sei öfter hier und rede bitte nicht die ganze Zeit über Mila und Adam. Die meisten von uns wollen nicht ewig darüber reden. Wir machen uns alle Gedanken und kriegen dann schlechte Laune. Also unterhalte dich am besten über etwas anderes, zum Beispiel wie dein Tag in der Schule war", hatte Luna die ganze Zeit beim Essen in ihrem Kopf dröhnen hören.

„Aber ich will doch endlich wissen, was mit meinen Freunden ist. Vermisst du Karsten denn nicht?"

Darauf hatte Elke nur mit einem einfachen „Luna, Schluss jetzt! Ich diskutiere jetzt nicht mit dir!" geantwortet.

Andauernd hatte sich die Bewohnerin gefragt, ob einfaches Hinnehmen und Kopfnicken die richtige Antwort von ihr gewesen war. Dann sah sie zur Seite. An der Wand links neben ihr hing eine große Fotowand, die Adam, Jendushen und sie mal zusammen gestaltet hatten. Daran hingen mehrere Fotos, auf denen auch die verschwundenen Gruppenmitglieder abgelichtet waren. So konnte man meinen, dass sie sich noch im Raum befanden, ganz in ihrer Nähe, und sie ihnen beim Essen zusahen. Luna hatte ständig versucht, ihren Blick von der Fotowand abzuwenden. Die Erinnerungen hätten sie nur noch depressiver gemacht, als sie es ohnehin schon war.

Nachdem der Tisch abgewischt worden war, kam Angela auf Luna zu und nahm sie unvorhergesehen in den Arm. Luna erschrak kurz, doch dann schloss sie ihre Augen, spürte die kräftige Umarmung der Hauswirtschafterin und fand es verdammt angenehm, sich mal an jemandem festhalten zu können. Als würde sie für einen kurzen Augenblick allen Sorgen entkommen.

„Es wird alles gut!", flüsterte Angela ihr ins Ohr. „Man wird sie finden. Und das gesund und munter. Hörst du?"

Luna nickte, wollte etwas erwidern. Wollte ihr sagen, dass, wenn sie munter wären, sie dann doch nicht verschwunden wären. Doch sie ließ es bei sich ruhen. Sie wollte ihr nicht die Hoffnung nehmen, denn sie wusste, dass dies einen Menschen brechen könnte.

„Hast du gehört, was Elke zu Luna gesagt hat?", fragte Claudi Marcel. Beide hatten sich in ihr kleines Büro zurückgezogen. „Sie hat sie aufgefordert, das Trauern über ihre Freunde zu unterlassen!"

Marcel hob die Schultern. „War jetzt nicht zu überhören."

„Ey, das ist doch nicht ihr Ernst! Luna, die sich ernsthafte Sorgen um die anderen macht, so zu kritisieren. Hat die kein Empathiegefühl?"

„Zudem hat Luna keinen Ton beim Essen gesagt und hat nicht mal ein Viertel davon aufgegessen. Wenn diese Möchtegern-Chefin öfter bei den Bewohnern wäre anstatt im Büro, dann wüsste sie auch, wie Luna in Gegenwart ihrer Freunde immer voll aufgeblüht ist. Sie sprach mehr, lachte mehr und machte geile Witze!", erzählte Marcel, während er sich an den Patchworkschrank lehnte, indem die privaten Schlafanzüge und Bettbezüge der Kollegen verstaut waren.

„Das hängt bei ihr ja von der Person ab. Wenn sich jetzt Elke zu ihr setzt, dann wird Luna verständlicherweise keinen Buchstaben herausbringen. Elke verbietet es ihr ja", meinte Claudi und schüttelte ununterbrochen den Kopf. „Das Problem ist, dass sie sich nicht für die Kids interessiert. Die kriecht Frau Ahrens in den Arsch und macht alles, was diese will, nur um später dann bei ihr gut dazustehen. Ey, ihr einfach ein menschliches Bedürfnis zu untersagen! Da krieg ich einfach nur einen Hals!" Die junge Frau mit den rabenschwarzen Haaren war außer sich und tat so, als ob sie sich erwürgen würde.

„Sie hat eben keine eigene Meinung. Du merkst doch selber, dass sie sich ausgiebig nur mit der Ahrens unterhält und sich von ihr total einwickeln lässt."

„So habe ich mir eine Gruppenleiterin nicht vorgestellt. Ey, sagt ihr, sie solle sich nicht so anstellen! Soll Luna jetzt Freudensprünge bezüglich des Verschwindens machen? Sie verfällt doch erst recht in eine depressive Phase, wenn sie mit niemandem über ihre Gedanken reden darf. Manchmal habe ich das Gefühl, Elke besitzt …"

Mit einem Schlag unterbrach die Türklingel die Betreuer in ihrem Redefluss.

„Ich geh!", meinte Marcel, der dachte, dass es vermutlich Kevin sei, der wieder nach Geld schnorren wollte. Der pummelige Betreuer öffnete die Tür des Gruppenraumes und sah, dass niemand da war. Kopfschüttelnd schloss er die Tür und wandte sich ab. Er wollte sich gerade zurück zu seiner Kollegin begeben, als es erneut klingelte. Stirnrunzelnd öffnete er die Tür und sah diesmal in das Treppenhaus, hinunter zur Haustür. Schnell bemerkte er, dass zwei Erwachsene vor der Tür standen. Er stieg die Treppen hinab, öffnete ihnen langsam die Tür.

„Guten Tag, Kriminalhauptkommissar Eckhart und meine Kollegin Hahn. Dürfen wir hereinkommen?", fragte Philip ihn begrüßend.

Im Aufenthaltsraum angekommen, wurden die Kommissare von den Umherstehenden angestarrt. Von Markus und Noah, die am Eingang zur Küche standen, von Luna und Angela, die aufgehört hatten, sich zu umarmen. Von Beatrice, die mit ihrem Handy beschäftigt aus dem Wohnzimmer trat, und von Claudi, die aus dem NB-Zimmer kam und sie überrascht grüßte. Zwar hatten beide keine Uniformen an, doch jeder ahnte, dass sie die ermittelnden Polizisten sein mussten.

Philip fragte die Betreuer, ob sie sich mit ihnen irgendwo in Ruhe unterhalten könnten. Er wollte wichtige Informationen nicht offen preisgeben. Diese nickten und baten die beiden Kommissare in das NB-Zimmer. Angela kam mit hinein und schloss hinter sich die Tür. Doch die Jugendlichen, die von dem Gespräch ausgestoßen waren wie Außenseiter einer beliebten Clique, dachten gar nicht daran, wieder in ihre Wohnungen zu gehen. Leise stellten sich alle vier nacheinander neben die Tür und lauschten.

„Wir haben sie leider noch nicht gefunden. Auch keine Spuren von ihnen", teilte Philip den Betreuern, die sich nun mit Angela auf das kleine Einzelbett gesetzt hatten, mit. Beide Betreuer, die voller Hoffnung gewesen waren, waren nun tief enttäuscht. Es war, als würden sie von einer Wolke herunter auf die Welt fallen, die Landung meilenweit entfernt.

„Sind Sie nur hergekommen, um uns das mitzuteilen?"

„Eigentlich", meldete sich Philip zu Wort, „wollten wir uns mal erkundigen, ob Sie ein Erpresserschreiben bekommen haben."

Stöhnend verneinten die Betreuer. „Das haben Sie unsere Kollegen doch schon gefragt. Was haben Sie über unseren Kollegen noch so Neues herausgefunden?", fragte Marcel und verschränkte die Arme. Bereit für die nächsten düsteren Wahrheiten.

„Nicht besonders viel! Wir waren gerade bei Ihrer Chefin und haben es ihr bereits mitgeteilt. Die Durchsuchung der Wohnung von Ihrem Kollegen hat nichts ergeben. Und seine Kontodaten haben sich nicht verändert. Aber gut, dass Sie fragen, Herr Voigt. Wir haben gehört, Sie sollen am besten mit Herrn Wendt auskommen. Und Sie seien derjenige, der die Vermissten als Letzter gesehen hat."

Marcel bestätigte dies mit einem knappen Nicken.

„Hat er Ihnen denn etwas anvertraut? Geheimnisse? Ängste?"

Marcel kratzte sich am Nacken und überlegte. Doch so sehr er auch überlegte, er konnte den Kommissaren nicht weiterhelfen. Karsten hatte ihm keine Geheimnisse anvertraut. Erst recht keine Ängste. „Nein. Er wirkte immer zufrieden hier."

„Wissen Sie, warum er die alte Arbeitsstelle gewechselt hat?"

„Nein, tut mir leid." Marcel zuckte mit den Achseln. „Allerdings glaube ich, dass es ihm im vorigen Job nicht mehr gefallen hat."

Toll. So weit war er auch schon. Philip wurde aus dem vermissten Betreuer nicht schlau. „Ansonsten wollten wir uns hier mal umsehen und die anderen Mitbewohner befragen, ob diese etwas wissen." Er wusste, Jugendliche kannten sich untereinander viel besser als deren Betreuer. Eigentlich hätte er das vor zwei Tagen unternehmen können, hätte es unternehmen sollen. Womöglich wäre er dann schlauer. Hätte er es getan, würden die Gewissensbisse vielleicht nicht an ihm zehren wie hungrige Lämmer.

Claudi teilte beiden mit, dass sich noch ein paar Jugendliche im Gruppenraum befänden, diese allerdings nicht über die neuen Erkenntnisse über Karsten Bescheid wüssten. „Unsere Bereichsleitung hat uns das untersagt, da es ihr zu vertraulich herüberkam und sie nicht wollte, dass irgendwelche Gerüchte über Karsten kursieren, die möglicherweise nicht stimmen. Außerdem ist es Karstens Privatleben, das wahrscheinlich nichts mit dem Unglück zu tun hat."

Philip dagegen war anderer Meinung. Er war fest davon überzeugt, dass Karsten der Mittelpunkt des Verschwindens war.

„Karsten arbeitet hier total gerne, er ist beliebt unter den Jugendlichen. Besonders Luna ist außerordentlich niedergeschlagen", erzählte Angela plötzlich und faltete ihre Hände, als würde sie auf einer Kniebank beten. Claudi strich ihr über den Rücken.

Die vier Heranwachsenden, die Bruchstücke des Gesprächs mitangehört hatten, entfernten sich schnell wieder von der Tür, als sie Schritte vernahmen.

Kurz darauf ging die Tür auf und die Erwachsenen kamen heraus. Philip und Chloe betrachteten die Räume, ehe Philip die Fotowand im Esszimmer ins Auge fiel. Überall waren Schnappschüsse und glückliche Momente festgehalten. Er machte ein paar Schritte darauf zu und musterte jedes einzelne Bild. Sein Blick blieb bei einem Foto stehen, auf dem drei Personen zu sehen waren. Zwei davon wurden seit Freitagnachmittag vermisst. Die dritte Person war das spindeldürre Mädchen, welches hinter ihm stand und ihn stirnrunzelnd beäugte. Alle drei standen vor irgendeinem Aussichtspunkt und lächelten breit in die Kamera. Für ihn hatte es sofort den Anschein, dass die drei sich nahestanden.

„Hey, das bist doch du, oder?" Philip drehte sich zu dem glatzköpfigen Mädchen um.

„Ja! Mit Adam und Jendushen. Wir waren da in Braunschweig spazieren", gab Luna leise zu Protokoll.

Philip nickte ruhig. Er informierte sie daraufhin kurz und knapp über den aktuellen Stand der Ermittlungen. Lunas Kopf senkte sich, als sie erfuhr, dass man ihre Freunde noch immer nicht gefunden hatte. Sie stöhnte innerlich. Was wollten sie dann hier? Sich etwa wichtig machen?

„Aber vielleicht kannst du uns helfen?", sagte Philip zu dem Mädchen, welches unmittelbar vor ihm stand und nun zu ihm hochblickte. Ihm tief in die Augen sah. „Es scheint so, als ob ihr euch gut kennen würdet."

„Ja … tun wir. Vor allem … verstehe ich mich mit Adam gut." Luna steckte ihre kalten Hände in die Gesäßtaschen ihrer Jeans, presste die Lippen aufeinander und verbarg ihre Unsicherheit. Sie durfte sich ihr Zittern nicht anmerken lassen. Eigentlich hatte sie das Zittern in Gesprächen gut in den Griff bekommen, doch ein Gespräch mit der Polizei war dann doch nicht so simpel wie ein Gespräch mit einem Mitschüler, dessen Intelligenz kleiner war als eine Erdnuss.

„Adam ist wohl ein guter Freund von dir?"

„Adam", betonte das Mädchen auf Englisch. „Adam mag es mehr, wenn man seinen Namen auf Englisch sagt. Klingt besser."

„Ah, in Ordnung. Adam also. Ein schöner Name. Wann habt ihr den Ausflug gemacht?", fragte Philip, um eine Konversation mit ihr anzufangen. Er musste ihr Sicherheit bieten, ihr Vertrauen schenken. Smalltalk wäre ein guter Anfang.

„Im Februar dieses Jahres. Karsten hat das Foto gemacht, weil Jendushen ein Andenken haben wollte!", erzählte Luna. „Jendushen meint immer, die schönsten Momente sind immer so schnell vorbei. Daher will er sie ständig auf Kamera festhalten."

„Recht hat er." Philip verlor sich kurz in Gedanken, begann unwillkürlich an seine Frau zu denken. Die schönsten Momente waren wirklich immer zu schnell zu Ende. Man nahm sie als Normalität wahr, bemerkte dann aber erst, wie wertvoll diese Momente waren, wenn sie vorüber waren und man sie nie wieder erleben würde. Abrupt riss er sich selbst aus seinen Gedanken, konzentrierte sich auf das

Mädchen. Hastig fragte er sie: „Habt ihr öfter Ausflüge mit Karsten gemacht?"

Luna zuckte mit den Schultern. „Ab und zu! Aber auch mit den anderen Betreuern! Meist ins Kino oder zum Bowlen."

„Am besten, wir setzen uns mal an den Tisch, oder?" Philip deutete mit seiner flachen Hand auf den Holztisch neben ihnen. Er spürte, dass er ihr Vertrauen gewinnen musste, um in dem Fall weiterzukommen.

Luna nickte übertrieben. Gemeinsam mit dem Kommissar setzte sie sich hin und stellte sich ihm vor. Derweil befragte Chloe die anderen Jugendlichen, die sich auf die breite Couch im Wohnzimmer zurückgezogen hatten. Sie schloss die Tür, damit Philip mit Luna in Ruhe sprechen konnte. Es wäre sinnvoller, denn während der Gespräche durften sich die Jugendlichen nicht aneinander stören. Philip fand „Luna" einen besonderen Namen. Er hatte etwas Starkes an sich. Luna verkniff sich ein Lächeln. Sie war alles andere als stark. Weder körperlich noch psychisch.

„Wie alt bist du, Luna?"

„Sechzehn!", erzählte sie verlegen.

„Hätte ich jetzt nicht gedacht!" Philip hatte das Gefühl, ihr Vertrauen langsam erlangt zu haben. Wenn sie lächelte, war dies ein gutes Zeichen. Er hatte sie gleich.

Philip betrachtete Luna eindringlicher. Ein blasses, ungeschminktes Mädchen, deren Haare abrasiert waren. Vermutlich hatte sie es selbst getan, aus welchen Gründen auch immer. Meist suchten solche Menschen Aufmerksamkeit, wollten gesehen werden. Äußerlich sah sie auch nicht aus wie ein Mädchen. Mehr wie ein Junge. Er selbst hatte sie anfangs auch als Jungen eingeschätzt. Unter ihren Augen hatten sich dunkle Ringe gebildet, ihre Haut sah fahl und trocken aus. Es hatte den Anschein, als ob sie gerade aufgestanden wäre, obwohl sie eine dunkle Jeans und keine Pyjamahose trug.

Philip dachte, dass sie vermutlich nur ihre Freunde vermisste und sich daher vernachlässigte. Es war normal, dass sich die Leute gehen ließen, mehr in ihren Sorgen und Gedanken gefangen waren. Er wusste noch genau, wie er damals ausgesehen hatte, als er seinen Kummer bearbeitete.

„Sie haben …", begann Luna leicht stotternd zu sagen, „das Auto … und unseren Hund … gefunden."

Philip nickte ihr zu und sah ihr in die hellblauen Augen, die ihn baten, endlich ihre Freunde zu finden.

„Hat man denn nichts im Auto gefunden?", wollte Luna dann schnell wissen.

„Doch", meinte Philip und kratzte sich an seinem Drei-tage-bart, „man konnte Milas Handy und ihre Handtasche im Auto finden. Doch weder auf dem Handy noch in der Tasche haben wir etwas entdeckt, was uns Auskunft darüber gibt, was passiert sein könnte oder wo sie sich befinden."

„Aber es muss eine Spur geben! Sie können sich doch nicht in Luft aufgelöst haben!" Luna senkte den Kopf und begann mit den Tränen zu ringen. Angela gesellte sich hastig zu ihr und tröstete sie. Philip hatte Mitgefühl mit dem Mädchen. Er wusste, wie es war, eine wichtige Person im Leben zu verlieren. Und das plötzlich, schmerzhaft. Man hatte nicht einmal Zeit, sich darauf vorzubereiten, die Person noch einmal in den Arm zu nehmen. Nein, man wurde gleich ins kalte Wasser geworfen.

Der Kommissar versuchte sich nichts anmerken zu lassen. Er wusste, dass er seine persönliche Grenze einhalten musste. Das gehörte zu seinem Job. „Kannst du mir deine Freunde mal beschreiben?", fragte er sie dann betroffen, als Luna ihn wieder ansah.

Luna nickte. „Mila ist meine beste Freundin … Sie ist cool und bringt mich immer zum Lachen. Sie wirkt verdammt erwachsen. Und sie bringt mich auch ständig zum Lachen." Luna fing bei dem Gedanken an zu lächeln, ehe sie bemerkte, dass sie sich wiederholt hatte. „Jendushen ist ruhiger und total schlau. Wir waren alle erstaunt, als er berichtete, dass er sein Abi geschafft hat. Und Adam …", unterbrach Luna sich, als sie ihn vor sich sah. Lachend in die Ferne blickend. Wie ein Kaiser auf sein Land. „Adam ist ein guter … Junge. Er hat mir geholfen, mich in die Gruppe zu integrieren. Meine erste Ansprechperson unter den Mitbewohnern. Adam ist anders als alle anderen, die mir im Leben schon begegnet sind. Er ist besonders … Er meinte mal, er finde es wichtig, dass wir Mitbewohner zusammenhalten und füreinander da sind. Schließlich wären wir eine Art Familie. Er hat sich immer in der Gruppe aufgehalten, doch … in letzter Zeit … da hat er sich mehr und mehr zurückgezogen."

„Kannst du mir sagen, wann das angefangen hat? Und warum?", hakte Philip interessiert nach. Gab es eventuell einen Grund, warum er verschwand? Wurde er bedroht? Wollte er sich absetzen?

„Seit paar Monaten. Er hat mehr Zeit in seiner Wohnung verbracht und war an einigen Tagen gar nicht hier. Er sagte immer, dass er viel um die Ohren hat … dass er sich auf sein Abi konzentrieren muss, obwohl er noch ein Jahr Zeit hatte!", antwortete Luna.

Philip fand dieses Verhalten mehr als merkwürdig. Warum sollte ein junger Mann sich so früh für seinen Abschluss vorbereiten? „Hat er denn mal etwas Genaueres erwähnt oder wollte er gar fliehen vor jemandem oder einer Situation?"

Luna schüttelte den Kopf. „Wenn er fliehen wollte, dann nur vor Frau Ahrens!"

„Verstehen sie sich nicht gut miteinander?", fragte Philip. Verstehen würde er es. Bereits beim ersten Gespräch hatte er gemerkt, was für eine Person die Bereichsleiterin war. Streng, autoritär, selbstbewusst. Und wahrscheinlich hatte sie einen Zorn auf alle Männer.

„Niemand versteht sich mit der gut!", platzte es aus Luna heraus. Schnell fing sie sich wieder und fuhr fort: „Na ja, Frau Ahrens hat ihm immer befohlen, mehr rauszugehen … Eigentlich meckert sie mit jedem. Ich kann sie auch nicht leiden. Die ist an allem schuld."

„Und hast du eine Idee, wo sich Adam aufhalten könnte? Könnten sie abgehauen sein?"

„Nein!", sagte Luna entschlossen. „Sie sind nicht abgehauen, davon bin ich überzeugt! Auch wenn er jetzt nicht der typische „Handyfan" ist, hätte er es trotzdem bei sich geführt. Da muss was passiert sein! Und Karsten ist keiner, der sich wie ein feiges Huhn aus dem Staub macht, und Adam erst recht nicht!"

„Beruhige dich, Luna!", flüsterte Angela ihr ins Ohr und streichelte sanft ihren Arm. Luna atmete aus und sah zu der Hauswirtschaftskraft.

Philip hielt es für einen guten Zeitpunkt, um das Mädchen nach ihrem vermissten Betreuer zu befragen.

„Karsten ist mein Bezugs- und mein Lieblingsbetreuer. Er liebt die Natur … wie Adam auch. Wir haben ihn beide als Bezugsbetreuer und waren ab und zu mit ihm irgendwo unterwegs. Shoppen, im Park, etwas essen und so weiter. Karsten setzt sich gerne für die Umwelt ein und hat teils sogar recycelte Kleidung getragen. Meist ist er mit seinem Fahrrad gekommen, sogar nachts. Adam und ich fanden das bemerkenswert … Karsten ist einfach ausgeglichen. Das entspannt mich immer, wenn ich mal mit ihm reden muss!", schoss es aus Luna heraus und sie merkte, wie leicht sich ihr Magen auf einmal anfühlte.

Er liebt die Natur, ist naturbegeistert, ein echter Naturliebhaber. Mann, hat dieser Betreuer noch andere Interessen, fragte sich Philip, der bereits ermüdet war, ständig das Gleiche zu hören. Die Natur in allen Ehren, aber der Betreuer wird ja wohl nicht im Wald leben. Oder etwa doch? „Hat er sich denn irgendwann mal euch gegenüber unangenehm benommen?"

„Nein!", sagte Luna selbstsicher. „Karsten ist ein toller Betreuer! Sogar der beste von allen. Er hat sich nie schlecht benommen. Ich hab' ihn ja nicht mal schreien gehört!"

Philip nickte. „Weißt du auch, wie es privat bei ihm steht?"

„Nicht viel", äußerte Luna nun langsam und zuckte mit den Schultern. „Er hat eine Familie und wohnt in Grothenburg."

Philip wollte sie nicht mehr beunruhigen, daher verschwieg er ihr, dass Karsten wohl nicht verheiratet war. Dass er es wohl nie gewesen war. Egal, ob er dies behauptet hatte oder nicht. Tatsache war, dass man in der Wohnung von ihm, bis auf das Foto, welches den Betreuer mit der unbekannten Frau zeigte, keine Hinweise auf eine Frau oder ein Kind finden konnte.

„Aber mir ist doch etwas aufgefallen in letzter Zeit", berichtete Luna plötzlich.

„Und das wäre?"

„Der Zusammenhalt unter ihnen. Sie wirkten verbündeter denn je."

Mit einer Hand hielt Frau Ahrens die Visitenkarte, die der junge Polizeibeamte ihr Tage zuvor auf den Tisch gelegt hatte, mit der anderen zog sie an ihrer Zigarette und dachte nach. Von Elke hatte sie bereits mitbekommen, dass die Polizei der Annahme war, dass Karsten unter falschem Namen gearbeitet hatte, was sie sich nicht vorstellen konnte. Nur weil er alle belogen hatte, was sein Familienleben betraf. Erst das Verschwinden der Gruppenmitglieder und nun so etwas. Das durfte nicht wahr sein. Die selbstherrliche Dame konnte nicht glauben, von einem ihrer beliebtesten Mitarbeiter ausgetrickst worden zu sein. Von einem Mann, dem sie das im Leben nicht zugetraut hätte. Sie war fest davon überzeugt, dass die Polizisten einer falschen Fährte nachgingen. Zudem hatten sie ihr darüber nicht einmal etwas gesagt. Wahrscheinlich trauten sie sich nicht.

Ist auch eine lächerliche Theorie, dachte sie und blies Aschewolken in ihr Büro. Warum hätte ihr Mitarbeiter so etwas begehen sollen?

Sie erinnerte sich an die letzte Kaffeerunde mit den Verschwundenen zurück. Als Karsten ihr voller Freude über diesen geheimnisvollen Ort erzählt hatte, von dem sie nicht mehr zurückkehrten.

Die ältere Dame ahnte, dass sie nun nicht mehr länger warten konnte. Bei solchen Angelegenheiten musste das Jugendamt sofort informiert werden. Ohnehin würden die Medien über das Verschwinden ihrer Schutzbefohlenen berichten und es wäre nur eine Frage der Zeit, bis die Informationen die Eltern und die zuständigen Jugendämter erreichen würden. Sie musste ihnen zuvorkommen.

Sie war froh, dass die Medien aktuell wenig Interesse an dem Fall der Vermissten zeigten. Na ja, kranke Jugendliche aus einer Jugendhilfeeinrichtung, wen würde dies schon interessieren, dachte sie sich. Normalerweise schenkten Journalisten nur Kleinkindern oder jungen, hübschen Frauen, die verschwanden, Beachtung.

Vergeblich hatte sie auf einen Anruf von der Polizei gewartet mit der Information, die vier Personen gefunden zu haben, so dass sie unbesorgt ihren Alltag wieder in Angriff nehmen konnten. Es kam keiner. Kein Anruf. Kein Klingeln an der Tür. Keine Mail. Also auch keine Erlösung.

Frau Ahrens atmete tief ein und wieder aus. Dann trat sie aus ihrem Büro. Sie ging zu Elke und Marcel, die im Büro nebenan saßen, und gab ihnen die Anweisung, nun die Jugendämter per E-Mail zu kontaktieren und sie über das Verschwinden zu informieren.

„Also heute. Sind Sie sich sicher?", hakte Marcel nach.

„Natürlich!", entgegnete ihm Frau Ahrens barsch. „Ich finde das auch nicht toll, aber ich will keinen Ärger riskieren. Wir können keinen Tag mehr verstreichen lassen. In beiden Fällen würde es nur negative Schlagzeilen für uns bedeuten!"

„Das hätten wir viel früher machen sollen. Dann hätten wir das Problem nicht", murmelte der Betreuer und legte seine Hände auf seinen dicken Bauch. „Jetzt ist bereits fast eine Woche vergangen. Die

Jugendämter werden uns die Hölle heißmachen!"

„Das ist nicht mein Problem. Sie werden heute noch informiert!" Frau Ahrens drehte sich um und wollte gerade wieder in ihr Büro gehen, doch Marcel hielt sie auf. Er wollte nicht mehr Stillschweigen bewahren.

„Es wird aber noch Ihr Problem werden. Schließlich war es nicht unsere Idee, die Ämter so spät zu kontaktieren. Wenn es nach uns Kollegen ginge, dann hätten wir bereits am Montagmorgen Bescheid gegeben."

Langsam drehte sich die Bereichsleiterin zu ihrem Mitarbeiter um. „Ich sagte, die Jugendämter sowie die Eltern werden heute noch informiert."

„Sie hören …"

„Herrgott nochmal, machen Sie gefälligst, was ich Ihnen sage! Sie werden die Jugendämter heute benachrichtigen!", unterbrach ihn Frau Ahrens schroff. „Wenn Sie Ihren Job noch länger behalten und Ihre kleine, hübsche Familie ernähren wollen, dann halten Sie Ihren Mund und hören auf meine Anweisungen. Ich bin die Bereichsleitung. Sie sind nur ein einfacher Mitarbeiter. Ich habe keine Lust, mit Ihnen zu diskutieren!"

Nachdem sie den Satz beendet hatte, verschwand sie wieder in ihr Büro und schloss die Tür zu der Außenwelt ab.

Nachdem die Tür zugeknallt war, realisierte Marcel, mit offenem Mund hinterherblickend, was gerade geschehen war. Er unterdrückte einen Fluch, biss sich auf die Lippen. Am liebsten hätte er seine Wut auf seine Chefin geäußert, da bekam er einen weiteren Spruch von der Seite geschossen: „Tja, das kommt davon, wenn man sich mit Vorgesetzten anlegen muss!" Elke blickte ihn lächelnd an. Man konnte ihre Belustigung aus ihrem Gesicht ablesen.

„Was?"

„Du sollst deine Arbeit machen! Informiere die Jugendämter! Ich würde nicht mit ihr spaßen."

„Ist das alles, was du zu sagen hast? Frau Ahrens hat einen Fehler gemacht, zu dem sie stehen sollte, anstatt feige davonzulaufen."

„Mach du lieber keinen Fehler. Nicht, dass deine Familie das alles ausbaden muss. Glaub' mir, Frau Ahrens wird dir ganz schnell kündigen und dann stehst du als Arbeitsloser da, willst du das? Mach einfach das, was man dir aufgetragen hat!" Elke blickte wieder auf ihren Bildschirm. Ignorierte ihren Kollegen.

Marcel, der gern etwas erwidert hätte, merkte schnell, dass es nichts bringen würde. Elke hatte einen guten Draht zur Bereichsleiterin, sie würde ihr alles verraten. Er holte tief Luft. Dachte an seine Familie, seine Frau, seinen Sohn. An das neue Haus, welches er aktuell renovierte. Die ganzen Kosten …

Marcel wusste, dass seine Chefin in solchen Phasen der Frustration unberechenbar war. Dann blickte er zu Elke, die abwechselnd von ihrem Bildschirm zu einer Reihe von Dokumenten lugte. Sie war mit den Abrechnungen beschäftigt, bei denen Karsten ihr immer geholfen hatte.

Karsten war derjenige von ihren Kollegen gewesen, mit dem Elke am besten zurechtkam. Er war der Einzige gewesen, mit dem sie auf Augenhöhe sprach. Sonst hatte sie sich von allen distanziert und nur wenig über sich persönlich preisgegeben. So dass die meisten Betreuer sie gar nicht kannten, obwohl sie seit fast einem Jahr bei ihnen angestellt war. Gleich zu Beginn hatte sie sich stets auf die Seite von Frau Ahrens gestellt und die Anweisungen von ihrer Chefin übernommen, ohne darüber nachzudenken. Mit niemandem hatte sie ihre Nummer und gleichzeitig so viele SMS ausgetauscht wie mit Frau Ahrens. Wahrscheinlich war sie die Einzige, die wusste, wo sie wohnte.

Marcel wollte nicht alles verlieren, wollte nicht nach Hause kommen und seiner Frau sagen müssen, keine Arbeit mehr zu haben. Er atmete aus und machte sich an die Arbeit, die Mails zu verfassen.

Ermüdet von seinem Tag, schloss Philip gerade die Wohnungstür auf, als sein Smartphone vibrierte. Eilig schloss er die Tür wieder, nachdem er hineingehuscht war, legte seinen Schlüsselbund auf die karamellbraune Kommode, nahm sein Smartphone aus seiner Jackentasche und blickte auf das Display. Till. Toll, dachte er sarkastisch. Er hatte keine Lust, mit seinem älteren Bruder zu sprechen. Seinem Bruder, der eigentlich wie ihr Vater wirkte.

Der Kriminalhauptkommissar ging ran. „Ja."

„Bruderherz, schon daheim?", fragte Till am anderen Ende der Leitung gleich. Er hatte beschlossen, ihn regelmäßig anzurufen, da Philip seine WhatsApp-Nachrichten meist ignorierte und sich erst Tage später zu Wort meldete.

„Ja. Wieso?" Philip zog seine Schuhe mit den Füßen aus.

„Nur so. Dachte eher, du bist im Kommissariat und verbringst dort die Nacht."

„Unsinn!"

„Gar nicht. Ich kenne dich. Du machst nur Überstunden. Eigentlich wohnst du ja quasi im Kommissariat. Wundert mich, dass du da nicht 'ne eigene Wohnung eingerichtet hast. Dein Chef gibt dir wohl immer einen Tritt in den Arsch, damit du mal rauskommst."

„Sehr witzig." Philip rollte die Augen. Stöhnte auf. Das war sein Bruder. Ein hoffnungsloser Witzbold.

„Hast du Lust, etwas trinken zu gehen?", fragte Till seinen Bruder, wie er es praktisch alle zwei Wochen tat. „Oder auf einen Spieleabend?"

„Nein. Muss früh raus."

„Natürlich. Die Arbeit eines Kriminalhauptkommissars wartet nicht." Till klang beleidigt. „Am Freitag vielleicht?"

Philip zuckte unbewusst mit den Schultern. „Kann ich dir nicht sagen."

Ein leichtes Seufzen erklang aus dem Hörer. „Das sagst du mir seit Jahren. Nimm dir Zeit und unternimm' mal etwas. Bestimmt sitzt du das ganze Wochenende entweder im Kommissariat oder bei dir zuhause, wenn du da überhaupt noch bist, dumm rum und verpennst den ganzen Tag."

„Das geht jetzt nicht. Ich bin an einem Fall dran!" Mein Gott, lass mich doch mal in Ruhe, dachte sich Philip. Hatte er ihn nur angerufen, um ihn zu nerven?

„An was für einem? Einem heimtückischen Mord an einem Mann, begangen von der betrogenen Ehefrau, oder einer mysteriösen Mordreihe, die Opfer junge, unschuldige Frauen?"

„Einem Vermisstenfall. In Derneburg."

„Langweilig. Warte, etwa der Fall, in dem sich Wanderer im Wald verlaufen haben?"

„Man weiß nicht, ob sie sich verlaufen haben. Und wenn es so wäre, hätte man sie längst gefunden. Warst du schon mal beim Laves-Pfad?"

„Klar, kein besonderer Ort. Kleines Waldstück. Schwer, sich dort zu verlaufen. Aber für Kinder aus einer Behindertenanstalt ist es wohl zu groß."

„Die Jugendlichen stammen aus einer Jugendeinrichtung. Keiner Behindertenanstalt!", korrigierte Philip ihn, während er sich ein Lächeln verkniff.

„Komm, die werden schon den Ausweg aus dem dunklen Wald finden. So wie du hoffentlich wieder den Weg in dein soziales Leben finden wirst."

„Gute Nacht." Philip legte auf, schmiss sein Smartphone auf das Sofa im Wohnzimmer und rieb mit beiden Händen sein Gesicht. Er hatte keine Lust, über solch blödsinnige Themen zu sprechen. Die verschollenen Jugendlichen und ihr Betreuer waren wichtiger. Doch jetzt musste er erst einmal einen klaren Kopf bekommen.

Seufzend schritt er ins Bad, zog das Shirt vom Leib, wollte gerade die Schnalle seines schwarzen Ledergürtels lösen, um in die Dusche zu steigen und sich kalte Tropfen auf seinen Körper spritzen zu lassen, da hörte er ein Vibrieren. Philip horchte auf. Sein Smartphone klingelte Millisekunden später. Höchstwahrscheinlich sein Bruder, der noch etwas vergessen hatte ihm mitzuteilen. Mit einem kläglichen Stöhnen aus den Tiefen seiner Kehle schritt er aus dem Badezimmer, nahm sein Smartphone vom Sofa, drückte gleich auf den grünen Hörer und sprach:

„Noch was vergessen?" Philip wartete auf eine Antwort. Er rechnete mit einem verächtlichen Schnauben oder einem entnervten Seufzen. Doch nichts dergleichen drang ihm ins Ohr. Es war die unheimliche Stille, die ihn aufhorchen ließ und ihm ein flaues Gefühl im Magen bereitete.

„Hallo?" Er nahm das Smartphone vom Ohr und sah auf das Display. Sein Atem beschleunigte sich. Erst jetzt bemerkte er, dass nicht sein Bruder am anderen Ende der Leitung war. „Unbekannte Nummer" stand stattdessen.

„Hallo? Wer ist da?" Hatte sich da jemand verwählt? War es doch sein Bruder, der ihm einen albernen Streich spielte? Zuzutrauen wäre es ihm. Er wollte gerade auflegen, als sich eine tief verstellte Stimme zu Wort meldete: „Im Wald lauert eine Bedrohung auf dich!"

„Was?" Philip blinzelte. Er spürte, wie sein Herz zu rasen begann. Sein Kopf ratterte, versuchte die Möglichkeiten zu erfassen, was dieser Satz zu bedeuten hatte. Im Wald. Der Pfad, natürlich. War es eine Warnung? Oder doch eine Drohung? Nach dem argwöhnischen Unterton zu urteilen, eher das Letztere. „Wer ist da?"

„Laves!" Und dann brach die Verbindung mit einem leisen Klacken ab.

Luna legte sich auf ihr Bett, zog das Foto aus ihrer Hosentasche und sah es sich an. Das Foto, von welchem sie dem Kommissar erzählt und das sie kurz nach dem Abendessen von der Pinnwand genommen hatte. Sofort erinnerte sie sich an den Wanderausflug. Es war Jendushens Wunsch gewesen, am Valentinstag eine Wanderung im Harz zu unternehmen. Doch es hatte kurz zuvor geregnet, daher hatte Karsten den Nussberg als Ort für einen kleinen Spaziergang vorgeschlagen.

„Du bist unmöglich!", lachte Luna zu Adam, der ihr mehrere Videos zeigte, als Karsten auf dem letzten Platz auf dem Parkplatz hielt. Gleich nachdem sie ausgestiegen waren, sahen sie auf einer Hundewiese eine Horde von Hunden kämpfen. Erst als ihre Besitzer einschritten, ließen sie voneinander ab.

„Boah, was war das denn?", fragte Luna erschrocken und staunte, als hätte man ihr gerade einen Zaubertrick gezeigt.

„Sie wollen nur testen, wer der Stärkere ist. So großartig unterscheiden sie sich von uns Menschen nicht!", erzählte Karsten und ging weiter, da sie noch den Bunker betrachten wollten, von dem man eine gute Sicht auf die Stadt haben konnte. Nacheinander stiegen sie die Wendeltreppe des alten, halb zerfallenen Gemäuers hinauf. Oben, auf der Plattform, offenbarte sich ihnen die Stadt mit ihren Feldern, ihren Wäldern. Die letzten Sonnenstrahlen zeigten ihnen die Gebäude dahinter, die sich hinter den Wäldern zu verstecken schienen. Wie eine unsichtbare Gefahr.

„Was für ein schöner Nachmittag es geworden ist, nicht wahr, Karsten? Wie schnell sich das Wetter ändern kann." Adam drehte sich zu seinem Betreuer um und zeigte auf die Sonne, die aus den vielen kleinen Wolken wie eine Orange hervortrat.

„Nichts ist so wechselhaft wie das Wetter", meinte Karsten und blickte zum Feld, unterhalb des Bunkers.

„Und hier oben hat man seine Ruhe, alle anderen Leute sind da unten. Können wir morgen nochmal irgendwo wandern gehen?", fragte Luna und blickte ihren Betreuer an. Allerdings antwortete er nicht, schien ihre Frage gar nicht zu hören. Regungslos sah Karsten hinunter zur Hundewiese, war so in seinen Gedanken verloren. Luna folgte seinem Blick und bemerkte, wie er zwei Personen, offensichtlich ein Liebespaar, beobachtete, die sich gerade begannen zu küssen. Ein schönes Paar, dachte sich Luna. Dadurch, dass beide Brillen trugen, blond waren und die gleiche Statur hatten, wirkten sie gar wie Geschwister. Ob sie jemals so jemanden finden würde?

„Karsten, hast du gehört?", rief sie nun etwas lauter und schüttelte ihren Betreuer aus seinen Tagträumen.

„Bitte was?"

„Hey, wollen wir zusammen ein Foto machen?", fragte Jendushen. „Wir müssen diesen Moment festhalten, sonst ist er schneller vorbei, als uns lieb ist."

„Klar! Stellt euch mal alle gemeinsam hin!" Karsten holte das Diensttelefon aus seiner Jackentasche heraus, tippte auf die Kamera und schoss mehrere Bilder.

„Willst du auch mit drauf?", fragte Jendushen ihn, als der Betreuer fertig war.

„Ne, alles gut. Seht mal, sind die in Ordnung?" Karsten hielt den Jugendlichen das Smartphone hin und zeigte die einzelnen Fotos.

„Sehen gut aus!", lobte Adam, nachdem er sich alle angesehen hatte.

„Mann, ich sehe so starr darauf aus!", meinte Luna und fasste sich an die Wangen.

„Stimmt!", sagte Adam. „Nicht jeder kann so brillant aussehen wie ich. Spaß." Adam begann zu lächeln und steckte sie damit an.

„Oh, Adam, was ist mit dir nur passiert? Wo seid ihr nur?" Luna legte das Foto auf den Nachttisch neben ihr und versuchte einzuschlafen. Draußen hatte der Regen etwas nachgelassen und es nieselte nur noch leicht. Sie knipste die schwarze Lampe, die unmittelbar neben ihrem Bett stand, aus. Dunkelheit füllte den Raum, begann sie zu umzingeln. Luna schloss die Augen, wälzte sich ein paar mal, starrte dann irgendwann aus dem Fenster, welches von einer grasgrünen Gardine halb verdeckt wurde, und hoffte innerlich, etwas zu sehen. Nicht die Umrisse und die Lichter der alten, mitgenommenen Arbeiterhäuser, sondern ihre Freunde, die sie anlächelten, ihr zuriefen und sie warnten.

„Luna, nimm dich in Acht!"

Donnerstag, 13.06.2019

Alle Kollegen hatten sich im Kommissariat zusammengefunden, da Philip seine Kollegen wissen lassen wollte, was letzte Nacht passiert war.

„Also, wenn ihr mich fragt, dann war das nur ein unbedarfter Scherz. Entweder war es einer der Verschwundenen oder jemand anderes, der das witzig fand", gab Walter offen in die Runde.

„Es könnte doch sein, dass dies eine Einschüchterung war, um uns von weiteren Ermittlungen abzuhalten", meinte Chloe.

„Dieser Jemand könnte dann aber auch der Betreuer oder die Jugendlichen sein, die nicht gefunden werden wollen", fügte Malia hinzu.

„Wie auch immer!", meldete sich Leon stirnrunzelnd zu Wort. „Heut' Morgen hab' ich die Telefondaten gecheckt und herausgefunden, dass der Anruf von einer Telefonzelle in Derneburg getätigt wurde. Da sind zwar ein paar Kleinläden in der Nähe, allerdings gibt es keine Kameraaufzeichnungen. Und ich glaube auch nicht, dass jemand etwas gesehen hat."

„Das war ja klar!", zischte Philip frustriert auf. Mit aufeinanderge-
pressten Lippen überlegte er, was der Anrufer ihm hatte sagen wollen.
„Im Wald wartet eine Bedrohung auf dich!" Eine Bedrohung. Die
ganze Nacht hatte er darüber gegrübelt, ob es nur ein Scherz gewesen
war. Doch eines wusste er: Wenn es ein argloser Scherz gewesen war,
dann hatte er die Stimme nicht wiedererkannt. Sein Bruder konnte
es also nicht gewesen sein.

„Weißt du noch, ob die Stimme männlich oder weiblich gewesen
ist?"

Philip blickte zu Boden, dachte nach. „Definitiv männlich. Sie
war verstellt. Klang rau … und verdammt tief …"

Walter schüttelte den Kopf. „Bestimmt war es ein Witz von den
vermissten Jugendlichen. Die Nachricht klingt nicht bedrohlich,
mehr wie eine Art Warnung. Vermutlich ein einfallsloser Versuch
von ihnen, uns einzuschüchtern. Dabei haben sie sich wahrscheinlich
aus dem Staub gemacht."

Mit leichtem Schnauben meinte Chloe zu ihm: „Wir wissen, dass
du das denkst! Aber wir wollen mal anderen Theorien nachgehen!"

„Daran solltet ihr aber auch mal denken!" Walter klang beleidigt.
„Zwar kann es sein, dass der Betreuer diese Jugendlichen entführt hat,
was weiß ich, warum, aber wahrscheinlicher ist es, dass sie ihm etwas
angetan haben. Ich glaube eher daran, dass sie abgehauen sind und
sich nun irgendwo verstecken. Das sind Jugendliche aus einer Jugendeinrichtung, welche sich in einem sozialen Brennpunkt befindet. Das
spricht für sich!"

„Na ja, ich hätte anfangs auch gedacht, dass es hier um eine Entführung geht. Jetzt bin ich mir da nicht mehr so sicher", meinte Malia
und kreuzte die Arme vor ihrer Brust. „Aber sicher bin ich in dem
Punkt, dass der Herr Wendt Dreck am Stecken hat. Welcher normale Mensch wohnt denn in so einer kleinen, spärlich eingerichteten
Wohnung und erzählt anderen eine Familiengeschichte, die unwahr

ist?"

„Allenfalls handelt es sich bei Herrn Wendt um keinen richtigen Betreuer. Vielleicht haben sie sich ja alle zusammengeschlossen und von vornherein einen Plan geschmiedet", erzählte Walter.

„Oder die Betreuer der Jugendwohngruppe haben etwas mit dem Verschwinden zu tun", warf Leon in den Raum, der selbst über seine Worte erschrak.

„Aber aus welchem Grund?", fragte Malia entgeistert. „Wenn es so sein sollte, dann wäre es ein Zufall, dass das seltsame Privatleben des Betreuers ans Tageslicht kommt. An Zufälle glaube ich nicht!"

Leon hob seinen Zeigefinger und blickte seine Kollegin an. „Kann ja sein, dass sie ihren Kollegen decken."

Philip beteiligte sich kein Stück an dem Gespräch, obwohl er sonst die Leitung in seiner Gruppe übernahm. Er hörte aufmerksam zu, was seine Kollegen für Theorien brachten, und knabberte dabei an seinen Fingernägeln. Doch alle klangen nicht glaubhaft. Er wollte nicht denken, dass sie von Tieren angefallen wurden. Wollte auch nicht denken, dass sie entführt wurden. Auch wollte er nicht mehr daran denken, dass sie abgehauen waren. Wenn sie das getan hatten, warum dann der Anruf? Und was war mit der Drohung? Er hatte einen anderen Eindruck bekommen von dem Ort, den seine Kollegen nicht bemerkt hatten. Den sie nicht spürten und verstanden.

Nach der Teambesprechung recherchierte er über Rituale, die in Wäldern von irgendwelchen Sekten durchgeführt wurden. Konnte der Laves-Kulturpfad ein Ort sein, den eine bestimmte Gruppe als heilig empfand und an dem sie ihre Bräuche vollzog?

Er erinnerte sich an einen lange zurückliegenden Fall, der irgendwo in Deutschland stattgefunden hatte. Damals hatte man eine Frauenleiche in einem Wald gefunden. Ermordet. Kurze Zeit später verschwanden zwei weitere Menschen. Es gab einen anonymen Hinweis, der darauf pochte, dass eine Sekte für die scheußlichen Taten verantwortlich gewesen sei. Sie hätte alle drei für irgendeinen Gott geopfert und deren Blut getrunken. Zudem traf sich die Sekte nur einmal in einem halben Jahr oder an bestimmten Tagen im Jahr. Jedoch nicht zu oft, da sie nicht erwischt werden wollten. Gleichzeitig kamen alle Mitglieder von weiter her, damit sie nicht mit den mysteriösen Fällen in Verbindung gebracht wurden, und blieben nur für die Nacht.

Grübelnd strich Philip sich durch seinen Dreitagebart. Konnte es sein, dass auch hier eine Sekte mit im Spiel war? Und der geheimnisvolle Betreuer war Mitglied in dieser Gruppe. Es gab doch bestimmt Naturgötter. Und für diese brauchte er eventuell Menschenopfer. Junge Menschen. Junges Blut.

Mit zittriger Hand legte Frau Ahrens den Telefonhörer zurück. Gerade hatte sie mit den Sozialarbeitern der Jugendämter gesprochen, die ständig gefragt hatten, warum sie nicht früher informiert wurden. Vergebens hatte sie versucht, sie davon zu überzeugen, dass das Beste, was man bei so einer Angelegenheit tat, abwarten sei. Hatte sich sogar Ausreden einfallen lassen, wonach sie nicht dazu gekommen wäre, da sie selbst an den mühseligen Suchaktionen teilgenommen hätte. Doch die Jugendämter waren der Meinung gewesen, dass sie ihre Pflicht verletzt hatte. Hatten ihren Mitarbeiter sogar als kriminell beschimpft. Immerhin konnte sie behaupten, erst am Montag von den Ereignissen erfahren zu haben — eigentlich schon am Sonntagabend, aber das musste sie nicht an die große Glocke hängen. Außerdem konnte sie sagen, dass ihren Mitarbeitern ein Fehler unterlaufen war, sie vergessen hatten, sie zu informieren. Die Wahrheit musste niemand wissen.

Was konnte sie denn dafür, dass die Jugendlichen spurlos verschwanden? Das war doch nicht ihr Verschulden. Und auch nicht das ihres Mitarbeiters. Sie hatte sein polizeiliches Führungszeugnis gesehen. Da waren keine Vorstrafen gewesen.

Nun planten die Jugendämter, dafür zu sorgen, dass immer weniger Schützlinge aus Frankfurt in die Einrichtung kamen. Normalerweise wäre es ihr egal gewesen, aber die Einrichtung verdiente viel Geld mit den Jugendlichen aus Frankfurt. Ein Dutzend davon kamen von dort. Wenn das Jugendamt diese nun in eine andere Einrichtung steckte, dann würde die Einrichtung einiges an Geld verlieren. Zudem würde es einen schlechten Ruf bedeuten und das würde keinem von den Vorsitzenden gefallen. Denkbar, dass sich die Jugendämter sogar beim Vorstand ihretwegen beschweren würden. Das könnte ihrer Karriere schaden, sie gar beenden. Herr Krüger würde ihr eine gewaltige Ansage machen und dafür sorgen, dass ihr die Leitung entzogen würde. Dann müsste sie wieder von vorne anfangen, auf einer Höhe mit ihren Mitarbeitern. Die ganzen Bereichsleiter würden sich belustigen, nicht nur sie, auch ihre Mitarbeiter. Frau Ahrens schüttelte sich, schüttelte ihre negativen Gedanken aus dem Kopf.

Mit ihrer Maus klickte sie zurück zu ihrem Posteingang und sah sich dann die ungelesenen Nachrichten an. Ihr Magen zog sich zusammen wie ein Gummiband, das erwärmt wurde. Ihr stockte der Atem, als sie auf die oberste Nachricht sah. Von einem Herrn Lars Seeger. Dem Vater von Adam. Sie klickte auf die Mail, hätte am liebsten die Augen geschlossen und das Gesehene aus ihrem Gedächtnis verbannt. Die Mail öffnete sich, offenbarte sich ihr. Sie fing langsam an zu lesen.

Geehrte Frau Ahrens,

ich habe von dem Jugendamt Bescheid bekommen, dass Adam seit letzten Freitag als verschwunden gilt. (Eigentlich hatte ich vor, Sie anzurufen, doch da Sie nicht erreichbar waren, schreibe ich Ihnen diese E-Mail hier.) Ich möchte umgehend von Ihnen erfahren, wie es zu dem Verschwinden kommen konnte und was überhaupt passiert sein soll. Gibt es Hinweise auf eine Entführung? Wie ist der aktuelle Stand der

Ermittlungen? Und warum erfahren wir erst jetzt davon?

Wie Sie sehen, habe ich einige Fragen an Sie. Bitte teilen Sie mir umgehend Genaueres mit, da meine Frau und ich uns unheimliche Sorgen um
unseren Sohn machen. Bitte rufen Sie mich an. Ich bin jederzeit erreichbar! Meine Frau und ich möchten dringend auf dem neuesten Stand
gehalten werden. Ich weiß, Sie haben meine Nummer und die meiner
Frau in Ihren Unterlagen gespeichert, daher fordere ich Sie nochmals
dazu auf, uns zu kontaktieren. Es ist uns ungemein wichtig!

Mit freundlichen Grüßen
Lars Seeger

Ihre Laune verdunkelte sich, nachdem sie die E-Mail weggeklickt
hatte. Frau Ahrens kannte viele Eltern von Jugendlichen, die vernachlässigt und in Heime geschickt wurden. Die meisten hatten gar kein
Interesse an ihren Kindern und verfolgten die Entwicklung nicht.
Sie waren lieber mit sich selbst beschäftigt. Trinken, feiern, vögeln.
Aber nicht die Eltern von Adam. Sie hatte sie zu den Elterngesprä-
chen gesehen und auch, wenn sie Adam besucht hatten. Sie waren
gutbürgerliche, aber überfürsorgliche Menschen, die ihren Sohn jede
Minute bestimmen wollten. Eltern, die nicht zufrieden waren, dass
ihr Sohn in einer Jugendeinrichtung untergekommen war, anstatt
wie üblich zuhause zu leben. Das war unter ihrer Würde. Zudem dreihundert Kilometer von ihnen entfernt. In so einer Situation wusste
sie, dass die Eltern alles andere als ruhig blieben. Sie wusste, dass sie
als Mutter auch nicht ruhig bleiben würde. Schließlich hatte sie zwei
Töchter herausgebracht.

So freute sie sich nicht darauf, was ihr jetzt bevorstand. Das Telefonat mit Adams Eltern. Das war immer überaus schwierig, da
besorgte Eltern sich oft nicht im Griff hatten. Ihre Wut, ihre Trauer an Unschuldigen ausließen und unberechenbar waren. Sie holte
nochmal tief Luft und stand von ihrem Schreibtischstuhl auf. Sie

musste sich immer bewegen, wenn sie ein schwieriges Telefonat führen musste. Zwar war das bei den meisten Männern der Fall, aber sie verspürte ebenfalls diesen Drang nach Bewegung, wenn sie gestresst war.

Sie schnappte sich Adams Akte, tippte die Nummer der Eltern in das Telefon und drückte auf die grüne Taste. Es klingelte einige Sekunden, die sich wie Stunden anfühlten. Sie hoffte, dass niemand rangehen würde und sie beruhigt auflegen konnte, doch dieser Hoffnungsschimmer zersprang abrupt, als sie am anderen Ende ein klickendes Geräusch vernahm.

„Hallo? Lars Seeger hier!", ertönte es in der Leitung. Viel zu laut, wie sie fand.

Frau Ahrens schloss die Augen. Na toll, dachte sie sich. Ihr Magen rebellierte, als sie das Gespräch begann. Sie hätte lieber mit der Mutter telefoniert, da sie besser auf sie einreden konnte. Daher hatte sie schließlich die Festnetznummer angerufen. „Guten Tag. Hier spricht Frau Ahrens."

Mit verschwitzten Händen schloss Philip langsam die gläserne Bürotür seines Vorgesetzten. Jürgen Hammer saß an seinem Schreibtisch und lehnte sich zurück, als sein Kollege das Büro betrat. Presste seine ineinander verschränkten Hände vor sich auf den Schreibtisch.

„Du wolltest mit mir reden?" Philip stellte sich vor den Schreibtisch des älteren Mannes.

„Ich danke dir, dass du gekommen bist." Jürgen Hammer sah zu ihm auf und schenkte ihm für einen kurzen Moment ein Lächeln.

„Was gibt es denn, Jürgen?"

Der Polizeidirektor seufzte. „Ich stehe unter Druck, verstehst du?", meinte er nach kurzem Zögern und sah wieder zu seinen Unterlagen, die ausgebreitet auf seinem Schreibtisch lagen. „Die Presse sitzt mir im Nacken."

Philip verstand. „Es geht um die Vermissten, oder?"

„Die Staatsanwältin konnte es nicht glauben, als ich ihr erzählt habe, dass man noch keine Hinweise zu den Verschwundenen aus Derneburg hat." Er klang ermüdet, überwältigt von innerer Anspannung. „Woran liegt's? Daran, dass es keine Spuren gibt, oder an dem Zusammenspiel des Teams? Oder doch an dir, Philip, wie du sie führst?"

Philip hatte es befürchtet. Er war enttäuscht von ihm. „Ich denke, es könnte an mir liegen."

„Meinst du?" Jürgen Hammer beugte sich zu ihm nach vorne. „Du übernimmst doch sonst immer die Leitung."

„Ich weiß." Philip hob seine Schultern an. „Aber ich hatte noch nie einen Fall wie diesen, bei dem es praktisch keine Spuren gibt. Klar sind mal Leute verschwunden, allerdings sind diese binnen weniger Stunden von allein wieder aufgetaucht. Es hatte bisher immer Hinweise gegeben. Konflikte, Ortungen, Zeugen. Hier ist es anders. Hier … Ach, ich weiß es nicht, tut mir leid."

„Du brauchst dich nicht zu entschuldigen. Entweder gibt es Spuren, die zu einem Ergebnis führen oder es gibt Spuren, die im Sande verlaufen."

„Allmählich weiß ich nicht mehr weiter. Wir … wir glauben langsam, dass sie eventuell … ausgerissen sind."

„Glaubst du das auch?", fragte ihn Jürgen Hammer. „Lass dich nicht von den anderen beeinflussen. Hör auf deinen Instinkt, dein Bauchgefühl, diese werden dich leiten." Der ältere Mann seufzte kläglich. Dann sah er Philip in die Augen. „Weißt du, ich schätze deine Ehrlichkeit, Philip. Wir kennen uns jetzt seit siebzehn Jahren. Du bist ein guter Mann, einer meiner besten Mitarbeiter, ein erstklassiger Kommissar."

Philip blinzelte. Warum sagte er das so übertrieben? Für ihn klang es, als würde sich sein Vorgesetzter in seinen letzten Stunden befinden.

Als würde er sich verabschieden wollen. Oder ihn. Er schluckte. War es möglich, dass Hammer ihm seine Leitungsfunktion wieder entzog, weil er nicht vorankam? War er das überhaupt? Ein erstklassiger Kommissar? Ein guter Mann? „Ich weiß nicht, ob ich das bin. Ich hab' den Fall noch nicht gelöst, daher … Wahrscheinlich müssen wir anders drangehen. Mit anderen Mitteln", sagte Philip seufzend.

„Es gibt nicht mehr viele Mittel. Die Hunde haben nichts gebracht. Infrarotkameras würden jetzt auch zu nichts mehr führen. Manchmal braucht man nicht weitere Mittel, sondern nur einen anderen Blickwinkel."

Philip nickte übertrieben.

„Was ist mit den Verdächtigen? Den Hippies oder anderen Dorfbewohnern?"

„Bislang keine Hinweise darauf, dass sie etwas damit zu tun haben könnten."

„Was ist mit dem mysteriösen Anrufer, der bei dir angerufen hat? Habt ihr den schon ermittelt?", fragte Jürgen Hammer.

„Kam aus einer Telefonzelle in Derneburg, allerdings befinden sich keine Kameras in der Nähe."

„Hast du das überprüft?" Jürgen Hammer blickte seinen Kollegen mit ernster Miene an. Wartete vergeblich auf eine Antwort. „Weißt du, du als Leiter musst dich immer wieder versichern, dass deine Mitarbeiter nicht etwas übersehen haben. Vertrauen ist gut, Kontrolle aber besser. Das bedeutet nicht, dass du deinen Kollegen misstraust, sondern, du sie etwas lehrst. Du musst dich immer davon überzeugen, dass alles hundertprozentig untersucht wurde."

Philip nickte. Sein Vorgesetzter hatte recht. Er hatte, nachdem Leon ihm mitgeteilt hatte, dass keine Kameraaufzeichnungen nahe der Telefonzelle gefunden wurden, dies nicht weiter verfolgt. Einfach akzeptiert. Er hatte gesagt, dass es keine Kameras in nahegelegenen Läden gab, aber vielleicht gab es dafür private Haushalte, die Überwachungskameras hatten. Vielleicht hatte Leon nur Läden und Firmen abgetastet.

„Ich frage mich, ob ich dir weitere Kollegen zur Verfügung stellen soll oder gar eine weitere Abteilung. Weißt du, die Presse will Ergebnisse sehen. Wir müssen alle Überstunden machen, alles aus einem größeren Blickwinkel betrachten."

„Nein, bitte gib mir noch etwas Zeit!"

Jürgen Hammer nickte und nahm einen Kugelschreiber in die Hand. „Und was soll ich der Presse sagen? Dass man nach einer Woche immer noch keine Ergebnisse hat? Oder dass ihr einer Spur nachgeht, obwohl das nicht stimmt?"

„Doch, ich denke, ich gehe jetzt einem Hinweis nach", meinte Philip. Aufregung stieg in ihm auf, als er es aussprach.

Nachdrücklich sah Jürgen Hammer wieder zu seinem Mitarbeiter hoch, atmete hörbar laut aus. „Ich vertraue dir und werde versuchen, die Staatsanwältin zu besänftigen. Euch natürlich verteidigen. Aber ich will Resultate sehen. Sonst stehen wir schlecht da. Eine Woche für nichts, das ist nicht zufriedenstellend. Die Öffentlichkeit stellt hohe Erwartungen an uns. Ihr müsst euer Bestes geben in dem Fall. Wir kämpfen für die Angehörigen, für die Opfer."

„Natürlich. Das machen wir!"

„Ich zähle auf dich!"

„Wir müssen von vorne anfangen, ganz von Neuem!", rief Philip, als er mit schnellen Schritten den Raum betrat, in welchem seine Kollegen mit Pappbechern voller Kaffee standen und sich unterhielten.

„Was meinst du? Kommt jetzt wieder so ein Philip-Plan?", fragte Walter scherzend.

„Hammer will Ergebnisse sehen und wir werden sie ihm geben. Schleunigst!" Mit erhobener Brust stellte sich Philip vor seine Kollegen. „Leon, du hattest nach Kameras in der Nähe der Telefonzelle doch geguckt, oder?"

Leon zuckte mit den Schultern. „Habe ich doch gesagt! Da waren keine in den Läden."

„Auch nicht in Privathaushalten? Hast du dich informiert, ob irgendwer auf dem Grundstück eine Kamera besitzt?"

Sein Kollege verstummte, seine Augen weiteten sich. „Fuck, daran hab' ich gar nicht gedacht. Die Damen im Laden sagten, sie hätten in der Umgebung keine Kameras."

Wie Philip es sich gedacht hatte. Sein Bauchgefühl hatte ihn nicht getäuscht. „Überzeuge dich immer selbst davon, heutzutage kann man nie sicher sein. Am besten, du machst dich mit Malia gleich auf den Weg, klingelt an jeder Tür und fragt nach Video- und Bildmaterial!"

Nachdem ihm sein Kollege zugenickt hatte, fuhr Philip fort: „Okay, wir brauchen Theorien. Gehen wir mal davon aus, die vier wurden entführt. Wer hätte Gefallen daran?"

„Kommt drauf an, wer wen entführt hat", sagte Walter. „Die Jugendlichen ihren Betreuer oder ihr Betreuer die Jugendlichen."

„Mal abgesehen von den vieren", meinte Philip. „Gehen wir mal davon aus, Dritte sind involviert. Wer könnte etwas davon haben, drei Jugendliche und einen Betreuer zu entführen?"

„Jemand, der versuchen will, die Einrichtung zu erpressen. Jemand, der denkt, dass viel Geld zu holen wäre", antwortete Chloe.

„Oder jemand, der sie unbedingt haben will, sei es aus sexuellen Gründen oder weil sie etwas gesehen haben und somit eine potenzielle Bedrohung darstellen", meinte Malia und legte ihren Pappbecher auf die Kommode neben ihr.

Philip nickte. „Genau, oder jemand, der sie unbedingt zurückhaben wollte."

„Meinst du etwa die Eltern?" Fragend sah Chloe ihren Kollegen an und versuchte sich in die Eltern hineinzuversetzen. „Das würde aber Sinn ergeben. Die Eltern der Jugendlichen wohnen meilenweit entfernt, da ist es logisch, dass sie ihre Kinder vermissen."

„Wir müssen uns bewusst machen, dass das keine Einrichtung ist, bei der die Eltern ihre Kinder freiwillig wegschicken, um ihre Ruhe zu haben. Vielmehr werden sie dazu gezwungen", erklärte Philip. „Bislang haben sich die Eltern von Mila, Adam und Jendushen nicht bei mir gemeldet, daher fangen wir mit ihnen an. Vor allem mit Jendushens Eltern, wahrscheinlich haben sie eine andere Mentalität. Wir müssen davon ausgehen, dass eine Flucht ins Ausland geplant oder sogar schon durchgeführt wurde."

„Aber die werden doch nicht alle vier mitnehmen. Außerdem besteht kein gutes Verhältnis zwischen den Eltern und den Jugendlichen", gab Walter zu bedenken.

„Nein, aber ihr Kind würden sie mitnehmen. Die anderen könnte man irgendwo einsperren oder verscharren. Und Letzteres haben uns die Mitarbeiter gesagt, aber du musst dich immer selbst von den Tatsachen überzeugen. Niemand weiß, wie der Kontakt zu den Eltern wirklich war, und gerade bei angespannten Verhältnissen ist es umso realistischer, dass die Eltern genug hatten und nun die Dinge in ihre eigene Hand nehmen wollten."

„Und wenn sie nur abgehauen sind?", fragte Walter.

„Dann ist die Frage, wohin! Wenn sie auf Partys gegangen wären, dann hätte man sie doch entdeckt. Zudem glaube ich nicht, dass sie zurückkommen wollen, denn das würde bedeuten, dass der Betreuer seinen Job an den Nagel hängen kann. Also, wohin würden sie sich begeben, wenn sie sich verstecken wollten?"

„Na ja, zu Freunden oder sie haben sich ein Zimmer besorgt."

„Oder?", fragte Philip.

Die Kollegen überlegten, bis es Chloe wie ein Donnerschlag einfiel. „Oder sie sind zu ihren Familien geflüchtet."

„Genau. Alles könnte auch auf die Familien hindeuten. Deswegen informiert ihr die zuständigen Beamten, dass sie sich mit den Eltern unterhalten und sich dort umsehen sollen! Und wir werden die Überwachungskameras der Öffis kontrollieren, Busse, Bahnen und so weiter. Vielleicht sind sie von Derneburg aus in nahegelegene Städte gefahren."

Walter lächelte kopfschüttelnd. „Hast du Ärger bekommen von Hammer oder warum bist du jetzt so in Fahrt?"

Philip legte seine Hand auf die Schulter seines Kollegen. „Nein, keinen Ärger. Sondern eine weise Denkstütze."

Während Philip in seinem Büro saß und sich über den Laves-Kulturpfad informierte, klingelte plötzlich das Telefon neben ihm. In seine Gedanken vertieft, nahm er den Hörer ab und stellte sich vor.

„Guten Tag, mein Name ist Lars Seeger."

Lars Seeger. Der Name sagte ihm etwas. Seeger. Adam Seeger. Mist, die Eltern. Blitzartig richtete er sich auf. Auf diese Situation hatte er sich nicht vorbereitet. Ihm wurde flau im Magen vor Unwohlsein, als hätte man mehrere Pfeile durch seinen Körper gejagt. Er hasste es, mit trauernden Eltern zu sprechen, die in Ungewissheit lebten, was mit ihrem Kind passiert sein könnte. Durch die scheinbar nie endende Qual waren sie reizbarer. Anfälliger für unüberlegte Aussagen.

Philip holte noch einmal tief Luft, hatte alle Mühe, dem trauernden Vater die Wahrheit über die Ermittlungen zu erzählen. Der Kommissar schloss die Augen. Schweren Herzens erzählte er ihm offen, dass sie die Jugendlichen noch nicht gefunden hatten und zurzeit im Dunkeln tappten. Sie hätten keine Hinweise, keine Spuren und auch keine Indizien. Der Vater sprach keinen Ton, seufzte nur laut.

„Hatte Adam sich in letzter Zeit irgendwie verändert?", fragte er den Vater, um von seinen mangelnden Ermittlungsergebnissen abzulenken. Er nahm sich ein Bild von Adam aus der Akte und betrachtete es.

„Nein, Adam hat sich ganz normal verhalten. Er hat uns nichts Besonderes erzählt, er wirkte wie immer. Allerdings haben wir zuletzt eine Woche vor seinem Verschwinden mit ihm gesprochen."

Philip, immer noch das Bild betrachtend, rieb sich an der Stirn. Das half ihm alles nicht weiter. Warum fanden sie keine Spuren von ihnen? Das sollte doch kein schwerer Fall sein. Das waren nur Jugendliche, keine Geheimagenten. Fast sieben Tage war es her, seitdem sie als vermisst galten. Eine Woche, und man hatte, bis auf das Auto und den Hund, nichts. Waren sie oder die Täter geschickt vorgegangen?

„Hatte er Ihnen in letzter Zeit irgendwelche Sorgen oder Ängste anvertraut?"

„Nicht uns gegenüber."

„Können Sie sich denn vorstellen, dass Ihr Sohn mit den anderen abgehauen sein könnte?"

„Ganz ausgeschlossen!" Der Vater erhob seine Stimme. „Er ist kein Ausreißer!"

„Kennen Sie die Mitbewohner Ihres Sohnes? Also die, die auch als vermisst gelten? Mila Evers und Jendushen Pal?"

„Sagen mir nichts. Aber mein Sohn ist nicht abgehauen. Ihm muss etwas zugestoßen sein. Er ist kein Ausreißer!"

Philip unterdrückte einen Seufzer. Nun hatte er sich in etwas hineingeritten. „Bitte beruhigen Sie sich, Herr Seeger. Ich verstehe, dass es für Sie eine schwierige Zeit ist. Wir müssen allen Hinweisen nachgehen. Wie sieht es mit dem Betreuer Karsten Wendt aus? Haben Sie ihn einmal kennengelernt?"

„Ja", antwortete Lars Seeger. „Mit dem Betreuer haben wir oft telefoniert und ein paar mal persönlich gesprochen. Er ist der Ansprechpartner für Adam. Ein seltsamer Mann. Die anderen Mitbewohner von Adam kennen wir allerdings nicht. Er hat sie nie vorgestellt."

Philip horchte auf. Ein kleiner Stich der Neugier durchzuckte ihn. „Was genau finden Sie an Herrn Wendt seltsam?"

„Na ja, er wirkte manchmal abwesend, als würde er in seiner eigenen Welt leben, aber Adam mochte ihn, das war für uns das Wichtigste!"

Linsensuppe. Nicht gerade das Lieblingsessen der Jugendlichen. Ohnehin waren diese durch das Verschwinden der anderen Gruppenmitglieder appetitlos und deprimiert. Somit herrschte beim Essen eine bedrückende Stille. Jeder, der mitaß, bekam nicht mehr als einen Löffel herunter. Selbst die verzweifelten Versuche, mit Scherzen die Stimmung zu erhellen, verpufften wirkungslos in der beklemmenden Atmosphäre.

Immer mehr Zeit verrann, doch die Suche blieb weiterhin erfolglos. So dachten die Jugendlichen. Sie ahnten nicht, welchen Hinweisen über ihren vermissten Betreuer die Polizei in den letzten Tagen nachgegangen war. Die Betreuer wollten einerseits nicht, dass das unter den Schützlingen wie ein Lauffeuer umherging, und andererseits wollten sie nicht den Ruf ihres Kollegen beschmutzen. Hatten noch die Hoffnung, dass es sich aufklärte, es für dessen Verhalten einen triftigen Grund gab. Auch wenn sie bereits begonnen hatten, unter sich darüber zu tuscheln. Niemand konnte sich erklären, warum ihr Kollege sein wahres Leben verschwiegen hatte. War er getrennt, verwitwet? Oder hatte er alles erfunden?

Marcel unterbrach die bedrückende Stille, die sich wie ein düsterer Schleier über die Gruppe gelegt hatte. Als wären sie in einem Kloster, wo selbst das kleinste Geräusch wie eine Sünde wirkte. „Hört mal! Wir haben uns grade im NB-Zimmer überlegt …" Marcel deutete auf seine Kollegin Claudi und fuhr fort: „Na ja, wir wollen nochmal dorthin fahren. Nach Derneburg. Und selber suchen gehen. Einige der anderen Betreuer würden mitkommen. Wir wollten morgen starten."

Alle der Mitessenden starrten ihn regungslos an. „Also wollt ihr

selber eine Suchaktion starten, da die Bullen es nicht geschissen bekommen, Karsten und die anderen zu finden?", rief Noah. Begeiste-
rung erfüllte seine Stimme.

„Na ja, wir denken nicht, dass wir sie finden werden!", schaltete sich Claudi ein. „Geschweige denn überhaupt etwas finden. Nur
ab morgen ist es jetzt eine verdammte Woche her, dass die anderen
verschwunden sind. Es ist gut möglich, dass wir mit leeren Händen
zurückkommen werden, aber wir können hier nicht untätig herumsit-
zen und Trübsal blasen! Dabei könnte sonst was passiert sein! Es geht
uns hier allen scheiße, aber jetzt wird es Zeit, dass wir aktiv werden!
Das geht uns Betreuern zumindest so."

„Jo, wir haben genug gewartet, wir wollen die Ermittlungen be-
schleunigen. Die Polizei hat bei ihrer Suchaktion nichts gefunden, das
muss aber nicht heißen, dass wir auch nichts finden werden! Zudem
machen mir die Beamten sowieso keinen kompetenten Eindruck,
daher kann es gut sein, doch etwas zu finden. Seien es auch nur kleine
Dinge", äußerte Marcel hoffnungsvoll. Auch wenn er von Zweifeln
geplagt wurde, dass es so war.

Beatrice nickte ihm breit lächelnd zu. „Das geht mir genauso. Mit
rumsitzen und Däumchen drehen helfen wir den anderen kein Stück.
Wir dürfen sie nicht im Stich lassen." Sie ließ den Inhalt ihres Löffels
zurück in den Teller fallen, sodass es nur so auf den Tisch spritzte.

„Zwar unwahrscheinlich, sie zu finden, aber würde mitkommen",
meinte Robin und schob sich einen Löffel Suppe in den Mund.

„Ich auch!", rief Noah und richtete sich auf. Markus verpflichtete
sich ohne kurze Überlegung ebenfalls, bei der Suche mitzuhelfen.

Marcel freute sich über die Unterstützung der Jugendlichen und
lächelte. „Cool von euch! Wir freuen uns echt darüber. Dann können
wir den anderen eventuell irgendwie helfen."

„Das klingt hervorragend", meinte Angela, die aus der Küche
kam und das Gespräch mitangehört hatte. „Da würde ich auch mit-

machen."

Auch Luna, die wieder voller Aufregung war wie ein junger Welpe, der nach langer Zeit eine Oase voller Gerüche wahrnahm, wollte mitkommen und bei der Suche helfen. Ihre Augen begannen bei dem Gedanken zu funkeln. Ein kurzes Lächeln huschte über das Gesicht des seit Tagen betrübten Mädchens. Sofort sagte sie ihren Betreuern: „Dann lasst uns morgen früh gleich los! Die Schule kann warten!"

„Nein, du gehst morgen schön zur Schule! Schwänzen ist nicht!", meinte Angela und stupste ihre Nase.

„Ach bitte, bitte, bitte!", flehte Luna sie mit glasigen Augen an. „Die Schule kann mich mal. Unsere Freunde brauchen uns und darauf kommt es an."

Claudi schüttelte ihren Kopf. „Ne, ne, ne ... Angela hat recht. Du gehst zur Schule! Außerdem ist morgen Freitag, da dauert's doch nicht lang. Und keine Sorge, wir wollen eh erst nach dem Mittag los!"

„Na gut." Luna stocherte seufzend in ihrer Suppe herum.

„Kommt die alte Ahrens auch mit oder unsere tolle Gruppenleitung?", wollte Noah wissen.

Markus meinte darauf: „Bitte nicht. Die behindern nur unsere Suchaktion. Die Ahrens sieht aus wie der Teufel in Person und Elke wird auch immer erschreckender!"

„Elke ist nur ihre Gehilfin, die sich hinter Frau Ahrens versteckt. Sozusagen ihr Schatten, mit keiner eigenen Meinung und keinem eigenen Verstand!", erzählte Robin und lachte seinen Freund an.

Die Betreuer lächelten ebenfalls, freuten sich, dass die Stimmung unter den Jugendlichen wieder aufgeheitert war und keine Stille mehr unter ihnen herrschte. Dass es wieder so war wie vor dem Ereignis. Auch sie wollten die Führungskräfte nicht dabeihaben. Jeder, egal ob Betreuer oder Bewohner, wusste, dass sich die beiden Damen kaum für ihre Schützlinge interessierten. Ihnen ging es eher um das Finanzielle und das Ansehen, obwohl sich keiner bei Elke absolut sicher war, was sie hier genau wollte.

Er nippte an seinem Kaffee und sah aus dem Bürofenster zu den
Bergen, die man von weitem sehen konnte. Er brauchte Entspannung.
Am liebsten würde er selbst eine Wanderung in den Bergen unternehmen. Allein. Dies beruhigte seine chaotischen Gedanken immer
und half ihm beim Denken. Manchmal aber brachte es ihn auch auf
andere Gedanken. Joelle hatte es geliebt, mit ihm in den Bergen wandern zu gehen, mit ihm dort zu picknicken, zu übernachten. Seine
Frau und er waren gerne zum Wandern nach Österreich gefahren, sie
hatte die Berge immer geliebt.

Seit der Schule hatte er sie schon gekannt, sie waren gemeinsam
ausgegangen und waren irgendwann ein Paar geworden. Sie hatten
damals gerade ihren fünften Hochzeitstag feiern wollen, als es geschah.

Ein Vogel riss ihn aus seinen Gedanken, als dieser in Windeseile
direkt am Fenster vorbeiflog. Philip trat seufzend einen Schritt zurück. Die Kollegen aus Frankfurt und Wiesbaden hatten die Eltern
der drei Jugendlichen zuhause angetroffen, mit ihnen gesprochen
und teilweise die Wohnungen und den Keller inspiziert. Somit war es
auszuschließen, dass sie etwas mit dem Verschwinden ihrer Kinder
zu tun hatten. Adam und Jendushen waren Einzelkinder, doch Mila
hatte erwachsene Geschwister, allerdings gab es dort auch keine Hinweise. Wieder daneben. Dabei hatte er so fest daran geglaubt, dass
die Jugendlichen zu ihnen geflüchtet waren, vor allem da sie aus der
gleichen Region kamen.

Zur Sicherheit standen fortan Streifenwagen vor den Haustüren
der Eltern und näheren Angehörigen. Nur die Familie des Betreuers
konnte nicht ausfindig gemacht werden. Keine Eltern, keine Geschwister, keine Frau. Es schien so, als würde ihn niemand vermissen.

Währenddessen hatte Philip die Videoaufzeichnungen der öf-

fentlichen Verkehrsmittel angefordert und war mit Chloe und Walter
noch dabei, diese zu sichten. Sie hofften, die Vermissten darauf irgendwo zu erkennen. Allerdings hatten sie bislang keinen Erfolg vermerkt.

„Philip?" Chloe stand hinter ihm, klopfte an die schneeweiße
Wand und riss ihren Kollegen aus seiner Melancholie. „Geht es dir
gut?"

Philip nickte eindringlich und blickte sie an. „Habt ihr etwas
Auffälliges entdeckt?"

„Das nicht, aber ich habe mir Sorgen um dich gemacht. Ich merke
doch, dass es dir nicht gut geht. Ist es wegen des Falls?"

„Na ja!" Philip drehte sich wieder zu den Bergen hin, wollte seiner
Kollegin nicht in die Augen schauen. Er nahm einen Schluck seines
Kaffees und spürte gleich die entspannende Wärme in seinem Hals.
„Nur wenig Schlaf."

Chloe biss sich auf die Unterlippe. „Denkst du an deine Frau?"

Der Kommissar reagierte nicht. Für Chloe eine klare Antwort.
„Das mit dem Fall hat doch nichts mit deiner Frau zu tun!", versuchte
sie ihn zu trösten.

„Das ist es nicht. Es … es liegt daran, dass wir bis jetzt nichts
gefunden haben. Es fühlt sich so an, als würde einem der Boden
unter den Füßen weggezogen, weil man in dem Vermisstenfall keine
Fortschritte macht. Noch immer können wir nicht eindeutig sagen,
ob sie freiwillig verschwunden sind oder doch etwas passiert ist. Wie
soll ich das den Angehörigen erklären?" Philip fragte sich, woher seine
Kollegin wusste, dass er an seine Frau dachte. War er so berechenbar
geworden oder hatte sie nur ein gutes Gespür?

„Aber du kannst doch nichts dafür. Das hast du dir nicht zuzu-
schreiben. Außerdem sind wir mit unseren Ermittlungen noch nicht
am Ende. Wie du vorhin sagtest, wir fangen gerade erst an!"

„Eine ganze Woche ist nun verstrichen und noch immer sind
sie vermisst. Ich hätte gedacht, wir finden sie bald, doch jetzt … Ich

hab' heute Morgen mit einem der Väter der Jugendlichen geredet. Er klang total angeschlagen. Kann ich verstehen, schließlich weiß ich, wie es ist, wenn der geliebte Mensch von einem Tag auf den anderen verschwindet und man nie weiß, ob er noch lebt oder doch längst tot irgendwo herumliegt. In seinem Fall ist es härter, da er seinen Sohn zuletzt Monate zuvor gesehen hat. Er hat ihn gehen lassen mit dem Wissen, ihn bald wiederzusehen. Er hat gedacht, ihn in gute Hände gegeben zu haben."

„Vielleicht sieht er seinen Sohn ja wieder. Wir werden sie finden."

„Fragt sich, ob tot oder lebendig." Philip verschränkte die Arme. „Es ist hart, sich von einem Menschen zu verabschieden. Vor allem wenn man ihn liebt und gar nicht loslassen will."

„Philip, deine Frau … ist bei einem Flugzeugabsturz ums Leben gekommen! Das war nicht deine Schuld!" Chloe trat einige Schritte näher an ihn heran.

„Oh ja. Dieser blöde Flugzeugabsturz … Warum musste sie nur drinnen sitzen? Hätte sie denn nicht einen Flieger später nehmen können?" Diese Frage hatte er sich sieben Jahre lang gestellt und nie hatte er eine passende Antwort gefunden. Ob sie schneller bei ihm hatte sein wollen? Hatte sie ihn überraschen wollen? Oder hatte sie doch noch jemand anderen treffen wollen?

„Chloe!", äußerte Philip verbittert und drehte sich um. Er schniefte. „Man hat nie eine Spur von ihr gefunden, keine Leiche, keine Überreste. Sie ist einfach verschwunden, als hätte sie nie existiert. Daher weiß ich nicht mal genau, ob sie bei dem Absturz ums Leben kam. Manchmal sitze ich da und frage mich, ob sie noch lebt und sich bloß aus dem Staub gemacht hat und … sich einen Neuen gesucht hat."

„Das darfst du nicht denken!" Chloe sah in seine Augen. Erkannte die Trauer und den Frust in diesen.

Philip atmete tief ein und wieder aus. „Die Verzweiflung, der Schmerz und der unendliche Kummer machen einen wahnsinnig.

Ich habe ein ungutes Gefühl, was die Vermissten angeht. Ich denke, wir verschwenden Zeit. So langsam glaube ich nicht mehr, dass sie weggelaufen sind. Meiner Meinung nach ist den vier Personen dort etwas passiert, was ich nicht genau erklären kann. Irgendwas stimmt nicht mit dem Ort, aber mir wird keiner glauben. Alle sagen, es wäre nur ein Wanderweg, aber diese Stimmung dort … diese Atmosphäre … die ist nicht normal. Etwas geht dort vor sich. Etwas, was wir mit unserem rationalen Denken nicht erklären können." Der Kommissar schüttelte lächelnd den Kopf. „Ich kling jetzt bestimmt abgedreht, stimmt's?"

„Nein! Dieser Pfad hat wirklich etwas Eigenartiges an sich und ich habe diese bedrückende Atmosphäre auch gespürt. Es fühlte sich so verwunschen an, als wäre ich in einem Traum. Ich bin mir sicher, dass nur feinfühlige Personen diese eigenartige Atmosphäre spüren."

Abrupt blickte Philip in ihr Gesicht. Die ganze Zeit war er davon ausgegangen, dass er der Einzige sei, der das so sah. „Vielleicht hast du recht. Dann frage ich mich aber, was für eine Rolle dieser Betreuer spielt. Irgendwer muss den Mann doch vermissen!"

„Schon schräg, wie Herr Wendt, der von allen als sympathisch beschrieben wurde, irgendwie doch niemanden hat, der mit ihm privaten Kontakt pflegte. Es wirkt, als hätte er alle von sich gestoßen. Womöglich hat er ein Privatleben, das er verheimlichen muss."

„Kann gut sein. Eventuell ist er Mitglied in einer Sekte oder einer anderen Gruppe, der die Jugendlichen zum Opfer gefallen sind."

„Wie meinst du das?", fragte Chloe mit großen Augen.

„Na ja, vielleicht gab es an dem Tag eine Opfergabe und die Jugendlichen dienten für ein bestimmtes Ritual."

Chloe runzelte die Stirn. „Wie kommst du denn darauf, etwa wegen dieses Waldstücks?"

„Nein! Das war auch nur 'ne Vermutung", meinte Philip und winkte ab.

„Das würde aber den Schrei erklären, welchen der Anwohner nachts gehört haben will. Es würde erklären, warum dieser Mann seinen Kollegen seinen Familienstatus vorenthalten hat. Hast du irgendwelche anderen Fälle gefunden, die unserem Fall gleichen?"

„Nicht wirklich!", äußerte Philip und nippte an seinem Kaffee. „Es gab ähnliche Fälle in den letzten Jahrzehnten in unterschiedlichen Regionen. Alle haben sich in Wäldern zugetragen, alle Fälle sind ungelöst. Es gibt Gerüchte über Sekten und Opfergaben, allerdings wurde nie jemand dafür verurteilt, weil es keine Spuren gab."

„Mann, das klingt ja so wie bei uns."

„Allerdings wurden die Leichen nach ein paar Tagen gefunden, nicht so wie hier", äußerte Philip etwas gereizt. „Hier ist es etwas anders, hier …"

„Philip, da bist du ja!", unterbrachen Leon und Malia ihn, als sie schnaufend ins Büro traten. „Wir suchen dich bereits!"

„Du wirst es nicht glauben, aber wir haben eine Spur!"

„Was?" Philip traute seinen Ohren kaum. Hastig legte er seinen Kaffeebecher auf die Fensterbank. „Was für eine? Habt ihr eine Überwachungskamera gefunden?"

„Oh ja, und nicht nur das. Sondern auch einen Täter! Wir haben direkt an der Telefonzelle keine Kameraaufzeichnungen, allerdings haben Hausbesitzer einen Block weiter eine Überwachungskamera mit qualitativ hochwertiger Grafik. Und rate mal, wen sie, kurz nachdem der geheime Anrufer dich kontaktiert hatte, aufgezeichnet hat!" Leon setzte sich an den Computer, legte seinen Datenstick hinein.

„Na, sag schon!"

„Besser, ihr seht es selbst!", sagte Leon, winkte sie zu sich und spielte die Aufnahmen ab. Mit schnellen Schritten kamen Philip und Chloe näher, beugten sich zum Bildschirm hinunter und erkannten sofort, wer dort aufgenommen worden war.

„Nein, das glaub' ich nicht!", flüsterte Chloe, unfähig, ihre Gedanken laut zu äußern.

„Ich schon! Diese Lügner! Sie haben uns die ganze Zeit belogen.“

Freitag, 14.06.2019

„Wo sind sie?“, fragte Philip den jungen Mann.

„Ich habe keine Ahnung, von wem Sie sprechen!“

„Von den Vermissten aus Derneburg. Erinnern Sie sich?“ Sie hatten Johannes Heller, den sie mit seiner Freundin bereits am Laves-Kulturpfad beim Spionieren erwischt hatten, ins Dezernat beordert, ebenso seinen Mitbewohner.

„Woher soll ich das wissen? Ich habe nichts gemacht!“, meinte der junge Mann mit den langen, dunklen Dreadlocks. Philip hatte nie verstanden, was jungen Menschen an dieser Frisur gefiel. Er wusste zwar nicht viel von dieser Mode, allerdings war ihm bekannt, dass diese Frisur eine Verbindung zum Göttlichen und dem Geisterreich darstellen sollte. Dies würde seiner Theorie von der Sekte entsprechen.

„Ach ja? Dann helfen wir Ihrem Gedächtnis mal nach!“ Philip legte ihm mehrere Kopien der Videoaufnahmen vor, auf denen augenscheinlich zwei Männer abgebildet waren. „Schauen Sie mal, wer das hier ist.“

Johannes Heller blickte kurz auf die Kopien. Seine Pupillen vergrößerten sich, ehe er sich abrupt umdrehte. „Keine Ahnung.“

„Das sind doch Sie! Unweit der Telefonzelle, von der Sie mich Mittwochabend angerufen und mir gedroht haben!“

„Keine Ahnung, wovon Sie sprechen. Ich hab’ niemanden angerufen! Und das hier bin ich auch nicht!“, meinte der Mann und schob die Kopien von sich weg.

„Ach nein? Ein Doppelgänger vielleicht? Oder Ihr Zwilling?“

„Möglich." Der Hippie vermied Blickkontakt, überschlug ein Bein und spielte mit einem Finger an einem losen Faden seiner viel zu breiten Cargohose herum.

„Hören Sie doch auf! Schauen Sie mal, was Sie da anhatten. Eine lilafarbene Adidas-Jacke, genau wie die, die Sie da haben." Philip zeigte auf die Jacke, die der Hippie auf die Stuhllehne gehangen hatte. „Zudem die gleiche Frisur, die gleiche Statur. Komischer Zufall."

Wie ein unbelehrbares Kind saß er mit verschränkten Armen auf dem Plastikstuhl und versuchte, die Kommissare zu ignorieren. „Zufälle kommen vor."

„Jetzt reden Sie keinen Müll! Ihr Mitbewohner sitzt nebenan und erzählt unseren Kollegen seine Version der Geschichte. Nur komisch, dass er genauso aussieht wie der andere auf dem Bild."

Johannes Heller schwieg, blickte von seinem Faden auf und sah zu den Pflanzen, die auf den Fensterbänken vertrockneten und deren Ranken bis zum Boden reichten.

„Kommen Sie, Sie sind doch nicht doof. Erzählen Sie, wo die Vermissten sind", schaltete Chloe sich ein, versuchte beruhigend auf ihn einzugehen.

„Ich weiß es nicht, wir haben verflucht nochmal nichts gemacht! Warum glaubt man mir nicht, wenn ich mal die Wahrheit sage?"

Chloe wollte etwas erwidern, doch ihr Kollege kam ihr zuvor. „Es reicht!" Philip schlug beide Hände so fest auf den Tisch, dass dieser bebte und auseinanderzubrechen drohte. „Haben Sie den vieren im Wald aufgelauert? Sind ihnen gefolgt und haben sie angegriffen?"

Vor Schreck richtete sich der junge Mann auf. Selbst Chloe zuckte zusammen, da sie ihren Kollegen selten so barsch hörte. „Nein, ihr Scheiß-Bullen! Das ist doch Polizeigewalt! Ihr könnt uns gar nichts anhängen, was wir nicht getan haben!"

„Sie haben mich angerufen, mir am Telefon gedroht! Sie waren das an der Telefonzelle!"

Der junge Mann biss sich auf die Lippen und schluckte schwer. „Womöglich sind wir da vorbeigelaufen, wir wollten nach Hause. Wir kamen von der Uni."

„Ach, hören Sie auf! Ihre Adresse befindet sich in einem ganz anderen Teil von Derneburg. Zudem liegt die Telefonzelle auch nicht auf dem Weg vom Bahnhof zu Ihrer WG. Wir werden Ihre Fingerabdrücke nehmen und mit denen am Hörer vergleichen. Wenn diese übereinstimmen, haben Sie ein gewaltiges Problem. Dann können Sie die Uni für lange Zeit vergessen."

„Okay, wir waren das mit dem Anruf, aber wir haben nichts mit dem Verschwinden zu tun. Ehrlich! Weder ich noch mein Mitbewohner oder meine Freundin."

Philip beugte sich zu dem dürren Mann hinunter. „Warum haben Sie mich dann kontaktiert?"

„Na ja, sollte etwas Spaß sein. Wir hatten zwei Biere getrunken. Wir dachten ja nicht, dass Sie sich gleich in die Hose machen."

Philips Miene verfinsterte sich, jegliche Empathie verschwand in Millisekunden. „Passen Sie mal auf! Wenn Sie weiter so frech sind …"

Abwehrend hob der junge Mann seine Hände. „Ist ja gut. Sorry. Tut mir leid."

„Woher haben Sie überhaupt seine Nummer?", fragte Chloe stirnrunzelnd.

„Na, von ihm!", brüllte der junge Mann und deutete mit seinem dürren Finger auf den Kommissar.

Philip hatte das Gefühl, sich verhört zu haben. Machte der Hippie weiter seine Scherze? „Bitte was?"

„Sie haben mich doch letztens angerufen und mir gesagt, dass ich Sie nochmal kontaktieren soll, wenn mir noch etwas einfällt. Und Sie haben mich extra aufgefordert, Telefonstreiche zu unterlassen. Deswegen sind wir auf die Idee gekommen."

„Bitte, was soll ich? Es ist nicht die richtige Zeit zum Scherzen. Ich habe Ihnen eine Visitenkarte mit meiner Dienstnummer gegeben, nicht mit meiner privaten Nummer. Also, ich will die Wahrheit wissen!"

„Das ist die Wahrheit! Sie waren das, der mich angerufen und mir Ihre Nummer gegeben hat!"

„Auf geht's!", meinte Marcel, während er die Autoschlüssel von einer Hand in die andere warf.

Er hatte den Bulli, mit dem die Gruppe unterwegs war, auf dem gleichen Parkplatz abgestellt, auf dem vor einer Woche das Dienstfahrzeug gestanden hatte, und hatte mit den anderen Betreuern das weitere Vorgehen abgesprochen. Da Marcel und Claudi vor einer Woche hier mit dem Suchtrupp entlanggelaufen waren, kannten sie grob die Strecke und führten somit die anderen, die schon akribisch anfingen, die Umgebung zu erforschen.

Es dauerte nicht lange, bis sie in den Gehweg einbogen, an dem der Laves-Kulturpfad anfing. Der Pfad, von dem ihre Freunde nicht zurückkehrten.

„Haltet eure Augen offen!", rief Marcel den anderen zu.

Die Jugendlichen, die während der Fahrt hierher mit ihren Smartphones beschäftigt gewesen waren, steckten diese in ihre Taschen und wurden so aufmerksam wie Geier, die nach Kadavern Ausschau hielten.

„Ich hoffe, dass wir heute nicht auch noch verschwinden werden", scherzte Markus, um die Stimmung zu lockern.

„Ja!", rief Robin von weiter hinten. „Dann haben die Bullen noch mehr zu tun!"

Die Betreuer ignorierten Robins Verachtung für die Polizei. Auch sie verloren langsam das Vertrauen in die Beamten. Von Tag zu Tag hatten sie mit positiven Ergebnissen gerechnet, doch das Gegenteil war der Fall und immer mehr Geheimnisse tauchten auf.

„Damit auch wirklich keiner untergeht, bleiben wir am besten alle zusammen. Zumindest in Sichtweite, ja?", schlug Ella vor, die mit ihrem Freund und Merlin gekommen war.

Alle, die normalerweise gescherzt hätten, verhielten sich ernst. Ein kurzes, charakterloses „Ja!", wurde herausgebracht. Luna, die sich den Bachverlauf ansah, dem sie, links von ihr, folgte, musste bei dem Anblick an ihre Freunde denken. Doch sie riss sich aus ihren Gedanken. Verdrängte all die schönen Erinnerungen, die in ihr aufkamen. Sie durfte nicht heulen, nicht hier, nicht vor allen anderen.

Sie versuchte die Kleinigkeiten zu betrachten, so wie Adam es immer getan hatte. „Jede Kleinigkeit trägt zum großen Ganzen bei!", hörte sie ihn sagen. Sie sah auf die trockene Erde, in das saftig grüne Gras mit den vielen Gänseblümchen. Dann hoch zu den Baumkronen, die im Winde wie Ballerinas zu tanzen begannen. Dabei sah sie, wie am Himmel mehrere graue Wolken aufzogen.

„Luna!" Ella kam mit ihrem Australian Shepherd zu ihr herüber. „Ist bei dir alles in Ordnung? Du bist so ruhig."

„Mir geht's gut. Ich suche nur ernsthaft mit!", erzählte Luna ihr daraufhin und starrte auf den Boden.

„Ich kann verstehen, dass du außer dir vor Sorge bist. Glaub' mir, das sind wir alle!" Ella reichte ihr fragend die Leine. „Möchtest du Merlin übernehmen? Du kennst ihn ja. Ich hab' ihn extra mitgenommen in der Hoffnung, dass er uns diesmal zu den anderen führt. Oder uns zumindest eine Spur liefern kann. Ich vertraue ihn dir an. Er ist heut' gut drauf."

Luna sah zu dem großen Hund mit dem samtweichen, dicken Fell hin, der sie liebevoll anstarrte. Die Zunge heraustehend. Die Augen leicht fragend an sie gerichtet. Luna musste an Jendushen denken. Er hatte ihm immer Hundemassagen gegeben, bei denen Merlin immer schwanzwedelnd auf den Boden gefallen war. Sicherlich fragte Merlin sich, wo der Junge nun war. Obwohl er es doch wissen müsste.

„Kann ich machen!" Luna griff nach der Hundeleine und Merlin kam auf sie zu. „Sieht aus, als ob es bald ein Unwetter geben würde." Das Mädchen zeigte zum Himmel hinauf.

Ella sah zu den grauen Wolken. „Na ja, hoffen wir mal, dass es nicht stark schüttet und wir bis dahin wieder zuhause sind."

„Ich habe etwas!", rief ein Betreuer von hinten. Er zog etwas aus dem Gebüsch heraus, hinter dem sich einer der Teiche befand. Alle Blicke waren gespannt auf ihn gerichtet. „Hier ist ein rosafarbener Haargummi! Gehört der Mila?"

„Nein! Sie hat keine rosafarbenen Haargummis", meinte Claudi, die sie gut kannte, und senkte die Schultern.

„Außerdem", ergänzte Marcel, der weiterging, „trug Mila an dem Tag keinen Haargummi!"

„Allenfalls hat sie einen während der Fahrt angezogen ...", murmelte der Betreuer, der den Haargummi in seine Hosentasche steckte, damit dieser nicht unnötig hier in der Natur herumlag.

Claudi, die mit Marcel am weitesten gekommen war, blieb stehen und sah sich den See an, der vor ihr lag. Einzelne Schwäne glitten darauf.

„Denkst du, sie sind da unten?", fragte Marcel sie, nachdem sie den Blick nach einiger Zeit noch immer nicht abgewendet hatte.

„Nein!", antwortete Claudi blitzschnell. „Taucher haben doch letztes Wochenende die Teiche und den See abgesucht. Sie sind nicht dort unten."

„Hoffen wir es."

„Weißt du noch, als wir mit Karsten und den Kids bowlen waren?", fragte Claudi ihren Kollegen plötzlich.

„Jo!" Marcel nickte. „Weiß ich noch. Warum?"

„Karsten hat mit uns doch an diesem Abend über seine Familie gesprochen, über seine Frau, Lena, Annalena oder so, und seinen Sohn. Hat gemeint, dass es ihnen gut ginge und sie sich bald ein Haus zulegen wollten." Claudi blickte zu ihrem Kollegen hinüber und fuhr fort: „Weißt du, ich kann nicht glauben, dass Karsten keine Familie hat. Das kann doch alles keine Lüge gewesen sein. Er hat gerne darüber gesprochen, zumindest empfand ich es so, wenn Karsten mal über sein Privatleben erzählte."

Marcel sah sie nachdenklich an. „Karsten hat manchmal viel darüber erzählt, manchmal aber auch kaum ein Wort. Jetzt ergibt es einen Sinn, warum er gelegentlich so knapp war, wenn ich ihn fragte, was er das Wochenende über gemacht hat. Oder warum er immer einspringen konnte und er mehr auf Arbeit als bei sich zuhause war."

„Hat er dir nichts darüber erzählt, dass er Single ist? Oder getrennt?" Claudi blickte ihren Kollegen noch immer an.

„Nein!", gab dieser ihr zur Antwort. „Vielleicht hat er auch einen falschen Namen angenommen. Er meinte mal zu mir, dass er eine lange Hintergrundgeschichte hat."

„Wie meinte er das?"

„Kein Plan! Er hat es mir nebenbei erzählt, als wir betrunken waren. Er hat angedeutet, dass er eine lange Geschichte hinter sich hat. Mit seiner Familie. Aber ich weiß nicht, wie er das gemeint hat. Er ist nie weiter darauf eingegangen und ich habe nie nachgefragt."

„Krass. Da glaubst du, du kennst jemanden einwandfrei, und musst dann feststellen, dass das ganze Leben eine Lüge war. Meinst du, er hat sie irgendwo hingebracht oder hatte womöglich sogar etwas mit einigen Jugendlichen?"

„Hör auf, so einen Quatsch zu denken!" Marcel lächelte, um seine Unsicherheit zu verbergen. „Das würde er nicht."

„Denkst du, der Ring an seinem Finger war echt?" Claudi blickte wieder auf den See. „Die Polizei denkt ja, es könnte eine Attrappe gewesen sein."

„Darauf habe ich nie geachtet! Aber dafür auf etwas anderes."

„Und was?"

„Auf seine Frau. Auf seinem Handy, in seinem Portemonnaie, im Auto. Überall hatte er Bilder von seiner Frau bei sich. Immer war es die gleiche Person. Ich denke, er hatte wirklich jemanden, den er geliebt hat."

Claudi seufzte. „Wenn hier letzte Woche nicht so ein schreckliches Ereignis stattgefunden hätte, würde ich sagen, dass dieser Ort echt schön ist."

Der Suchtrupp bog in den immer dunkler werdenden Weg ein, der zum Mausoleum führte. Bislang hatte niemand etwas gefunden. Mancher fragte sich, ob die vermissten Gruppenmitglieder überhaupt den Weg gelaufen waren. Nur die Suchplakate, die sie eine Woche zuvor auf dem Pfad verteilt hatten, erinnerten an ihre Spuren. Es schien, als wären ihre Gruppenmitglieder ins Nichts verschwunden. Am Ufer, auf den Wiesen und in den vielen Gebüschen hatten sie keine Spuren von Gegenständen, die den Vermissten zuzuordnen war, gefunden. Der Himmel hatte sich verdunkelt und allen war klar, dass sie nicht mehr viel Zeit hier draußen verbringen konnten.

Luna ging mit dem Hund an der Leine den von Bäumen gesäumten Waldweg entlang, als sie bemerkte, wie Merlin plötzlich aufmerksam wurde. Er zog den Schwanz nach unten, hatte aufgestellte Ohren und einen wachen, konzentrierten Blick. Die Zeit zuvor hatte er unkonzentriert herumgeschnüffelt und war von einem Baum zum nächsten gelaufen. „Ob er jemanden kommen sah?", fragte sich Luna und ging mit leicht hängendem Kopf und müden Beinen weiter. Frustriert, noch nichts gefunden zu haben, sah sie zu den anderen zurück, die im Wald mit gesenkten Köpfen umherliefen.

Auf einen Schlag schlug ein warmer Wind an ihren Rücken. Luna drehte sich um, blickte geradeaus, wo sie bereits die Steinmauer erkennen konnte. Sie erinnerte sich, dass dort vorne die Pyramide stand, als auf einmal Merlin zu kläffen anfing.

„Merlin, aus!", flüsterte sie ihm zu und starrte ihn an. Als sie näher an das Gebäude herantraten, begann der Australian Shepherd, weiter zu bellen und zu knurren. „Ey, Merlin! Aus jetzt!"

Merlin hörte nicht. Er bellte weiter. Ella und ihr Freund, die darauf aufmerksam wurden, kamen auf sie zu. „Was ist los?"

„Ich weiß es nicht. Er kläfft die ganze Zeit die Pyramide da an!" Luna zeigte auf das Gemäuer, welches sich hinter dem Tor befand.

„Merkwürdig, er bellt sonst nie", meinte der Freund von Ella. Diese wiederum fragte sie, ob sie den Hund wieder übernehmen sollte.

„Ach, das passt schon. Ich denke, er beruhigt sich wieder", antwortete Luna ihr daraufhin. Sie wollte gemeinsam mit Merlin laufen. Nicht alleine.

Nachdem der Freund von Ella auf den Hund erfolgreich eingeredet hatte, ruhig zu sein, kamen die anderen nacheinander zu ihnen.

„Was ist das für ein Gebäude da hinten?", fragte Robin.

Claudi, die auf das Informationsschild schaute, meinte zu ihm: „Ein Mausoleum. Dort in der Pyramide liegen ein Graf von Ernst und seine Familie begraben … und vor der Pyramide seine Verwandtschaft, so steht's hier zumindest."

„Spooky hier, was? Richtig lost!", meinte Noah. „Vielleicht hat der Hund deswegen gebellt."

„Normalerweise nicht!", sagte Ella und schaute abwechselnd von ihrem Hund zum Grundstück hinüber. Aber sie konnte nichts Besonderes erkennen, was sie in ihrer Vermutung bestärkte.

„Können wir mal auf das Gelände?" Noah kletterte auf die Bank nahe dem Tor. „Ich würd' gern mal sehen, wie es innerhalb der Pyramide aussieht."

Claudi zeigte zu der Kette, mit der das Tor verriegelt war. „Ist zu!

Da kommen wir nicht rein. Außerdem sind da Tote beerdigt, daher Mausoleum."

„Was für Tote?", lächelte Noah und blickte zur Steinpyramide.

„Na, dieser Graf … und seine Familie. Hab' ich gerade vorgelesen."

„Und was ist, wenn Karsten und die anderen dort drinnen liegen?" Noah sah zum Eingang der Pyramide. Zu gerne wäre er über die Mauer gesprungen und dorthin gerannt.

„Ich denke nicht, dass wir auf das Grundstück müssen. Da werden die anderen sicherlich auch nicht gewesen sein", meinte Marcel und schritt ins Geäst. „Zudem hat die Polizei das Grundstück abgesucht, daher können wir uns das sparen."

Luna ging derzeit mit dem Hund die Steintreppe hinauf. Dabei sah sie im Rhythmus zuerst nach rechts, dann nach links auf den Boden. Konnte bis auf einzelne Käfer, Blätter und Zweige nichts Auffälliges erkennen. Auch auf den Steinplatten lag nichts, was ihnen weiterhalf. Die ganze Zeit ging das schon so. Langsam wurde sie sich ihrer schlimmsten Befürchtung bewusst. Jener, dass sie wirklich nichts finden würden.

Als sie oben auf dem Hügel angekommen war, blickte sie zu den anderen, die noch unten an der Pyramide standen und teilweise miteinander quatschten. Sie stöhnte laut. Sie waren doch nicht hier, um Gespräche abzuhalten. Das konnten sie auch zuhause. Warum gab sich denn keiner mehr Mühe? Warum schienen ihnen die Vermissten gleichgültig zu sein? Luna hörte ein Geräusch, drehte sich zum Waldweg. Merlin, ein paar Meter vor ihr, fing an zu fiepen.

„Was hast du denn? Willst du auch weitergehen?"

Merlin fiepte weiter und sah abwechselnd zu ihr und dem Weg. Vielleicht würde er ihr zeigen, wo ihre Freunde waren. Luna richtete sich auf, sie musste diese Chance nutzen. Bei der ersten Suchaktion hatte er niemanden zu den anderen führen können. War zu erschöpft, zu verwirrt gewesen. Doch nun war er wieder gestärkt.

Nach einer kurzen Verschnaufpause ging sie mit dem Hund unbemerkt weiter. In Richtung des Tempels.

Luna war inzwischen mit Merlin außer Sichtweite. Da der Hund ruhiger geworden war, beachtete sie ihn kaum und konzentrierte sich stattdessen auf den Waldweg. Überall trockene Erde, Blätter, Steine, Zweige. Keine Gegenstände wie Ketten, Armbänder oder Uhren. Luna verlor langsam den Glauben, etwas zu finden. „War doch klar! Warum sollten wir auch etwas finden?", flüsterte sie sich seufzend zu.

Plötzlich kam ihr erneut ein warmer, aber heftiger Wind entgegen, der ihr ins Gesicht wehte. Luna bemerkte, wie sich ihre Nackenhaare aufstellten. „Was war denn das?" Sie konnte nicht einmal mehr ausmachen, aus welcher Richtung der Wind gekommen war, und strich sich über die Wangen. In derselben Sekunde begann Merlin, wieder zu bellen, und rannte los. Luna, die vollkommen unvorbereitet auf diesen Moment war, ließ vor Schreck die Leine los.

„Merlin, komm zurück! Bleib stehen!", rief sie dem Australian Shepherd hinterher, doch der reagierte nicht. Blieb nicht stehen. Blickte sie nicht einmal an. Er rannte bloß bellend den Waldweg entlang und wirbelte dabei den Staub und das Laub auf der trockenen Erde auf. Luna rannte dem Hund hinterher, aber sie war nicht schnell genug und verlor ihn aus dem Blick.

„Merlin, bleib stehen! Komm zurück! Merlin …" Sie blieb stehen, presste ihre Hände auf ihre Knie, keuchte. Ihre Stimme bebte. Luna war außer sich vor Sorge. Sie konnte ihn nicht mehr sehen. Sie konnte ihn nicht mal mehr hören. Der Hund war verstummt. Nur das Rauschen der Blätter war zu hören.

Für einen Moment fragte sie sich, ob ihre Freunde ebenfalls so verschwunden waren. Hier an diesem Trampelpfad. Sie bekam es mit der Panik zu tun. Was würde Ella zum Verschwinden ihres Hundes sagen? Wie sollte sie ihr erklären, dass ihr geliebter Hund erneut verschwunden war? Und das nur wegen ihr. Luna fühlte sich, als hätte man ihren Körper mit einer Gießkanne voller Panik übergossen. Ihre Stirn begann zu schwitzen. Sie musste ihm hinterher. Sie durfte nicht zulassen, dass noch jemand verschwand! Also rannte sie los. Noch einmal würde sie es nicht zulassen, dass dieser Pfad ihr einen Freund wegnahm.

„Merlin! Wo bist du?", rief Luna mit weit aufgerissenen Augen in den Wald in der Hoffnung, dass der Hund zu ihr zurückkehren würde, doch nichts tat sich. Der Hund war verschwunden. Sie sah nach links. Nach rechts. Keine Spur. Luna beschleunigte ihren Gang, stolperte über eine Wurzel, fiel auf die Knie und klatschte dann auf dem Boden auf. „Scheiße!", fluchte sie und rieb sich ihre Knie. Zum Glück hatte sie eine lange Jeans an und keine Shorts. Langsam stand sie wieder auf, rannte vorsichtig weiter. Wenn sie in Rage war, ließ sie sich ungern aufhalten. Luna bemerkte, dass der Weg schleichend aufwärts führte. Sie schnaubte und keuchte nach Luft. Die Blätter rauschten, die Zweige knirschten unter ihren Füßen. Da … Da war es wieder. Hundegebell. Luna war sichtlich erleichtert. Sie beschleunigte ihren Gang und sah nach kurzer Zeit das Gebäude, das aus den Sträuchern hervorragte. Sie blieb stehen, hielt die Hände auf ihre Oberschenkel und atmete erleichtert aus. Vor dem steinernen Gebäude saß Merlin und starrte den Tempel an. Luna näherte sich dem Hund und rief nach ihm: „Merlin! Da bist du ja!"

Der merlefarbene Hund schaute zu dem Mädchen herüber, das auf ihn zukam und ihn knuddelte.

„Merlin, ich hab' mir solche Sorgen gemacht! Hau nie wieder ab, ja?"

Der Australian Shepherd leckte ihr zur Entschuldigung kurz ins Gesicht und starrte wieder den Tempel neben ihnen an. Luna blickte nun ebenfalls zu dem griechischen Tempel hinauf, den sie in ihrer

Aufregung völlig vergessen hatte. Schon bei der ersten Suchaktion hatte der Tempel ihr ins Auge gestochen, doch sie hatte keine Zeit gehabt, sich diesem genauer zu widmen, da Merlin gefunden wurde. Doch nun hatte sie genug Zeit.

Der Tempel war noch in einem gut erhaltenen Zustand und wirkte altmodisch und so geheimnisvoll, wie er verlassen im Wald stand. Sie war verzaubert von dem Anblick und begann um den Tempel herumzulaufen. An der Rückseite des Tempels befand sich eine Treppe, die Luna und Merlin langsam hinaufstiegen, wobei sie den Tempel nicht aus den Augen ließen. Durch eine Fensteröffnung, die mit Gitterstäben versehen war, blickte das junge Mädchen kurz hinein in das Innere des Bauwerks. Bis auf Laub, Steine und einen Ast war der Innenraum leer. Luna schritt zur Vorderseite hin, ihre linke Hand glitt sacht an der Wand des Tempels entlang. Sie betrachtete die massiven Säulen, umrundete sie. Ein ihr bekanntes Gefühl von Wärme und Geborgenheit umschloss sie. Sie hatte das Gefühl, mal hier gewesen zu sein, diesen Ort gut zu kennen, dabei war sie sich sicher, bis zu dem Ereignis noch nie von dieser Gegend gehört zu haben.

Langsam schritt sie zum Eingang, doch der war verriegelt. Vergeblich versuchte sie das Tor zu öffnen, rüttelte daran, doch es brachte nichts. Mit starrem Blick und schlaffen Wangen ging sie zu den Säulen zurück. Dort hielt sie inne. Plötzlich konnte sie vor ihrem geistigen Auge sehen, wie ihre Freunde hier entlanggelaufen waren und die Frischluft in sich hineingesogen hatten. Und wie sie sich hier unbekümmert umgesehen hatten. Dabei konnte sie deutlich ihr Geflüster hören, doch das Gesagte konnte sie nicht entziffern. Sie taumelte zurück. Etwas stimmte nicht mit ihr. Mit geschlossenen Augen fasste sie sich an die Stirn, fühlte sich plötzlich unwohl, hatte das Gefühl, schlagartig ohnmächtig zu werden. Wurde sie nun tatsächlich verrückt, wie ihre Klassenkameraden es ihr damals vorhergesagt hatten?

Sacht ließ sie sich vor den Säulen auf den Boden plumpsen. Der

Hund betrachtete sie und legte sich kurz danach winselnd neben sie. Luna sah zum grauen Himmel, der mit dunklen Wolken gekennzeichnet war. Ihr Körper prickelte vor Angst, sie konnte ihre Beine nicht mehr spüren. Die Stimmen hörten nicht auf. Obwohl sie nichts verstehen konnte, war sie sich sicher, dass es nichts Gutes bedeuten konnte. Luna, von Panik ergriffen, konnte ihren Puls schlagen hören. Laut. Deutlich. So deutlich, dass es beinahe das Geflüster verdeckte. Sie drehte ihren Kopf zu dem Hund hin, der sie zitternd anblickte. „Was geschieht mit mir?", fragte sie sich mit bebender Stimme. „Fühlt es sich so an, zu sterben?"

Kapitel 3

„Luna? Merlin?"

Die anderen Gruppenmitglieder hatten bemerkt, dass Luna und Merlin nicht mehr in Sichtweite waren, und fingen an, nach ihnen zu rufen.

„Jetzt ist Luna auch verschwunden. Dieser Pfad scheint verflucht zu sein", erwähnte Markus.

Langsam überquerten sie die Steintreppe. Auf dem Trampelpfad suchten und riefen sie weiter. Ella und ihr Freund riefen ein paar mal nach ihrem Hund, doch auch dieser blieb stumm.

„Sie war doch grad' noch auf der Treppe. Ist die jetzt weitergegangen mit dem Hund, oder was?", fragte Noah an die Betreuer gewandt. „Warum muss dieses Jungenmädchen immer so ungeduldig sein?"

Ella schluckte, lief weiter, den Blick nach vorn gerichtet. Rief vergebens nach ihrem Hund. Langsam fing sie an, sich Sorgen zu machen. Diese merkwürdige Idylle jagte ihr immer mehr einen Schauer ein. Wo war ihr Hund? Wo war Luna? Ein ungewöhnlich warmer Wind begann den Gruppenmitgliedern ins Gesicht zu blasen. So heftig, dass die Haare einiger weiblicher Mitglieder in die Höhe schossen. So heftig, dass Marcel die Kappe vom Kopf gestoßen wurde. So heftig, dass einige Mitglieder nach hinten gezogen wurden. Blätter flogen wild durch die Luft. Trockene Erde wurde vom Boden aufgefegt, als würde eine Horde Pferde vor ihnen galoppieren. Jeder der Beteiligten wurde von einem leichten Kribbeln erfasst. Der Wind, der durch die Bäume heulte, klang so schrill und bedrohlich, dass einige das Gefühl hatten, ein Sturm würde aufziehen. „Woher kam der Wind?" Eine Frage, die niemand beantworten konnte.

Als der Wind, der die Frisuren einiger völlig ruiniert hatte, langsam nachließ, fragte Noah: „Was war das? Warum herrschen hier so starke Winde, als wären wir in einem Katastrophenfilm?"

„Kein Plan! Ich kann es mir selbst nicht erklären", meinte Marcel dazu.

„Es schien so, als ob der Wind von dort hinten käme." Angela zeigte auf den Tempel, der sich unweit von ihnen befand. „Wo dieses Gebäude steht."

„Jo!", sagte Marcel und starrte zum Tempel hinüber. „Lasst uns mal dorthin gehen, vielleicht ist Luna dort!"

Sie marschierten daraufhin los. Einige Meter vom Tempel entfernt entdeckte Noah Merlin, der vor den Säulen friedlich ruhte. Kurz darauf Luna, die vor dem Hund lag und sich nicht mehr bewegte. „Da, seht! Ich glaube, Luna ist bewusstlos!" Noah deutete zu dem jungen Mädchen auf dem Podest.

„Scheiße!", fluchte einer der Betreuer.

„Was hat sie? Schläft sie oder ist sie verletzt?", fragte Beatrice und lief mit einigen anderen zu ihr hin.

Geschwind sprang Noah auf das Podest hinauf und kroch zu ihr. „Luna?" Er schüttelte das glatzköpfige Mädchen an der Schulter. Keine Reaktion. Noah klatschte ihr daraufhin, in Panik versetzt, auf die Wangen. Einmal. Zweimal. Dreimal. Luna stöhnte und runzelte die Stirn.

„Luna! Hey, was ist los?" Marcel, der nun auch mit Mühe auf das Podest geklettert war, packte sie an den Schultern.

„Wahrscheinlich eingeschlafen", meinte Noah zu ihm, der sich nun beruhigt hatte. „Nicht zu glauben. Wir suchen in aller Not den ganzen Wald ab und die schläft hier."

„Ad-… Adam!" Luna rappelte sich langsam auf. „Adam … Wo …"

„Sch! Hey, wir sind's. Beruhig dich! Adam ist nicht hier", versuchte Marcel sie zu trösten, wusste aber nicht, was er machen sollte.

Ella ging zu ihrem Hund. Dieser ruhte noch immer auf dem nackten Steinboden und wedelte mit dem Schwanz, als er von seinem Frauchen berührt wurde. „Geht's ihr gut?", fragte Ella ihren Kollegen, der Luna beim Aufsetzen half.

Dieser nickte ihr zu. „Anscheinend."

„Ich … Ich habe … habe Adam gesehen! Und die anderen", erzählte Luna, noch etwas angeschlagen, drauflos.

Marcel versuchte auf sie einzugehen. „Beruhig dich, Luna! Du hast geträumt. Wahrscheinlich bist du …"

„Ich hab' nicht geträumt!", unterbrach ihn Luna schroff und blickte wild um sich. „Ich hab' sie wirklich gesehen! Grad' eben waren sie noch da."

„Und wo sind sie jetzt?", wollte Robin wissen, der mit den anderen vor dem Tempel stand und seine Mitbewohnerin verwundert ansah.

„Ich weiß nicht, aber sie waren es! Ich hab' sie gesehen … und gehört! Ihr etwa nicht?"

„Nein, wir konnten nichts hören, außer den Vögeln. Wir haben nach dir gerufen, aber du hast nicht reagiert", erwähnte Marcel zu ihr und blickte sich um. Er konnte niemanden sehen.

„Wir haben uns echt Sorgen gemacht. Warum bist du einfach weitergegangen? Wir haben gesagt, wir bleiben in Sichtweite!", ergänzte Ella, die ihren Hund kraulte. Erleichterung entwich aus ihrer Stimme. Sie war froh, ihren Hund nicht verloren zu haben.

„Ich wollte weitersuchen und dann war Merlin plötzlich weg …
Aber … ich hab' sie gesehen! Ihr müsst die Polizei rufen! Bitte! Sie
müssen noch irgendwo hier sein!", rief Luna, die von Marcel und
Noah beim Aufstehen gestützt wurde.

Die Betreuer warfen sich gegenseitig Blicke zu, ehe sie ihre Aufmerksamkeit wieder auf den Wald legten. Kein Mensch stand hinter
den Bäumen. Ella nahm die Leine, in der sich Staub und Blätter gesammelt hatten, vom Boden auf. „Na komm, Merlin!"

Der Australian Shepherd erhob sich und machte ein paar Schritte
zu seinem Frauchen. Da entdeckte Ella ihn. Die ganze Zeit hatte der
Hund darauf gelegen und ihn vor dem Wind bewahrt.

„Sie meinten, Sie hätten Hinweise gefunden?", fragte Walter die
Betreuer, als er ihnen auf dem Parkplatz näher kam. Die Jugendlichen,
an denen er vorbeilief, würdigte er keines Blickes.

Kurz vorher hatten die Betreuer Philip am späten Nachmittag
angerufen und ihm von ihrer erfolgreichen, eigens geplanten Suchaktion erzählt. Obwohl sich dies die Kommissare nicht vorstellen
konnten. Schließlich hatten sie und die Kollegen aus Rabenheim mit
ausgebildeten Suchtrupps den besagten Ort durchsucht und nichts
gefunden. Bis auf das Auto mit dessen Inhalt. Und den Hund.

Marcel, der Philip die Hand gab, erzählte: „Luna, genauer gesagt.
Sie hat es gefunden."

„Und was?", fragte Leon skeptisch.

Ein anderer Betreuer ergänzte seinen Kollegen und zeigte auf die
Teenagerin mit den abrasierten Haaren. „Fragen Sie sie selbst. Sie
besitzt ihn noch!"

Philip und seine Kollegen blickten zu dem Mädchen hinüber,
welches mit einer Betreuerin neben ihr und einem Hund an den
Beinen an der Kofferraumkante eines Bullis saß und sie mit ihrem
Blick fixierte. Der Kriminalhauptkommissar wusste nicht, was er zu

der Suchaktion, die die Gruppe durchgeführt hatte, sagen sollte. Er wollte nur wissen, was sie gefunden hatten.

Am Telefon hatte der Betreuer es nicht verraten. Er hatte nur aufgeregt davon erzählt, dass sie bei ihrer Suchaktion wahrscheinlich fündig geworden waren und sie kommen mussten, um sich dieses Indiz anzuschauen.

„Hey, wie geht es dir?", fragte er sie zur Begrüßung, um sie etwas aufzulockern.

„Hallo", meinte Luna monoton. „Na ja, mir geht's besser. Ich … ich weiß, es klingt dumm, aber ich habe einen Zettel gefunden." Luna öffnete ihre Hände, die sie ineinandergefaltet hatte. „Hier!" Sie reichte ihm das zerknüllte Blatt, auf dem eine mit Kugelschreiber geschriebene Notiz stand.

„Freitag, 7. Juni 2019, 21⁰⁰ Uhr", las Philip seinen Kollegen, die ihm über die Schulter lunzten, vom Blatt vor. „Was soll das heißen?"

„Das ist der Tag, an dem meine Freunde und mein Bezugsbetreuer verschwunden sind", meldete sich Luna zu Wort.

„Das war's? Wegen dieses albernen Zettels haben Sie uns hierherbestellt?" Walter zeigte mit gerunzelter Stirn auf die Notiz, die sein Kollege in der Hand hielt, und sah die Umstehenden mit hochgezogenen Augenbrauen an.

„Natürlich! Sie müssen doch davon erfahren!", rief Luna ihm zu und sah zu Ella, die ihren Rücken streichelte und ihr zunickte.

Walter stöhnte und rollte dabei die Augen. „Woher sollen wir denn wissen, dass du den Zettel nicht selbst geschrieben hast?"

Philip gab seinem älteren Kollegen mit einem verärgerten Blick zu verstehen, ruhig zu sein.

„Wie bitte? Ich habe den Zettel nicht selber geschrieben!", versuchte Luna zu sagen.

„Sie würde sowas nicht tun", meinte Marcel. „Außerdem hat sie nicht mal einen Stift dabei."

„Wir haben sie auch schon darüber ausgefragt und sie beharrt auf ihrer Aussage!", rief Noah, der mit ein paar anderen Jugendlichen etwas weiter weg stand.

Philip sah dem Mädchen direkt in ihre blauen Augen. „Luna, erzähl mir, was passiert ist. Du hast den Zettel hier bei der Suche gefunden. Im Gebüsch?"

„Nein! Ella, meine Betreuerin, hat ihn gefunden. Unter dem Hund. Am Tempel."

Ella nickte dem Kommissar zu. „Luna und mein Hund Merlin haben neben diesem Tempel gelegen. Als Merlin aufgestanden ist, habe ich unter ihm dieses zerknitterte Blatt entdeckt."

Wieder dieser Tempel. Das musste der heilige Ort sein, dachte sich Philip und hob die Hände. „Zum Verstehen noch einmal. Also, Sie haben hier den Wanderweg abgesucht und sich am Tempel ausgeruht und diesen Zettel entdeckt", wiederholte er, um sicher zu sein, dass er sie auch richtig verstanden hatte.

„Nicht ganz!", meinte Ella. „Nur Luna hat sich hingelegt. Sie war mit dem Hund vorgegangen, um weiterzusuchen. Und hat uns dabei einen Heidenschreck eingejagt, da sie uns dies nicht gesagt hat." Die Betreuerin starrte zu Luna, die ihren Blick mied.

„Und ... der Zettel lag einfach vor dem Tempel herum?", wollte Chloe wissen und trat näher heran.

„Der lag auf dem Steinpodest vor den Säulen. Zumindest hat mein Hund dort gelegen."

„Das ist fraglich. Schließlich haben wir ein paar professionellere Suchaktionen durchgeführt und dabei rein gar nichts gefunden. Nun unternehmen Sie zum Spaß eine Suche und finden einen Zettel. Mit dem Datum vom letzten Freitag", meinte Walter, der sich dabei unter dem linken Auge kratzte.

„Und mit einer Uhrzeit drauf. Vielleicht ist dort um die Zeit etwas passiert", ergänzte Luna ihn mit gerunzelter Stirn.

„Was wollen Sie damit andeuten?", fragte Ella ihn.

„Finden Sie es denn nicht merkwürdig? Diesen Zettel hätten wir schon vorher finden müssen. Zudem hat es am Dienstag geregnet. Da müsste der Zettel doch längst verwaschen oder gar auseinandergerissen sein, also eher unbrauchbar. Dieser Zettel sieht aber noch recht in Ordnung aus." Der ältere Kommissar zeigte auf das Papier, welches sein Kollege in der Hand hielt.

„Was soll das heißen?", fragte Luna. Eine verletzende Vermutung keimte in ihr auf.

Walter blickte zu dem schlanken Mädchen hin. „Dass du den Zettel selbst geschrieben und ihn nur hierhin mitgenommen hast, um uns dann diese Geschichte weiszumachen. Nur kann ich nicht genau sagen, ob deine Betreuer in diesen Plan eingeweiht sind oder nicht."

„Entschuldigen Sie mal, wir haben den Zettel doch nicht selber geschrieben. Trauen Sie uns so eine banale Idee denn zu?" Ella war außer sich. Am liebsten hätte sie dem unverschämten Polizeibeamten eine geklatscht, aber sie musste ihre Fassung bewahren. Musste den Jugendlichen ein gutes Beispiel sein.

„In der Tat. Kann ja eine Idee im Fall der Fälle gewesen sein. Falls Sie nichts finden würden."

„Walter!", rief Philip barsch und funkelte ihn mit zusammengekniffenen Augen an. Danach sah er zu den Betreuern und Luna zurück, die sichtlich erzürnt waren. „Wir beruhigen uns hier besser mal. So kommen wir nicht weiter! Luna, würdest du mir noch einmal sagen, wie das alles abgelaufen ist? Also, als du alleine losgelaufen bist?" Er beugte sich zu ihr vor.

„Ich bin mit Merlin weitergegangen, da die anderen angehalten hatten, quatschten und nicht mehr weitersuchten. Ich war selbst müde von der Suche. Dann hat Merlin gebellt und ist weggelaufen und ich hinterher. Hab' ihn gerufen, doch ich konnte ihn nicht mehr

hören. Wenig später fand ich ihn vor diesem Tempel. Ich … fand
das Gebäude schon beim letzten Mal beeindruckend und hab' es mir
diesmal genauer angesehen."

„Und dort hast du dich ausgeruht und die Betreuer haben dich
mit dem Zettel dort gefunden?"

„Schon, aber da ist noch etwas." Luna blickte zu ihren Betreuern,
die ihr schweigend zunickten. Philip konnte die Blicke erkennen. Unzufriedenheit und Unglaube waren in den Gesichtern der Betreuer
sowie in denen der anderen Jugendlichen abzulesen, die nun mucks-
mäuschenstill waren. Irgendetwas stimmte nicht.

„Es klingt verrückt, aber Sie müssen mir glauben! Ich habe Adam
und die anderen gesehen!"

Philip stockte für einen kurzen Moment der Atem. „Wie, du hast
sie gesehen? Wo sind sie?"

„Hören Sie, Sie müssen mir glauben. Sie müssen!", flehte Luna
ihn an. „Ich habe mich nicht hingelegt, weil ich müde war. Ich bin
dort an diesem Tempel … irgendwie zusammengebrochen … so ein
unbekanntes Gefühl überkam mich dort. Ich habe meine Freunde
gespürt, als ob sie nah bei mir wären. Und es war auch so, da ich sie
gehört habe. Zuerst wusste ich nicht, woher die Stimmen kamen,
aber ich erkannte sie sofort wieder. Es waren Adam, Mila, Jendushen
und Karsten. Und ich konnte sie sehen, als ich mich hingelegt hatte.
Sie waren so nah. Das können Sie gar nicht glauben! Ich konnte ihre
Gesichter für kurze Zeit sehen. Im Himmel. Zumindest die von Adam
und Mila. Die anderen beiden habe ich nur gehört, aber sie waren
vor meinen Augen …"

„Im Himmel? Oh Gott! Jetzt fängt der verdammte Mist an!",
unterbrach Walter sie schmunzelnd. Er hatte Mühe, sein Lachen zu
verkneifen. „Bitte, du willst uns erfahrenen Kommissaren doch nicht
weismachen, du hättest Geister gesehen?"

„Ich weiß, dass das bescheuert klingt! Aber es war so. Und ich weiß nicht, ob das Geister waren oder sie doch noch leben. Es schien so, als ob ihre Gesichter aus den Wolken und ihre Stimmen irgendwo aus den Bäumen herkämen. Sie haben zu mir gesprochen!", protestierte Luna.

„Ich kann mir gut vorstellen, dass du nach der langen Suchaktion müde warst und eingeschlafen bist. Die Wahrscheinlichkeit ist hoch, dass du dir das nur eingebildet oder gar geträumt hast! Und der Köter hat sich auch nicht merkwürdig verhalten. Die knurren und bellen doch die ganze Zeit", gab Walter zur Antwort und trat näher.

Luna begann die Stirn zu runzeln. Sie hatte geahnt, dass ihr keiner glauben würde. Nicht mal ihre Betreuer oder ihre Mitbewohner wollten ihr diese Geschichte abkaufen, warum sollten dann die Polizisten es tun? Dabei hatte sie es doch wahrhaftig erlebt. Luna wusste nicht, wie sie das Geschehene in Worte fassen konnte, da es dafür keine Worte zu geben schien. Wenigstens mochte Merlin diesen unverschämten Kommissar mit dem Bierbauch auch nicht, da er anfing ihn anzuknurren.

„Merlin, aus!", rief Ella. „Sonst bellt er nie."

„Ich bin kein Freund von Hunden. Wahrscheinlich spürt er das!", entgegnete Walter kalt und verschränkte die Arme.

„Wahrscheinlich mag er keine unfähigen, kompetenzlosen Polizisten, die ihn als Köter bezeichnen!" Luna blickte hoch zum Kommissar und sah, wie wütend er wurde. Noch bevor er irgendwas sagen konnte, griff Philip ein.

„Schluss jetzt! Luna, konntest du verstehen, was sie sagten?"

„Sie haben geflüstert und riefen ständig meinen Namen und nach Hilfe, irgendwie brauchen sie Hilfe. Als ob sie in Gefahr wären. Todesgefahr! Bitte, Sie müssen mir glauben! Ich habe etwas erlebt, was zu viel ist für unsere wissenschaftlich geprägten Gehirne. Etwas, was außerhalb unseres Verstandes liegt."

Philip wurde aus Luna nicht schlauer. Sie erzählte ihm, wie sie versucht hatte, mit ihren Freunden zu sprechen, diese aber nicht auf sie eingegangen waren. Schließlich hatten sich die Gesichter aufgelöst und auch die Schreie waren immer leiser geworden, bis sie ganz verstummt waren. Von da an hatte sie Noah und Marcel wiedergesehen und wurde von diesen ständig wach geschüttelt.

Vor einer Woche hätte Philip noch gedacht, dass das Unsinn sei, dass das Mädchen log und geträumt hatte. Doch seitdem er diesen Pfad betreten hatte und in diesem Waldstück umherspaziert war, konnte er solche Aussagen, die dieses Waldgebiet mit dem Übernatürlichen in Verbindung brachten, nicht mehr ignorieren. Spukte es hier? Gab es doch Geister? Oder regelmäßige Zeremonien?

Nie hätte der realitätsbezogene Kommissar so etwas in Betracht gezogen. Aber warum sollte sie ihm einen Streich spielen wollen? Zudem hatten Chloe und er diese schwere und mystische Aura ebenfalls gespürt. Etwas stimmte hier ganz und gar nicht. Vielleicht hatte Luna dies nun auch am eigenen Leib zu spüren bekommen. Doch außer ihnen dreien war es niemandem aufgefallen.

„Du meintest noch, dass der Hund angefangen hat, zu bellen, und dann weggelaufen ist. Kannst du uns erklären, warum?", fragte Philip Luna äußerst ruhig.

„Ich weiß es nicht, aber er hat wahrscheinlich schon von weitem etwas gespürt. Mir ist kurz davor aufgefallen, wie nervös er wurde … aber ich konnte nicht sagen, warum. Ich habe Merlin erst wieder vor dem Tempel sitzen sehen und da war er ganz brav." Luna sah zu dem Hund hinunter, der noch immer auf ihren Füßen Platz genommen hatte, und kraulte ihn.

„Zudem", ergänzte Ella, „bellt er selten und benimmt sich artig. Also es muss einen Grund haben, warum er gebellt hat und dann ausgerissen ist. Ich kann mir selber nicht erklären, warum Ihre Spürhunde dort im Wald plötzlich anfingen zu bellen. Doch Merlin hat ein ganz anderes Verhältnis zu diesem Ort. Er war letzte Woche mit den Vermissten hier und musste eine Nacht lang hier im Wald bleiben. Ich habe ihn heute mitgenommen in der Hoffnung, dass er uns zu den anderen führen könnte. Nun haben wir den Zettel gefunden."

Philip sah zum Hund hinunter. Das war also der Hund, den seine Kollegen im Wald gefunden hatten. „Wie geht es Ihrem Hund? Hat er sich ein wenig erholt?"

Ella bejahte die Frage.

„Nun, wir werden uns den Laves-Pfad noch einmal ansehen! Versprochen! Ihr könnt erst mal gehen. Ruh dich ein wenig aus. Der Tag war wohl lang!", meinte der schlanke Kommissar zu Luna, die ihm vertrauend zunickte.

„Mach ich. Ich würde Ihnen so gerne dabei helfen …"

„Du hast erst mal eine Pause verdient! Du hast uns schon geholfen."

Luna nahm seine Hand in ihre und blickte ihn mit großen Augen an. „Hoffentlich hören Sie sie auch!"

„Können wir nicht abbrechen? Das hat doch keinen Sinn!", jammerte Walter hinter ein paar Bäumen.

Es nieselte bereits, als Philip gerade mit seinem Team am Mausoleum vorbeikam, das von außen gründlich untersucht wurde.

Philip hatte seine Kollegen angewiesen, mit ihm den Laves-Kulturpfad vom Mausoleum aus bis zum Parkplatz entlangzulaufen und sich dort erneut gründlich umzusehen. Von der Idee waren seine Kollegen, bis auf Chloe, allerdings nicht begeistert. Doch ihr Nörgeln hatte dieses Mal bei ihrem Kollegen nicht gezogen. Dieses Mal würden sie nicht wieder in ihr Kommissariat fahren. Philip war fest davon überzeugt, etwas zu finden. An diesem seltsamen Ort.

„Nein, wir brechen nicht ab!", rief Philip zu ihm zurück, während er sich sicher war, erneut die mystische Aura des Mausoleums zu spüren. So wie die Sonne ihre warmen Strahlen auf die Erde sandte, so strahlte dieser geheimnisvolle Ort seine unheimliche Kraft in seine Umgebung.

Philip gesellte sich zu Chloe, die gerade dabei war, sich ihre Kapuze ihrer dünnen, tannengrünen Sommerjacke aufzusetzen.

„Scheiße, Philip, es fängt gleich an zu regnen! Das nützt uns doch gar nichts! Außerdem wurde dem Mädel eine Borderline-Störung diagnostiziert." Walter hatte, kurz bevor die Betreuer gefahren waren, nachgefragt, aus welchen Gründen das Mädchen bei ihnen wohnte. Misstrauisch hatten die Sozialarbeiter ihm daraufhin gesagt, dass sie wegen einer Borderline-Persönlichkeitsstörung und selbstverletzenden Verhaltens bei ihnen betreut wurde. „Das Ganze ist doch klar wie Kloßbrühe!"

„Mir egal. Morgen nützt uns das noch weniger! Also kommt!", forderte Philip seine Kollegen auf.

„Philip, willst du nicht auch deine Kapuze anziehen?", fragte Chloe mit besorgter Miene, als sie ihren Kollegen sah.

„Passt schon! Dann werden meine Haare mal gewaschen!", scherzte der Kommissar trocken, ohne dabei ein Lächeln hervorzubringen. „Spürst du es auch?"

Chloe nickte zur Pyramide. „Eine Schwere liegt in der Luft. Ich weiß nicht, aber hier ist es eigenartig. Nicht unbedingt bedrohlich, aber irgendwie besitze ich das Gefühl, dass hier etwas ist. Etwas, was uns zu beobachten scheint. Etwas Mächtiges. Mann … klinge ich albern."

„Nein, ich spüre es doch auch. Diese verdammte Stille! Als wäre wirklich etwas hier", äußerte Philip, während er sich über den Bartansatz strich. „Wenigstens bin ich nicht der Einzige, der das Gefühl besitzt!"

„Wir sollten noch einmal das Gelände betreten", meinte Chloe, während sie zwei Äste eines Gebüsches entzweigte.

„Es lohnt sich nicht mehr, Herrn Lennarts, oder wie dieser auch heißen mag, anzurufen. Der würde vermutlich eh nur einen Aufstand hier machen. Laut herumbrüllen, weil wir die Totenruhe stören. Obwohl ich gerne das Gelände betreten würde, aber wir müssen zum Tempel! Da spüre ich es am meisten."

„Hey, Leute, ich weiß nicht, ob meine Augen mich trügen, aber ich glaube, ich sehe da jemanden", flüsterte Leon und deutete mit seinem Kinn auf die schemenhafte Gestalt hinter ihnen. „Da steht doch jemand!"

Philip drehte sich um, blinzelte und kniff die Augen zusammen. Sein Herz pochte laut. Ein Schatten stand hinter einem Baum, unweit von ihnen, und schien sie zu beobachten. „Was machen Sie da?" Philip lief zum Baum. Erst dachte er, das Hippie-Paar würde wieder sein Unwesen treiben, doch der Mann war viel älter, verunsicherter.

„Was tun Sie hier? Beobachten Sie uns?", wollte der Kriminalhauptkommissar wissen.

„Ich … äh … ich …"

„Herr Mayer?" Malia trat näher an den älteren Mann mit dem Bierbauch heran. „Was machen Sie denn hier?"

Verwirrt sah Philip zu seiner Kollegin. „Du kennst ihn?"

„Er ist unser Zeuge, der den Schrei im Wald gehört haben will", äußerte Malia und verschränkte die Arme.

Philips Augen weiteten sich, sein Mund war leicht geöffnet. „Ach was, wie kommen Sie dazu, uns hinterherzuspionieren?"

„Ich … na ja … also, ich war spazieren."

„Allein? Ohne Hund? Bei dem Wetter?" Misstrauisch blickte Chloe Richard Mayer an.

„Ja, ich … ich gehe auch mal allein raus. Deswegen habe ich mich auch versteckt. Nach den Ereignissen hier ist das ganze Dorf verängstigt. Man weiß nie, wen man antrifft. Ich habe Sie durch die Kapuzen nicht erkannt", platzte es aus dem älteren Herrn heraus.

„Wie lange haben Sie uns schon beobachtet?"

Richard Mayer zuckte mit den Achseln. Wie ein kleiner Junge, dem seine Bonbons weggenommen wurden, blickte er die Kommissare an. „Nicht länger als eine Minute. Ehrlich."

„Haben Sie uns denn noch irgendwas zu sagen? Zu den Vermissten oder den Ereignissen hier, meine ich?"

Der Mann mit dem Bierbauch schüttelte seinen Kopf. „Nein, ich wollte nur sehen, was Sie hier treiben. Ich dachte, ich sehe womöglich die Täter. Bei dem Wetter gehen keine Spaziergänger raus, normalerweise."

„Außer Ihnen!", entgegnete ihm Chloe scharf.

Richard Mayer hob seine Hände. „Hören Sie, ich hatte gerade einen Streit mit meiner Frau. Ich bin rausgegangen, um einen klaren Kopf zu bekommen. Ich muss auch weiter, darf ich?"

Philip blickte dem älteren Mann nach, als dieser sich verabschiedete und den kleinen Pfadweg in Richtung der Häuser davonlief. Er kaufte ihm nicht ab, dass er nur wenige Sekunden hier gestanden haben sollte. Vielmehr musste er sie schon geraume Zeit beobachtet haben. Warum sonst verhielt er sich so nervös? Nur Aufregung, da er von ihnen erwischt wurde? „Behalten wir ihn im Auge!"

Nachdem die Kommissare schließlich die Umgebung des Mausoleums erfolglos abgesucht hatten, ließen sie dieses hinter sich, überquerten die Steintreppe und folgten weiter dem Weg, der Richtung Tempel führte. Stetig schauten sie sich dabei um, ob sie erneut beobachtet wurden.

Philip und Chloe, die vorausliefen, wollten beide diesen heftigen Wind spüren, über den die Betreuer gesprochen hatten. Doch ihnen blies kein kräftiger Wind entgegen, sondern nur ein kalter, nasser Sommerwind, der ihnen nicht ungewöhnlich erschien.

Das Unwetter begann schlimmer zu werden. Leises Donnergrollen war zu hören. Die Erde wurde immer nasser, matschiger und verteilte ihren modrigen Geruch in der ganzen Umgebung, deren

Temperatur immer weiter sank.

„Wollen wir nicht wieder ins Kommissariat zurück? Es beginnt gleich zu gewittern!", meldete sich Walter zu Wort, der mit herunterhängenden Mundwinkeln seine mit Matsch besudelten Schuhe betrachtete. „Verfluchte Scheiße!"

„Nein!", rief Philip, ohne sich dabei zu seinem Kollegen umzudrehen. „Wir sind gleich am Tempel."

Walter stöhnte. Er hatte keine Lust, in diesem Urwald umherzulaufen. Seine Füße taten ihm weh, sein Gesicht war nass, seine Kleidung schwer und ihm war arschkalt. Zudem verlor er seine Konzentration und achtete nicht mehr auf seine Umgebung, stapfte seinen Kollegen nur noch hinterher. Seufzend beruhigte er sich. Er war wenigstens nicht der Einzige, der der Meinung war, dass das Mädchen geblufft hatte. Leon und Malia hatten auch keine Lust, sie nie besessen, diesen Pfad erneut abzusuchen. Für sie war dieses Vorgehen genauso sinnlos. Einzig das merkwürdige Antreffen des Zeugen hatte sie stutzig gemacht und erhielt ihre Motivation aufrecht.

Wenig später kamen sie endlich an dem griechischen Tempel an. Philip sprang auf das steinerne Podest hinauf und betrachtete das Gebäude genauer. Das Tor, die Säulen, den Stuck unter dem Dach und anschließend das Dach selbst. Die mystische Aura war nicht verflogen. Er spürte sie noch immer. Es erschien so, als würde der Tempel unsichtbare Vibrationen aus seinem Inneren ausstoßen. Magische Wellen, die er nicht sehen konnte. Aber er konnte weder Stimmen vernehmen noch die Verschwundenen sehen. Nicht im Tempel und nicht hinter den umherstehenden Bäumen.

Schließlich blickte der Kommissar in den bewölkten Himmel hinauf. Kalte Regentropfen prallten ihm ins Gesicht, brannten in seinen Augen, so dass er den Blick schnell wieder senkte.

„Also ich kann nichts hören, außer den Naturgewalten!", meinte Malia, die nahe dem Informationsschild stand und ihre Hände tief in ihren Jackentaschen versteckte.

„Ich stimme dir zu! Und die Vermissten sehe ich auch nicht. Weder im Himmel noch auf dem Boden." Walter klang gereizt.

Chloe, die ebenfalls auf das Podest kletterte, beäugte den Tempel von vorn. „Es scheint mir so, als ständen wir kurz vor der Lösung, doch ich kann keine Stimmen hören und niemanden sehen. Auch keine weiteren Zettel."

„Natürlich nicht! Es gibt keine Stimmen hier im Wald, außer denen der Tiere. Glaubt ihr das denn im Ernst? Wer weiß, vielleicht hat das Mädchen nur irgendwelche Tiere gehört oder andere Spaziergänger, die sie auslachten", rief Walter, der sich zu Malia gesellte.

Philip blickte ihn mit ernster Miene an. „Wir bleiben noch hier! Schaut euch nochmal um, eventuell entdecken wir etwas."

„Mann, das hat doch keinen Zweck!", jaulte der ältere Kommissar, der sich wunderte, dass Philip einmal die Leitung übernahm. „Das verrückte Mädchen hat dir Blödsinn erzählt. Mann, das sind kranke Jugendliche, denen langweilig ist. Was glaubst du, was die wollen?"

„Ihre Freunde zurück!"

„Aufmerksamkeit! Wahrscheinlich lachen die sich jetzt kaputt! Warum sollen wir denn hier weitersuchen?"

„Weil ich es sage!"

„Verdammt, Philip! Wir sind deine Kollegen, nicht deine Sklaven!" Walter verschränkte seine Arme.

„Ich will die Jugendlichen und den Betreuer endlich finden, Mann! Ich hab' dem Mädchen versprochen, dass wir weiter nach ihnen suchen! Ein Mann, ein Versprechen!", erläuterte Philip schroff. Wenn man solche Kollegen hatte, benötigte man keine Feinde mehr. Eigentlich hatte Philip Walter gern, doch hasste er dessen Pessimismus und dessen Voreingenommenheit, die ihn immer wieder behinderten. „Es kann sein, dass Luna das mit den Stimmen geträumt hat. Allerdings könnte der Zettel tatsächlich irgendwo hier gelegen haben. So ein kleiner Zettel, den kann man gut übersehen, vor allem wenn er mit Erde überschüttet ist."

Mit unterdrücktem Stöhnen fingen die Ermittler an zu suchen, sahen sich am Gebäude um und betrachteten die nahe Umgebung. Doch nichts. Keine weiteren Zettel. Enttäuscht stellte sich Philip mit Chloe vor die Säulen und zeigte auf den Boden. „Hier muss das Mädchen gelegen haben. Und der Hund. Darunter der Zettel."

„Wenn hier noch andere Zettel waren, dann sind sie längst weggeflogen oder haben sich aufgelöst bei dem Regen. Vielleicht sind wir zu spät", entgegnete Chloe.

„Das darf nicht sein!", meinte Philip und wies seine Kollegen an, weiter das Gestrüpp zu durchforsten.

„Philip, wie lange sollen wir das noch machen? Hier ist nichts außer Erde, Steinen, Blättern und dergleichen. Keine Zettel. Sieh selbst!", rief ihm Leon zu.

Wut qualmte in dem Kommissar auf. Selten war er so enorm genervt von seinen Kollegen, die in den Gebüschen wie Kleinkinder herumjammerten. Walters Unlust hatte sich auf alle übertragen. Dabei war es ihre Aufgabe, nach den Vermissten zu suchen. Und nicht die der Angehörigen. Fragend blickte Philip zum Tempel, da er spürte, wie dieser etwas sagen wollte und sie nicht zuhörten. Nicht zuhören wollten. Dabei waren, aufzugeben. Doch auch wenn er spürte, dass etwas in der Luft lag, bekam er keine Antwort.

Noch einmal lief er zum Eingang des Tempels. Sah in das Innere des Gemäuers. Blickte langsam von der Decke bis zum Boden. Betrachtete jede Ecke. Sein Blick blieb an einem großen, mit Blättern bestückten Ast hängen, der mittig im Raum lag. Wie war er eigentlich hier hereingekommen? Er war doch viel zu groß, um durch die Gitterstäbe hineinzugelangen. Lag er beim letzten Mal schon dort? Philip blinzelte, erkannte, dass etwas unter dem Ast lag. Etwas Dunkles. Offensichtlich schwarz. Er runzelte die Stirn. Schwarz kam in der

Natur kaum vor. War das ein verendeter Rabe? Er kniff die Augen zusammen. Es dauerte nicht lange, bis er erkannte, dass es sich um eine Kamera handelte.

Kapitel 4

„Wer hat Bock auf ein Eis von Mäcces?", fragte Marcel und setzte den Blinker. „Als Belohnung für die Suchaktion."

„Ich!", brüllten die Jugendlichen.

Bis auf Luna klatschten alle in die Hände und jubelten, als sie an dem Fast-Food-Restaurant ankamen. Claudi versuchte sie daher aufzuheitern, doch Luna meinte, dass sie keinen Appetit hätte. Obwohl sie im Sommer dafür bekannt war, täglich ein Dutzend Eisportionen zu essen. Am liebsten mit ihren Freunden.

„Ist das Eis fertig?", fragte Luna ihn und schaute aus dem Fenster des Esszimmers. „Er kommt bestimmt gleich!"

„Jap! Es schmeckt köstlich. Müssen wir mal öfter machen!" Adam leckte den Esslöffel ab, an dem noch ein Rest vom selbstgemachten Himbeereis klebte.

Derweil kam Natascha mit einer Schüssel Himbeereis aus der Küche und stellte sie auf dem bereits mit Blumen geschmückten Esstisch ab. Jendushen eilte ihr mit mehreren Schälchen sowie kleinen Löffeln und Gabeln hinterher. „Seid ihr euch sicher, dass er Himbeereis mag?"

„Ja!" Lunas Blick wanderte vom Fenster zu Jendushen, der das Besteck so ordentlich neben die Schüsseln legte, wie ein Ober es in einem

Fünf-Sterne-Hotel tat. „Er liebt Himbeeren! Stimmt's, Adam?"

„Ja, aber ich glaub', er mag Beeren aller Art!"

„Kommt er schon?", fragte Natascha nervös, während sie Jendushen nebenbei half, die Schälchen zu platzieren.

Luna blickte erneut aus dem Fenster und sah zum gegenüberliegenden Wohnblock hinüber. Draußen tobte ein typischer Aprilsturm. Es regnete in Strömen, die Straße, die Gehwege sowie die Autos waren klitschnass. Ein heftiger Wind ließ das Bild erscheinen, dass ein Tornado nahte.

Gleich war Kaffeerunde. Karsten hatte Geburtstag und alle wollten ihn feiern. Ein Wunder, dass er an seinem Geburtstag überhaupt arbeitete. Keiner der Betreuer hatte das je getan. Verbrachten diesen Tag lieber mit ihren Familien.

Luna konnte eine Person ausmachen, die ihre rosafarbene Kapuze aufgezogen hatte. In schnellen Schritten wechselte sie die Straßenseite und kam auf sie zu, fiel beinahe hin. Einige Sekunden später tobte die Klingel.

„Ist das Karsten oder Mila?", fragte Adam und ging in die Küche zurück, um den Löffel in der Spüle abzuwischen.

„Mila!", entgegnete ihm Luna. „Macht ihr mal die Tür auf?"

Es klingelte erneut. Jendushen ging mit schnellen Schritten zur Tür und ließ die Mitbewohnerin herein, die halb durchnässt war. „Karsten hätte nicht geklingelt. Er hat doch einen Schlüssel."

„Und hast du etwas gefunden?", fragte Luna ihre Mitbewohnerin, als diese ihren Pullover an die Garderobe hing.

„Ich hab' grünen Tee gefunden. Ungeöffnet."

„Okay!", rief Luna etwas langgezogen, während sie die Teeverpackung argwöhnisch betrachtete. „Denkst du, das wird ihm gefallen?"

„Klar. Er liebt Tee", meinte Mila und legte die Pappschachtel auf den Platz, auf den sich Karsten setzen sollte. „Und soll ich euch noch was sagen? Den hab' ich heimlich aus der Küche im Büro mitgehen

lassen, als niemand hingesehen hat. Ich schätze, der gehört Elke. Na, die wird sich wundern!"

„Mila, wie konntest du nur?", wollte Jendushen wissen und lächelte breit.

Luna runzelte die Stirn. „Warum hast du das getan? Sie könnte doch Karsten beschuldigen! Das hättest du nicht machen dürfen!"

„Hallo? Die blöde Kuh kann mich mal! Die hat's verdient! Vor allem nach der letzten Nummer!", entgegnete Mila, legte einen Arm auf die Schulter ihres Mitbewohners und blickte ihn an.

„Was meinst du damit?" Gerade als Luna wieder aus dem Fenster blickte, sah sie, wie Karsten aus dem gegenüberliegenden Haus herauskam und die Straße überquerte. „Da ist er, Karsten kommt!"

Nachdem Karsten von allen im Gruppenraum zur „Geburtstagskaffeerunde" begrüßt worden war, schnitt er freudestrahlend den rechteckigen Schokoladenkuchen auf, der mit einer Himbeersoße gefüllt war. Auch über den Tee, den Mila ihm schenkte, freute er sich. Teils mehr als über den Kuchen. Luna war nicht entzückt über das Geschenk. Was würde Elke denken, wenn sie ihren Tee bei Karsten fand? Würde sie ihn bei Frau Ahrens anschwärzen? Würde Karsten Ärger kriegen? Mit zusammengekniffenen Augen sah sie, wie ihre Freundin dies nicht rührte. Zusammen mit Jendushen schmunzelte sie nur darüber.

Als Karsten sich ein Stück Kuchen aufgetan hatte, drückte Jendushen ihm eine Karte in die Hand, die er mit seinen Aquarellfarben gestaltet und mit philosophischen Sprüchen und Geburtstagswünschen verziert hatte. Zudem hatte er noch alle Gruppenmitglieder mit ihrem Namen unterschreiben lassen.

„Wunderschön!", meinte der Betreuer, während er sich lächelnd die philosophischen Sprüche durchlas, die Jendushen in Schönschrift aufgeschrieben hatte.

„Extra mit vielen Blumen und Blättern verziert, so wie du es magst!", meinte Jendushen.

„Jendushen hat sich mal wieder selbst übertroffen!", meinte Adam und grinste ihn an. „Wie immer!"

„Wo sind die anderen?", fragte Karsten, nachdem er die Karte zur Seite gelegt und Natascha ein großes Stück vom Kuchen gereicht hatte.

„Beatrice kommt später, sie ist in der Stadt unterwegs, und die anderen schlafen", erzählte Natascha.

„Auch nicht schlimm, dann bleibt mehr für uns!"

„Gibt es später bei dir zuhause auch eine Feier?", fragte Mila und blickte zu Jendushen.

Karsten blickte auf, grinste sie an. „Bestimmt. Meine Frau backt gerne, eines ihrer unzähligen Hobbys. Einige Freunde werden auch kommen. Ist das Eis da?" Karsten zeigte auf die weiße Plastikschüssel mit dem himbeerroten Inhalt.

„Jap, haben Natascha, Adam und ich selbst gemacht mit dem Thermomix!" Lächelnd sah Luna zu ihm auf. „Und sogar noch dein Lieblingseis."

„Etwa Himbeere? Himbeereis ist für mich das beste Eis."

Luna nickte ihm zu, während sie einen Bissen vom Schokoladenkuchen nahm, der schnell stopfte. „Das ist auch mein Lieblingseis!"

„Luna!", rief Beatrice direkt in ihr Ohr und riss sie unsanft aus ihren Gedanken heraus. „Willst du sicher kein Eis?"

„Gibt es Himbeereis?", fragte Luna mit aufgerissenen Augen.

„Äh, nein, das haben die nicht. Aber es gibt Erdbeereis", meinte sie.

„Nein, danke." Luna senkte den Blick. Sie wusste, wo sie war. Bei McDonald's. Nicht mehr bei ihren Freunden.

Gute zehn Minuten stand Philip nun reglos am Fenster, als würde eine bedrohliche Existenz von dort zurückstarren und ihm Signale senden. Mit einem Kaffee in der Hand sah er in die Ferne, in Richtung der Berge, die man nur noch erahnen konnte. Draußen fing es an, in Massen zu strömen. Einzelne Wassertropfen fielen vom Himmel auf den Boden und versperrten ihm die Sicht. Philip aber war das gleichgültig, da er mit seinen Gedanken bei Luna war. Dem Mädchen, das behauptete, vor ein paar Stunden eine übermenschliche Erfahrung gemacht zu haben, und ihm hoch und heilig versichert hatte, den Zettel nicht geschrieben zu haben.

Tests hatten ergeben, dass sich keine weiteren Spuren wie wegradierte Schriften und Flecken auf dem Zettel befanden. Die auf dem Zettel gefundenen Fingerabdrücke stammten ausschließlich von Luna und den Betreuern, denen am Vortag die Abdrücke genommen worden waren.

Philip massierte sich mit einer Hand seine Stirn, die von Sorgenfalten gekennzeichnet war. Er zweifelte an der Aussage des Mädchens. Der Pfad war zwar unheimlich, aber er wollte nicht an Stimmen im Wald und Gesichter am Himmel glauben. Zudem hatten weder er noch seine Kollegen oder irgendjemand anderes davon etwas mitbekommen. Wahrscheinlicher war, dass sie den Zettel selbst verfasst hatte. Da sie vielleicht etwas haben wollte nach der misslungenen Suchaktion, um ihrer Meinung nach die Ermittlungen voranzubringen. Doch warum sollte sie eine so lasche Geschichte erzählen? War sie wirklich so krank? Oder hatte sich das Mädchen so etwas nur eingebildet? Geträumt? Gelogen?

Es war ein Glücksfall, dass die Betreuer eine Suchaktion gestartet hatten, da sie sonst nicht die Kamera gefunden hätten. Somit hatten sie endlich eine Spur. Oder war alles eine Inszenierung, wie Walter meinte? Schließlich hatte man bei der letzten Suchaktion nichts im Tempel entdeckt. Wann war die Kamera in den Tempel gelangt? Und wer hatte sie dort hingelegt? Vor allem, warum erst jetzt? Und welche Rolle spielte überhaupt der Zeuge im Wald?

Gleich nach dem Fund der Kamera hatten die Kommissare sich

bei der Gemeinde einen Schlüssel besorgt, um in den Tempel zu gelangen. Die Spurensicherung wurde ebenfalls hinzugezogen, die darauf noch einmal den Tempel genauer unter die Lupe nahm. Die Kamera war stark beschädigt, als ob sie von einem zehn Meter hohen Turm gefallen wäre, und war daher nicht mehr funktionstüchtig. Jedoch enthielt sie noch eine Speicherkarte, die von Malia und Chloe untersucht wurde.

„Philip?" Der Kommissar erschrak und drehte sich ruckartig zur Tür hin, an der Walter stand. Sein lieber alter Kollege, der immer etwas zu meckern hatte.

„Chloe hat mir erzählt, es gehe dir nicht sonderlich gut. Stimmt das?", fragte Walter und schloss die Tür.

Philip lächelte kurz. „Also spricht man schon darüber?"

„Ach, nein. Ich denke, sie hat es nur gut gemeint. Was ist überhaupt los mit dir?"

Resigniert zuckte er die Achseln. „Was soll sein?"

„Du wirkst in letzter Zeit so gereizt. Das kenne ich gar nicht von dir! Sonst kannst du dich doch auch von den Fällen abgrenzen." Seine Stimme verriet ihm, dass er sich wirklich für seinen langjährigen Kollegen interessierte.

„Ich denke nur nach, was mit den Vermissten passiert sein könnte, und überprüfe verschiedene Theorien. Wie sollte ich sonst sein? Munter und hyperaktiv?"

„Ach, das meinte ich doch gar nicht!" Walter griff sich an den Kopf, fuhr sich durch seine grauen Haare. „Bist du sauer auf mich? Ich weiß, dass du ab und an schroff sein kannst, aber mir gegenüber? Wir kennen uns jetzt so lange, haben verdammt viel miteinander erlebt und durchgestanden."

„Bin nur genervt. Ihr seid ja der Meinung, dass sie alle abgehauen sind, um sich eine schöne Zeit zu machen." Philip schüttelte seinen Kopf.

„Du nicht?" Walter runzelte die Stirn.

Philip schluckte. „Mir geht es den Umständen entsprechend. Ihr braucht euch keine Sorgen um mich zu machen."

„Ich kann verstehen, dass du mitgenommen bist wegen des Falls, aber du weißt, du musst Abstand halten. Du darfst es nicht zu tief in dich hineinnehmen! Du solltest mal wieder …"

„Ich sollte was?", fragte Philip und drehte sich zu seinem Kollegen um.

Walter trat einen Schritt näher. „Mann, du solltest mal wieder unter Menschen kommen. Du weißt doch, dass dir das nicht gut tut. Tag ein, Tag aus sitzt du hier, grübelst über Fälle und vergisst allmählich, dass du noch ein soziales Leben hast. Unternimm mal wieder etwas mit deinen alten Kumpels. Lass dich wieder auf Beziehungen ein."

Philip biss sich auf die Unterlippe. „Ich hab' meine große Liebe bereits gefunden. Sowas geschieht nur einmal. Man bekommt keine zweite Chance."

„Das ist doch albern. Joelle wird nicht sauer sein. Du brauchst mal eine Frau."

„Ich hatte bereits eine wundervolle Frau", fuhr Philip ihn an und warf seinem Kollegen einen grimmigen Blick zu.

„Ich weiß, schließlich kannte ich sie auch!", bemerkte Walter, seine Augen schmerzerfüllt. „Aber sie würde nicht wollen, dass du ihr dein Leben lang hinterhertrauerst! Du musst mal an dich denken. Das mit Joelle ist vorbei. Andere Frauen warten auf dich."

„Auf dich auch! Schließlich bist du ja auch Single und mutterseelenallein", entgegnete ihm Philip und bereute gleich seine Worte.

Walter blickte daraufhin zu Boden. Für einen kurzen Moment herrschte Funkstille im Raum, in dem immer mehr Unruhe aufquoll. „Du weißt, dass das bei mir so 'ne Sache ist. Die halten es keinen Monat mit mir aus!", äußerte der ältere Kommissar nach einiger Zeit.

Er war dafür bekannt, dass er alles andere als ein Weiberheld war. Er hatte bereits mehrere Beziehungen gehabt, die alle von kurzer Dauer gewesen waren. Seine Kollegen hatten ihm sogar den Titel „Weibernerver" gegeben.

„Entschuldige! Das meinte ich nicht so." Philip wandte sich seinem Kollegen zu und blickte ihm tief in die Augen. Er wusste, er hatte ihn getroffen. Anders als er hatte Walter eine Familie gehabt. Eine Frau und eine kleine Tochter. Vor mehr als zwölf Jahren war Letztere allerdings bei einem tragischen Autounfall verstorben und die Ehe daran zerbrochen. Er schluckte. Ein drogenabhängiger Teenager war ihm mit rasender Geschwindigkeit entgegengekommen. Philip erinnerte sich gut, wie Walter damals ihn und alle anderen Menschen mit hasserfüllten Blicken angesehen hatte. Seitdem betrachtete er die Menschen mit einem anderen Auge. Vermutlich hatte Walter daher einen Groll auf alle Jugendlichen aus schlechtem Hause, die Drogen wie Kaugummis einnahmen. Wie konnte er nur so unsensible Worte ihm gegenüber herausbringen? Er wusste, dass Walter noch an seiner Familie hing und genau wie er versuchte, sich mit seiner Arbeit abzulenken.

„Ist schon gut, ehrlich!", meinte Walter kopfnickend. Es klang nicht so, als wäre alles in Ordnung.

„Du hast recht. Ich sollte mal wieder unter Menschen kommen. Es ist … es ist nur, dass die Eltern mir leidtun! Falls wir sie nicht finden … Für sie ist der Kummer viel schlimmer, nichts zu wissen, was mit ihrem Kind passiert ist. Wenn man keinen Anhaltspunkt hat, wo sein Kind sein könnte. Man kann nicht damit abschließen, so gern man auch würde. Sie werden mit dieser Ungewissheit nie fertigwerden. Werden sich so sehr an den letzten Hoffnungsschimmer klammern … Kann sie verstehen." Langsam drehte sich Philip zum Fenster und strich sich mit einer Hand durch die feuchten Haare.

Walter schwieg. Entgegnete ihm nichts.

„Scheißwetter", murmelte Philip leise, mehr zu sich selbst, während er aus dem Fenster sah. „Hoffentlich finden wir euch!"

„Jungs!" Chloe klopfte an die Tür, öffnete sie. „Kommt, wir haben was!"

„Also, was habt ihr?" Philip blickte zu seinen Kolleginnen, die alle dazugeholt hatten.

„Wir haben uns die Speicherkarte der Kamera angesehen. Wir sind uns einig, dass die Kamera Jendushen gehört. Schließlich waren die Vermissten drauf." Malia zeigte auf den Bildschirm ihres Computers, auf dem die Bilder zu sehen waren.

„Das war alles?" Philip atmete ernüchtert aus. Das hatte er bereits vermutet.

„Jetzt wart's ab!", meinte Chloe. „Wir haben alle Bilder überprüft. Man sieht die Jugendlichen am Mausoleum, am Tempel und dann hört's mit den Fotos auf."

„Ach ja? Endet die Fotoreihe abrupt?", fragte Leon.

Malia drehte sich zu ihm und schüttelte den Kopf. „Nein, erst dann fängt sie an, seltsam zu werden."

Gespannt trat Philip näher. „Wie meinst du das?"

„Ab dem Tempel zeigen die Fotos nur Dunkelheit oder vereinzelte Gegenstände wie Bäume, Erde und Steine. Alles seltsame Bilder, wenn man die vorigen vergleicht. Es sind keine Detailaufnahmen, sondern sie wirken unwillkürlich gewählt. Und teils sind sie verschwommen."

Chloe nickte. „Wir müssen die Fotos, die vor der Wanderung gemacht wurden, nochmals prüfen, aber im Moment sieht es nicht so aus, als hätte der Junge nur die pure Dunkelheit fotografieren wollen. Und das nicht nacheinander, sondern abwechselnd. Erst die Dunkelheit. Dann ein Stein. Dunkelheit. Ast. Dunkelheit."

„Wie ein Code", begriff Philip.

„Und passt auf! Die Serie der Wanderfotos fängt mit Bild Nummer fünfhundertsiebzig an und endet bei Foto Nummer sechshundertvierzig. Die normalen Bilder, die noch gewöhnlich wirken, enden mit Foto Nummer sechshundertzweiunddreißig. Die ungewöhnlichen dagegen finden ab Foto sechshundertvierunddreißig statt."

Philip begann die Stirn zu runzeln. „Moment. Was ist mit Foto Nummer sechshundertdreiunddreißig?"

Chloe blickte ihm nickend in die Augen. „Es fehlt."

„Ein technischer Fehler?"

„Nein. Es wurde gelöscht. Und das nicht mit der Kamera, sonst wäre es noch auf der Speicherkarte vorhanden. Das fehlende Bild muss erst kürzlich mit einem Computer beseitigt worden sein."

Samstag, 15.06.2019

„Es ist unglaublich, was wir sehen und was wir nicht sehen. Wusstet ihr, dass wir nur fünf Prozent von dem sehen, was wirklich geschieht?" Der Junge lag mit dem Kopf auf dem Schoß eines robusten Mädchens und blickte in den Himmel. Adam. Das Mädchen lächelte ihn an und richtete ihre Brille. Mila. Neben den beiden saß ein weiterer Junge, der mit seinem Fotoapparat beschäftigt war. Jendushen.

„Und die restlichen fünfundneunzig Prozent nehmen wir nicht wahr", ergänzte Adam, den Blick zu den Wolken gerichtet.

„Vielleicht wird das menschliche Gehirn es irgendwann schaffen, mehr wahrzunehmen. Man kann es über Jahrzehnte und Jahrhunderte trainieren. Dann wird das Rätsel des Universums auch mal gelöst werden", meinte Jendushen und zeigte Mila ein paar Bilder auf seiner Kamera. „Da wäre ich gerne dabei!"

„Wahrscheinlich sind wir bis dahin schon verschwunden aus dieser Welt." Mila fuhr sich mit einer Hand durch ihre glatten, dunklen

Haare.

„Täglich verschwinden in Deutschland zwischen zweihundert und dreihundert Menschen", sagte Adam nach einem kurzen Moment der Stille. „Fünfzig Prozent der Vermisstenfälle lösen sich innerhalb einer Woche wieder auf. Achtzig Prozent nach einem Monat. Doch es gibt auch Menschen, die zu den wenigen drei Prozent gehören, deren Fälle sich auch nach mehr als einem Jahr nicht lösen lassen und die gar jahrzehntelang als vermisst gelten. Oder für immer."

„Möglicherweise gehören wir zu den wenigen drei Prozent", lachte Mila.

„Unglaublich, was? Wir sind mit diesem Pfad verbunden. Er hat uns aufgenommen in sein Rätsel und wir können ihm nicht entfliehen." Adam erhob sich. Ein undurchdringlicher Nebel hatte sich um die Jugendlichen gebildet und umzingelte sie.

„Seht! Es kommt näher!", meinte Adam. Jegliche Freude war aus seinem Gesicht entwichen. „Immer näher und näher! Was geschieht hier bloß?"

Die Jugendlichen sahen in die Ferne. Adam in der Mitte, die anderen beiden daneben. Hinter ihnen waren Umrisse eines Gebäudes zu erkennen. Der Tempel. Tonlos blickten die drei den Nebel an, der sie immer mehr umfing, sie verschluckte. Erst Jendushen. Dann Mila. Zuletzt Adam, der kurz zuvor zum Betrachter sah und seine Arme ausstreckte, ehe er verschwand. „Philip, du hast uns vergessen! Hilf uns! Nicht alles ist, wie es zu sein scheint."

Das war das Letzte, was Philip hörte, ehe er mitten in der Nacht panisch aus diesem Traum erwachte. Der Kommissar brauchte einige Sekunden, um zu realisieren, dass er sich in seiner Wohnung befand. Er strich über die dünne, nachtschwarze Decke. Dann über seine blasse, mit Schweiß überzogene Haut. Blickte mit gerötetem Gesicht um sich. Der Wecker glitt ihm ins Sichtfeld. 5^{22} Uhr. Da sich der

Kommissar davor gruselte, erneut von einem Alptraum heimgesucht zu werden, erhob er sich mit feuchten Händen, brühte sich einen Kaffee auf und dachte über einige Details im Traum nach.

Vorher hatte er nie von einem seiner Fälle geträumt, nicht einmal von seinen wenigen Mordfällen. Er fragte sich, ob dieser Fall ihm wirklich so sehr auf die Psyche ging, wie die Kollegen es vermuteten. War es der berufliche Druck? Sein Ehrgeiz? Die Vermissten selbst, die ihn versuchten zu „erreichen", wie abergläubische Geisterjäger sagen würden?

Keiner seiner bisherigen Fälle hatte so eine mangelhafte Spurenlage gehabt wie dieser. Dieser Fall bereitete ihm immer mehr Kopfzerbrechen. Ständig musste er an die Eltern der Jugendlichen denken und wurde nun zum zweiten Mal von ihnen im Traum heimgesucht. Wenn man die Personen alle lebendig findet, dachte er, sollte man darüber ein Buch schreiben. Selten gab es solch beschissen komplizierte Fälle ohne jegliche Hoffnung und mit magischer Anziehungskraft.

Der Kommissar setzte sich mit seinem Kaffee an die Bettkante und nahm den Bilderrahmen in die Hand, welcher auf der holzfarbenen Nachttischkommode nahe dem Bett stand. Sah auf das Gesicht seiner Frau, die ihn aus vollem Herzen anlachte. Die Frau, die er immer geliebt hatte. An die er ständig denken musste und mit der er ein Kind hatte. Ein zartes, gesundes Baby mit winzigen Armen und Beinen.

„Du meisterst es, Joelle! Gleich hast du es geschafft!" Philip beugte sich zu seiner Freundin hinunter und spendete ihr Trost.

Joelle presste schreiend mit aller Kraft. Drückte ihm die Hand so schmerzhaft zu, dass er das Gefühl hatte, seine Handknochen würden zerbröseln.

„Gleich hast du es!" Philip hatte Angst um seine Freundin. Hoffte die ganze Zeit, sie würde es überleben. In den Nachrichten hatte

er des Öfteren erfahren, dass Frauen heutzutage noch immer bei der Entbindung starben. Dies war keine Seltenheit, wie einige Menschen dachten.

Mit den Händen ringend, betete er leise vor sich hin, obwohl er nie an Gott geglaubt hatte. Doch in seiner Verzweiflung tat er alles, um ihr zu helfen. Er wollte sie nicht am Grabe besuchen, wollte keine Todesannonce in der Zeitung schreiben.

Plötzlich vernahm er ein lautes Schreien. Joelle atmete tief aus, holte wieder tief Luft. Dicke Tränen liefen ihr über die blassen Wangen. Philip sah hoch. Sah, wie die Hebamme ein kleines Wesen in den Armen hielt. Ein Kind. Sein Kind. Sprachlos hielt er weiter die Hand seiner Freundin, die sich langsam zu lösen schien. Er küsste sie auf die feuchte Stirn und starrte zur Hebamme.

„Wollen Sie mal?" Die Hebamme reichte dem frischgebackenen Vater das kleine Geschöpf. Philip, völlig überfordert mit der Situation, wusste nicht, wie er reagieren sollte. Er spürte, wie er schwitzte. Auf einmal wurde ihm furchtbar heiß, als wäre jede Feuchtigkeit aus seiner Haut gewichen. Der junge Vater berührte vorsichtig den Kopf des kleinen Wesens, schnitt ihm die Nabelschnur ab und wiegte es in seinen Armen, wie er es bei anderen Vätern beobachtet hatte.

Noch nie hatte er so eine weiche, schrumpelige Haut gespürt. Der Kopf des Kindes war unförmig und viel größer als der Rest des Körpers.

Sein kleines Kind hörte auf zu schreien und begann in den Armen seines Vaters einzuschlafen. Fühlte sich sicher. Geborgen. Zuhause. Philip wusste nicht, was er sagen sollte. Er war überglücklich, gleichzeitig wieder untröstlich. Er schaute zu Joelle, die ihn erschöpft und mit Tränen in den Augen ansah.

„Willst du auch mal?", fragte er sie so leise, dass nur sie es hören konnte.

„Nein, lieber nicht!", schluchzte Joelle. „Es ist besser, wenn ich das Kind nicht in den Arm nehme. Ich würde mich nur daran gewöhnen

... Meine Entscheidung steht fest!"

Wenig später hatten sie das Kind zur Adoption freigegeben, ohne ihm vorher einen Namen zu geben. Jahre vergingen, doch noch immer konnte er den sterilen Geruch des Krankenhauszimmers riechen. Er musste stets an sein Kind denken, wenn er Eltern sah, die mit ihren Kindern herumtollten. Wenn er Eltern sah, die ihre Kinder im Kinderwagen herumfuhren. Wenn er verdammte Eltern sah, die ihre Kinder ignorierten, schlugen, misshandelten.

Jeden Morgen nach dem Aufstehen und jede Nacht vor dem Einschlafen dachte Philip daran, wie es nun wohl aussah. Wo es nun lebte. Was es nun beruflich machte. Wie es ihm wohl ging. Ob es denn überhaupt noch lebte. Fragen über Fragen. Fragen, die er alle beantwortet haben wollte, doch niemand beantworten konnte. Nun waren beide für immer fort. Zurück blieb nur die Sehnsucht nach ihnen. Behutsam strich er über das Gesicht seiner Frau. „Ach, Joelle, ich wünschte, du wärst hier!"

Um kurz vor 9$^{\underline{00}}$ Uhr ließ Natascha die Jugendlichen in den Gruppenraum, um entweder zu frühstücken oder gemeinsam abzuhängen und zu zocken. Während sich die Mehrzahl in das Wohnzimmer begab, setzte sich Luna zu Natascha an den Tisch und ließ sich mit ihrem Kopf auf die Tischplatte fallen.

„Alles okay, Luna?", wollte die Betreuerin wissen. Die Stimmung in der Gruppe war durch die zweite Suchaktion gestiegen, aber durch den Misserfolg und Lunas Erlebnis war sie in Eiseskälte und verspottendes Gelächter umgewandelt worden. Der Großteil der Jugendlichen ging davon aus, dass Luna den Zettel selbst geschrieben hatte, um eine „Show" abzuziehen, und ärgerte sie damit. Doch wissen konnte es niemand. Fest stand nur, dass Luna dies vehement verneinte. Natascha konnte sich nicht vorstellen, dass Luna in der aktuellen

Situation so etwas tun würde, aber die Geschichte, die sie allen erzählte, konnte sie auch nicht richtig glauben. Wer würde dies auch?

Dumme Frage!, dachte sich Luna und blieb noch immer mit dem Kopf auf dem Tisch liegen.

Natascha strich sich eine kinnlange Strähne ihrer blonden, glatten Haare hinter ihr Ohr und beugte sich zu ihr vor. „Willst du etwas frühstücken?"

Luna schüttelte leicht den Kopf, ohne sich zu erheben.

„Na, ich schau mal, ob ich etwas in der Küche finde. Vielleicht bekommst du noch Hunger." Natascha stand auf und ging in die Küche, wo sich Beatrice bereits eine große Schüssel Müsli zubereitete.

„Wer hat heute Frühdienst?", fragte Luna ihr hinterher.

„Elke."

„Scheiße!" Luna vergrub ihren Kopf wieder in ihren Armen. „Auch die noch."

„Glaubt ihr, dass das wahr ist, was Luna da erzählt?"

Langsam hob Luna ihren Kopf, lauschte, was hinter ihr gesagt wurde. Die anderen hatten sich im Wohnzimmer versammelt und fingen an, zu lästern.

„Ach, die labert doch irgendeinen Scheiß!", antwortete Noah daraufhin forsch. „Und das nur für Aufmerksamkeit!"

„Bestimmt tut sie das, weil sie krank ist", ergänzte Robin. „Hätte ehrlich nicht gedacht, dass sie so tief sinken kann. Und jetzt so eine dumme Lüge zu erzählen, wo wir andere Probleme haben. Wahrscheinlich ist sie auf Adam so fixiert, dass sie Wahrnehmungsstörungen entwickelt hat."

„Ich hab' mir nichts ausgedacht, ihr Lügner!", rief Luna den anderen entgegen, so laut, dass es auch die Nachbarn hätten hören können. Noah erhob sich und knallte die Tür zu. Stille herrschte fortan im Wohnzimmer. Eine Stille, die ungewöhnlich anspannend für die Bewohner war. Markus war der Erste, der das Wort ergriff: „Ich wünschte, wir hätten dort etwas entdeckt. Nicht diesen verknacksten Zettel. Sondern etwas Bedeutsameres."

„Glaub mir, man findet die Leichen nicht dort, wo man vor einer Woche schon gesucht hat. Außer man legt sie später da ab", meinte Kevin und starrte auf den Bildschirm des Fernsehers, den er angeschaltet hatte. Er zappte von einem Kanal zum anderen. Nirgends lief etwas Lustiges.

„Denkst du, sie sind tot?", wollte Markus von Kevin wissen und säuberte seine Brille mit seinem verschwitzten T-Shirt.

„Vielleicht. Vielleicht auch nicht. Ich gehe allerdings davon aus."

Für eine kurze Zeit herrschte wieder bedrückende Stille im Wohnzimmer. Die Gedanken lagen bei der Suchaktion vom vorigen Tag. Bei dem Pfad und den merkwürdigen Erlebnissen, von denen Luna sprach, und bei ihren Gruppenangehörigen, die noch immer verschwunden blieben.

„Wollen wir uns heute einen netten Abend machen? Zum ungestörten Reden …", fragte Robin und löste mit seinen Worten die Stille auf. Verstohlen blickte er zu den anderen. „Um uns irgendwie abzulenken. Ich meine, es ist Samstag und wir haben lange nichts mehr gemacht! Ich hab' noch Bier bei mir …"

Kevin war gleich begeistert, als er das Wort Bier hörte, und strahlte wie eine angesteckte Lampe. „Logo! Bin dabei!"

„Bin auch dabei!" Noah hob die Hand, den Blick zum Fernseher gerichtet. „Wann soll es losgehen?"

„Um 20$^{\underline{00}}$ Uhr bei mir? Ich hab' etwas Schnaps und Likör bei mir, ansonsten Bier."

„Klingt geil! Ich liebe Alkohol!", meinte Kevin breit grinsend. „Freu mich!"

Die anderen verfielen erneut ins Schweigen. Keiner von ihnen war erfreut, dass Kevin auch dabei sein wollte. Schon gar nicht, da er sich nur des Trinkens wegen bei ihnen anschloss. Doch keiner wollte ihn ausschließen. Schließlich war er ebenfalls Teil der Gruppe.

„Markus, kommst du auch?", fragte Noah hoffnungsvoll, da es durch ihn viel amüsanter war.

„Kein Plan, bin nicht grad' der Fan von Alkohol", erwiderte er und hustete in die Hand. „Vielleicht schaue ich kurz vorbei."

Mit schweren Schritten ging Philip auf die weiße Haustür der Wohngruppe zu. Am liebsten wäre er gleich wieder umgekehrt, doch er wollte sich nicht vor seinem Kollegen blamieren. Er musste seine Autorität wahren. Durfte sich nicht wie ein Polizeischüler, gar wie ein Feigling anstellen.

„Willst du klingeln oder soll ich?", fragte Walter ihn, den Blick auf die weiße Tastatur der Klingel gerichtet.

„Mach du es!", meinte Philip mit einem mulmigen Gefühl zu ihm. Er selbst wollte gar nicht hier sein, wollte ihr nicht unterstellen, dass sie log. Er musste die Fassung bewahren. Einatmen und ausatmen. Er musste an die Kamera denken. Das munterte ihn auf.

Nachdem sie das Treppenhaus betreten hatten, konnte er bereits einige Stimmen vernehmen. Walter betätigte erneut den Klingelschalter. Es dauerte nicht lange, und die langhaarige Gruppenleiterin öffnete ihnen die Tür. Nach einer knappen Begrüßung bat Elke die Kommissare hinein.

„Wir wollten nicht lange bleiben", meinte Walter. „Wir wollten Ihnen nur mitteilen, dass wir an dem Zettel, den eine Ihrer Jugendlichen gestern gefunden hat, keine brauchbaren Spuren finden konnten. Dafür haben wir allerdings eine Kamera in dem Tempel entdeckt."

„Etwa die von Jendushen?", fragte Elke mit aufgerissenen Augen. „Merkwürdig, davon haben mir meine Kollegen nichts erzählt."

„Wir haben die Kamera erst entdeckt, nachdem Ihre Kollegen nach Hause gefahren waren. Wir haben sie bei unserer Suchaktion auch nicht gefunden. Sie muss wahrscheinlich nachträglich dorthin gelangt sein!"

„Okay, und was genau ist mit dem Zettel? Was denn für Spuren?"

„Wir haben die Schriften überprüft und konnten die Schrift von Luna nicht eindeutig ausschließen", meinte Philip und warf einen Blick in das hell erleuchtete Esszimmer. Zwei Jugendliche saßen am Esstisch und flüsterten sich etwas zu. Er atmete aus. Luna schien nicht hier zu sein.

„Heißt das, sie könnte ihn selbst geschrieben haben?"

„Möglich. Es kann aber auch sein, dass das Mädchen jemanden beauftragt hat, den Zettel zu schreiben. Ihre Mitbewohner vielleicht. Oder sie hat extra ihre Schrift verändert. Eine andere Möglichkeit wäre, irgendwelche Touristen, die von dem Verschwinden Ihrer Jugendlichen aus den Nachrichten gehört hatten, haben diesen Zettel geschrieben und wollten auch lustig suchen. Letzteres ist aber eine unwahrscheinliche Theorie." Walter verschränkte die Arme vor seiner Brust.

„Und wenn sie eiskalt umgebracht wurden oder gar entführt? Womöglich treibt ein Verrückter sein Unwesen in den Wäldern Hildesheims", spekulierte Elke wild gestikulierend.

„Erstens hat sich die Sache in Derneburg abgespielt, nicht in Hildesheim. Derneburg ist ein Ortsteil der Gemeinde Holle im Landkreis Hildesheim. Und zweitens fehlen uns dafür die Beweise! Und Sie haben doch auch keine Erpresserschreiben bekommen, oder?" Walter hob die Augenbrauen.

„Nein!", sagte Elke abweisend und richtete ihre Brille.

„Na, sehen Sie. Wahrscheinlich hat Ihre Bewohnerin den Zettel selbst verfasst. Wir können nur auf die Kamera hoffen. Wir untersuchen noch die letzten Fotos darauf, haben allerdings noch keine Hinweise gefunden." Der ältere Polizeibeamte blickte zu seinem Handgelenk hinunter und betrachtete seine silberne Herrenuhr aus Edelstahl.

„Sehen Sie mal, das ist die gefundene Kamera. Wir vermuten, dass es die von Jendushen ist. Zumindest sind die vier Personen darin abgebildet." Philip zeigte der Betreuerin mehrere Bilder der gefundenen Kamera, die sie am Vortag noch am Tempel als Beweislage fotografiert hatten.

Elke nickte. „Ich glaube, er hat so eine. Bin mir allerdings nicht sicher, da ich ihn danach nie explizit gefragt habe."

„Gibt es jetzt endlich neue Spuren?" Die Kommissare drehten sich abrupt um. Luna, die das ganze Gespräch hinter dem Türrahmen mitangehört hatte, kam aus dem Wohnzimmer und ging auf die Polizisten zu. „Was ist mit dem Zettel? Und jetzt auch noch die Kamera? Das sind doch Hinweise, oder nicht?" Sie klang angespannt.

Philip schluckte schwer. Er hatte sich davor gefürchtet, ihr gegenüberzustehen. Ihr seinen Verdacht zu äußern, den Zettel selber geschrieben zu haben. „Klar. Wir werden weitersuchen. Allerdings konnten wir keine weiteren Zettel finden. Aber die Kamera. Sie lag im Tempel."

„Aber Sie glauben doch nicht, dass ich den Zettel selbst geschrieben habe, oder?", fragte das Mädchen daraufhin. Ihre Lippen zitterten.

Na toll. Nicht diese Frage, dachte er sich. „Na ja … "

„Sag mal, Luna, weißt du, wie die Kamera von Jendushen aussieht?", unterbrach Elke ihn und steckte dabei ihre Hände in die hinteren Hosentaschen ihrer Jeans.

„Schwarz!"

„So vielleicht?" Philip reichte ihr ebenfalls die Bilder.

„Ja, ich … ich glaube, dass sie das ist!", meinte das Mädchen aufgeregt, nachdem sie sich alle Bilder genau angesehen hatte.

„Wir haben eine Spur", erzählte Philip seinem Kollegen leise.

„Na ja, das muss nicht viel heißen. Es kann auch tatsächlich sein, dass die Vermissten oder Angehörige die Kamera selbst dort platziert haben, damit wir denken, es ist ihnen etwas zugestoßen.“

„Was soll das denn jetzt heißen? Glauben Sie denn, dass wir es waren, die die Kamera da hingelegt haben, und der Zettel von mir gefälscht wurde?“ Das Mädchen trat einen Schritt näher.

„Das wäre eine Möglichkeit. Schließlich haben wir den Zettel und die Kamera bei der letzten Suche nicht gefunden.“ Walter sah dem Mädchen direkt in die Augen. Er war bekannt dafür, Verdächtige bestens zu verhören. „Sag mal, hast du die Kamera dort im Tempel versteckt?“

„Nein!“

Philip atmete tief durch. „Luna, bitte sag uns die Wahrheit. Hast du uns den Zettel geschrieben, damit wir nach deinen Freunden weitersuchen?“

„Nein!“ Lunas Stimme brach. „Das heißt also, Sie halten mich auch für eine Lügnerin oder gar für geistesgestört, was?“

„Luna, hör mal zu!“, fing Philip erneut an. „Wir werden weiter nach deinen Freunden suchen, aber dafür müssen wir die Wahrheit wissen! Hast du den Zettel geschrieben? Und vielleicht auch die Kamera dort platziert?“

„Hä? So ’ne Scheiße! Ich erzähle doch die verdammte Wahrheit! Warum glauben Sie mir das nicht? Denken Sie, ich bin blöd und erzähle Ihnen so eine schwachsinnige Lüge? Ich kann mir Besseres ausdenken.“

„Das mag sein, aber auf dem Zettel wurden, bis auf deine Fingerabdrücke und die deiner Betreuer, keine weiteren gefunden. Schon auffällig, oder?“, bemerkte Walter.

„Trotzdem müssen Sie mir glauben! Ich sage Ihnen die Wahrheit! Ich bin zwar nicht normal, aber so bescheuert bin ich auch nicht! Es ist wirklich so passiert.“

„So haben wir das auch nicht gemeint. Wir werden den Spuren weiter nachgehen, jedoch müssen wir allen wahren Hinweisen …“

„Ach, Sie glauben doch, wir seien alle verkorkste Lügner! Und dabei dachte ich am Anfang wirklich, man könnte Ihnen vertrauen. Da sieht man mal wieder, wie schnell man sich irren kann." Luna blickte Philip zähneknirschend an, schüttelte den Kopf. Als hätte sie eine ganze Zitrone in den Mund genommen.

„Luna, bitte reg dich nicht so auf!", versuchte dieser sie zu beruhigen. Seine Achseln und seine Stirn wurden feucht, als würde das Wasser nur so daraus fließen. Warum nahm sie alles so persönlich? „Wir müssen jetzt ruhig bleiben!"

„Scheiße, nein!", rief Luna entschlossen. „Wie soll man sich beruhigen, wenn mit den engsten Freunden so gleichgültig umgegangen wird? Es ist Ihnen doch total egal, was ihnen zugestoßen ist. Sie interessieren sich doch nur für Ihr Geld und Ihren Ruhm!"

„Luna, ich kann verstehen, dass deine Freunde dir fehlen, und ich weiß genau, wie du dich grade fühlst. Aber ich hab' dir doch gesagt, wir werden nach deinen Freunden weiter suchen. Du brauchst nicht irgendwelche Spuren dort zu platzieren."

„Das habe ich doch gar nicht!" Das junge Mädchen rannte auf Philip zu. Packte ihn an seinem weißen Hemd. Starrte ihm in die aufgerissenen Augen. „Glauben Sie mir, es gibt Dinge dort draußen, die uns unbekannt sind. Die wir nicht erklären können, weil sie außerhalb unserer Norm stattfinden. Außerhalb unseres Verstehens. Sie müssen diesen Weg genauer unter die Lupe nehmen."

„Ich…" Philip brachte kein Wort mehr heraus. Sein Mund fühlte sich plötzlich so verdammt trocken an, dass er ihn gar nicht mehr aufbekam.

„Luna, geht's dir noch gut?" Elke packte Luna an den Armen und zog sie von dem Kommissar weg.

„Es gibt übernatürliche Geschehnisse dort! Die Dinge sind nicht so, wie man sie uns weismachen will. Wirklich! Dieser Pfad ist verhext! Verflucht!", schrie das Mädchen und befreite sich aus den Griffen der

Gruppenleiterin.

„Du solltest dich erst mal beruhigen, Mädchen", meldete sich Walter zu Wort und ging in Habachtstellung. „Die hat sich ja gar nicht mehr unter Kontrolle!"

„Luna, bitte! Ich ...", begann Philip, bevor er unterbrochen wurde.

„Sie verdammter Lügner!" Kopfschüttelnd rannte Luna aus dem Gruppenraum, die Treppen hinauf in ihre Wohnung. „Verdammter Lügner!"

Auf die Rufe ihrer Betreuerin oder des Kommissars reagierte sie nicht. Sie wollte nur alles um sich herum vergessen. Wütend knallte sie ihre Wohnungstür zu. Boxte mit der Faust an dieser, als würde sie sich vergewissern wollen, dass sie auch zu war. „Lügner!", brüllte sie noch einmal und trat in ihr Wohnzimmer. Sie war erregt. Fühlte sich unglaublich verraten. Mit einem Kick schleuderte sie ihren Plastikmülleimer durch den Raum, der mit einem lauten Knall an der gegenüberliegenden Wand aufprallte und all den Abfall auf den Fußboden schüttete. „Scheiß Lügner!" Luna kochte vor Wut. Sie musste sich abregen. Blickte in den Raum, auf ihr Mobiliar. Ließ ihre ganze Verachtung an diesem aus. Riss mit einem kurzen Aufschrei die schneeweißen Gardinen im Wohnzimmer von ihrer Halterung. Katapultierte ihre Schulutensilien vom Schreibtisch auf den Boden. Schmiss eine volle Wasserflasche an die Haustür. Danach einige Klamotten, die am Schreibtischstuhl gehangen hatten. Kickte den Staubsauger zur Seite. Warf den Schreibtischstuhl um. Einen anderen Stuhl gegen ein Fenster. Danach ihre Schultasche. Knallte eine Lampe an die Wand, Scherben glitten zu Boden. Schrie erneut. Diesmal länger, intensiver.

Als sie eines ihrer Fantasybücher gegen das Fenster werfen wollte, konnte sie die Kommissare draußen erkennen, wie diese schnellen Schrittes zu ihrem Fahrzeug gingen, wie sie regelrecht flohen. Luna ließ das Buch fallen, ballte ihre Fäuste und kniff die Augen zusammen. Von wegen, sie würden ihre Freunde finden. Sie taten nichts, außer sie als Lügnerin zu betiteln. So wie alle anderen auch. Da hatte sie gerade angefangen, dem Kommissar zu vertrauen, und dann so etwas? Nein, das durfte sie sich nicht gefallen lassen! So nicht!

Allein saß Philip nun an seinem Schreibtisch und schaute sich die letzten Bilder, die Jendushen geschossen hatte, an. Kurz zuvor hatte er sie sich auf seinen PC schicken lassen und erhoffte sich, aus ihnen irgendwelche Informationen zu erhalten. Vergeblich.

Dieses Kameramodell war dafür bekannt, dass es mit seinen Nummern nicht durcheinanderkam. Also musste jemand ein Bild gelöscht und die Kamera im Tempel platziert haben. Doch warum? Die anderen Bilder wurden nicht gelöscht. Wann? Es war nichts darüber bekannt, dass die Wanderer einen Laptop mitgenommen hatten. Und von wem? Wer war darauf abgebildet gewesen?

Das Gespräch mit Luna hatte ihn zutiefst gerührt. „Verdammter Lügner!“, hallte es immer und immer wieder in seinem Kopf wider. Dröhnte es durch seine Gehirnareale.

Der Kommissar, der bisher immer bewiesen hatte, dass er sich von seinen Fällen abgrenzen konnte, begann sich die Nasenwurzel zu reiben und schloss die Augen. Ein tiefes Stöhnen entwich seinem Mund, seiner Kehle. Er hatte das Gefühl, seine Emotionen nicht mehr im Griff zu haben, dass ihm alles zu viel wurde. Warum ging ihm der Fall als einziger so nahe? War es wirklich nur wegen des Mädchens Luna oder lag es an seinem aufkeimenden Verdacht?

Philip richtete sich auf, als er wieder an Luna dachte. Sie hatte ihn ermutigt und motivierte ihn, seine Arbeit weiter zu machen. Sie zu korrigieren. Ein Mann, ein Versprechen, dachte er sich und hatte einen Plan. Gleich am nächsten Tag wollte er eine komplette Durchsuchung der drei Wohnungen der Jugendlichen durchführen. Das hätte er längst machen sollen. Warum hatte er es nur nicht getan?

Warum hatte er sich gegenüber seinen Kollegen nicht durchgesetzt?
War er der Richtige für den Posten als Abteilungsleiter?

Als er aufsah, stand Chloe zwischen den Türrahmen und sah ihm
direkt ins Gesicht. Sie musste schon eine Weile dort stehen. „Hey,
ich wollte dir mitteilen, dass die Eltern der Vermissten sich nicht
auffällig verhalten haben. Die Kollegen meinten, sie hätten nicht die
Städte verlassen und auch keine Hamsterkäufe erledigt. Bei ihnen
scheinen die Vermissten nicht zu sein." Chloe kam auf ihren Kollegen
zu. „Auch wurden die Vermissten bisher von keiner Kamera der Öffis
aufgezeichnet und es gibt keine gemieteten Autos unter dem Namen
Karsten Wendt. Alles geprüft."

Philip seufzte. Es war so, als hätten sich die vier in Luft aufgelöst —
Karsten Wendt mit dem Vollbart, Jendushen Pal mit der Kamera, Mila
Evers mit der Brille und Adam Seeger mit dem eindringlichen Blick.
„Haben die Techniker wenigstens das gelöschte Foto wiederherstellen
können?"

„Noch nicht. Das dauert wohl etwas. Sie haben gerade andere
Dinge zu tun."

„Mein Gott, wie lange soll das denn noch dauern?"

„Beruhig dich! Bestimmt nicht mehr lang. Du bist in letzter Zeit
nicht gut drauf, was? Du vertiefst dich immer mehr in den Fall."

„Fängst du jetzt auch noch damit an?", fragte Philip, während er
seinen Hemdkragen entfaltete.

„Ich weiß, dass dich der Fall mitnimmt, aber ich frage mich,
warum. Langsam glaube ich dir nicht mehr, dass es für dich nur
irgendein Fall ist, den du aufklären willst. Es gibt doch einen anderen
Grund, nicht wahr? Liegt es an diesem geheimnisvollen Ort oder
doch an dem Mädchen Luna?"

„Keine Ahnung!", entgegnete Philip und tat so, als würde er in
seinen Akten eine wichtige Information suchen.

„Erinnert dich der Fall an deine Frau?"

Mit beiden Händen schlug er auf seine Tischplatte. „Chloe, müssen wir jetzt darüber sprechen? Ich will nur die Jugendlichen finden, verstanden?"

Immer wieder schockierten und verwunderten die Stimmungsschwankungen ihres Kollegen sie zugleich. Am besten war es, sie hinzunehmen. Chloe atmete auf. Wahrscheinlich erinnerte ihn der Fall wirklich zu sehr an den seiner Frau.

„Ich will morgen nochmal zur Wohngruppe fahren. Ich muss mir die Wohnungen der Jugendlichen ansehen", sagte er nach einer kurzen Zeit des Schweigens. „Das hätte ich längst tun sollen! Ich werde Hammer heute noch Bescheid geben. Ich muss wissen, wer die Jugendlichen genau sind. Wie sie sind. Eventuell bringt uns das weiter", fügte er hinzu.

„Okay, ich sag den anderen Bescheid."

Philip schüttelte den Kopf. „Ich wollte da allein hin. Ich habe den Fehler begangen, keine Wohnungsdurchsuchungen direkt nach dem Verschwinden zu veranlassen. Ich muss es daher wieder glattbügeln."

„Nein!", meinte Chloe scharf. „Du gehst nicht allein hin. Wie willst du allein drei Wohnungen untersuchen? Wir kommen auch mit, schließlich war es der Fehler von uns allen!" Chloe hielt kurz inne, ehe sie fortfuhr: „Philip, wir müssen uns aufeinander verlassen können. Also hör bitte auf, den Alphawolf zu spielen! Wir sind Teamplayer, keine Einzelgänger!"

Philip verschränkte die Arme. War er wirklich so ein Einzelgänger geworden? Ein Alphawolf? Er schloss die Augen. Er kannte die Antwort. Chloe hatte recht. Seine Augen widmeten sich nun wieder den Bildern. Um wen ging es hier? Um Karsten? Um Adam? Jendushen? Mila? Jeder Mensch besaß dunkle Seiten an sich. Welche hatten die Vermissten? Oder waren es vielleicht doch alles Zufallsopfer?

Elke öffnete den Kühlschrank und holte Hackfleisch, Eisbergsalat,

Tomaten und Crème fraîche heraus, um das Mittagessen zuzubereiten. Heute würde es Big-Mac-Auflauf geben, ihre Lieblingsspeise.

Elke legte sich ordentlich ein mintgrünes Schneidebrett auf die Arbeitsplatte, auf dem sie die Zwiebeln und den Salat kleinschnitt.

Als sie die Zwiebeln halbierte, kam Luna mit rot geschwollenen Augen in den Aufenthaltsraum, um eine benutzte Teetasse zurückzubringen. Sie mied ihre Gruppenleiterin, sah sie nicht an, wollte gleich wieder hinaus.

„Na, Luna, wieder alles fit bei dir?", grüßte Elke sie fast heiter, als sie in die Küche schlurfte.

Luna, die sich alles andere als fit fühlte, empfand Elkes Art zu sprechen als unangebracht und fast provokant und schaute sie grimmig an. Sie wusste, dass diese sich über sie lustig machte. „Mir würde es besser gehen, wenn man endlich die anderen finden würde!"

Elke schwieg für einen Moment. Sie zeigte mit ihrer Hand, in der sie ein schwarzes Küchenmesser hielt, aus dem Fenster zum sonnenbeschienenen Garten. „Ist es nicht ein wunderbarer Tag, um im Garten zu sitzen und ein Buch zu lesen? Ein Glück, dass wir bei diesem verhängnisvollen Ausflug nicht dabei waren und wir somit diesem ungewissen Schicksal entkommen sind."

Das war zu viel für Luna. „Ach, und Adam soll das Schicksal so übel mitspielen? Er soll verschwinden und nie wiederkehren, oder was?"

Die Gruppenleiterin schnaufte leicht genervt und überlegte, was sie sagen sollte, während sie den Knoblauch schnitt. Für einige Sekunden blieb es still. „Luna, du weißt doch …", begann die Gruppenleiterin. „Die Polizei sucht fieberhaft nach ihnen. Ich weiß, es ist schon ein paar Tage her, seit dem Verschwinden, aber die Polizei wird sie finden. Hoffentlich gesund und munter."

„Ein paar Tage? Dein Ernst? Es ist nun eine Woche her! Eine ganze Woche! Keine wenigen Tage, Elke Böhm!", platzte es aus dem

Mädchen heraus. Mit einem lauten Knall stellte Luna die Tasse auf der Spülmaschine ab, sodass sie zu zerbrechen drohte.

„Luna, redest du bitte vernünftig mit mir? So lass ich nicht mit mir umgehen!" Die Stimme der Sozialarbeiterin wurde schroffer.

„Aber ich soll so mit mir umgehen lassen? Elke, ich mach mir nur Sorgen um meine Freunde, während du dich scheinbar nicht dafür interessierst!"

Elke zog die Augenbrauen herunter. „Natürlich interessiere ich mich für die anderen, aber ich kann mich nicht deshalb gehen lassen und so aussehen wie ein Penner. Die ganzen Tage nur im Zimmer verbringen. Das würden Karsten und die anderen nicht wollen!"

„Und was würdest du stattdessen machen?"

„Ganz ehrlich, ich würde das Wetter ausnutzen, mich mit einem Buch in den Garten setzen und ein wenig entspannen. Versteh mich nicht falsch, ich würde jetzt keine Party feiern, aber ich würde auch nicht den ganzen Tag in meiner verdunkelten Bude rumsitzen, diese zerstören und mir ein mögliches Szenario ausdenken."

„Ich hab' dich schon richtig verstanden. Anscheinend vermisst du Adam wirklich nicht. Noah hatte recht. Du bist nicht an uns Jugendlichen, sondern nur an dem Geld interessiert, das unsere Jugendämter euch geben! Du verlogene Schlange. Du bist genauso wie die alte Bereichsleiterin!"

„Äh, Luna, sag mal, spinnst du?", fragte Elke und drehte sich zu ihr um. „So einen Schwachsinn brauchst du nicht zu glauben! Wenn ich nur für's Geld arbeiten würde, dann wäre ich definitiv nicht hier!"

„Du brauchst es nicht zu leugnen! Ich hab's schon verstanden!"

„Außerdem sprichst du nur von Adam", meinte Elke und verzog das Gesicht. „Adam, Adam, Adam! Nur ihn hast du im Kopf! Die anderen sind dir doch scheißegal! Karsten ist dir scheißegal! Du interessierst dich doch nur für dich selbst! Andauernd der gleiche Mist. Sag mal, hat dir Adam den Kopf vernebelt, oder was?"

Luna fühlte, wie ihr Herz zusammenzuckte und ihr Gesicht erd-
beerrot vor Scham wurde. Elke hatte es genau in der Mitte getroffen.
Sie hatte recht. Sie sprach nur von Adam. Luna erhob die Brust, sie
durfte sich nichts anmerken lassen. „Du sprichst doch gerade auch
nur von Karsten! Karsten hat dir wohl auch den Verstand geraubt?
Hast dich wohl vögeln lassen?"

Elke lachte kurz auf. Halb belustigt, halb verärgert. „Lächerlich.
Ich heiße nicht Luna. Ich würde an deiner Stelle wirklich sehen, dass
ich mal herauskomme! Ständig hockst du nur in deiner Wohnung
herum und vergammelst darin. Zerstörst diese auch noch in blin-
der Liebe. Es tut dir mal gut, an die frische Luft zu kommen, deinen
bereits geschrumpften Verstand aufzutanken, glaub' mir! Deine Wohnung scheint dir nicht mehr gutzutun. Du hast ja sogar schon einen
Schwächeanfall bekommen, als du mit den anderen draußen warst."
Elke fuchtelte mit dem Messer in der Luft herum, als würde sie gegen
unscheinbare Geister kämpfen.

„Elke, jetzt hör mal zu! Das war kein Schwächeanfall. Davon
verstehst du nichts! Außerdem kann ich mich nicht auf andere Sachen
konzentrieren, während mich die Ungewissheit plagt, dass meinen
Freunden etwas Schreckliches zugestoßen sein könnte, sie gar tot
sind. Umgebracht. Anscheinend kannst du das saugut! Ich kann
nicht verstehen, dass dir das nichts ausmacht! Wie die anderen, außer
Karsten natürlich, dir so scheißegal sind." Luna lief dunkelrot an. Die
ganze Wut kam wieder zurück. Ihre Hände kribbelten vor Zorn. Sie
nahm den nassen, abgenutzten Teebeutel aus der Tasse und klatschte
ihn der Gruppenleiterin ins Gesicht, als würde sie eine Fliege mit
einer Fliegenklatsche zermatschen. Ein leises Platschen war aus der
Küche zu hören. Danach ein kreischender Aufschrei.

„Sag mal, hast du sie noch alle? Hau ab!"

„Hau du doch ab! Geh in die Biotonne zurück, aus der du gekro-
chen bist!"

„Jetzt reicht's mir aber!" Elke schmiss das Messer auf die Tischplatte. So heftig, dass dieses die Porzellanschüssel, in der die geschnittenen Zwiebeln und der Knoblauch aufbewahrt wurden, von der Tischplatte kickte. Die Schüssel fiel mit lautem Gepolter auf den Boden und sprenkelte diesen mit mehreren Scherben. „Sieh nur an, was du hier anstellst, dummes Kind!" Elke packte das Mädchen an dem schwarzen T-Shirt und schob sie raus. Luna schrie. Versuchte sich zu befreien. Wehrte sich. Tastete mit ihren Händen nach etwas, was ihr helfen könnte. Sie bekam den Salatkopf zu fassen. Nahm ihn und schmiss ihn der Gruppenleiterin ins Gesicht, sodass deren Brille mit einem Schlag vom Gesicht auf dem Herd landete.

„Raus hier!", schrie Elke daraufhin. Ihre Griffe wurden härter, schroffer. Die Augen der Gruppenleiterin waren größer als zwei Tischtennisbälle. Drohten aus ihren Höhlen hervorzukommen. Ihre Haut war glühend rot, ihre Gedanken rauchten sichtlich. Man hätte meinen können, die Feuerwehr würde jederzeit kommen, da die Feuermelder Alarm geschlagen hätten. Für einen Augenblick dachte Luna daran, dass nicht Frau Ahrens der Teufel war. Sondern Elke Böhm.

„Lass mich los! Ich will nicht, dass du mich anfasst!" Luna versuchte gegen Elke anzukommen, rang mit ihr, zog an deren Haaren. Ihr Gesicht klatschte an die kleinen Brüste der Gruppenleiterin. Der Geruch von Billigparfüm, Duftrichtung Kokos, quoll ihr in die Nase. Luna würgte. Sie wusste nicht, was schlimmer war. Der Gestank oder doch das Bemerk, dass sie ihrer Betreuerin so nah war.

„Du gehörst eingeliefert! Noch am Montag werde ich es Frau Ahrens erzählen, alles!" Elke öffnete die Eingangstür. Schob sie und trug sie teils hinaus. „Lass mich! Mein Shirt … Du zerreißt mir noch mein Shirt! Hilfe! Adam, Karsten, wo seid ihr nur?"

„Sie sind da, wo sie sind! Die können dir nicht mehr helfen! Adam ist tot! Sie sind tot! Alle! Niemand kann dir mehr helfen, auch nicht dieser Kommissar!" Elke hob Luna hoch und schubste sie mit einem heftigen Stoß aus der Tür.

„Du bist die schlechteste Betreuerin aller Zeiten!", schrie Luna und wollte wieder hinein. In den Gruppenraum. In dem einst das Leben herrschte.

Eilig versuchte Elke die Tür zu schließen, doch sie sah nicht, wie Luna ihren Fuß in den Türspalt setzte. Mit heftiger Wucht knallte die Gruppenleiterin die Tür zu.

„Aua! Mein Fuß!", schrie Luna lauthals auf und zog ihn aus dem Türspalt. „Ich hasse dich! Du verfluchte Schlampe!"

„Hau ab, du dummes Kind! Ich und Frau Ahrens sorgen dafür, dass du in die Klapse zurückkehrst! Dann kannst du deine kleine, dunkle Wohnung komplett vergessen. Und dann siehst du deinen geliebten Adam auch nie wieder!", schrie Elke sie an und schubste das Mädchen, sodass sie rückwärts auf den Boden fiel. Danach knallte sie die Tür zu. Ging in die Küche, nahm ihre Brille und sah sich die Unordnung an.

„Dummes Kind! Dummes Mädchen!", fluchte sie so laut, dass es Luna hören konnte.

Vorsichtig stand Luna währenddessen auf. Hielt sich am morschen Treppengeländer fest. Ihr Fuß schmerzte. Ihr Kopf schmerzte. Alles in ihr schmerzte.

Nachdem sie sich aufgerappelt hatte, begab sie sich erneut zur Tür. Klingelte vergebens. Trommelte mit ihren Fäusten an die Tür. Elke schloss ihr nicht auf, ignorierte sie. Tränen brannten in ihren Augen und flossen ihr über die Wangen. „Hure!", schrie sie und schlug ein letztes Mal an die Tür.

Danach machte sie sich auf in ihre Wohnung. Humpelnd stieg sie die Treppen hinauf. Eine nach der anderen.

„Kommt Markus noch?", fragte Noah und gab Robin die Hand, nachdem dieser ihm und Kevin die Tür zu seiner Wohnung geöffnet hatte.

„Ich hab' ihm geschrieben, aber er hat nicht geantwortet. Ich gehe daher nicht davon aus", meinte Robin und begleitete sie in seine Wohnung, welche schmutzig und unaufgeräumt aussah durch die vielen Klamotten, Zigaretten und den Staub auf den Böden, das ungewaschene Geschirr in der Spüle und die Spinnweben an den Deckenleuchten.

Sven, der älteste Bewohner unter allen, der von Robin ebenfalls eingeladen worden war, stellte Sprite, Fanta sowie einige alkoholische Getränke auf den befleckten Tisch, der einst schneeweiß gewesen war.

„Ich wette, Markus würde eh nichts trinken. Kommt sonst wer?" Sven sah seine Mitbewohner fragend an, nachdem er ein paar Plastikbecher auf den Tisch gestellt hatte.

„Denke nicht!", gab Robin als Antwort und öffnete eine Flasche Fanta. Er trank einen Schluck und setzte sich auf sein altes, verdrecktes Sofa, welches nach Bier, Schweiß und Chips roch.

„Ja, geil! Lasst uns mal reinhauen, Bros!" Mit breitem Grinsen schnappte Kevin sich gleich eine Flasche Bacardi und füllte einen Plastikbecher damit halbvoll, ehe er diesen trank. Sven wollte ihn noch warnen, dass er nicht zu viel davon trinken sollte, doch in der nächsten Sekunde ließ er davon ab. Er war der Meinung, dass er alt genug war, um auf sich selbst zu achten. Achtzehn Jahre. Ein erwachsener junger Mann, auch wenn alle Mitbewohner ihn eher als Kleinkind beschrieben, welches stets auf cool tat.

Nachdem Kevin den Becher ausgetrunken hatte, goss er sich gleich noch einen Schluck ein. Doch diesmal füllte er den Becher bis zum Rand.

„Schmeckt's?", wollte Noah wissen und gab mit einer Handbewegung zu erkennen, dass er auch etwas vom Bacardi wollte.

„Kann mich nicht beschweren", meinte Kevin und reichte ihm

die Flasche.

„Wie war die Suchaktion?", fragte Sven und nippte an seiner Cola. Er war dafür bekannt, mit dem Alkohol nicht zu übertreiben.

„Na ja, wir haben nichts gefunden, aber Luna meinte, sie hätte einen Zettel entdeckt, der auf die anderen deutet", meinte Noah und beugte sich zu ihm vor. „Auf dem Zettel stand das Datum drauf, an dem die anderen verschwunden sind. Sie meint zwar, sie hat ihn nicht geschrieben, aber ich glaub' ihr nicht. Schließlich war sie lange allein gewesen und hatte Zeit gehabt."

„Warum sollte sie das denn tun?", fragte Sven ihn.

„Na, für Aufmerksamkeit! Sie hat sogar der Polizei gesagt, sie habe die Vermissten vor ihren Augen gesehen und …" Noah wurde von einem Klingeln an der Tür unterbrochen.

„Das muss Markus sein!" Robin stand vom Sofa auf und ging zur Tür. Öffnete sie. Zu seiner Verwunderung stand nicht sein bester Freund vor ihm, sondern Luna. Das Mädchen, über das sie gesprochen hatten. „Was gibt's?"

„Ich hab' heute Morgen mitgehört, dass ihr einen Trinkabend veranstalten wollt", antwortete sie.

„Und? Willst du uns bei den Betreuern verpetzen?" Robin verschränkte die Arme vor seinem Brustkorb und lehnte sich an den Türrahmen.

„Ich hab' Besseres zu tun. Ich wollte nur fragen, ob ihr was dagegen habt, wenn ich dabei bin."

Robin riss die Augen auf. „Du? Du trinkst doch gar nicht!"

„Na und? Ich will es mal probieren." Luna blickte in die Wohnung und sah, wie Kevin bereits einen weiteren Schluck aus seinem Becher nahm. „Ich hörte oft, dass es Kummer beseitigt."

„Das stimmt auch. Sicher, dass du mit uns etwas trinken willst?", fragte er sie skeptisch.

„Verdammt sicher!", meinte Luna und drängte sich ohne weiteres an ihrem Mitbewohner vorbei. Verwundert schloss dieser die Tür und folgte ihr ins Wohnzimmer.

„Was macht die denn hier?", fragte Kevin gleich, als er Luna sah. Auch Noah und Sven starrten sie mit großen Augen an. Robin erzählte seinen Freunden, dass Luna mit ihnen trinken wollte.

Daraufhin begann Kevin, laut zu lachen, und meinte: „Die hat doch keine Ahnung von Alkohol."

„Ich bin nicht hier, um Ahnung zu haben. Ich bin hier, um meine Trauer, meinen Hass und all meine negativen Gefühle rauszulassen. Habt ihr etwas zu empfehlen?" Luna setzte sich auf die alte Couch, die unangenehm roch. Sie fühlte sich, als wäre sie bei Obdachlosen gelandet. Ausatmend lehnte sie sich nach hinten. Streckte ihre Beine aus. Durfte sich ihre Unsicherheit nicht anmerken lassen.

„Wir haben Bacardi und Bier. Haben aber bestimmt auch Apfelsaft, wenn es für dich angenehmer ist", meinte Kevin und lächelte sie spöttisch an.

„Ich nehme Alkohol. Ich brauch etwas, um meinen Frust abzubauen! Etwas Starkes."

Kevin füllte einen Plastikbecher zur Hälfte mit Bacardi und vermischte es mit Cola. Danach reichte er es ihr und sagte: „Na gut, dann nimm das!"

Luna hatte kurz Bedauern, den Becher anzurühren, vor allem, da Kevin ihn ihr gab. Des Weiteren hatte sie zuvor nie Alkohol probiert. Wollte sie auch nicht. Doch jetzt war der Zeitpunkt gekommen, es zu ändern.

Der Tag war extrem nervenaufreibend gewesen, wollte ihn und Elke nur noch vergessen. Ihr Fuß tat noch immer weh. Das würde sie ihr definitiv nie verzeihen. Sie nahm den Becher und trank ihn in einem Zug aus. Den bitteren Geschmack konnte sie, so stark sie es auch versuchte, in ihrem Gesicht nicht verbergen.

Kevin zog die Mundwinkel nach oben. „Schmeckt wohl nicht,

was?"

Luna sah ihm ins Gesicht. Wusste nicht, was ekeliger war. Der Alkohol oder doch seine pickelige Fratze. „Doch, klar. Muss mich nur daran gewöhnen", beeilte sie sich zu sagen. „Ich will noch etwas!"

Kevin schnappte sich ihren Becher und mischte ihr noch etwas zusammen.

„Darf ich dich etwas fragen?" Sven sah zu Luna herüber, die ihm mit einem Kopfnicken zu verstehen gab, dass es für sie in Ordnung war. Vermutlich würde so etwas kommen wie: „Warum trinkst du? Warum bist du zu uns gekommen?"

„Ich hörte, du hast bei der Suchaktion Karsten und die anderen gesehen."

Luna nickte. Na toll, jetzt wieder das Thema, dachte sie sich innerlich. Das andere Thema hätte ihr besser gefallen.

„Ich hab' nicht ganz verstanden, wie das gemeint war. Hast du sie da im Wald gesehen?"

„Na ja, ich habe ihre Gesichter im Himmel gesehen."

Sven blickte sie mit offenem Mund an. Kevin dagegen verkniff sich ein Lachen.

Luna räusperte sich kurz, ehe sie fortfuhr: „Mir ist plötzlich schwindelig geworden und ich bin zusammengesackt. Hab' dann nach oben in den Himmel gesehen. Dort habe ich die Gesichter von Adam und Mila gesehen. Ich konnte ihre Stimmen vernehmen, ganz nah bei mir. Ich weiß, es hört sich absolut schwachsinnig an, aber es ist so geschehen."

Kevin reichte ihr grinsend einen weiteren Becher, gefüllt mit Bacardi und Cola. Luna trank sofort aus. Es schmeckte nicht besser. Kein Stück.

„Und warum haben wir die anderen nicht gesehen oder gehört?", schaltete sich Noah ein.

Luna zuckte mit den Schultern. „Weiß nicht. Jedenfalls habe ich es mir nicht ausgedacht."

„Und das sollen wir dir glauben? Komm, du verarschst uns doch."

„Tue ich nicht!", entgegnete Luna kopfschüttelnd.

„Soll ich dir mal etwas anderes mischen? Schnaps mit Bacardi zum Beispiel?", fragte Kevin.

Luna bejahte die Frage und wandte sich zu Noah zurück, der ihren gefundenen Zettel erneut mit ins Spiel brachte.

„Wo ist der Zettel jetzt?", wollte Sven wissen und beugte sich näher zu Luna.

„Die Betreuer haben ihn an die Bullen weitergegeben. Ich habe ihnen gesagt, sie sollten das lieber nicht machen, da die uns doch einen Vogel zeigen werden. Und das haben sie auch", meinte Noah und blickte das Mädchen übertrieben lange an. „Die dachten, sie hätte den Zettel selber geschrieben, aber Luna hat ja darauf bestanden, dass es nicht so war."

„Es ist auch so, dass ich ihn nicht geschrieben habe!"

„Hier, entspann dich!" Kevin reichte ihr den Becher, den er reichlich mit Schnaps und Bacardi gefüllt hatte. „Damit kannst du deinen Frust abbauen."

„Misch ihr nicht zu viel! Nicht, dass ihr noch schlecht wird", meinte Robin.

„Keine Sorge!", sagte Kevin und drehte sich zu Luna. „Du willst es doch, oder?"

Luna nickte und trank einen Schluck. Behielt die Flüssigkeit einige Zeit im Mund, ehe sie diese herunterwürgte. Sie bemerkte, wie schwer sich ihre Augen auf einmal anfühlten. Ihr Kopf ratterte, ein schwacher Nebel schien sich darin zu bilden. Auch die anderen nahmen mehrere Schlucke von ihren Getränken.

Sven beugte sich nach vorn in Richtung des Tisches und sagte: „Und wenn der Zettel tatsächlich nicht von ihr stammt, könnte es sein, dass andere Leute den da liegen gelassen haben … schließlich stand bestimmt in den Nachrichten, was dort mit unseren Gruppenmitgliedern passiert ist. Vielleicht war der Zettel nur da, da irgendwelche Spaziergänger sich den Ort ansehen wollten, und sie haben sich das Datum an dem besagten Tag aufgeschrieben. Und als sie den Zettel nicht mehr brauchten, haben sie ihn entsorgt."

„Kann sein. Glaubt ihr, Karsten ist mit den anderen abgehauen?", fragte Robin seufzend und sah abwechselnd zu seinen Mitbewohnern.

„Hm, ich kann mir das nicht vorstellen. Karsten wollte mit mir reden, wenn er von der Wanderung zurückgekehrt ist, wegen meines Taschengeldes, das er mir überweisen sollte. Er hat mir das zugesichert und ich glaub' nicht, dass Karsten sich danach abgesetzt hat." Betrübt sah Noah zu den anderen. „Die Bullen sind doch eh für die Tonne!"

„Genau", stimmte Luna ihm kopfnickend zu. „Die Bullen haben keine Ahnung von irgendwas. Machen ständig ihre Arbeit falsch und brechen ihre Versprechen."

„Wie meinst du das?", fragte Sven und trank seinen Becher leer.

„Denkst du, die Scheißbullen kümmern sich um unsere Freunde? Die haben doch kein wahrhaftiges Interesse daran, die anderen zu finden. Für sie sind die anderen nur abgehauen. Wir sind für sie nur drogenabhängige, bekloppte Ausreißer. Wenn die Bullen mehr Einsatzbereitschaft an den Tag legen würden, hätte man sie doch längst gefunden." Luna starrte auf die halbleere Bacardiflasche. Dachte an den Kommissar. An Elke. An Adam.

„Das sind Bullen, was erwartest du denn von denen? Hast du ehrlich geglaubt, sie wären die Helden in Blau?", fragte Kevin und kippte sich einen Becher voller Schnaps in den Mund.

Luna schwieg. Tatsächlich hatte sie das getan. Hatte die Einstellung von ihren Eltern übernommen und von klein auf Filme gesehen, in denen die Polizisten immer die Helden verkörperten. Doch nun trübte sich ihr Weltbild ein.

„Hey, lasst uns über etwas anderes reden. Die Bullen können warten. Wollen wir ein paar Trinkspiele machen?", fragte Kevin.

Kopfnickend stimmten ihm die Jungs zu und so schalteten sie die Musik ein, quatschten über andere Themen und tranken dabei. Luna begann ebenfalls zu trinken. Erst nur ein paar einzelne Schlucke, dann aber wurden es immer mehr. Sie, die normalerweise nie trank, war es, die den ganzen Likör an diesem Abend sowie eine halbe Flasche vom Bacardi austrank. Noah und Robin warnten sie zwar, nicht zu viel zu trinken, aber Luna hörte nicht auf sie. Sie wollte sich nicht mehr herumkommandieren lassen. Diese Zeit war vorbei.

Sie wusste, dass Adam es nicht gut gefunden hätte, wenn er sie hier mit den Jungs beim Trinken gesehen hätte. Wäre enttäuscht gewesen, wie sie sich so fallen ließ. Doch Adam war nicht mehr da. Würde vermutlich nie wiederkommen, wenn die Polizisten in dem jetzigen Eifer ermittelten.

Luna wollte nicht die naive Sechzehnjährige sein, die eine blühende Fantasie besaß und alberne Lügengeschichten erfand. Daher trank sie immer und immer mehr. Doch bereits nach einer Stunde verspürte sie einen leichten Schwindelanfall und konnte kaum noch das Gleichgewicht halten. Ihr Magen rebellierte. Wollte alles wieder in einem Schwall ausspucken, dass es so aussah, als wäre sie ein lebendiger Springbrunnen.

Zuerst sah sie es als normal an, aber das änderte sich, als sie würgen musste und begriff, dass es zu viel für ihren kleinen Magen war. Mit weichen Knien stand Luna auf, steuerte zum Badezimmer zu. In diesem Augenblick wusste sie, dass sie nicht hätte so viel trinken sollen. Doch es war zu spät. Ihr Körper klagte.

„Elke, die Dumme, hat mir wehgetan. Der verlogene Kommissar hat mich im Stich gelassen", säuselte Luna vor sich hin.

Mit wackeligen Schritten ging sie auf die Toilette zu, hielt sich dabei an den Wänden fest und ließ sich dann zu Boden fallen. Beugte sich über die Kloschüssel. Übergab sich. Spuckte alles aus. So lange, bis ihr Magen leer war. Ein ekelerregendes Gefühl überkam sie, als ihr bewusst wurde, was sie da tat. Doch es war ihr egal, alles, was sie wollte, war, nur noch ihre Augen zu schließen, die von Sekunde zu Sekunde schwerer wurden. Es fühlte sich so an, als hätte jemand nasse Säcke an ihre Wimpern gehängt, die ihre Lider erbarmungslos in die Tiefe zogen.

Sonntag, 16.06.2019

Langsam öffnete sie die Augen und wurde gleich von grellem Tageslicht geblendet. Lunas Augen schmerzten, als hätte man Säure in diese gesprüht. Abrupt drehte sie den Kopf zur Seite und blinzelte. Eine Träne lief aus einem ihrer Augen. Sie fühlte sich so erschöpft, aber immerhin rebellierte ihr Magen nicht mehr. Dagegen fühlte sich ihr Kopf an, als würde er gleich explodieren. Als hätte jemand mit einem Hammer mehrfach unbarmherzig draufgeschlagen. Aus den Augenwinkeln vernahm sie plötzlich dunkle, eilige Bewegungen.

Als ihre Augen sich allmählich an das Licht gewöhnt hatten, konnte sie eine Frau erkennen. Erst dachte sie, es wäre Natascha, doch dann merkte sie, dass sie dunkle Haare hatte. Violett, genauer gesagt. Instinktiv wollte sie sich aufrappeln, konnte allerdings nur schwer ihre Arme bewegen. Fühlte sich, als wäre sie von einem Panzer erfasst worden. Luna versuchte ihre Umgebung näher zu erkunden, jedoch gelang es ihr nicht. Selbst dazu war sie zu erschöpft. Nichtsdestotrotz quoll ihr der sterile Geruch von Desinfektionsmitteln und schwitzigen Latexhandschuhen unter die Nase.

Nach ein paar Minuten hörte sie ein piependes Geräusch und

realisierte langsam, dass sie gar nicht in ihrer Wohnung war, wie sie es anfänglich dachte, sondern sich in einem Krankenzimmer befand.

Vermutlich eine Krankenschwester, dachte sie sich und schloss erneut ihre Augen. Die letzte Nacht musste wohl übel abgelaufen sein. Luna konnte sich nur noch vage daran erinnern. Einige Bruchstücke hatte sie in ihrem Kopf behalten. Elke, die ausrastete. Der Kommissar, der sie im Stich ließ. Kevin, der ihr immer mehr einflößte.

Luna war noch zu müde, um denken zu können und die Bruchstücke in ein Ganzes zu sortieren. „Na klasse! Der Tag beginnt schon scheiße!", flüsterte sie sich zu.

Wahrscheinlich hatten die Jungs sie an die Betreuer verpfiffen und diese hatten sie eingeliefert. Luna schluckte. Ein Kloß bildete sich in ihrem Hals, während ihre Gedanken sich überschlugen. Hatte Elke ihre Drohung wahr gemacht? War sie wirklich in einem Krankenhaus oder doch in der Klapse? Instinktiv verdammte sie die anderen. Wahrscheinlich lachten diese sie zurzeit aus, während sie weiter tranken. Hielten sie für ein naives, dummes Kind.

„Guten Morgen, wir sind es wieder. Dies mal zu viert", grüßte Philip die Gruppenleiterin, nachdem diese die Eingangstür zum Aufenthaltsraum geöffnet hatte. Bis auf Leon, der die weiteren Fotos auf der Kamera untersuchte, hatten sich die Kommissare auf den Weg zur Wohngruppe begeben. Malia hatte sogar schlagartig ihr Frühstück beendet, um bei der Durchsuchung der Wohnungen teilzunehmen, was Philip stark gewundert hatte.

Elke Böhm, die ihre langen Haare mal zu einem losen Dutt zusammengebunden hatte, grüßte zurück. „Sie wollen die Wohnungen durchsuchen? Kommen Sie herein, ich gebe Ihnen die Schlüssel."

Darauf traten die Kommissare in den Aufenthaltsraum, in dem Beatrice zurzeit als Einzige frühstückte. Philip dachte gleich an Luna, als er deren Mitbewohnerin sah. Wollte ihr noch ein paar Fragen

stellen. Vielleicht konnte sie ihnen behilflich sein bei den Wohnungsdurchsuchungen. Zumindest bei der von Adam. Zudem wollte der
Kommissar ohnehin mit ihr noch einmal sprechen und ihr sagen,
dass er die Ermittlungen vernünftig leiten, ihre Freunde suchen und
sie zurückbringen werde. Dass er nun richtig ermitteln werde. Ohne
Wenn und Aber.

„Ist Luna schon wach?", fragte er Elke, die daraufhin mit Stirn-
runzeln ihre Schultern zuckte.

„Keine Ahnung! Die ist im Krankenhaus, da sie sich betrunken
hat."

„Im Krankenhaus?" Philip stockte. Was war geschehen? Hatte
sie sich wegen ihm betrunken? „Warum hat sie sich betrunken?"

„Wahrscheinlich, weil sie etwas beweisen wollte oder wegen Aufmerksamkeit", sagte Elke und öffnete die Tür zum Nachtbereitschafts-
raum.

„Ist hier denn gestern noch etwas vorgefallen, das einen Grund
liefert, warum sie sich so betrunken hat?"

„Sie meinen, nachdem sie Sie beschimpft und ihre Wohnung zer-
kleinert hatte? Oh ja, sie hat mich angegriffen, sodass ich sie hier aus
dem Aufenthaltsraum verweisen musste." Elke übergab dem Kommissar kopfschüttelnd die Schlüssel. „Bitte sehr, hier sind die Schlüssel."

Philip nahm die Schlüssel dankend an. War nun allerdings mehr
bei Luna als bei den Wohnungsdurchsuchungen. „Sie hat mich nicht
beschimpft."

„Sie hat Sie doch als Lügner, als einen verdammten Lügner bezeichnet, oder?" Wie die Gruppenleiterin das Wort „Lügner" betonte,
gefiel Philip nicht. Es klang, als würde sie sich darüber amüsieren.

„Na ja, sie ist zurzeit total aufgewühlt durch das Verschwinden
ihrer Freunde, wobei ich sie gut verstehen kann."

„Glauben Sie mir, die kann anders. Das durfte ich gestern hautnah miterleben."

„Warum hat sie Sie denn angegriffen?", fragte Malia schließlich.

„Ach, das weiß man bei ihr nie. Sie hat eine Persönlichkeitsstörung. Sie hat starke Stimmungsschwankungen und ist von einer Minute auf die andere aggressiv, gereizt und neigt zu selbstverletzendem Verhalten. Sie sucht gerade nur nach einer Möglichkeit, sich auszuagieren, damit sie ihre tägliche Dosis Aufmerksamkeit bekommt."

„Würde das Mädchen irgendwelche Geschichten erfinden, um die Ermittlungen fortzuführen?", fragte Walter sie, der daraufhin von Philip einen zornigen Blick erntete.

„Möglich." Elke lehnte sich an den breiten Türrahmen. „Sie hat Adam sehr gerne. Andauernd spricht sie nur von ihm. Es scheint mir so, als hätte sie sich auf ihn fixiert. Für sie ist es deswegen so, als würde die Welt untergehen. Nur wegen Adam. Dabei waren sie gar nicht zusammen. Ich glaube auch nicht, dass er so großes Interesse an ihr hatte, wie sie sich das in ihren Träumen ausmalt. Luna ist total instabil, sie braucht jemanden, der ihr Halt gibt. An einem Tag tut sie auf brav und hilfsbereit und am nächsten Tag zeigt sie ihr wahres Gesicht. Wird dann aggressiv. Manchmal sogar handgreiflich."

Philip hatte das Gefühl, dass die Gruppenleiterin eine tiefe Abneigung gegenüber dem Mädchen besaß. „Verstehen Sie sich gut mit ihr?"

„Das spielt jetzt keine Rolle. Was ist mit der Kamera eigentlich? Ist mein Kollege in Gefahr?" Die Gruppenleiterin stellte sich wieder kerzengerade hin und sah sie mit zusammengekniffenen Augen an.

„Wir sind dabei, die Fotos durchzugehen, es dauert aber noch eine Weile. Nochmal die Frage, verstehen Sie sich gut mit Luna?"

„Wollten Sie nicht die Wohnungen durchsuchen? Ich habe Ihnen die Schlüssel ausgehändigt und habe auch noch etwas zu erledigen. Ich bin im Stress, wissen Sie? Das Mittagessen muss noch zubereitet werden. Außerdem muss ich mit dem Krankenhaus telefonieren."

Das war ein klares Nein. „Natürlich. Machen Sie sich nur Sorgen um Ihren Kollegen oder warum erwähnen Sie, dass nur er in Gefahr wäre?“

„So habe ich das doch auch nicht gemeint! Die drei tun mir auch leid.“

„Wie verstehen Sie sich mit Ihrem Kollegen?“ Philip blickte die Gruppenleiterin lange an. Versuchte hinter ihren Augen zu sehen, was in dieser Frau vor sich ging.

„Was soll das? Das ist doch meine Angelegenheit.“ Elke wurde rot wie eine Erdbeere.

„Hier geht es um einen Vermisstenfall. Wir können nicht sagen, was den Personen zugestoßen ist. Daher will ich alles wissen über die Menschen, die verschwunden sind. Also nochmal, in was für einem Verhältnis standen Sie mit Herrn Wendt?“

„In einem normalen Kollegen-Verhältnis. Wir verstanden uns gut. Haben zusammen die Kassenführung gemacht. Ich muss jetzt mit dem Kochen anfangen. Sie können sich an die Wohnungen machen. Schließlich sind Sie deswegen hier. Und vergessen Sie bitte nicht, die Schlüssel wieder zurückzubringen.“

Philip nickte, ohne die Gruppenleiterin aus den Augen zu lassen. Er wusste, dass sie etwas verheimlichte. Doch er ging nicht näher darauf ein, da er wusste, dass sie nur abblocken und auf stur stellen würde. Recht hatte sie zudem. Schließlich waren sie nur wegen der Wohnungen gekommen. Aber beobachten wollte er sie trotzdem, nur im Fall der Fälle. „Würden wir gerne, wenn wir wüssten, wo die Wohnungen sind.“

„Hüte dich beim nächsten Mal vor dem Alkohol. Zu viel trinken tut nicht gut. Schon gar nicht Menschen, die nicht wissen, worauf sie sich einlassen“, äußerte der Arzt und sah auf seinen Schreibblock hinunter.

Luna nickte stumm und wollte sich am liebsten unter ihre Decke verkriechen. Sie hatte gerade eine Kantinensuppe gegessen und es sich auf dem Krankenbett gemütlich gemacht, da war er mit seinen kühlen, emotionslosen Augen hereingekommen. Hatten die Jungs den Betreuern alles erzählt oder warum wusste der Arzt davon?

Er eilte zur Tür. Bevor er aus dieser verschwunden war, drehte er abrupt den Kopf und meinte: „Du kannst nun deine Betreuer anrufen."

„Endlich!", flüsterte Luna. Sie sprang aus dem Bett und ging zum Krankenhaustelefon, welches im langen, sterilen Flur stand. Alles, was sie wollte, war, endlich wieder nach Hause zu fahren. Keine einzige Nacht wollte sie in dem miserablen Krankenhaus verbringen. Luna konnte wieder laufen, ohne hin und her zu schwanken und ohne sich irgendwo abzustützen. Ihr Magen hatte sich beruhigt und ihr Kopf schmerzte auch nicht mehr. Wie froh sie darüber war. Sie wollte nicht auf die Krankenschwestern angewiesen sein. Sie war kein Pflegefall und wollte es auch nie werden.

Am Telefon angekommen, wählte sie die Nummer der Wohngruppe, die sie mit Adam im Bus einmal auswendig gelernt hatte. Es klingelte. Nach einiger Zeit nahm jemand ab.

„John-Stewards-Einrichtung, Wohngruppe Rodingshausen, Elke Böhm hier, guten Tag!"

Scheiße. Auch das noch, dachte Luna und schloss die Augen. „Ich bin's, Luna."

„Ach, Luna. Ausgenüchtert?" Die Stimme klang rau, belustigt über die Umstände.

Luna presste ihre Lippen zusammen. „Kann mich jemand abholen? Ich darf entlassen werden."

„Wenn du volljährig wärst, dann hätte ich dir glatt gesagt, du dürftest mit dem Bus nach Hause kommen. Sei froh, dass du es noch nicht bist und ich deswegen mit dem Arzt sprechen muss."

Luna schluckte. Sie ist noch genauso mies drauf wie gestern, dachte sie sich.

„Wann soll ich dich abholen?"

Am liebsten gar nicht, dachte sich das Mädchen. Lieber würde sie zu Fuß durch die Stadt taumeln und all die schadenfrohen Blicke auf sich ziehen, als mit Elke Böhm allein in einem Auto zu sitzen. „In zehn Minuten?"

„Okay", meinte Elke und legte auf.

„Das wird eine tolle Fahrt", flüsterte Luna, schloss die Augen und ließ den Hörer mit einem lauten Klacken auf das Gehäuse zurückfallen. „Scheiße!"

Es dauerte eine gute Stunde, bis die Kommissare die Wohnungen von Mila und Jendushen untersucht hatten. Allerdings ohne Erfolg. Keine Geheimschubladen, keine Briefe oder Eintragungen, die auf ein freiwilliges Verschwinden hindeuteten. Nur ein Fünf-Minuten-Tagebuch hatten Walter und Malia auf dem Nachttisch von Mila gefunden, in welches diese ihre Gefühle und Ziele hineinschrieb. Mit genauer Sorgfalt las Malia die letzten Einträge durch und kam zu dem Schluss, dass das Mädchen die Woche gut gelaunt gewesen war, in der sie verschwand. Sie tütete das Tagebuch ein, dokumentierte dies und nahm es mit. Auch der Laptop von Jendushen wurde mitgenommen.

Zuletzt war die Wohnung von Adam dran. Im Gegensatz zu der Wohnung von Mila, die so aussah, als hätte eine Bombe eingeschlagen, und der von Jendushen, die wiederum denen in den Ikea-Prospekten glich, war diese Wohnung ein Zwischending von beiden. Einige Kleidungsstücke hingen an den Türen, auf dem Boden lagen Tüten und Rucksäcke verstreut, auf dem Esstisch standen noch benutzte Teller und das Bett war nicht gemacht. Dennoch wirkte sie ordentlich, da sich kein Schimmel an den Wänden bildete, keine Flecken auf den Böden zu sehen waren und sich alle Möbel in einem tadellosen Zustand befanden.

Philip, der das Schlafzimmer durchwühlte, fiel sofort eine Pinnwand ins Auge, die unmittelbar neben dem Bett hing und von einer
LED-Lichterkette umringt wurde. Darauf waren unzählige Bilder
von beliebten Reisezielen zu sehen, hauptsächlich in der Natur.

Der Junge ist also reisefreudig, dachte sich Philip, als er sich die
einzelnen Bilder anschaute. Auf einigen Fotos war Adam auch abgebildet. Meist lächelte er verlegen in die Kamera. Die großen, hasel-
nussbraunen Augen waren es, die ihn sympathisch wirken ließen.

In dem Moment kam Chloe mit einer Tüte in der Hand vom
Wohnzimmer in das Schlafzimmer hinein und riss ihren Kollegen aus
seinen Gedanken. Sie stellte die Tüte an den Türrahmen. „Ich habe
den Laptop von Adam eingepackt. Womöglich finden wir darauf
etwas, was uns weiterhelfen kann."

Philip nickte und machte sich daran, das Bett, den Nachttisch
und den Kleiderschrank des Jungen zu durchsuchen. Doch er fand,
wie seine Kollegen, nichts. Frustriert warf er die Kissen zurück aufs
Bett. Er hätte schwören können, dass ihm die Wohnungsdurchsuchungen weiterhalfen, doch er war noch genauso schlau wie zuvor.
Langsam begann er sich zu wünschen, die Durchsuchungen bereits
am Montag durchgeführt zu haben. Vielleicht hätte er sich dann mehr
Mühe in dem Fall gegeben. Stöhnend atmete er aus und betrachtete
dabei die Tür, als würde Adam jeden Augenblick hereintreten.

Philip hatte immer geglaubt, er wäre ein guter Kommissar, wie
sein Vorgesetzter es meinte. Zwar hatte er nie gedacht, dass er ein
erstklassiger Kommissar wäre, doch er hatte insgeheim gehofft, gut
zu sein. Nicht ausreichend. Gut. Sogar sehr gut. Doch nun war der
Zeitpunkt gekommen, an dem alles zerbröselte, als ob ein Einbrecher
eine Scheibe seiner Vorstellung rücksichtslos in kleinste Einzelteile
zerschlüge. Ohne sich irgendwelche Gedanken darüber zu machen,
welchen Schaden es anrichten würde.

Es gab in keiner der Wohnungen irgendwelche Hinweise. Das ist definitiv ein Indiz dafür, dass die Jugendlichen nicht ausgerissen sind, überlegte Philip. Wenigstens darüber konnte er sich sicher sein. Nun konnte er seinem mürrischen Kollegen einen Beweis erbringen, warum sie nicht mehr von einem freiwilligen Verschwinden ausgehen sollten. Selbst Geld, welches Adam in der obersten Schublade seines Nachttisches versteckt hatte, hatten sie nicht mitgenommen. Nein, hier war von einem Ausbruch nicht die Rede.

„Ich hab' nichts von einem Tagebuch oder Ähnlichem gesehen. Nur Schulunterlagen." Walter kam in den Raum und lehnte sich an die Wand.

„Die meisten Jungen besitzen keine Tagebücher", meinte Philip. „Jedenfalls müssen wir jetzt dem Hinweis nachgehen, dass ihnen etwas zugestoßen ist. Also doch."

„Na ja, das muss nichts bedeuten. Kann gut sein, dass sie das konkret geplant hatten."

„Ach, komm! Wer haut schon ab und lässt sein Geld im Wert von fünfhundert Euro zurück?"

„Das ist schon möglich, aber denk doch mal daran, dass sie das gemeinsam geplant haben könnten. Eventuell haben sie das extra so darstellen wollen, als wäre ihnen etwas passiert, und alles so inszeniert. Wer weiß, wie viel Geld der Junge wirklich hatte. Vielleicht ist das da nur ein Bruchteil."

„Ach, komm! In dem Alter? In so einer Einrichtung? Das glaubst du wohl selbst nicht!"

Nachdem Elke Luna aus dem Krankenhaus abgeholt und mit dem zuständigen Arzt gesprochen hatte, setzte sie das Mädchen auf die Rückbank des Autos. „Wer weiß, ob du heute wieder handgreiflich wirst", war ihre Bemerkung dazu.

Luna sagte dazu nichts. Es war ihr recht. Sie wollte nicht neben der Gruppenleiterin sitzen. Die Vorstellung allein war ihr ein Graus.

Während der Fahrt im muffigen Auto mit den stein- und staub-verschmutzten Teppichen erhielt Luna eine saftige Standpauke: „Was dachtest du dir eigentlich dabei? Wegen dir haben wir so viel Stress. Dabei hätte man den Tag auch entspannter verbringen können. Weißt du, wie viel Arbeit du Natascha gestern Abend bereitet hast? Sie ist sauer auf dich."

Luna verdrehte die Augen. Stopfte ihre Finger in ihre Ohrlöcher. Es waren nur fünf Minuten bis zur Wohngruppe. Fünf Minuten zu viel für sie. Sie versuchte ihre Gruppenleiterin zu ignorieren, doch dann hörte sie dumpf etwas, was sie nicht hören wollte: „Dein Adam würde dich auslachen, wie du da sitzt, wie eine Verrückte aus der Irrenanstalt, die nicht hören will, wie bekloppt sie ist. Ich dachte, Adam sei dein Vorbild. Hast du dein Verhalten von ihm? Betrinkt er sich auch oder schlägt andere?"

Luna nahm ihre Finger aus den Ohren. „Halt deinen Mund, Elke! Du hast von nichts 'ne Ahnung! Weder von mir noch von Adam. Sei lieber froh, dass es meinem Fuß besser geht. Sonst hättest du 'ne Anzeige bekommen!", erwähnte Luna und schlug sich mit der Faust auf ihren rechten Oberschenkel, sodass ihr Knochen einige Sekunden weh tat.

Elke lachte kurz auf. „Keiner wird dir das glauben. Du bist nur ein Kind mit einer Borderline-Störung. Jeder wird denken, dass du dir das selbst zugefügt hast."

Luna erschauderte. Dieses miese Verhalten hätte sie selbst ihr nicht zugetraut. Doch sie hatte recht. Vermutlich würde ihr niemand Glauben schenken. Sie, eine verrückte Bewohnerin, gegen eine Füh-rungsperson. „Du solltest Adam vergessen und lieber an dich denken, bevor du dich ganz kaputtmachst", meinte Elke und blickte das Mäd-chen vom Rückspiegel an.

Luna schloss beschämt die Augen. Atmete tief ein. In der letzten

Nacht hatte sie sich so verhalten, wie sie es nie hatte tun wollen. Das war nun ihre Strafe.

Instinktiv griff Luna nach dem Türknauf. Wollte aus dem Auto, raus aus der Hölle. Doch als sie wieder ihre Augen öffnete, sah sie den Rewe, der sich auf der gleichen Straßenseite wie die Wohngruppe befand. Gleich waren sie zuhause.

„Tja, du hättest auch dem Kommissar helfen können bei der Wohnungsdurchsuchung. Er hat nach dir gefragt, aber du musstest dich ja betrinken", erzählte Elke, da sie gemerkt hatte, wie sehr Luna den Kommissar mochte. Wollte sie somit verletzen. Zur Strafe, weil sie ihre Brille beschädigt hatte.

Luna sah nun zu Elke auf, die links abbog. „Was? Der Kommissar war da? Was wollte er von mir?"

„Dir wahrscheinlich 'ne Anzeige erteilen. Hätte mich nicht gewundert, nach all dem, was du gestern abgezogen hast."

Luna ignorierte ihre Aussage. „Warum haben sie erst jetzt die Wohnungen durchsucht?"

„Das weiß ich doch nicht."

„Haben sie etwas Neues herausgefunden?"

„Das geht dich nichts an! Sieh, wir sind schon am Heim."

Wollte sie noch vor ein paar Sekunden nur aus diesem Wagen heraus, wünschte sie sich nun, dass die Fahrt noch länger dauerte. Was war Elkes Plan? Wollte sie sie nur ärgern? Luna schüttelte den Kopf. Sie würde es von ihr definitiv nicht erfahren.

Nachdem Elke vor der Wohngruppe geparkt hatte, stieg Luna ohne ein Wort aus und ging schnurstracks in ihre Wohnung. Sie dachte über das Gesagte der Gruppenleiterin nach. Es war ihr unangenehm, was diese nun über sie den anderen Betreuern erzählen würde. Wahrscheinlich würden sie dann alle wissen, dass sie ein dummes Kind war, das seinen Halt im Leben verloren hatte.

Die Sonne neigte sich dem Horizont zu und tauchte den Himmel von einem hellblauen in ein pfirsichoranges Meer, als der Kommissar sich grübelnd aus dem Fenster seines Büros beugte, um sich den Abendhimmel anzusehen. Philip genoss es, den Sonnenuntergang zu betrachten und den trockenen Geruch der von der Sonne erwärmten Bäume und Gräser in sich hineinzuziehen, gleichzeitig spürte er aber auch eine leichte Angst. Es war der Moment, in dem der Tag dem Ende zuging und die Nacht mit all ihren Gefahren hereinbrach. All diese Farben, leicht bedrohlich, aber auch wunderschön, als ob der Himmel einen warnen wollen würde. Als würde die Stadt alleingelassen in der Finsternis und wäre auf sich selbst gestellt.

Er hatte es nun vollbracht. Die Telefonate mit den Eltern von Mila und Jendushen sowie deren Jugendämtern hatte er hinter sich. Er hätte einen Hunderteuroschein dafür gegeben, dass sie endlich auflegten und ihn in Ruhe ließen.

Philip schaute nach unten. Der Straßenlärm war nicht zu überhören. Hupende Autos, lautstark lachende Frauen und spielende Kinder, die den Bürgersteig kreischend entlangrannten.

„Keine relevanten Daten und Hinweise gefunden!", hörte er plötzlich jemanden hinter ihm sagen.

„Was?", fragte er und drehte sich um.

Chloe trat in sein Büro und ließ ihre Schultern enttäuscht herunterhängen. „Ich war bei den Technikern, sie haben gerade die Laptops ausgewertet. Keine Chatverläufe, keine speziellen Suchanfragen, rein gar nichts, was auf ein freiwilliges Untertauchen deuten würde."

„Deswegen so schnell, was?", meinte Philip, der das Ergebnis längst vorausgesehen hatte. Es war wie ein Schlag in seine Magengrube. Er ließ sich wieder in seinen Stuhl sinken und verschwand beinahe unter dem Tisch. Die Jugendlichen waren nicht freiwillig verschwunden. „Das habe ich mir bereits gedacht."

„Zudem haben wir die Telefondaten und Chatverläufe unter-

sucht. Richard Mayer und die Hippies haben nie miteinander geschrieben, sich gar unterhalten."

Philip zuckte mit seinen Schultern. „Das bedeutet noch gar nichts.
Wenn sie gut organisiert sind, dann werden sie geheime Prepaid-
Handys besitzen, mit denen sie sich kontaktieren. Die sind zudem
einfach zu entsorgen. Ich bin mir sicher, die kennen sich."

„Vielleicht sollten wir sie mal in den gleichen Raum setzen und
sehen, wie sie reagieren", schlug Chloe vor.

„Ich fürchte, viel wird das nicht helfen. Wenn es sich hier wirklich um eine Sekte oder eine geheime Organisation handelt, dann
werden sie unsere Tricks schon durchschauen und bereits ahnen, was
wir vorhaben", äußerte Philip und schüttelte den Kopf. „Wer weiß.
Vielleicht spinnen wir uns auch nur etwas zusammen."

„Aber dafür haben wir etwas anderes." In Chloes Augen, in ihrem
ganzen Gesicht breitete sich eine leichte Freude aus.

„Und was?"

Chloe streckte ihm ein DIN-A4-großes Blatt entgegen, auf dem
augenscheinlich ein Foto abgebildet war. „Das ist das gelöschte Foto.
Die Techniker konnten es wiederherstellen."

Philips Augen weiteten sich, er konnte sein Herz pochen hören.
„Was ist drauf?", fragte er, als er ihr das Papier hastig abnahm. Es
war dunkel, aber man konnte den Unterkörper eines Mannes ausmachen, hinter ihm Geäst und Schwärze. Er stand inmitten eines Weges
und trug augenscheinlich eine blaue Hose und dazu dunkelbraune
Schuhe, die aufgrund der Finsternis als solche schwer zu erkennen
waren.

„Es zeigt zwar einen der Männer, aber man kann nicht genau
erkennen, wer es ist, da man ihn nur bis zu den Oberschenkeln sehen
kann."

„Die Jungs sind das nicht", bemerkte Philip, während er jede Einzelheit genauer betrachtete. „Die haben dünnere Beine. Das könnte

der Betreuer sein, hatte er nicht so eine Hose an?"

„Ich glaube. Er soll ja eine dunkle Hose an dem Tag getragen haben. Über die Schuhe ist aber nichts bekannt."

„Wir müssen es den Betreuern dieser Wohngruppe zeigen. Eventuell erkennen sie ihn ja", schlug Philip vor, das Bild immer noch betrachtend. „Kann auch sein, dass es einer der Hippies ist oder euer Zeuge, der den Schrei gehört haben will. Außerdem müssen wir herausfinden, warum Jendushen das Bild gelöscht hat."

„Könnte sein, dass er es aus Versehen aufgenommen und dann gelöscht hat."

„Oder es zeigt jemand ganz anderen. Und dieser hat das Bild auch gelöscht."

Mit einem lauten Quietschen öffnete sich die Kellertür. Dunkelheit, nichts als Dunkelheit. Eine kühle Brise aus sauberer und schmutziger Wäsche empfing sie gleich. Mit einem Klick schaltete sie das Licht ein. Es war bereits dunkel geworden, doch hier im Keller fiel es nicht auf. Hier war es immer dunkel. Auch die beiden schwach beleuchteten Lampen halfen nichts, spendeten mehr Dunkelheit als Licht.

Luna brauchte frische Wäsche und hatte nach dem Abendessen ihre schmutzige Wäsche in die Waschmaschine und danach in den Trockner gepackt. Es war ein ganzer Haufen gewesen, da sie seit mehreren Wochen nicht mehr gewaschen hatte. Doch nun hatte sie nichts mehr, was sie hätte anziehen können. Sie hatte einige Klamotten sechs- bis siebenmal schon getragen, hatte sie mit ihrem Schweiß besudelt.

Schleichend lief sie den Gang entlang, öffnete die klapprige Tür zur Waschküche, ging hinein und stellte sich vor den Trockner. Die Wäsche war fertig. Luna nahm den leeren Wäschekorb, der danebenstand, und holte die Wäsche aus dem Trockner. Die noch warmen Klamotten fühlten sich wohltuend, ja gar schmerzlindernd auf ihrer Haut an. Sie liebte es, die frischen Klamotten aus dem Trockner an ihr Gesicht zu schmiegen. Liebte es, die Wärme zu spüren, die …

Abrupt drehte sich das Mädchen um. Sah zum Gang, aus dem sie gekommen war. Hatte sie da gerade etwas gehört? Waren da nicht Schritte gewesen? Sie horchte, doch konnte nichts mehr hören. Vermutlich hatte sie es sich eingebildet. Luna packte die Wäsche weiter in ihren Korb, als sie ein Quietschen vernahm. Darauf folgten schnelle Schritte. Das Mädchen richtete sich auf, horchte in den Raum. Doch die Geräusche verschwanden so schnell, wie sie auch gekommen waren. Luna wurde mulmig. Irgendetwas in ihr verkrampfte sich. War sie nicht mehr allein im Keller? Sie schaute zur Tür der Waschküche, schaute, ob dort jemand stand, doch Fehlanzeige. Niemand stand dort und wollte Wäsche waschen. Um die Uhrzeit wäre es auch ein Wunder gewesen.

„Marcel, bist du das?", rief sie in den Keller, doch es kam keine Antwort. Nur ein leises Rascheln …

Nachdem sie die Wäsche in ihren Korb gepackt hatte, nahm sie diesen mit Stöhnen in die Hände und wollte sich wieder zurück zu ihrer Wohnung begeben. Der Wäschekorb war schwer wie ein Sarg und tat in ihren Fingern weh. Luna hasste es, diesen bis in den ersten Stock hochzutragen. Hasste den langen Weg, die vielen Treppen, die schwere Last dazu.

Langsam trat sie aus der Waschküche, blickte in den Gang zur Kellertür, die sie geöffnet hatte. Niemand da. Luna schüttelte ihren Kopf, dachte daran, dass sie die Folgen des Alkohols noch nicht überwunden hatte. Wahrscheinlich hatte jemand das Treppenhaus betreten, wollte entweder raus zum Rauchen oder wieder in seine Wohnung. Vielleicht war die Nachtbereitschaft auch schon da, die Marcel ablösen würde. Bekanntlich kamen die Kollegen früher.

Sie wollte sich gerade auf den Weg machen und die Tür des Waschraumes schließen, da fiel es ihr ins Auge. Eines ihrer Shirts war unbemerkt aus dem überfüllten Korb gefallen. Mit leisem Stöhnen ließ sie ihren Wäschekorb stehen, schritt in die Waschküche zurück, beugte sich hinunter, nahm das Shirt in die Hand und ging zu ihrem Korb zurück.

Doch dann erschrak sie und blieb einen Moment wie erstarrt stehen. Sie hob den Blick und sah in den Gang. Ihr Puls beschleunigte sich. Die Tür zum Treppenhaus war geschlossen, das Licht ausgeschaltet und der Kellergang nachtfarben. War die Kellertür nicht gerade noch offen gewesen? Bildete sie sich da etwas ein? Lag es am Alkohol? Nein, das konnte nicht sein. Zudem war das Licht vor ein paar Sekunden noch angeschaltet gewesen und gewiss ging es nicht von selbst aus. Luna schluckte, spürte aber keine Flüssigkeit mehr im Mund. Alleine war sie nicht mehr, irgendwer war noch mit ihr hier.

„Kevin, bist du das?" Ihr Herz pochte, als sie zur Kellertür blickte, den Lichtschalter konnte sie von der Waschküche aus nicht sehen. Versteckte sich jemand hinter der Wand? Mit dem Wäschekorb als Schutzschild schritt sie, leicht taumelnd, voran. Ein Schritt nach dem anderen. An der Tür angekommen, blickte sie nach links und rechts zu den dunklen Gängen, die in der Finsternis verschwanden. Sie konnte nichts sehen. Sie wollte gerade das Licht anmachen, als sie es hörte. Ein Klatschen hallte aus der Dunkelheit. Ein langsames, rhythmisches Klatschen. Luna konnte nicht ausmachen, aus welcher Richtung es kam. Es schien von überallher zu kommen. Ihr Magen schnürte sich zusammen, wurde immer kleiner. Hastig schaltete sie das Licht an. Das Klatschen endete darauf.

„Kevin, lass den Quatsch!" Luna durfte keine Angst zeigen. Wenn es nur ihre Mitbewohner waren, die sie mal wieder neckten, hatte sie sich blamiert. „Wenn du das bist, Noah, dann sag ich dir, ich hab' keine Angst!"

Im Keller war es daraufhin ruhig, nur ein Tropfen eines Wasserhahnes war zu hören. Luna hatte keine Lust, den ganzen Keller zu durchstöbern, wahrscheinlich war es doch die Angst, die sie behinderte. Sie öffnete die Tür, sprintete hinaus und schloss sie danach wieder. Stolpernd trat sie nach oben. Sie würde sich definitiv nicht einschüchtern lassen — nicht von ihren Mitbewohnern.

„Wir haben es vermutlich mit mehreren Tätern zu tun!"

Kurz vor Feierabend hatte Philip seine Kollegen noch einmal in sein Büro gerufen, um sie über das zu informieren, was ihn beschäftigte. Vor allem jetzt, nach den ergebnislosen Durchsuchungen.

„Was macht dich da so sicher?", wollte Walter wissen. „Wir haben nicht mal einen Hinweis zu einem einzigen Täter."

„Mein Bauchgefühl. Das wirkt alles gut geplant und organisiert, eventuell eine geheime Gruppe."

Malia legte die Stirn in Falten. „Ist das nicht etwas zu weit hergeholt?"

„Was sagst du denn zu den Hippies, die uns beobachtet und mich angerufen haben? Was sagst du zu dem Zeugen, der uns ebenfalls hinterherspioniert hat? Das ist doch alles kein Zufall."

Chloe hob eine Augenbraue. „Find' ich auch. Das muss alles akribisch geplant worden sein. Vielleicht stammt der Zettel doch von den Vermissten und sie wollten sich mit irgendwem treffen."

„Die Frage ist, mit wem und warum um die Uhrzeit? Der Betreuer wird doch geahnt haben, dass sie sich nicht so spät verabreden können, ohne Aufsehen bei seinen Kollegen zu erregen. Außer sie wollten natürlich nicht mehr zurück."

„Meinst du, in dem Wald werden Zeremonien abgehalten?", fragte Malia und verschränkte die Arme.

Philip fuhr sich übers Kinn. „Weiß nicht. Aber die Dorfbewohner verhalten sich merkwürdig. Belauschen und beobachten uns. Erzählen etwas vom Auferstehen der Toten. Irgendwas wissen sie."

„Glaubst du etwa, nachts werden die Toten vom Laves-Pfad wieder wach?", fragte Leon mit einem Grinsen. „Und was sollen sie mit den vieren gemacht haben? Wenn sie umgebracht wurden, wo sind die Leichen? Und wenn nicht, warum sollten sie sie noch am Leben lassen?"

Der Kriminalhauptkommissar winkte ab. „Keine Ahnung! Langsam glaube ich nicht mehr, dass wir sie lebend finden. Dafür ist schon zu viel Zeit vergangen. Mich gruselt es schon, meine Gedanken den Eltern mitzuteilen. Vielleicht sollten wir uns dort mal nachts auf die Lauer legen."

„Wegen der Sekte?", fragte Chloe vorsichtig. „Glaubst du, wir entdecken dann etwas?"

„Was für eine Sekte?", wollte Walter wissen.

„Eine Sekte, die in Wäldern, versteckt vor der Öffentlichkeit, Zeremonien abhält und dabei Menschenopfer fordert. Im Internet sind mir ähnliche Fälle aufgefallen. Die Tatorte haben meist eine religiöse oder historische Bedeutung", erzählte Philip ihnen.

Walter runzelte die Stirn und schüttelte seinen Kopf. „Sorry, aber das klingt so absurd wie die Theorie, Menschenhändler hätten die vier entführt." In seiner Stimme hörte Chloe, wie er sich über sie lustig machte. Seine jüngeren Kollegen verspottete. Seitdem sie ihn kennengelernt hatte, war sie nie richtig mit ihm warm geworden. Hatte immer das Gefühl, dass er sich für etwas Besseres hielt. Chloe fragte sich stets, was Philip an ihm so mochte, dass er mit ihm so eng befreundet war.

„Ich gebe Walter recht! Wir leben nicht mehr im Mittelalter. Die Dorfbewohner werden sie wohl schlecht verbrannt haben und dort satanische Tänze aufführen", äußerte Malia.

„Wenn da regelmäßig etwas passieren sollte, gäbe es zudem Akten dazu", ergänzte Leon. „Was mich eher beschäftigt, ist, wer die Kamera in dem Tempel platziert hat."

Walter zuckte mit den Schultern. „Wahrscheinlich die Vermissten selbst, die irgendwo in der Nähe sind. Vermutlich haben sie auch das Bild gelöscht, um uns in die Irre zu führen. Vielleicht dachten sie, wir können das Foto nicht mehr wiederherstellen und wollten ein Mysterium zurücklassen.“

„Nein, das war irgendwer, der Zugang zu dem Tempel hat“, antwortete Philip. „Herr Lennarts zum Beispiel, aber er meinte, die Gemeinde hätte auch einen Schlüssel. Am besten, ihr überprüft morgen mal, wer alles Zugang zu den Schlüsseln hat.“

„Ach, die Kamera hätte ab Dienstag doch jeder durch die Gitterstäbe in den Tempel werfen können“, erwähnte Walter kopfschüttelnd.

„Aber ich denk nicht, dass die Kamera dadurchgepasst hat. Außerdem lagen auf dem Boden kaum Scherben. Es wirkt so, als wäre die Kamera irgendwo anders kaputtgegangen und dann im Nachhinein dort platziert worden.“

„Mein Gott, lasst uns Feierabend machen. Das führt zu nichts mehr. Es ist schon spät. Wollen wir noch zum Italiener?“, fragte Walter, der am liebsten jeden Abend zum Italiener ein paar Straßen weiter gehen würde.

„Bin dabei!“ Leon hob seine rechte Hand.

Malia schüttelte ihre vielen Locken auf. „Ich auch, als kleine Aufmunterung.“

Walter legte die Hand auf die Schulter seines Kollegen. „Philip, kommst du auch mit?“

Philip schüttelte den Kopf. „Nein, danke. Wollte mich noch mit meinem Bruder treffen“, log er, ohne rot zu werden.

Nachdem die Kommissare gegangen waren, drehte er sich um und gähnte. Eigentlich wäre er gerne mitgegangen, doch etwas tief in ihm zögerte. Durch die einsamen Jahre war er wirklich zu einem Einzelgänger geworden, hatte sich so verändert, dass er soziale Kontakte mied. Seine Kollegen, sein Vorgesetzter, sein Bruder, alle wussten es. Die Arbeit war für ihn eine Möglichkeit geworden, sich abzulenken. Seine Bewältigungsstrategie, alles für eine bestimmte Zeit zu verdrängen.

Für einen kurzen Moment überlegte er, ob er den anderen hinterherlaufen sollte, entschied sich dann aber dagegen. Er wollte sich nicht die Blöße geben. Ein anderes Mal. Vielleicht.

Luna ließ sich seufzend aufs Bett fallen und zog ihre lederbraune Kuscheldecke näher heran. Gerade als sie ihre Wäsche in der Wohnung aufgehängt hatte, hörte sie das leise Vibrieren von ihrem Smartphone auf dem Nachttisch neben ihrem Bett. Jemand hatte ihr eine Nachricht geschrieben. Sie ignorierte es und nahm sich lieber das Foto, welches Adam, Jendushen und sie zeigte, unter ihrem Kopfkissen hervor. Blickte für einige Sekunden darauf, drückte es dann ganz nah an sich und atmete hörbar aus.

Ein erneutes Vibrieren war zu hören. Was soll's?, dachte sie sich, während sie sich auf ihre Lippe biss. Schlafen konnte sie nicht, obwohl es bereits weit über Mitternacht war. Sie griff nach ihrem Smartphone, blickte darauf und sah in ihren WhatsApp-Chatverläufen nach Nachrichten, die sie bekommen hatte. Doch nur Angelique, eine nervige Mitschülerin, die jeden in der Klasse mit dutzenden Nachrichten bombardierte, hatte ihr geschrieben.

Luna stöhnte auf. Sie hatte nicht die geringste Lust, mit ihr zu schreiben. Sie klickte lieber auf den Chatverlauf mit Adam, der seit mehr als einer Woche stockte. Davor hatten sie des Öfteren abends geschrieben, Videos und Bilder geteilt. Es war bereits ein festes Ritual geworden. Die Teenagerin verstand nicht, dass das nun ein Ende hatte. Adam war fort. Niemand wusste, wo er war. So sehr wünschte sich Luna, dass sie mitgekommen wäre zum Ausflug. Wenn diese blöde Bereichsleiterin es ihr nicht verboten hätte, wäre sie jetzt bei ihm. Hätte ihm vielleicht helfen können.

Doch dann sah sie es. Ihre Augen drohten aus ihren Höhlen zu fallen. Sie hielt den Atem an, als würde ihr Herz aussetzen. „Was zur

Hölle?", fluchte sie leise. „Was zur verdammten Hölle?"

Hastig richtete sie sich wie ein Blitz auf und blickte stirnrunzelnd auf das Display. Wie konnte das sein? Täuschten ihre Augen sie? Visuelle Halluzinationen? Auf einmal war in dem WhatsApp-Profil ihres Mitbewohners zu sehen, wie dieser zurzeit online war.

Nach einigen Sekunden der Verwunderung bezwang das Mädchen ihre Schockstarre und tippte eine Nachricht.

„Adam? Adam, bist du das?" Luna schickte die Nachricht sofort ab. Wartete mit flatterndem Herzen, bis die Nachricht gelesen wurde. War das wirklich ihr Freund oder doch die Polizei? Jedoch hatte die Polizei das Smartphone ihres Freundes nicht gefunden.

Eine Ewigkeit verging, ehe die beiden Häkchen von Grau auf Blau wechselten. Die Nachricht wurde gelesen. Endlich. Luna wurde heiß, ihre Achseln waren auf einmal klitschnass.

Einige Minuten vergingen, aber es kam keine Antwort. Waren es doch die Polizisten, die sie nur nicht informiert hatten, dass das Smartphone ihres Freundes doch gefunden wurde? Die sie angelogen hatten? Oder hatten sie deswegen noch einmal mit ihr sprechen wollen?

Mit flinken Fingern tippte Luna eine neue Nachricht: „Bist du das, Adam? Oder wer ist da?"

Luna sah, dass eine Antwort geschrieben wurde. Ihr Brustkorb kribbelte, ihre Haut kribbelte, alles in ihr kribbelte. Mit zittrigen Händen hielt sie ihr Smartphone fest, blickte gespannt auf das Display. Was würde jetzt kommen?

„Hey, Luna, ja, ich bin es" oder „Tut mir leid, ich bin nicht Adam. Ich habe das Handy gefunden"? Luna wusste es nicht, hoffte aber auf das Erste. Dann endlich kam die Antwort.

„Halt's Maul!"

Montag, 17.06.2019

9⁴⁵ Uhr. „Fuck!", schrie Luna auf, als sie auf die dreieckige Standuhr auf dem Nachttisch starrte. Es war schon spät. Zu spät. Sie hatte in der letzten Nacht kein Auge zubekommen. Die ganze Zeit hatte sie über die letzte Nachricht nachgedacht, die sie bekommen hatte, ehe sie um kurz vor vier dann doch eingeschlafen war.

Kurz nachdem der Schreiber die Nachricht abgeschickt hatte, war das Smartphone von Adam wieder offline gewesen und sie hatte ihn nicht mehr erreichen können. Diese hasserfüllte Nachricht. Das konnte nicht Adam gewesen sein. So etwas würde er nicht tun. Oder etwa doch?

Sie hielt das Bild von sich, Adam und Jendushen vor ihren Augen, blickte in die unschuldigen Gesichter ihrer Mitbewohner. Nein, da war jemand anderes drangewesen. Hatte einen üblen Scherz mit ihr getrieben.

Nachdem Luna begriffen hatte, dass der nächste Tag angebrochen war, stand sie aus ihrem Bett auf, verließ mit ihrem Smartphone in der Hand Hals über Kopf ihre Wohnung und sprintete die Treppe hinunter. Sie wollte den Betreuern diese verfluchte Nachricht zeigen, wollte ihnen klarmachen, dass sie die Polizei informieren mussten.

Ursprünglich hatte sie es schon in der Nacht tun wollen, doch da eine Vertretungskraft die Nachtbereitschaft übernommen hatte und ihr somit nicht weiterhelfen konnte, da sie die Vermissten gar nicht kannte, hatte sie beschlossen, sie nicht aus dem Schlaf zu reißen. Sie hätte sonst nur Ärger von der Gruppenleiterin bekommen.

Die Teenagerin erinnerte sich, dass Ella den Frühdienst hatte. Sie würde ihr helfen und sie sofort zur Polizei fahren. Luna klingelte mehrfach an der Tür zum Aufenthaltsraum, zappelte mit ihren Beinen, als müsste sie dringend auf die Toilette. „Mach schon, nun mach schon!", flüsterte Luna und hämmerte an die Tür. Wo waren denn die Betreuer? Waren sie im Büro?

Gerade als sie sich auf den Weg zum Büro machen wollte und ein paar Treppenstufen hinablief, wurde die Tür doch noch geöffnet. Hastig drehte sie sich um. Ihre Gruppenleiterin kam heraus und betrachtete das Mädchen mit einem mürrischen Blick. Mist. Die war auch noch da.

„Mann, Luna, was hämmerst du denn hier so? Und was läufst du im Pyjama rum?", meckerte Elke gleich und blickte sie von Kopf bis Fuß an.

„Ich muss mit dem Polizisten reden, dem Kommissar! Ich hab' eine Nachricht von Adams Handy bekommen." Luna lief die Treppen wieder hinauf zu ihr.

„Alles, was du musst, ist, dich anzuziehen! Und warum zur Hölle bist du nicht in der Schule?" Der Ton der Gruppenleiterin wurde lauter, härter.

Luna rollte die Augen. Sie wollte nicht mehr zur Schule. Da würde sie es keine einzige Sekunde aushalten können. „Ich gehe heute nicht zur Schule! Ich muss zur Polizei. Ich habe eine Nachricht von Adams Handy bekommen."

Elke hob ihren Arm in die Höhe, streckte ihren Zeigefinger und zeigte auf die Decke. „Geh hoch, zieh dich an und fahr zur Schule! Du schwänzt mir nicht! Das wäre ja noch schöner", äußerte Elke und warf mit ihrer anderen Hand eine ihrer langen Strähnen zurück.

„Aber ich habe eine Nachricht von Adams Handy bekommen", wiederholte die Bewohnerin, diesmal gereizter. Warum hörte ihr niemand zu?

„Luna, es reicht! Hör auf, irgendwelchen Mist zu erzählen! Die Schule wartet auf dich!"

Das Mädchen seufzte laut. „Schau selbst, du Dumme!" Wütend zeigte sie ihr den Chatverlauf von der letzten Nacht, klatschte ihr ihr Smartphone beinahe ins Gesicht. „Siehst du, er war gestern online!"

„So nicht, mein Fräulein!" Elke hatte keine Lust, noch einmal von ihr eine gewischt zu bekommen, und ging in Habachtstellung. „Alles, was ich sehe, ist, wie du gleich auf dem Boden liegst!"

„Ist noch wer hier, der mir zuhört?", fragte Luna und schritt unbeeindruckt an ihrer Gruppenleiterin vorbei. Sie hatte keinen Nerv mehr, mit dieser verblödeten Person zu diskutieren. Doch kaum hatte sie einen Schritt in den Aufenthaltsraum gelegt, wurde sie von Elke am Arm gepackt und zurückgerissen. Kreischend schrie Luna auf.

„Was ist los?", brüllte eine Stimme aus dem Aufenthaltsraum. Frau Ahrens trat aus dem NB-Zimmer.

Luna verstummte. Warum mussten unbedingt diese beiden nun hier sein?

Fragend sah Frau Ahrens sie an, gar bedrohlich. „Was ist los?"

„Ich … ich …", stotterte Luna. Der penetrante Geruch von Tabak stieg in ihre Nasenlöcher.

„Luna will wieder Krise schieben. Wir sollten mal härtere Strafen anwenden!", meinte Elke und ließ von dem Mädchen ab.

„Ich hoffe, das würde mal helfen! Was ist dein verdammtes Problem? Sprich mit mir!", wollte Frau Ahrens von Luna wissen. Starrte sie mit weiten, geröteten Augen an. „Ich hörte, du hättest den Kommissaren am Freitag Blödsinn erzählt?"

Luna sah abwechselnd von ihrer Gruppenleiterin, die sie hämisch anlächelte, zu ihrer Bereichsleiterin. Bekam kein Wort heraus, jeder Buchstabe schien in ihrem Halse stecken zu bleiben. „Ich …"

„Erst Krise schieben und jetzt keinen Ton mehr herausbekommen, was? Sag endlich, was dein verfluchtes Problem ist!"

Elke wandte sich an die Bereichsleiterin. Mit belustigtem Tonfall erzählte sie ihr, was Luna am Laves-Kulturpfad erlebt haben wollte. Stirnrunzelnd beäugte Frau Ahrens das Mädchen. Sie war kein Mensch, der an irrationale Ereignisse glaubte. Alles Humbug. Die Bereichsleiterin war der festen Überzeugung, dass Luna alles nur fingiert hatte, und konnte deren Dummheit nicht glauben. Luna, Mann, Mädchen, ist dir denn nichts Besseres eingefallen, dachte sie sich und lachte das Mädchen innerlich aus. Lachte ihren ganzen Frust heraus.

„Was, denken Sie, ist Luna zugestoßen?", fragte Elke, während sie zu Luna zurückblickte.

„Ein Schlag auf den Kopf. Oder sie lügt uns alle an und denkt, wir kämen vom Mond. So etwas Albernes hab' ich ja noch nie gehört!", meinte Frau Ahrens und lachte kurz auf.

Luna schluckte. Sie hasste es, wenn man vor ihr in der dritten Person über sie sprach. Hasste die abwertenden Blicke.

„Also, ich habe gleich gewusst, dass diese Suchaktion zu nichts führen wird und dass es nur verschwendete Zeit ist", fügte Elke noch hinzu, um sich bei ihrer Chefin besser darzustellen.

„Ich … ich habe … Ich lüge nicht! Und jetzt habe ich eine Nachricht von Adam erhalten!" Luna hielt ihnen ihr Smartphone entgegen. Beide Damen sahen sich den Chat an, lasen die Nachricht.

„Ist das dein Ernst?", fragte Elke und sah wieder zu Luna hinüber. „Glaubst du, wir fallen darauf rein? Für die Beleidigung wird es Konsequenzen geben, Fräulein!"

Zähneknirschend wollte Luna ihr etwas entgegnen, doch bevor sie dies konnte, schnappte die Bereichsleiterin ihr das Smartphone weg. „Hey!"

„Wann hast du die Nachricht bekommen?", fragte Frau Ahrens sie.

„Gestern Abend."

„Hast du ihn angerufen?"

„Das konnte ich nicht mehr, da niemand mehr ranging. Das Handy wurde ausgeschaltet. Wir müssen es der Polizei sagen!"

„Wir müssen gar nichts!", brüllte Frau Ahrens so laut, dass Luna dachte, ihr Trommelfell würde zerreißen. „Siehst du nicht, wie sie uns hintergangen haben? Wie sie sich aus dem Staub gemacht haben?

Dass sie ihre Ruhe vor dir wollen? Kapierst du das nicht? Und jetzt hör auf, so eine dumme Schnute zu ziehen! Ich hab's satt! Elke, überleg dir eine Strafe für ihr Verhalten! Sperr sie in den Keller oder lass sie den Gruppenraum reinigen."

Luna trat einen Schritt zurück und starrte Frau Ahrens mit offenem Mund an. Sie musste wohl ein noch schlechteres Wochenende gehabt haben als sie selbst. Schlagartig hörte sie, wie die Haustür aufging. Eilig drehte sie sich um, sah, wie Ella das Treppenhaus betrat.

„Guten Morgen, ist alles in Ordnung?"

Wie von hundert Geistern gejagt, griff Luna ihr Smartphone aus den Fängen der Bereichsleiterin, lief zu Ella und zeigte ihr die Nachricht auf ihrem Smartphone. „Bitte, ich muss unbedingt zur Polizei!"

„Die Nachricht hast du gestern Abend bekommen, als du ihm geschrieben hast?", fragte Philip Luna.

Kurz nachdem sie Ella die Nachricht gezeigt hatte, hatte diese ihn angerufen und Bescheid gegeben. Mit rasender Geschwindigkeit war er dann mit Chloe zur Wohngruppe gefahren, hatte seine Kollegin jedoch gebeten, allein mit dem Mädchen zu sprechen, um ihr Vertrauen zu stärken. Er wollte sich bei ihr entschuldigen, wollte ihr mitteilen, dass er noch ermittelte.

Nun saß Philip mit Luna und einer Tasse Tee am Esstisch des Aufenthaltsraumes und betrachtete das Mädchen genau. Sie wirkte schlapp und übermüdet durch die dunklen Ränder unter ihren Augen, so wie er selbst. Ohnehin erinnerte die Bewohnerin ihn immer mehr an sich selbst.

„Ja, ich bin auf sein WhatsApp-Profil gegangen. Rein zufällig. Ich wollte unsere Nachrichten lesen, was wir so alles geschrieben haben. Um ihm nahe zu sein. Und dann habe ich bemerkt, wie Adam gerade online war. Ich hab' ihm sofort geschrieben. Habe gehofft, dass er mir zurückschreibt, dass es ihm gut geht und er gefunden wurde. Aber nein, stattdessen wurde mir das geschrieben." Mit zittriger Hand zeigte Luna ihm die Nachricht, die sie bekommen hatte.

Philip nahm das Smartphone und las die beiden Wörter: „Halt's Maul!"

„Das hat Adam niemals geschrieben! Das weiß ich. Sowas würde er mir nie schreiben!" Energisch schüttelte Luna den Kopf.

„Ja, ich glaube auch nicht, dass er das geschrieben hat. Vielleicht wurde das Handy von jemandem gefunden. Meine Kollegen und ich werden uns die Datenverbindungen des Handys mal ansehen."

Luna schlug mit beiden Händen auf die Tischplatte. „Oder es wurde ihm weggenommen!"

„Kann auch sein." Philip nippte an seinem Tee und nickte ihr zu. „Ich danke dir, dass du dich gemeldet hast. Damit hilfst du uns weiter. Wirklich!"

„Das ist nur das Mindeste, was ich tun kann."

In dem Moment fiel ihm wieder das gelöschte Foto ein. Er nahm das gefaltete Blatt aus der rechten Tasche seiner grauen Jeans und zeigte es ihr. „Luna, kann das Adam sein? Oder Jendushen oder Karsten?"

Mit beiden Händen hielt sie das Blatt vor sich, beugte sich zu der Fotografie hinunter. „Nein, ich denke, die Jungs sind es nicht. Sie haben schmalere Beine. Aber es könnte Karsten sein. Warum? Hat das etwas zu bedeuten?"

„Möglich. Aber wir wissen es noch nicht." Philip zögerte kurz, bevor er sie fragte: „Wie geht es dir?"

Luna warf ihren Kopf leicht zurück. Damit hatte sie nicht gerechnet. Sie atmete kurz durch. „Na ja, mir fehlen die anderen und ich bin durch die Nachricht völlig perplex. Ich habe wenig geschlafen …"

„Glaube ich. Das wäre ich auch." Philip schluckte, ehe er fortfuhr: „Ich hab' gehört, du lagst im Krankenhaus?"

Mist. Er wusste davon Bescheid. Bestimmt hatte Elke ihm alles gepetzt, dachte Luna sich und brachte nur ein knappes Nicken heraus.

„Geht es dir wirklich gut?", fragte Philip und senkte seine Stimme, während er auf die Wahrheit wartete.

Luna zögerte einen Moment. „Eigentlich nicht. Ich hab' mich am Wochenende betrunken, wollte mal nicht immer an meine Freunde denken, wissen Sie? Außerdem war ich sauer, weil Sie mir nicht glauben wollten mit dem Zettel, obwohl das wahr ist. Na ja, irgendwie kann ich das verstehen. Ich hätte es auch nicht geglaubt. Und Ihr mürrischer Kollege hat mich auch aufgeregt." Einen Moment überlegte sie, ob sie den Angriff von Elke erwähnen sollte. Doch dann entschied sie sich, es nicht zu tun. Wenn der Kommissar Elke darauf ansprechen sollte, würde sie alles leugnen und ihr würde man glauben. Sie war schließlich die Gruppenleiterin. Und sie selbst war nur die Kranke. Zudem ging es hierbei um ihre Freunde, nicht um sie. Vielleicht, dachte sie sich, würde sie ihm alles erzählen, wenn ihre Freunde wiedergefunden wurden.

Philip musste schmunzeln. Sie beide schienen die gleichen Ansichten zu besitzen, gar zu harmonieren. „Luna, ich glaube dir. Egal, was mein Kollege sagt. Ich bin einer der wenigen, die wie du ein merkwürdiges Gefühl hatten an diesem Ort."

„Ja?" Luna stützte sich mit beiden Händen an der Tischkante ab. „Sie finden diesen Ort auch unheimlich? Sie können mich verstehen?"

Wie sehr er sie verstand. „Nicht nur diesen Ort, sondern den ganzen Fall finde ich unheimlich. Ich hab' ein mieses Gefühl."

„Oh ja. Seit dem Ereignis glaube ich nicht mehr, dass das rational zu erklären ist. Glauben Sie denn, Sie … finden meine Freunde?"

„Ich werde alles daransetzen, sie zu finden."

Luna lächelte. „Noch eine Frage."

Philip gab ihr mit einem Nicken das Signal, zu fragen.

Überraschend lehnte sich die Bewohnerin zu ihm herüber und flüsterte: „Haben Sie es auch gespürt?"

Die Sonne wurde gerade von dicken, nebelweißen Wolken verdeckt, als er in seinem Büro ankam und seine Jacke auf seine Stuhllehne hing. Chloe war zu den Kollegen geeilt, um sie damit zu beauftragen, die Datenverbindungen des Smartphones von Adam und womöglich auch der von Jendushen und Karsten zu überprüfen.

Gerade als sich Philip umdrehte, um sich ebenfalls zu seinen Kollegen zu begeben, lief er sie beinahe über den Haufen. Zwei Erwachsene standen an der Bürotür und sahen ihn fragend an.

„Entschuldigen Sie ... Guten Morgen, kann ich Ihnen behilflich sein?"

„Sind wir hier richtig, bei Herrn Eckhart?", fragte der Mann, der sichtlich älter war als die Frau. Offenbar ein Ehepaar.

„Ja, da sind Sie richtig. Was kann ich für Sie tun?" Philip beobachtete die beiden Personen, die er auf um die fünfzig schätzte. Die Frau hatte blonde, kurzgeschnittene Haare und wirkte so, als hätte sie den ganzen Monat nur Pech erlitten. Wahrscheinlich hatte sie in den letzten Tagen daher auch wenig Schlaf abbekommen, da sie unter ihren rot geschwollenen Augen dicke Augenringe hatte. Der Mann war größer als seine Frau und trug ebenfalls eine Brille mit schwarz-rotem Rand.

Schweigend sah sich das Paar kurz an, ehe der Mann einen Schritt näher trat. „Das ist meine Frau Anja und ich bin Lars Seeger. Wir haben miteinander telefoniert. Sie bearbeiten doch den Fall unseres Sohnes, Adam." Der Mann schaute dem Kommissar verzweifelt in die Augen. Durchstach ihn förmlich mit seinem Blick.

„Oh ja ... Frau Seeger, Herr Seeger, was machen Sie denn hier? Soweit ich weiß, wohnen Sie doch in Frankfurt", wollte Philip wissen. Er schluckte. Na toll, das auch noch.

„Ja!" Nun sprach die Frau. „Aber wir können nicht nur zuhause rumsitzen und darauf warten, dass Sie sich melden! Diese ganze Warterei. Wir wollen endlich erfahren, was mit unserem Sohn passiert ist! Deswegen sind wir hierhergekommen. Wir wohnen für eine kurze Zeit bei einigen Freunden, die wir hier haben. Wo … ist er? Unser Sohn?" Die Frau fing an, mit den Tränen zu kämpfen.

„Wollen Sie sich nicht erst mal setzen?" Philip machte es ihnen vor, zeigte auf die Plastikstühle, die ihm gegenüberstanden, und schob seine leere Kaffeetasse außer Sichtweite.

Nachdem sich das Paar hingesetzt hatte, erzählte der Kriminalhauptkommissar entmutigt die aktuelle Lage. Nun war die Situation gekommen, vor der er sich die ganze Zeit gefürchtet hatte. Ein Gespräch mit den Eltern. Er hasste diese Gespräche. Hatte vor, es kurz und schmerzlos zu machen, doch als er in die Gesichter der Eltern blickte, merkte er, wie seine Kraft nachließ. Er stockte, rang mit den Worten.

Auf einmal fühlte er sich, als würde ihm der Stuhl von hinten weggerissen. Plötzlich war er nicht mehr der Kommissar. Nicht mehr der, der Aufklärung und Trost spenden sollte. Sondern derjenige, der das brauchte. Genauso hatte er ausgesehen, als ihm Bescheid gegeben wurde, dass man die Leiche seiner Frau nie unter den Trümmern entdecken würde. Dass man sie nie richtig beerdigen konnte. Dass man ihm nie sagen konnte, ob sie gestorben war oder gar noch lebte.

Der Kommissar atmete tief ein und wieder aus, ehe er anfing.

„Aber wie kann das sein? Sie müssen doch irgendwo sein!", sagte die Mutter daraufhin und nahm ein weißes Taschentuch aus ihrer Tasche. Ihre Augen blinzelten so oft, dass Philip das Gefühl hatte, sie würde jede Sekunde anfangen zu weinen.

Er biss sich auf die Lippen. „Leider haben wir keine Spuren, bis auf das Auto und den Hund, gefunden. Neuerdings wurde eine Kamera von einem der Mitbewohner Ihres Sohnes gefunden. Meine

Kollegen untersuchen die Fotos, aber konnten bis jetzt nichts Brauchbares finden."

„Laufen aktuell noch Suchaktionen?", fragte der Vater mit gerunzelter Stirn. Aus seiner Stimme klang teils Sorge, aber auch Wut heraus.

„Aktuell nicht, da das Gebiet bereits abgesucht wurde. Wie schon am Telefon erwähnt, haben wir zwei Suchaktionen gestartet. Wir haben auch mögliche Zeugen befragt und uns in der näheren Umgebung umgesehen, aber niemand hat Ihren Sohn und dessen Wandergruppe nach diesem Tag gesehen. Zudem werden gerade die Datenverbindungen der Smartphones noch einmal überprüft."

„Kann es denn nicht sein, dass sie doch entführt wurden?" Anja Seeger nahm ihre Brille ab und blickte den Kommissar mit großen Augen an. Presste die Lippen aufeinander. Eine schmale Linie war aus ihren Mundwinkeln zu sehen. So schmal wie die eines Strichmännchens.

„Momentan gehen wir nicht davon aus. Soweit wir wissen, hat niemand irgendwelche Erpresserbriefe bekommen, aber ausschließen können wir die Tat nicht. Haben Sie denn ein Erpresserschreiben bekommen?"

„Nein!", antwortete der Vater und schlug mit seiner Faust auf den Schreibtisch, so laut, dass Philip das Gefühl hatte, sein Trommelfell würde zu beben beginnen. „Es kann doch nicht sein, dass man nach mehr als einer Woche noch immer nichts gefunden hat!"

„Bitte beruhigen Sie sich. Manchmal kann es mehrere Wochen dauern, bis man eine Spur findet. Meine Kollegen und ich versuchen unser Bestes, um Ihren Sohn und die anderen wiederzufinden." Philip zweifelte an seinen Worten. Er wusste, dass sich die meisten Vermisstenfälle nach einer Woche aufklärten. Sie hatten bisher nicht ihr Bestes gegeben, darüber war er sich im Klaren. Seine Kollegen taten den Fall sogar als Banalität ab.

„Mehrere Wochen?", schniefte die Mutter von Adam in ihr Taschentuch und schluchzte. „Ich kann schon nicht mehr schlafen. Jede Minute habe ich Angst, dass wir eine Nachricht bekommen, die das Schlimmste befürchten lässt. Dass er sogar … tot ist!" Die Frau wischte sich die Tränen aus den Augen. „Dabei wollten wir immer auf ihn aufpassen. Das haben wir nicht getan. Wir hätten ihn nie in diese Einrichtung lassen sollen!"

Philip hob beide Augenbrauen. „Frau Seeger, Sie können doch der Einrichtung keine Schuld zuweisen! Dafür kann wirklich niemand etwas!"

„Glauben Sie, er ist dort im Wald irgendwo begraben? Verrottet dort in der Erde?" Die Frau versuchte weiterhin ihre Tränen zurückzuhalten, verkrampfte ihr Gesicht.

„Das kann ich nicht sagen, wir haben keine Hinweise auf kürzlich gegrabene Löcher gefunden."

„Langsam habe ich das Bedürfnis, selbst in den Wald zu gehen. Dort mit Schippen und Suchgeräten selber nach meinem Kind zu suchen." Die Mutter stöhnte und fasste sich an die Stirn. „Haben Sie Kinder?"

Philip schluckte schwer. Sein Magen rebellierte, als hätte er gerade Blei zu sich genommen. Seine Gedanken flogen wild in seinem Kopf herum. Darauf war er nicht vorbereitet gewesen. Mist. „Nein. Ja. Teilweise."

„Was soll das denn heißen? Wenn Sie ein Kind hätten, dann würden Sie nicht einfach so kampflos aufgeben! Sie würden es beschützen wollen. Nach ihm suchen, koste es, was es wolle."

Philip hatte das Gefühl, dass er zu schwitzen begann, als wäre es Hochsommer. Er schüttelte leicht den Kopf. Was wusste sie denn schon? Er hatte sein Kind aufgegeben. Bereits wenige Minuten nach dessen Geburt.

„Wenn die Jugendeinrichtung besser auf unseren Sohn aufgepasst hätte, dann wäre Adam nicht verschwunden. Wir hätten ihn nie aus unserer Obhut lassen sollen."

Philip unterdrückte ein Stöhnen. Das war eine typische Helikopter-Mutter, dachte sich der Kommissar. Das war ihr anzuerkennen. Mit ihrem scharfen Kinn, der Brille und der eleganten Kleidung, einem knielangen Rock und einem weißen Hemd, wirkte sie, als wäre sie den Sechzigern entsprungen. Wann war das Gespräch endlich zu Ende? „Die Wohngruppe hat einen Ausflug unternommen. Sie konnten nicht ahnen, dass so etwas passieren wird. Es hätte auch anderen Menschen geschehen können."

„Das weiß ich, aber ... aber wir lieben ihn so sehr, unseren Adam. Sie ... müssen wissen, Adam ..."

„Anja!", unterbrach ihr Mann sie scharf und rüttelte an ihrer Schulter.

„Was muss ich wissen?", fragte Philip sie und starrte das Paar mit aufgerissenen Augen an.

„Nicht wichtig!"

Philip lehnte sich nach vorn. „Herr und Frau Seeger, wenn es etwas Wichtiges über Ihren Sohn zu sagen gibt, dann muss ich das auch wissen."

Lars Seeger drehte sich zu dem Kommissar. „Das ist nicht so wichtig. Glauben Sie uns."

„Herr Seeger, jede noch so kleine Einzelheit kann mir helfen, Ihren Sohn wiederzufinden."

„Na gut", erwiderte der Vater nach kurzem Zögern und blickte zu seiner Frau. Er biss sich auf die Lippen, schloss die Augen und nickte daraufhin kaum merklich. „Es gibt etwas, was wir selbst der Einrichtung nicht erzählt haben."

„Ihr werdet es nicht glauben, was ich herausgefunden habe", meinte Malia, als ihre Kollegen Platz genommen hatten. Andauernd verschob sie das Gewicht von einem auf das andere Bein.

Der aufgeregte Unterton weckte Philips Neugier. War es etwas, was ihnen weiterhalf? Etwas Wichtiges?

Die Eltern von Adam waren vor einer halben Stunde mit gesenkten Köpfen gegangen. Noch immer konnte er nicht glauben, was sie ihm anvertraut hatten. Hatte damit nicht gerechnet.

„Nun sag schon. Spann uns nicht auf die Folter!", drängte Walter.

„Ich hab' die Smartphones von Karsten Wendt, Jendushen und Adam überprüft. Bei Herrn Wendt und Jendushen gab es keine Aktivitäten, aber bei Adam schon."

„Jemand hat sich auf sein WhatsApp-Profil begeben und eine Nachricht an Luna geschrieben", erwähnte Philip.

Seine Kollegin Malia nickte. „Das ist nicht alles. Das Handy war letzte Nacht nicht nur an, sondern auch in das WLAN der Wohngruppe eingeloggt."

„Wie?" Die Kollegen runzelten die Stirn.

Malia nickte ihren Kopf. „Das heißt, der mysteriöse Schreiber könnte sich in der Wohngruppe oder in der unmittelbaren Umgebung befunden haben, während er die Nachricht geschrieben hat."

Chloe verschränkte die Arme, während ihr Körper zuckte. „Gruselig. Dann müsste derjenige wissen, wo die Jugendlichen wohnen."

„Oder, wie ich es mir die ganze Zeit gedacht habe, die Jugendlichen sind abgehauen", meinte Walter und grinste breit. „Wahrscheinlich hat der Junge selbst die Nachricht geschrieben, um uns in die Irre zu führen."

„Der Junge heißt Adam!", fuhr Philip Walter genervt an. „Und ich bin mir ziemlich sicher, er hat diese Nachricht nicht selbst geschrieben! Jemand spielt uns einen Streich, verhöhnt uns oder die Jugendeinrichtung."

„Ach, Leute, wahrscheinlich hat irgendeiner von denen das Handy von Adam", protestierte Walter darauf.

Philip biss sich auf die Lippen. Seine Betonung des Namens des Jungen nervte ihn, als würde er es absichtlich tun.

„Das gilt auch für die Sache mit der Kamera. Die Einrichtung verarscht uns doch komplett. Merkt ihr das nicht? Es ist vollkommen möglich, die Bilder auch per Digitalkamera für immer zu löschen. Man braucht nicht unbedingt einen PC dazu. Diese Wohngruppe verbirgt etwas, wahrscheinlich wissen sie genau, wo die Vermissten sind. Vielleicht haben sie alles fingiert.“

„Warum sollten sie das tun? Die haben doch andere Probleme.“

„Und was ist mit den anderen Aufnahmen?“, wandte Chloe ein. „Bis zu dem Foto mit dem Unterkörper wirken die Bilder wie normale Schnappschüsse, danach folgen jedoch rätselhafte Bilder. Sie stehen im totalen Kontrast zu den vorigen. Die Fotos sind fast alle nur schwarz und zeigen simple Gegenstände.“

„Mein Gott, der Junge fotografiert doch gerne. Bestimmt wollte er irgendwie professionell arbeiten und bestimmte Stilmittel ausprobieren. Außerdem wurden einige Fotos auch vor mehreren Jahren geschossen. Vielleicht hat er sich verändert? Seine Stimmung, seine Interessen …“

„Die Fotos sehen alles andere als professionell aus. Eher verschwommen, als hätte man sie in Eile geschossen.“

„Wie auch immer“, meinte Philip und sah zu seinen Kollegen. „Malia und Chloe, ihr fahrt zu unserem Zeugen, der den Schrei gehört haben will. Befragt ihn nochmals. Ich will wissen, wo er zur Tatzeit war! Walter, du und Leon befragt die Nachbarn der Wohngruppe. Vielleicht haben sie letzte Nacht jemanden vor dem Haus stehen sehen.“

Walter kreuzte die Arme vor der Brust. „Ich bin mir sicher, die verarschen uns. Wollen ihren kindischen Spaß mit uns treiben. Die haben etwas vor.“

„Was soll das denn jetzt heißen?“

„Na ja." Walter räusperte sich nun. „Du hast doch von einer Sekte gesprochen. Womöglich ist die Wohngruppe selbst so eine."

„Das ist alles Ihre Schuld!", schrie die Mutter von Adam gleich, als sie den ersten Schritt in das kleine, mit Papierstapeln übersäte Büro tat.

Frau Ahrens erhob ihre Arme, bemühte sich, ruhig und beherrscht zu klingen. „Ich bitte Sie! Das war doch nicht vorherzusehen." Unmittelbar nachdem sie eine Mail an das Jugendamt von Mila geschickt hatte, hatten die Eltern von Adam bei ihr Sturm geklingelt und waren in ihr Büro gesaust.

„Wir haben Ihnen unseren Sohn anvertraut. Und jetzt liegt er vielleicht im Wald vergraben und wird gerade von Würmern gefressen!"

„Beruhigen Sie sich doch! Wir sollten uns jetzt nicht das Schlimmste ausmalen!", versuchte Frau Ahrens sie zu beruhigen, die sich fragte, ob sie extra die dreihundert Kilometer gereist waren, um sie anzubrüllen.

„Nicht das Schlimmste ausmalen? Unser Sohn ist fort! Was gibt es da Schlimmeres?", fragte Anja Seeger und hob eine Augenbraue.

Frau Ahrens schluckte schwer. Ihr Kinn zitterte, sie wusste nicht, was sie aus ihrem Mund hervorbringen sollte. Mit trauernden Eltern war nicht zu spaßen, sie musste vorsichtig sein. Vor allem bei diesen beiden. Durch die aktuelle Lage waren sie unkalkulierbar geworden. „Wollen Sie sich nicht erst einmal hinsetzen? Wir können doch in Ruhe ..."

„Nein!", brüllten beide Elternteile gleichzeitig.

Ein Seufzen entwich der Bereichsleiterin. „Niemand konnte ahnen, wie ..."

Anja Seeger unterbrach sie mit einer abwinkenden Handbewegung. „Ach, hören Sie doch auf! Ich frage mich, wie unser Sohn nur verschwinden konnte. Ist er womöglich abgehauen von hier? Hat er es hier gehasst?"

„Nein, hat er nicht. Es ist nur …"

„Ist Adam vielleicht von hier geflohen?", unterbrach die blonde Frau sie erneut.

„Dann wäre er doch zu Ihnen gekommen."

Lars Seeger legte seine Stirn in Falten, ohnehin hatte er viele in seinem Gesicht. „Machen Sie sich über uns lustig?"

Vehement schüttelte Frau Ahrens den Kopf. Was sollte sie sagen, damit sie nicht ausrasteten? Was sollte sie ihnen nur sagen, dass sie nicht alles verdrehten? „Um Gottes willen, nein. Ich meinte …"

„Was meinten Sie?", fragte Lars Seeger sie, sein Ton war harsch.

„Ich gehe nicht davon aus, dass sie abgehauen sind. Die Polizei denkt …"

„Die Polizei weiß gar nichts! Wir waren doch gerade da", unterbrach er sie. „Die trinken nur ihren Kaffee, während unser Sohn irgendwo verletzt herumliegt. Voller Angst, voller Schmerzen!"

„Die Polizei ist genauso desinteressiert an unserem Sohn wie Sie. Sie sitzen doch auch nur hier herum und trinken Ihre pechschwarze Brühe." Anja Seeger zeigte auf die halbleere Kaffeetasse auf dem Schreibtisch der Bereichsleiterin. Schmiss diese mit einer Armbewegung auf den Boden. Ein Teil des Randes der flamingorosa Tasse zersprang, der letzte Rest des Kaffees landete auf dem Fußboden.

Frau Ahrens erschrak. „Sagen Sie, haben Sie sie nicht mehr alle?"

„Warum haben Sie uns nicht vorher informiert?", fragte Lars Seeger mit verschränkten Armen. „Warum erst nach einer Woche?"

„Es tut mir doch leid. Ich konnte …"

„Ach, billige Ausflüchte! Ich will die Wahrheit wissen!", schrie er sie an.

„Wo ist unser Sohn? Wo ist Adam?" Tränen kullerten über die Wangen der Mutter.

Das ganze Wochenende über hatte sie sich diese Frage gestellt, hatte nachts kaum ein Auge zubekommen. „Ich weiß es nicht, Mann! Setzen Sie sich hin!", platzte es aus der älteren Dame heraus. Sie schloss die Augen, es wurde ihr langsam alles zu viel. Sie hatte das Gefühl, als würde sie mit störrischen Teenagern sprechen.

„Wie reden Sie mit uns?" Anja Seeger blickte Frau Ahrens an, als hätte diese sich ihr gegenüber entblößt.

„Ihr Sohn ist endlich mal rausgekommen. Sie sollten froh sein, dass er mal seine Wohnung verlassen hat. Der Junge hatte doch so viele soziale Ängste, hat sich Tag und Nacht hinter seinen vier Wänden eingeschlossen und jeglichen Kontakt gemieden."

„Wie bitte? Sollen wir froh sein, dass er weg ist? Er ist unser einziges Kind!"

„Niemand hätte ahnen können, dass so etwas passiert. Außerdem sind noch weitere Schützlinge von mir verschwunden! Immer nur Adam, Adam, Adam! Ich kann es nicht mehr hören!"

„Wie können Sie es wagen? Haben Sie mit unserem Sohn auch so gesprochen?"

„Wie können Sie es wagen, in mein Büro hereinzuplatzen und alles zu zerstören?", fragte Frau Ahrens zurück. Sie würde sich von ihnen nicht einschüchtern lassen. Sie nicht.

„Das reicht!", meinte Lars Seeger und zeigte auf die breitschultrige Dame. „Ich werde mich bei Ihren Vorgesetzten über Sie beschweren! Sie sind die schlechteste Führungskraft, die ich je getroffen habe!"

Frau Ahrens hatte genug. So etwas hatte ihr noch nie irgendwer gesagt. Mit ihrem rechten Fuß trat sie auf den Boden und zeigte auf ihre beschädigte Kaffeetasse. „Räumen Sie den Saustall, den Sie angerichtet haben, auf und verlassen Sie umgehend mein Büro!"

Anja Seeger lachte auf. „Sie glauben doch nicht etwa, ich räume hier irgendetwas auf? Diese ganze Einrichtung ist schuld daran, dass ich vermutlich meinen Sohn verloren habe. Mein Sohn ist tot. Und

Sie sind schuld! Ich will in seine Wohnung!"

„Die ist von der Polizei versiegelt worden. Da darf niemand rein! Außerdem wollte Ihr Sohn diesen Ausflug! Wenn Sie Ihren Sohn so gut kennen würden, wie Sie denken, dann wüssten Sie, dass er es war, der diese verfluchte Tour vorgeschlagen hat."

„Wollen Sie uns damit sagen, dass wir unseren Sohn nicht kennen und schlechte Eltern sind?" Anja Seeger stürmte auf die Bereichsleiterin zu, packte sie am Kragen. „Was haben Sie mit ihm gemacht?"

„Lassen Sie mich gefälligst los! Loslassen!" Frau Ahrens trat einen Schritt zurück, versuchte die langen, dünnen Finger der Mutter von sich zu lösen.

Anja Seeger schüttelte die ältere Dame. „Erst, wenn Sie mir sagen, wo mein Sohn ist!"

„Weiß ich doch nicht!", schrie Frau Ahrens und versuchte die Mutter wegzudrücken. Sie blickte in den Flur. Keiner da, ihre Mitarbeiter befanden sich im Gruppenraum. Nun war sie auf sich allein gestellt. „Hilfe!"

„Anja, lass die alberne Frau! Wir haben es nicht nötig, mit so einem Geschöpf unsere Zeit zu verschwenden", meinte Lars Seeger zu seiner Frau und berührte sie an ihrer viel zu dürren Schulter.

„Erst, wenn diese Alte mir sagt, wo mein Kind ist!"

Frau Ahrens schüttelte ihren Kopf. „Nehmen Sie gefälligst Ihre dreckigen Finger von mir!"

Anja Seeger gab ihr eine Backpfeife ins Gesicht, schubste die Bereichsleiterin so stark von sich, dass diese zu Boden krachte.

Frau Ahrens schrie auf, als sie in die Ecke fiel. „Au! Sagen Sie mal, haben Sie sie noch alle?", schrie sie sie an und fasste sich an die Wange. Eine bereits ergraute Strähne fiel ihr ins Gesicht. Sie konnte nicht glauben, dass sie sich hier mit Erwachsenen stritt. Noch nie in ihrer Karriere war sie so behandelt worden.

Lars Seeger richtete erneut seinen Zeigefinger auf sie. „Wir kommen wieder! Und wenn unser Sohn dann nicht lebendig bei uns weilt, dann sage ich Ihnen eines: Wir werden Sie zur Rechenschaft ziehen! Ihre Rolle als Chefin können Sie glatt vergessen! Wir werden Ihnen alles nehmen! Das ganze beschissene Haus! Wir werden Sie wegen Fahrlässigkeit anzeigen!"

„Und ich werde Sie wegen Körperverletzung, Bedrohung und Nötigung anzeigen!", schrie Frau Ahrens zurück und hustete. Ihre Kehle schmerzte.

„Sie werden von unseren Anwälten hören!", brüllte Anja Seeger, an der Eingangstür angekommen, und knallte diese mit einem Schlag so laut zu, dass die ganzen Möbel wackelten.

„Dann hören Sie von meinen zurück! Ihr verdammter Sohn ist selbst schuld! Ich hoffe, er kommt nie wieder!", brüllte die Bereichsleiterin ihnen nach. Wollte noch mehr sagen, bekam jedoch keine Luft mehr. Atmete mehrere Male ein und wieder aus. „Ihr verdammter Sohn ist abgehauen! Vor Ihnen!"

„Was? Wie kann das sein?", hörte er aus dem Hörer fragen. Gleich nachdem seine Kollegen sich wieder an die Arbeit begeben hatten, rief Philip in der Wohngruppe an, um den Betreuern von den Datenverbindungen zu erzählen.

„Sind Sie sicher?" Fassungslos blickte Ella an die Wand des NB-Zimmers, hielt das Diensttelefon fest an ihrem Ohr.

„Absolut. Irgendjemand muss in der Nacht bei Ihnen gewesen sein und hat sich in Ihren WLAN-Account gehackt."

„Oh, mein Gott." Ella hielt sich die Hand vor den Mund, schüttelte sprachlos ihren Kopf.

„Kann es denn sein, dass einer der Jugendlichen das Smartphone von Adam aus einem bestimmten Grund hat? Oder wohnt in Ihrem Haus noch jemand, der nicht zu Ihrer Einrichtung gehört?"

„Nein! In diesem Wohnblock wohnen nur drei weitere zu Betreuende. Ich glaube nicht, dass diese oder die anderen das Handy von Adam haben. Aber wir werden sie fragen."

„Können Sie noch einmal prüfen, wie weit das WLAN bei Ihnen reicht? Das ist uns enorm wichtig, da wir überprüfen müssen, in was für einer Entfernung der mysteriöse Schreiber sich befunden haben könnte. Ob er sich im Haus befand oder unmittelbar davor."

„Wenn, dann davor. Im Aufenthaltsraum sicherlich nicht, da es uns dann aufgefallen wäre. Glauben Sie etwa, Adam war hier?"

Philip schwieg für einen Moment. Wusste nicht, was er darauf antworten sollte. Ella fragte sich kurz, ob die Verbindung unterbrochen wurde, doch da meldete sich der Kriminalhauptkommissar zurück: „Ausschließen können wir das nicht. Können Sie bitte testen, wie weit Ihr WLAN reicht?"

„Natürlich! Ich bin gerade mit meinem Handy in unserem WLAN eingeloggt." Ella öffnete die Tür des NB-Zimmers und stand Luna und Beatrice gegenüber, die das Gespräch mitangehört hatten.

„Ist das der Kommissar? Geht es um Adams Handy und die Nachricht?", fragte Luna mit großen Augen.

Ella nahm das Telefon von ihrem Ohr und legte eine Hand darauf. „Nicht ganz! Der Typ, der dir die Nachricht geschrieben hat, hat sich irgendwo hier bei uns befunden. Adams Handy war gestern in unserem WLAN eingeloggt."

„Nein!" Luna stockte, ihr Gesicht wurde blass. Das hatte sie definitiv nicht erwartet. „Was?"

„Ich werde das WLAN testen, um herauszufinden, wo dieser geheimnisvolle Jemand sich befunden haben könnte." Ella verließ das NB-Zimmer, öffnete die Eingangstür und begab sich mit dem Diensttelefon in der einen und ihrem eigenen Smartphone in der anderen Hand in das Treppenhaus.

„Warte! Wir kommen mit!", rief Beatrice, nahm ihre stocksteife Mitbewohnerin an der Hand und schleifte diese hinterher.

„Ich bin jetzt im Treppenhaus", sprach Ella in das Telefon und lief die Stufen hinunter. „Noch bin ich im WLAN angemeldet."

„Okay!", entgegnete Philip, lehnte sich mit seinem Ellenbogen auf die Tischplatte und wartete auf weitere Antworten. Konnte das Öffnen einer Tür vernehmen.

Ella schritt aus dem Haus in Richtung Straße. Die Mädchen folgten ihr. Nach zehn Metern kamen sie auf den Gehweg, an dem das WLAN abrupt abbrach. „Das WLAN ist weg", rief Ella.

„Wo sind Sie jetzt?"

„Direkt vor dem Haus. Es ist auf dem Gehweg abgebrochen."

„Dann muss derjenige gestern direkt vor Ihrem Haus gestanden haben."

„Das ist wirklich unheimlich. Sind unsere Jugendlichen in Gefahr?", fragte Ella und ging mit entsetztem Blick zurück ins Haus.

Während die Nachtbereitschaft geschlafen hatte, hatte irgendjemand vor der Wohngruppe gestanden und mit Adams Smartphone einen boshaften Scherz, eine Drohung geschrieben. Hatte die Wohngruppe vermutlich beäugt. Ella schüttelte sich bei der Vorstellung. Alles wurde immer seltsamer.

„Das kann ich Ihnen nicht sagen. Die Jugendlichen sollten nichtsdestotrotz die Augen offen halten. Fragen Sie sie nochmals, ob sie in der letzten Nacht irgendjemanden vor Ihrer Haustür gesehen haben."

Ella nickte, dachte gar nicht darüber nach, dass der Kommissar es gar nicht sehen konnte.

„Was ist mit dem Keller?", fragte Beatrice, als ihre Betreuerin die Stufen hinaufstieg.

Abrupt drehte sich Ella um.

„Dort geht unser WLAN auch noch!", meinte die Bewohnerin, die hinter ihr stand, und zeigte auf die verschlossene Kellertür.

„Natürlich." Ella hätte sich am liebsten auf den Kopf geklatscht. Den Keller mit seinem Hinterausgang hatte sie komplett vernachlässigt. „Moment. Warten Sie bitte, Herr Eckhart. Ich habe den Keller vergessen, vielleicht haben wir da auch noch Empfang. Ich werde diesen überprüfen." Ella lief die einzelnen Treppen zum Keller hinab, öffnete die Tür und blickte in den dunklen Gang mit seinen schäbigen Wänden. Gott, wie sehr sie diesen Keller hasste. Der Putz hatte sich teils von dem Boden sowie von den Wänden gelöst. Irgendwo war ein Tropfen zu hören.

Langsam schritt sie durch den Keller in Richtung Hinterausgang. Beatrice und Luna hinterher. Abwechselnd blickte die Betreuerin von ihrem Smartphone zur geschlossenen Hintertür. „Noch habe ich WLAN", sprach sie in das Diensttelefon.

„Okay."

„Beatrice, könntest du mal meinen Schlüssel aus der Hosentasche nehmen und die Hintertür aufschließen?", fragte die Betreuerin und sah über ihre Schulter.

„Aber das brauchen wir nicht! Die Hintertür ist immer offen", sagte Beatrice, ging zur Tür und öffnete sie.

„Warum ist die Hintertür nicht abgeschlossen?" Mit aufgestellten Nackenhaaren blickte Ella Beatrice an, als hätte diese ihr ein unglaubliches Zauberkunststück vorgeführt. Sofort wurde der Betreuerin mulmig zumute. Was, wenn der Jemand sich hier im Keller befunden hatte oder sich noch befand? Eilig drehte sie sich zum Gang um, den sie gekommen waren. Niemand. Dann beobachtete sie den Waschraum, der sich neben ihr befand. Niemand zu sehen.

„Die ist schon länger unverschlossen. Jemand hat es wohl vergessen, als wir mal aus dem Garten kamen", antwortete Luna.

Philip, der das Gespräch mitangehört hatte, wurde ungeduldig. „Sind Sie noch im Keller?"

„Ja, sind wir. Der Hinterausgang ist, wie ich gerade erfahren habe, schon länger offen."

„Wohin führt der Hinterausgang?"

„Zu den Kleingärten, auch zu unserem. Zudem führt er zu den Seitenstraßen und den Hintereingängen der Nachbarhäuser. Jemand hat wohl vergessen, die Tür abzuschließen", entgegnete Ella heiser und blickte zu den Mädchen.

„Okay", meinte Philip und wollte die Betreuerin gerade auffordern, aus der Hintertür zu schreiten, um zu sehen, wie weit sie kam. Doch plötzlich und unerwartet wurde er von einem lauten Knall aufgeschreckt. Kurz darauf von kreischendem Geschrei. „Was ist los?", wollte er noch sagen, ehe die Verbindung mit einem Poltern abbrach. „Hallo? Sind Sie noch dran?"

Keine Antwort. Mist. Mit pochendem Herzen richtete er sich auf. Waren die Personen in Gefahr? Hatte da jemand geschossen? Er wählte erneut die Nummer, versuchte anzurufen, doch niemand hob ab. Sein Puls erhöhte sich. Was war da los? Philip wusste, er musste dahin. Musste nach dem Rechten sehen. Just in dem Moment, als er aufstand und zu seinen Kollegen sprinten wollte, klingelte sein Telefon. Instinktiv nahm er ab. „Ja, Eckhart?"

„Ach, entschuldigen Sie. Ich bin es nochmals, Frau Noll."

Philip atmete erleichtert aus. Sein Puls fuhr herunter, sein Herz beruhigte sich.

„Die Kellertür ist gerade durch einen Windzug zugeknallt und mir ist das Telefon dabei runtergefallen", antwortete die Betreuerin mit rot angelaufenem Gesicht und verließ den Keller durch den Hinterausgang. Es war ihr verdammt peinlich, dass sie sich vor dem Kommissar wegen so einer Lappalie erschrak.

„Sie haben mich erschreckt", antwortete er, verkniff sich ein Lächeln. Die Stimmung in der Wohngruppe musste wirklich angespannt sein.

„Scheiße!"

„Was ist passiert?", wollte Philip gleich wissen.

„Jetzt ist das WLAN wieder abgebrochen. Kurz nachdem ich aus dem Hinterausgang getreten bin. Nur fünf Schritte."

„Das bedeutet, der mysteriöse Schreiber könnte sich auch im Keller befunden haben."

„Endlich!", seufzte Frau Ahrens und schloss die Augen. Es war ein angenehmer Montagabend, als sie auf ihrer Terrasse in ihrem Garten saß und sich die letzten warmen Sonnenstrahlen auf ihren Körper gießen ließ. Die Sonne war gerade dabei unterzugehen und tauchte den Himmel in rosarote Töne. Eine kühle Brise huschte an ihrem Gesicht vorbei und ließ mehrere Blätter aus den Bäumen in der Luft fliegen.

Ihre beiden Töchter, die bei ihr zu Besuch waren, wollten, dass sie an diesem Abend eine kurze Auszeit nahm von ihrem Stress im Beruf. Alternativ zum Wochenende, an dem beide hatten arbeiten müssen. Wie lieb von den beiden, dachte sie sich.

Das brauchte sie wirklich. Ruhe von allem! Die letzten Tage waren nervenaufreibend gewesen. Jugendliche verschwanden, die Polizei beschimpfte sie als Ausreißer, Karsten war nicht der, für den er sich ausgegeben hatte, Jugendämter beschwerten sich, Herr Krüger und der ganze Einrichtungsvorstand blickten sie argwöhnisch an und andere Bereichsleiter lachten schon über sie. Genossen es, wie sie in der Dunkelheit unterging. Und die vermissten Gruppenmitglieder hatte man, mehr als eine Woche später, immer noch nicht gefunden.

Vor allem der heutige Tag hatte ihr den Rest gegeben. Der Streit mit den Eltern. Die Beschimpfungen, die Drohungen. „Sie werden von meinen Anwälten hören!", hallte es in ihren Ohren wider. Sie schluckte bei dem Gedanken. „Wir werden Ihnen alles nehmen. Das ganze beschissene Haus! Ihre Rolle als Chefin können Sie dann vergessen!" Blitzartig schüttelte sie sich. Nein, daran durfte sie nun nicht denken. Vielleicht morgen.

Die Bereichsleiterin öffnete ihre Augen und blickte fragend zur offenen Terrassentür. Ihre erwachsenen Töchter befanden sich in der Küche, um Tee und Salat zu holen, sie konnte beide vom Garten aus hören. Sie waren dabei, sich zu streiten. Sich regelrecht zu zerfetzen.

„Linda! Andrea! Hört auf, euch zu streiten!", brüllte Frau Ahrens sie von der Terrasse an.

Daraufhin war es still im Haus. Beide Töchter kamen später mit erzürnten Gesichtern auf die Terrasse und stellten mit einem Poltern Geschirr sowie Kamillentee, Baguette und einen frischen Salat aus Tomaten, Gurken und Thunfischstücken auf den runden Plastiktisch.

Nachdem die ältere Tochter für jeden das Geschirr verteilt hatte, setzten sich die beiden Frauen zu ihrer Mutter auf die weißen Plastikstühle.

Frau Ahrens blickte zu ihren Töchtern. „Alles in Ordnung? Ich habe euch von hier aus streiten hören."

„Alles gut! Soll ich dir etwas vom Salat auftun, Mama?", fragte Andrea, die jüngere Tochter, und nahm sich den Teller ihrer Mutter.

„Gerne, Schatz!"

Andrea nahm einen großen Löffel vom Salat, platzierte ihn auf dem Teller, den sie ihrer Mutter zurückgab, und nahm sich dann selbst etwas davon. Linda musste sich dagegen selbst bedienen.

„Was ist denn bei euch los?", wollte Frau Ahrens von ihren Töchtern wissen und schenkte sich eine Tasse Tee ein.

„Was soll denn sein?", fragte Andrea, während sie sich ein Stück vom Baguette abschnitt.

„Ihr wirkt so erzürnt und ich konnte euch streiten hören, von daher wird ja irgendwas vorgefallen sein. Also, was liegt euch auf dem Herzen?" Abwechselnd sah sie zu ihren Töchtern, die ihre Blicke mieden. Wie ihre Schützlinge.

„Nur ’ne kleine Meinungsverschiedenheit!", meinte Andrea und betrachtete Linda, die ihre weißblonden Haare zu einem Zopf zusam menband.

„Das hörte sich aber nicht danach an!" Frau Ahrens kannte ihre Töchter. Sie wusste, wann diese logen. In ihrem Beruf wurde sie von diesen frechen Rotzlöffeln ständig angelogen. Wurde als „albernes Geschöpf" beschimpft und von deren Eltern gar angegriffen.

„Wenn du es so genau haben willst", gab Andrea zu, „dann erzähle ich dir mal, wie die liebe Linda den Björn aufgerissen hat!"

„Den Björn aus der Nachbarschaft?" Frau Ahrens legte ihre Stirn in Falten. „Stimmt das, Linda? Du bist doch verheiratet." Frau Ahrens sah ihre ältere Tochter entsetzt an. Was für ein Benehmen. Das hatte sie nicht von ihr. Vom Vater. Definitiv.

„Ach, Mama, natürlich stimmt das nicht!", sagte Linda abwehrend.

Verärgert sah die jüngere Schwester die ältere an. „Lüg' nicht! Das hast du mit Absicht gemacht!"

„Du bist nur eifersüchtig, da er mich anscheinend mehr mag als dich!" Linda grinste Andrea an. Machte sie rot vor Wut.

Abwertend schüttelte Andrea lachend den Kopf. „Blödsinn. Du hast ihn doch buchstäblich verschlungen!"

„Das hast du ja wohl getan! Ständig buhlst du um seine Aufmerksamkeit, wie eine Vierjährige bei ihrem Vater."

„Hört doch jetzt mit diesem Kindergarten auf!", versuchte Frau Ahrens den Streit zu schlichten, vergebens. Ihre Töchter hörten ihr nicht zu. Wie Adams Eltern. „Sie sind die schlechteste Führungskraft, die mir je begegnet ist!", hörte sie sie sagen.

„Hast du denn nicht gemerkt, dass er voll von dir genervt ist?", lachte Linda.

„Was erzählst du da für einen Müll?"

„Schluss jetzt! Ihr hört jetzt auf, euch wegen einer Kleinigkeit so aufzuführen wie kleine Kinder!" Die Bereichsleiterin fühlte sich überhaupt nicht mehr entspannt. Fühlte sich dagegen gleich wieder im Berufsalltag angekommen. Wie in der Wohngruppe musste sie hier mitansehen, wie das Chaos seinen Lauf nahm. „Ich werde Ihnen alles nehmen! Ihre Rolle als Chefin können Sie vergessen."

„Aufhören!"

„Du arrogantes Miststück, du!"

„Hört jetzt auf!", brüllte die Bereichsleiterin, so laut sie konnte. Wollte endlich, dass es ein Ende hatte. Das Verschwinden, die Drohungen, die Angriffe, ihr Untergang, einfach alles! Da spürte sie plötzlich einen Schmerz in der Brust. Einen tiefen, stechenden Schmerz, als hätte ihr jemand von hinten einen Holzpfahl in den Körper gerammt. Instinktiv fasste sie sich an die Brust und hoffte, der Schmerz würde schnell vorübergehen. Doch er blieb. Frau Ahrens wollte ihren Töchtern mitteilen, dass es ihr nicht gut ging, doch sie schaffte es nicht mal, ein Wort hervorzubringen. Ihre Stimme versagte. Sie versuchte ihre Töchter auf sich aufmerksam zu machen, doch die waren mit sich selbst beschäftigt. Lauthals stritten sie sich weiter, wer Björn verdient hatte.

Langsam rutschte die Bereichsleiterin vom Stuhl. Hatte das Gefühl, als hätte ihr jemand diesen von hinten weggezogen. Sie wollte ihren Kopf nach hinten drehen, sehen, wer dort stand, doch sie schaffte es nicht. Mit einem Mal knallte sie mit dem Kopf auf die Steinplatten, blieb liegen, versuchte zu atmen. Erst dann bemerkten ihre Töchter, dass etwas nicht mit ihrer Mutter stimmte.

„Mutti, was ist? Was hast du?"

Frau Ahrens nahm sie gar nicht wahr. Hörte sie nicht mehr. Sah nur recht verschwommen ihre Töchter, die sich über sie knieten und sie hilflos anstarrten. Plötzlich verzerrte sich das Bild. Sie sah nun nicht zwei Schemen, sondern vier. Alles verdoppelte sich. Was war mit ihr los? Sie versuchte nach Luft zu ringen, schloss ihre Augen. Panik stieg in ihr auf. Langsam öffnete sie wieder ihre Lider und sah zu ihren Töchtern, doch diese waren verschwunden. Stattdessen standen vier andere Personen vor ihr, die sie ohne jegliche Mimik anstarrten. Die Vermissten. Was wurde hier gespielt?

Frau Ahrens presste ihre Hand fest gegen ihre Brust. Dort, wo der Schmerz sich immer tiefer und tiefer in ihr Herz biss.

Kapitel 5

Zum sechzehnten Mal klingelte Luna nun an Adams Wohnungstür. Wie zu erwarten, öffnete diese sich nicht. Sie hatte sich auf eine der Treppenstufen gesetzt, die zum Dachgeschoss führten, und starrte das gelbe Pflaster an, welches man über das Türschloss geklebt hatte. Amtlich versiegelt. Sie wusste, dass es überflüssig war, hier zu warten, doch andererseits fühlte es sich entkrampfend an, vor der Tür zu sitzen. Vor wenigen Wochen hatte er hier gestanden und war ein und aus gegangen. War noch lebendig gewesen.

Luna blickte seufzend auf ihr Smartphone. Adams WhatsApp-Profil war off. Konnte es wirklich sein, dass derjenige wiederkam? Nein, das wäre absurd. Wenn, dann müsste dieser Jemand diesmal vor der Haustür stehen. Der Keller war verschlossen worden. Niemand, der keinen Schlüssel besaß, konnte mehr hinein. Luna wurde mulmig, als ihr klar wurde, dass sie anscheinend einen Tag zuvor im Keller beobachtet worden war. Dass sie wirklich nicht alleine gewesen war — dort unten.

Nach einiger Zeit gab sie auf, Adam würde nicht kommen. Langsam stand sie auf und schlurfte die Treppen hinab. Es war spät geworden, draußen war es bereits stockdunkel.

Am Fenster angekommen, warf sie aus alter Gewohnheit einen

Blick auf die Straße. Kaum eine Menschenseele war noch auf der Straße zu sehen. Auch in den geparkten Autos saß niemand mehr. Doch dann stockte ihr der Atem für einen Moment, als sie ihn entdeckte. Für einige Sekunden starrte sie die Umrisse an. Die schwarzen Umrisse der Person, die vor der Wohngruppe stand und zu einem der Fenster starrte — zu ihrem. Luna blinzelte. Wich zurück, versteckte sich in der Finsternis des Treppenhauses. Wer war das? Was wollte diese Person? Sie blickte zu ihrem Smartphone, doch Adams Profil war noch immer offline. Eilig blickte Luna wieder zur Gestalt. Aufgrund der Kapuze des dunklen Hoodies konnte sie nicht erkennen, ob es sich hierbei um einen Mann oder eine Frau handelte. Doch einer ihrer Mitbewohner war es nicht, dafür schien die Gestalt zu groß zu sein. Konnte es sein, dass diese Person etwas mit dem Verschwinden zu tun hatte?

Nun nahm sie die Beine in die Hand und hastete die Treppen hinab. Sie musste sich sicher sein, dass es nicht wirklich einer der anderen Jugendlichen war. Ihr Herz hämmerte gegen ihren Brustkorb, drohte aus diesem auszubrechen, als sie an der Eingangstür ankam. Sie öffnete diese, sprang hinaus. Und sah: nichts. Die Gestalt war fort. Niemand stand mehr vor der Wohngruppe. Sie rieb sich die Augen, drehte ihren Kopf nach links und nach rechts, doch was sie auch tat, die Gestalt blieb verschwunden.

Nein, das war dämlich. Derjenige, der ihr die Nachricht geschrieben hatte, würde nicht noch einmal hier aufkreuzen. Viel zu auffällig, außer er wusste nicht, dass die Polizei schon von ihm wusste. Aber er musste davon ausgehen. Schließlich hatte er ihr eine Nachricht geschrieben. Kein Mensch würde diese ignorieren und es nicht der Polizei mitteilen. Er musste geahnt haben, dass sie es der Polizei erzählen würde.

Wahrscheinlich hatte sie sich da nur etwas eingebildet. Bestimmt war nur ein Passant vorbeigelaufen, wenn überhaupt jemand dagewesen war. Schlaf — das war das, was sie brauchte. Luna rannte auf die andere Straßenseite. Rasch drehte sie sich um, als sie an der Tür ankam. Ihre Hoffnung flog mit den Nachtfaltern in den Himmel davon. Niemand war zu sehen.

Dienstag, 18.06.2019

Nachdem Elke die Dokumente in dem NB-Zimmer abgelegt hatte, holte sie ihr Smartphone aus ihrer Hosentasche und sah auf das Display.

Kurz zuvor hatte sie Frau Ahrens eine Nachricht geschrieben, um zu erfahren, was los war. Allerdings hatte diese ihr noch immer nicht zurückgeschrieben. Elke schluckte schwer. Es musste wirklich etwas Schlimmes passiert sein.

Schon als sie an der Wohngruppe angekommen war, hatte sie sich gefragt, wo das Auto ihrer Chefin stand, die immer vor ihr da war. Frau Ahrens war noch nie zu spät, geschweige denn gar nicht zur Arbeit erschienen. Selbst zu extremen Wetterlagen kam die Frau, die kleinlichst auf Pünktlichkeit achtete, äußerst früh.

Elke fragte sich die ganze Zeit, ob ihre Chefin einen Unfall hatte oder angegriffen wurde. Auch die anderen Betreuer hatten sich bereits Sorgen gemacht, sodass Claudi, die die Nachtbereitschaft abgelöst hatte, sich bei der Geschäftsstelle informieren wollte, ob Frau Ahrens sich dort gemeldet hatte.

Urplötzlich hörte sie, wie jemand die Treppe herunterkam. Überstürzt eilte Elke aus dem Zimmer und sah, wie Luna gerade am Gruppenraum vorbeikam und gleich stöhnend umdrehte, als diese sie erblickte.

„Du bist noch hier? Schwänzt du heute schon wieder?", fragte Elke.

„Lass mich in Ruhe!"

„Pack deine Sachen und mach dich auf den Weg!" Elke hielt Luna am Arm fest, als diese gerade den Aufenthaltsraum verlassen wollte. Ihr Blick ruhte auf der Bewohnerin, die ihr darauf nur ein leichtes Kopfschütteln zurückgab.

„Äh, nein. Ella hat mich die Woche entschuldigt. Ich muss nicht zur Schule."

Verächtlich legte Elke die Stirn in Falten. „Du gehst zur Schule! Du weißt, was Frau Ahrens vom Schwänzen hält."

„Ich hab' alles gehört, was du und Claudi vorhin gesagt habt. Hoffentlich kommt diese Schrulla nie wieder!"

Elke schüttelte genervt den Kopf. „Ich glaub', es hackt! Hör auf, zu lauschen und sie zu beleidigen! Sie wird sicherlich wiederkommen."

„Ich habe nicht gelauscht. Du hast deinen Mund nur zu laut brüllen lassen."

„Äh, Luna, wirst du mal nicht gleich frech?"

„Nerv nicht!" Luna wollte weitergehen, doch Elke löste ihren Griff um ihren Arm kein Stück.

„Du gehst zur Schule!" Elke zog ihre Augenbrauen herunter, als würden sie von ihrem Gesicht fallen.

Luna stöhnte. Mila hatte immer gesagt, dass die Gruppenleiterin so hohl wäre wie ein leerer Baumstamm, und man ihr alles tausendmal wiederholen müsste, damit sie das Gesagte in ihr kleines Gehirn bekäme. Nun erinnerte sie sich wieder an ihre Worte. Ihre Freundin hatte recht gehabt. „Nochmal. Ich bin entschuldigt, Mann. Kapier es!"

„Mir reicht dein Umgangston langsam. Inakzeptabel."

„Elke!", rief Claudi laut, als sie die Haustür der Wohngruppe öffnete. Mit hastigen Schritten rannte sie zu ihrer Gruppenleiterin. „Ich habe angerufen und erfahren, dass Frau Ahrens erst einmal für eine unbekannte Zeit krankgeschrieben ist."

„Was?" Elke traute ihren Ohren kaum.

„Sie wird wohl für eine längere Zeit ausfallen. Nicht nur für ein paar Wochen."

„Da ist etwas passiert! Womöglich wurde sie angegriffen."

„Warum sollte sie angegriffen werden?", fragte Claudi mit großen Augen.

„Na ja, überleg' doch mal, was hier gerade abgeht. Da ist alles möglich!" Elke dachte daran, wie sie am Vortag ihre Chefin am Boden kauernd aufgefunden und wie beharrlich sie über die Vorkommnisse mit den Eltern von Adam geschwiegen hatte.

„Ich hoffe, sie liegt im Krankenhaus und kommt nie wieder!", sagte Luna plötzlich und machte wieder auf sich aufmerksam.

„Sag mal, spinnst du?", fragte Elke sie. „Mach dich sofort auf den Weg! Wir werden hier das weitere Vorgehen besprechen."

„Warum ist dir das so wichtig?" Luna riss sich los und streckte ihrer Betreuerin förmlich die Zunge heraus. „Die anderen gehen doch auch nicht! Sitzen dumm in ihren Wohnungen oder pennen. Warum soll ausgerechnet ich in die Schule?" Luna streckte ihre Hände aus, als würde sie sie gleich greifen wollen.

„Wie ein kleines Kind. Ich bin die ganze Woche da und ich werde dafür sorgen, dass du in der Schule bist."

Luna runzelte die Stirn. „Nur weil die alte Schrulla nicht mehr da ist, brauchst du nicht so zu tun, als wärst du die Chefin hier! Das bist du nicht und das warst du auch nie!"

Elkes Gesicht verfinsterte sich, sie wollte gerade etwas sagen, doch Luna kam ihr zuvor.

„Du warst schon immer nur der Schatten von Frau Ahrens. Nicht mehr und nicht weniger!"

„Frau Ahrens kommt wieder! Sie kommt wieder!" Die Stimme der Gruppenleiterin zitterte. Ihre Unsicherheit konnte man geradezu hören.

Luna steckte die Hände in ihre Hosentaschen und starrte Elke mit erhobener Brust an. „Glaubst du doch selbst nicht. Check es endlich! Die Schrulla ist für immer weg!"

„Adam hatte offenbar keine Freunde!", äußerte Philip, während er seine schwarze Anzugjacke auf die Stuhllehne hing und dann einen Schluck von seinem Kaffee, den er sich vom Automaten geholt hatte, trank.

Im Kommissariat wieder angekommen, besprachen die Kollegen ihre Ergebnisse, die sie bei den Befragungen der Mitschüler und Lehrer der vermissten Jugendlichen erzielt hatten.

„Zumindest wusste keiner irgendwas. Haben sich auch irgendwie verdächtig verhalten", ergänzte er.

„Inwiefern?"

„Sie haben sich nicht für ihn interessiert. Verhielten sich, als wären sie etwas Besseres", äußerte Chloe. „Es schien sogar so, als hätten sie ihn ausgegrenzt."

Philip lachte innerlich auf. *Nicht für ihn interessiert.* Das war untertrieben. Sie haben sich lustig gemacht, pure Schadenfreude gezeigt, haben etwas verschwiegen. Vermutlich den rauen Umgang, den Adam in der Klasse von Tag zu Tag zu spüren bekommen hatte. Keiner der Schüler hatte in seinem Gesicht nur ein Zeichen der Sorge gezeigt. Dabei hatte er gehofft, dass Adam sich irgendwem anvertraut hatte und er nun in dem Vermisstenfall weiterkam und seine Arbeit berichtigen könnte. Er hätte die Befragungen bereits letzte Woche erledigen müssen, warum hatte er sie zu lange hinausgezögert?

„Na ja, in dem Alter", meinte Walter.

In dem Alter. War das etwa alles, was er dazu zu sagen hatte? Philip versuchte die Fassung zu bewahren. War das in dem Alter noch in Ordnung?

„Die Klassenkameraden von Jendushen wussten auch nichts. Wussten nicht mal, dass er in einer Jugendeinrichtung lebt. Er hatte sich überwiegend mit einer Klassenkameradin unterhalten, doch diese weiß nichts", meinte Malia und nippte an ihrem vierten Kaffee.

Walter seufzte. „Und Milas Arbeitskollegen ebenfalls."

„Glaubst du denn jetzt noch an ein freiwilliges Verschwinden?", fragte Philip ihn.

„Das muss nichts heißen", stöhnte Walter, als er sich auf einen Plastikstuhl setzte. „Sie müssen es ja niemandem erzählt haben. Wenn die vier ein neues Leben anfangen wollten, dann sind sie jetzt schon über alle Berge."

„Wenn du meinst." Philip sah abrupt zu Leon hinüber, sodass sein Kaffee aus dem Pappbecher überschwappte und über seine Finger lief. „Haben die Nachbarn denn irgendetwas Verdächtiges bemerkt? Jemanden, der nachts vor dem Haus stand?"

„Nein, keiner der Nachbarn hatte etwas Auffälliges beobachtet", meinte Leon schulterzuckend. „Zudem habe ich mich mal über die Straße schlaugemacht, in der die Wohngruppe sich befindet. Ein Antiquitätengeschäft und ein kleines Tattoo-Studio befinden sich dort."

Philip nickte, erinnerte sich, wie er an diesen vorbeigefahren war, als er am Vortag die Wohngruppe aufgesucht hatte. „Und?"

„Ich hab' mir die Kameraaufzeichnungen geben lassen. Dieses Mal hab' ich auch private Haushalte angesprochen, allerdings haben diese kein Geld für Kameras", meinte er mit einem Lächeln. „Weißt du, sind eher billige Wohnungen."

„Komm zum Punkt, hast du etwas entdeckt?", fragte Philip und trat auf der Stelle, verlagerte das Gewicht von einem Bein auf das andere.

„Nicht wirklich. Keine auffälligen Personen. Um die Uhrzeit sind nur ein paar Autos vorbeigefahren, allerdings ist das nicht bedeutend.

Zumal wir auch die Kennzeichen nicht sehen konnten."

Philip schüttelte den Kopf. Es war, als hätte er einen Faustschlag ins Gesicht bekommen. Die Aufregung verschwand so schnell, wie sie gekommen war.

„Wir haben auch nichts Gutes!", erzählte Chloe und verschränkte die Arme. „Malia und ich waren gestern Nachmittag noch bei Richard Mayer. Er war um die Zeit, als die Jugendlichen verschwunden sind, mit Freunden zusammen und hat Tennis gespielt. Danach waren sie gemeinsam essen. Die Freunde haben es bestätigt."

„Zudem waren wir im Restaurant, haben uns Kameraaufzeichnungen von dem Tag angesehen und ihn entdeckt", ergänzte Malia mit herunterhängenden Mundwinkeln. „Er hat ein Alibi. Vielmehr noch. Seine Wohnung sah total klassisch aus. Das ist keine Sektenbude."

„Muss nichts heißen. Es kann sein, dass er Komplizen hat", äußerte Philip.

„Philip, von welchen Komplizen sprichst du bitte? Etwa diese Hippies? Also ich denke, er ist unschuldig. Vielleicht hat er wirklich nur einen Spaziergang unternommen und uns dann gesehen. Möglicherweise ist er nur ein Gaffer."

Philip unterdrückte ein Stöhnen. Eigentlich wusste er, dass Richard Mayer unschuldig sein musste, obwohl dieser sich seltsam benommen hatte. Er hatte ihn ja bereits gesehen. Konnte sich nicht vorstellen, dass er mit den Hippies irgendwelchen Kontakt pflegte. Sie schienen in verschiedenen Welten zu leben. „Dann müssen wir uns diese Hippies nochmal vorknöpfen. Mir kommt immer wieder der Verdacht auf, dass die zwei mehr wissen, als sie uns mitgeteilt haben. Wir hätten sie nicht einfach gehen lassen dürfen nach dem letzten Mal", erzählte Philip.

Malia fuhr mit einer Hand durch ihre vielen Locken. „Du weißt doch, dass wir keine stichfesten Beweise gegen sie haben. Wir dürfen

Sie nicht hierbehalten."

„Vielleicht wollten sie gar nicht wandern gehen", sagte Walter auf einmal und rieb sich sein rundes Kinn.

Chloe seufzte. „Walter, deine Theorie vom Ausreißen …"

„Das meine ich nicht!", unterbrach ihr älterer Kollege sie. „Vielleicht sind sie aus einem anderen Grund dahin gefahren und haben es nur so aussehen lassen, als würden sie wandern gehen. Womöglich wollten sie sich mit jemandem treffen oder ihn gar besuchen. Überlegt mal, welche Jugendlichen gehen denn gerne wandern?"

„Was sollen sie deiner Meinung nach gemacht haben?", fragte Philip.

„Vielleicht Drogen. Ein Waldstück, inmitten eines Dorfes. Da würden keine Beamten vorbeikommen, das könnte ein guter Treffpunkt sein. Vielleicht wollten sie sich mit diesem Johannes Heller treffen, der scheint mir auch nicht geheuer."

„Möglich. Von dem könnte ich es mir vorstellen." Philip dachte daran, wie der junge Mann ihm zum Abschied gewunken hatte. Seine Mundwinkel ganz nah bei den Augen. Hatte ihn beschuldigt, dass er ihm selbst seine private Nummer gegeben hätte. So ein Schwachsinn. Er hatte zwar in den letzten Tagen nicht viel Schlaf abbekommen, doch daran würde er sich doch erinnern können.

Ungläubig zuckte Chloe die Achseln. „Ich weiß nicht. Vielleicht sollten wir uns die Häuser in der näheren Umgebung genauer ansehen, möglicherweise werden sie irgendwo gefangen gehalten."

„Aber es gibt keine Hinweise darauf, dass sie überhaupt dort sein könnten. Die Hunde haben keine Spuren gewittert."

„Außerdem benötigen wir dafür einen Durchsuchungsbefehl. Kein Richter der Welt würde uns diesen mit unserer aktuellen Spurenlage erteilen", schaltete sich Walter ein. „Wie ich schon sagte. Der Betreuer hatte sich vielleicht mit den falschen Leuten angelegt und war in schmutzige Geschäfte verwickelt. Und die Jugendlichen wur-

den als Geiseln genommen. Der Betreuer könnte sich irgendwo versteckt halten und Geld besorgen."

„Dann müsste er doch irgendwem aufgefallen sein." Philip blickte
seinen Kollegen an. „Und auch wenn er ein auffällig kleines Privatleben geführt hat, hat er sein Bankkonto zum Beispiel nicht angerührt.
Da ist noch genügend Geld drauf, um ein neues Leben anzufangen.
Die Kontodaten der vermissten Jugendlichen haben sich auch nicht
bewegt. Vielleicht hast du mit dem Anfang recht, eventuell war er in
schmutzige Geschäfte verwickelt."

„Oder wir kommen mal zu einer Theorie, der wir noch gar keine Beachtung geschenkt haben", erzählte Walter und hustete in die
Hand. „Die beiden Jungen waren der stille Typ. Den Betreuer kannte
niemand und das Mädchen hat eine Borderline-Persönlichkeitsstörung."

„Und was willst du uns damit sagen?"

„Vielleicht haben die vier einen gemeinsamen Suizid geplant. Entweder irgendwo in der Nähe vom Pfad oder ganz woanders."

Jetzt hat er eine neue Theorie. Absurd, wie die andere, dachte
sich Philip. Entmutigt schüttelte er den Kopf, zu schwach, um ihn
vom Gegenteil zu überzeugen.

„Mal ehrlich, vielleicht haben sie alles fingiert und geplant. Gehen
wir mal davon aus, dieser Adam wurde gemobbt. Womöglich auch
die anderen. Dann könnte es den Grund dafür liefern."

„Warum sollte denn dann dieser Betreuer dabei mitmachen?",
fragte Leon.

„Er wird schon seine Gründe gehabt haben", protestierte Walter.

„Aber wo sind dann die Leichen?"

Gerade war Luna aus dem gegenüberliegenden Haus zurückgekehrt, nachdem sie mehr als eine Stunde lang vor Adams Wohnungstür verharrt hatte, als sie heimlich aus ihrem Schlafzimmerfenster

lugte. Keiner war in der Dunkelheit zu sehen. Weder hinter den Häusern noch auf der Straße. Sie tat es mehr zur Vorsicht, als würde sie ahnen, dass dort unten jemand stehen würde.

Bislang hatte sie niemandem über die Beobachtung in der letzten Nacht erzählt. Aus Angst, ihr würde niemand glauben, aus Unsicherheit, überhaupt etwas gesehen zu haben. Luna wollte sich nicht noch einmal die idiotischen Sprüche ihrer Mitbewohner anhören, ihre provokanten Blicke auf ihrer Haut spüren. Daher wollte sie sich erst sicher sein und gegebenenfalls einen Beweis vorlegen können.

Luna tippte auf das WhatsApp-Profil ihres Freundes zurück. Es war noch offline. Das letzte Mal online gewesen vor zwei Tagen. Frustriert atmete sie aus. Bald war dieser Tag auch zu Ende und ihre Freunde waren noch immer nicht da. Die Betreuer tuschelten bereits darüber, ob sie sich auf die Beerdigungen vorbereiten sollten. Ihre Mitbewohner wetteten, ob sie ihre Mitbewohner je wiedersehen würden. Langsam verschwand auch in ihr die Hoffnung, dass sie sie noch einmal lebend wiedersehen würde. Ihre Stimmen hören und gar ihren Duft wahrnehmen würde.

Gähnend ließ sie sich ins Bett fallen, griff instinktiv nach dem Foto von ihren Freunden, welches sie am Morgen noch unter das Kopfkissen gelegt hatte. Doch völlig überrascht sah sie zum polarweißen Kissenbezug hoch, sie konnte das Foto nicht spüren. Hastig schleuderte sie das Kissen zur Seite und stellte fest, wie nichts darunter lag. „Was zum Teufel?" Sie richtete sich auf, überprüfte, ob es unters Bett oder hinter die Matratze gefallen war, doch Fehlanzeige. Es war weg.

In Eile hüpfte sie aus dem Bett, überprüfte ihre Hosentaschen, dann die der anderen Hosen, die verstreut auf dem Boden lagen. Dann ihre Pullover. Keine Spur. Wie konnte das sein? Luna schloss die Augen, überlegte, so fest sie konnte. Wo hatte sie das Foto hingelegt? Hatte sie es noch einmal mit in den Aufenthaltsraum genommen?

Wie sehr sie auch überlegte, sie kam nur zu dem Schluss, dass sie es zuletzt am Morgen unter ihr Kissen gelegt hatte.

Mit einem Schlag wurde es ihr bewusst. Jemand war hier gewesen und hatte das Bild an sich gerissen. Nur das Bild. Sie konnte bislang nicht erkennen, ob noch etwas fehlte. Aber wann? Und wer? Hatte sie sich ihre Beobachtung letzte Nacht doch nicht eingebildet? Hatte gestern Nacht wirklich jemand ihr Fenster beobachtet und war dann ins Zimmer geschlichen? Sie erinnerte sich, dass sie zum Abendbrot ihre Wohnungstür nicht verschlossen hatte. Eine halbe Stunde hatte sie diese offen stehen lassen und sich sicher gefühlt, wie so oft. Verdammt! Ein flaues Gefühl breitete sich in ihrer Magengrube aus. Sie bekam das Gefühl, sich gleich übergeben zu müssen. Sie war nicht sicher! Nicht mehr!

Philip schmiss die Jacke auf den Sessel, schaltete den Fernseher ein, zog die Schuhe aus und holte sich eine Bierflasche aus dem Kühlschrank. Er seufzte laut, als er sich zum Kühlschrank hinabbeugte und feststellte, dass er allmählich alt wurde. Nun half nur ein kaltes Bier.

Dieser Tag hatte keinen Erfolg gebracht. War entkräftend gewesen. Wie die anderen auch. Gähnend griff Philip nach dem Flaschenöffner, der auf der mit Brotkrümeln bedeckten Küchentheke lag, und öffnete die Flasche mit einem leisen, beruhigenden Klacken.

„Wenn Sie ein Kind hätten, dann würden Sie nicht kampflos aufgeben! Sie würden es beschützen wollen. Nach ihm suchen, koste es, was es wolle", dröhnte es in seinem Kopf immer wieder nach. Er hatte starke Gewissensbisse. Wenn er sein Kind nicht vor Jahren aufgegeben hätte, hätte er es beschützt und nach ihm gesucht. Ja, hätte nicht aufgegeben, bis er es gefunden hätte. Doch jetzt war es zu spät. Die Vergangenheit konnte er nicht zurückspulen. Auch wenn er es so gern wollte.

Philip trat vor einen großen Bilderrahmen in seinem Flur, auf dem er und seine Frau beim Wandern abgebildet waren, und nahm einen großen Schluck von seinem Bier. Genussvoll stöhnte er auf. Das frische, prickelnde Gefühl in seinem Mund hatte ihm gefehlt.

Kurz nach dem Flugzeugabsturz hatte er oft von Joelle geträumt, fast jede Nacht. Aber nach einigen Wochen hatte sich dies gelegt. Sie verschwand aus seinen Träumen, wie Spuren im Sand, die vom Winde verweht wurden. Er träumte seltener bis gar nicht mehr von ihr — bis jetzt. Philip nahm einen weiteren Schluck. Warum kam sie wieder? Etwa, weil es ein hoffnungsloser Fall war und er die Vermissten nicht finden würde? Genau wie sie. Etwa, weil er Ungewissheit unwillkürlich mit Joelle verband?

Unerwartet drehte sich Philip um, als es an der Tür klopfte. Er schritt zur Wohnungstür, öffnete diese und stand seinem Bruder direkt gegenüber.

„Hey, Bruderherz! Hast du auch ein Bier für mich?" Till trat in die Wohnung und zeigte auf die Bierflasche in seiner Hand.

Philip war nicht danach, mit irgendjemandem zu reden. Am wenigsten mit seinem Bruder. Wollte ihn jedoch auch nicht vor den Kopf stoßen. „Im Kühlschrank."

Till nahm sich eine Flasche aus dem Kühlschrank, öffnete diese und gesellte sich zu seinem jüngeren Bruder. „Wie war der Tag?"

„Normal. Deiner?"

„Gut. Gab nicht viel zu tun heute. Und bei dir?"

Philip atmete genervt aus. Er hatte nicht die geringste Motivation, über seinen miserablen Tag zu sprechen. „Auch nicht viel."

„Also scheiße", meinte Till und nahm sich einen Schluck des Bieres. „Du und deine Arbeit!" Till schüttelte den Kopf. Er kannte seinen Bruder am besten. Seit dem Tod seiner Frau flüchtete er vor lauter Kummer nur noch in seine Arbeit und half anderen Menschen, obwohl er sich selbst nicht helfen konnte.

„So ist es eben bei der Polizei. Du hättest auch bei uns anfangen können."

„Und meine ganze Freizeit vergeuden? Vergiss es!"

Philip ignorierte diese Aussage. Im Prinzip hatte er recht. Er hatte wirklich nicht viel Freizeit. Das lag jedoch auch daran, dass er dies nicht zuließ. Er wusste nicht einmal, wie er seinen Urlaub allein gestalten sollte. Mit wem sollte er wandern gehen? Mit wem sollte er seine restliche Zeit verbringen? Mit einem großen Schluck trank er die Flasche aus.

„Geht es immer noch um diesen Fall der verschollenen Wanderer?"

Philip nickte kaum merklich.

„Wer weiß. Vielleicht ist der Wald ja lebendig geworden."

„Was?"

„Na ja, vielleicht sind die Toten auferstanden und haben die Wanderer zu sich geholt. Hast du denn nie über die düstere Legende gehört, die einige Dorfbewohner über den Laves-Pfad erzählen?"

„Und die lautet?"

„Man sagt, in manchen Nächten treten die Toten aus dem Mausoleum, da sie ihren Frieden nicht finden können. Es geht das Gerücht um, man habe den Grafen sowie dessen Familie vergiftet. Seitdem kommen sie aus dem Mausoleum und suchen nach ihren Mördern. Und nehmen jeden mit in ihr Reich, der ihnen zu nahe kommt", meinte Till langsam in ruhigem Ton. Ganz der alte Geschichtenerzähler.

„Lass den Blödsinn!", zischte Philip seinen Bruder an und stellte die leere Flasche auf die Küchentheke.

Till seufzte. „Stimmt aber! Wollen wir wenigstens mal etwas unternehmen?" Er nippte an seinem Bier und betrachtete seinen kleinen Bruder, wie er seinen Blicken auswich. Als Älterer sah er sich stets verpflichtet, sich um seinen Bruder zu kümmern, auch wenn dieser längst erwachsen war. Doch durch den Tod seiner Frau war er verletzt. Gekränkt. Gebrochen. „Dann suche ich dir mal eine Frau, die dich wieder aufpäppelt!"

„Ach, hör auf! Ich bin nicht in der Stimmung dazu." Philip lehnte sich an die Küchentheke und fuhr sich mit einer Hand durchs Gesicht.

„Das sagst du die ganzen Jahre. Du vergammelst ja schon hier in deiner Wohnung. Es wird Zeit für einen Umschwung. Joelle würde wollen, dass du an dich denkst und ihr nicht die ganze Zeit hinterhertrauerst."

Philip stöhnte laut. „Fang du nicht auch noch damit an!"

„Das heißt also, ich bin nicht der Einzige, der diese Meinung vertritt. Hast du eigentlich ab und zu One-Night-Stands? Sind gut für's Ego."

„Du weißt, dass ich keine Frau mehr will! Ich …" Philip wurde von einem Klingeln an der Tür unterbrochen.

„Ah, das wird sie wohl sein. Soll ich mich verstecken?"

„Klappe!", fluchte Philip.

Bevor sein Bruder noch weitere Dummheiten äußern konnte, schritt er zur Wohnungstür, nahm den Hörer von der Klingelanlage ab und sagte: „Eckhart." Doch er hörte nichts. „Hallo?" Keine Antwort. Er legte den Hörer zurück, öffnete die Tür und sah: niemanden. Langsam streckte er seinen Kopf aus seiner Wohnung, lauschte. Doch er konnte keine Geräusche wahrnehmen. Niemand ging die Treppen hoch, niemand ging sie hinunter. Wahrscheinlich nur ein Versehen, passierte öfter.

„Na, traut sich dein One-Night-Stand nicht rein?", hörte er seinen Bruder von weiter hinten lachen.

Er wollte gerade die Tür wieder schließen und das Geschehen als banalen Streich abstempeln, als er etwas entdeckte. Mit geweiteten Augen sah er, was an seinem Türknauf baumelte. Ein schwarzer Strick mit Henkersknoten.

Kapitel 6

Mittwoch, 19.06.2019

Chloe wurde beinahe kreidebleich, als sie es sah. „Oh, mein Gott!"

„Wenn das nicht eine Drohung ist."

Philip legte den Strick auf seinem Schreibtisch ab, sodass seine Kollegen ihn begutachten konnten. „Auf dem Stoff nach Fingerabdrücken zu suchen, ist praktisch unmöglich. Das können wir vergessen."

„Glaubst du, dass es mit unserem Vermisstenfall zusammenhängt?", fragte Malia und legte ihre Kaffeetasse zur Seite.

In seinen Gedanken rollte er die Augen. Das hätte doch jeder Laie erkannt, dachte er sich. „Natürlich! Wir haben nicht Halloween. Und außerdem wäre es ein zu großer Zufall, wenn es nur ein dummer Streich von Teenagern wäre. Und mein Bruder hat auch nichts damit zu tun, den habe ich mir schon vorgeknöpft."

„Hast du irgendwen gesehen?"

„Nein. Ich habe aus dem Fenster gesehen, allerdings war da niemand mehr. Habe das Treppenhaus erkundet, im Keller nachgesehen und alle Anwohner im Haus gefragt. Ohne Erfolg." Er seufzte leicht, während er an die gestrige Nacht dachte. Jeden Winkel hatte er sich dabei angesehen, jedes Versteck beleuchtet.

„Hast du denn letztens mit irgendjemandem Streit gehabt?“

Die Frage riss ihn aus seinen Gedanken. „Nein!“

„Kameras habt ihr nicht?“, fragte Leon.

Philip lehnte sich kopfschüttelnd an die mattweiße Wand. „Ich wüsste nicht. Wir haben einen Netto um die Ecke, aber ich denk nicht, dass derjenige sich auch dort aufgehalten haben könnte.“

„Sicherheitshalber überprüfe ich mal, ob da irgendwer Verdächtiges zu sehen ist.“

Malia verschränkte ihre Arme, umklammerte sich. „Gruselig. Klingt, als hätte ein Geist dir den da hingehängt.“

„Was glaubst du, was derjenige dir damit sagen wollte?“, fragte Walter und blickte vom Seil zu seinem Kollegen.

Chloe runzelte die Stirn. „Das war eine Drohung, ganz klar. Jemand will ihn umbringen!“

Philip zögerte. War das eine Drohung? Wollte ihn jemand wirklich umbringen? „Ich weiß nicht“, meinte der Abteilungsleiter und biss sich auf die Lippen. „Kann auch sein, dass mir jemand etwas anderes mitteilen will.“

„Und was? Ein makaberer Streich?“

„Nein! Eventuell wollte mich jemand eher zum Suizid auffordern.“

„Philip, vielleicht sollten wir in Erwägung ziehen, Polizeischutz für dich zu beantragen“, meinte Walter daraufhin und sah ihn mit einem skeptischen Blick an. Ein Anflug von Besorgnis erfüllte seine Stimme.

„Nein!“, entgegnete dieser ihm scharf.

„Dann wenigstens Kameras.“

Philip lachte kurz auf. Als ob Kameras ihn schützen würden. „Das wird nichts bringen, ich bezweifle, dass derjenige noch einmal zurückkehren wird.“

„Dann sollte wenigstens jemand bei dir sein!", sagte Chloe mit weit aufgerissenen Augen. „Du darfst jetzt nicht mehr allein sein!"

Philip wich mit einer Handbewegung ab. Er durfte nicht mehr allein sein? Wer war er, dass er sich so eindämmen ließ? „Kommt gar nicht in Frage! Bin doch kein kleines Kind! Ich brauche keinen Polizeischutz, daher sollten wir nicht unnötig in Panik verfallen."

„Aber, Philip!", wandte Chloe nun ein und trat einen Schritt näher. „Du brauchst Schutz! Jemand weiß, wo du wohnst, beobachtet dich!"

„Keine Sorge! Ich denke, ich weiß, wem wir das zu verdanken haben."

„Wir haben nichts gemacht!"

„Und wer dann?", fragte Philip und sah Johannes Heller ungläubig an.

Dieser zuckte mit seinen Achseln. „Keine Ahnung! Wir haben Sie nicht ermordet!"

„Von Mord hat auch keiner gesprochen." Philip lehnte sich in seinem Stuhl zurück, er ahnte, dass das ein langes Gespräch werden könnte. „Und sprechen Sie nicht immer von Ihrer Freundin. Sie kann für sich selbst sprechen!"

Er und seine Kollegen hatten das Pärchen ins Kommissariat beordert und anschließend getrennt, um jeden einzeln zu befragen. Nun sah er den jungen Mann an, betrachtete seine Dreadlocks. Sie wirkten ungepflegter denn je. Vermutlich hatte er nicht viel Schlaf abbekommen die letzte Nacht.

Johannes Heller verschränkte die Arme. „Aber wir waren zusammen! Auch am vorletzten Freitag."

„Kann das irgendwer bestätigen?", fragte Walter und massierte sich seinen Nacken.

„Jap! Unsere Freunde! Wir waren mit ihnen unterwegs. Ich kann

Ihnen ja die Namen nennen, wenn Sie sich die merken können.“

„Werden Sie nicht frech! Verstanden?“ Walter nahm einen Stift und ein Notizbuch in die Hand und sah zu dem jungen Mann zurück, der sich den Nacken kratzte. „Also, die Namen.“

Johannes Heller beugte sich vor. Betonte jede Silbe der Namen. „Joana Molle, Fredi Klein und Anna Sita!“

„Wir werden alle befragen, verlassen Sie sich darauf!“, sagte Philip ihm, ohne ihn aus den Augen zu lassen.

„Machen Sie das! Kann ich jetzt endlich gehen?“, fragte Johannes Heller mit einem passiv-aggressiven Unterton.

„Wo waren Sie gestern Nacht, zwischen zweiundzwanzig und null Uhr?“

Johannes Heller legte seine Stirn in Falten. „Zuhause.“

„Allein?“

„Nein, mit meiner Freundin und meinem Mitbewohner Fredi Klein.“

Philip nahm sich den Strick, welcher auf dem Stuhl neben ihm lag, und platzierte ihn auf dem Tisch. „Kommt Ihnen das bekannt vor?“

„Scheiße, wollen Sie mich jetzt hängen, oder was?“, fragte der junge Mann, sichtlich verängstigt, und richtete sich auf. Mit geweiteten Augen blickte er den Kommissar an.

„Den hat mir gestern Abend jemand an die Tür gehängt“, erklärte Philip ihm und sah ihm in die grünen Augen.

„Und Sie denken, ich war das? Das ist doch billig!“

„Waren Sie gestern bei meinem Kollegen zuhause und haben ihm so einen dummen Streich gespielt?“, fragte Walter nun.

„Scheiße, nein!“

„Sicher? Schließlich haben Sie mir auch diesen Telefonstreich gespielt. Sie scheinen gerne zu Albereien aufgelegt zu sein“, meinte Philip ruhig.

„Mann, das war doch nur einmal! Damit habe ich nichts zu tun!" Johannes Heller zeigte auf den Strick vor ihm. „Das können Sie mir nicht anhängen! Nur weil ich Ihnen einen Telefonstreich gespielt habe. Das ist nicht fair!"

„Wir werden Ihnen das nachweisen können, wenn Sie damit etwas zu tun haben. Es wäre daher angebrachter, die Wahrheit zu sagen."

„Ich hab' damit nichts zu tun!", brüllte Johannes Heller und schlug mit beiden Fäusten auf den Tisch, der daraufhin bebte.

Das führte zu nichts. Er würde sich nur stur stellen. Philip überlegte. Ihm fiel die Legende wieder ein, die sein Bruder ihm erzählt hatte. Bestimmt kannte sie dieser aufmüpfige Bursche vor ihm auch. „Kennen Sie eigentlich die Geschichte vom Laves-Kulturpfad? Also die von den Toten?"

Johannes Heller verzog sein Gesicht zu einem Ausdruck, den weder er noch sein Kollege Walter deuten konnte. Dann nickte er langsam. „Jeder hier im Ort kennt sie."

Philip hob seine Schultern. „Nur verdreht jeder die Geschichte um hundertachtzig Grad."

Johannes Heller strich sich seine Dreadlocks aus dem Gesicht und schlug ein Bein über das andere. „Kann schon sein, aber ich kenne sie. Die richtige, meine ich."

„Ach ja, und wie geht die Legende?"

„Warum sollte ich Ihnen das sagen?", fragte Johannes Heller nun mit einem schiefen Grinsen im Gesicht.

Philip kannte den Trick. Es war fast schon zu einfach. Der Mann vor ihm wollte nur seine Aufmerksamkeit, wollte nur mit ihm spielen. Doch er ließ sich nicht darauf ein. Er würde nicht betteln. „Also kennen Sie sie nicht, na gut", sagte er und wandte sich seinem Kollegen zu, der ihm einen fragenden Blick zurückwarf.

Johannes Heller erblasste kurz, doch dann fing er an zu reden. „Na ja, es heißt, dass der Graf, der die Pyramide erbauen ließ, vergiftet wurde. Und seine Familie ebenfalls. Von irgendwelchen Feinden. In manchen Nächten sollen sie ihr Grab im Mausoleum verlassen und durch den Friedhof umherwandern. Menschen, die um die Zeit oder ungebeten diesen abgezäunten Bereich betreten, werden von ihnen verfolgt, gefangen und verschlungen."

Philip runzelte die Stirn. Auf einigen der Fotos von der gefundenen Kamera waren die Vermissten zu sehen gewesen, wie sie die Pyramide betrachteten. Es war offensichtlich, dass sie den Bereich unbefugt betreten hatten. Konnte es wirklich sein?

„Aber es ist nur eine Legende, die man sich erzählt, nichts Bewiesenes."

„Wo sind die Betreuer?" Beatrice kam in den Aufenthaltsraum und blickte zu ihren Mitbewohnern, die am Tisch saßen.

„Im NB-Zimmer", meinte Markus daraufhin, ohne von seinem Smartphone aufzublicken.

Mit einem lauten Stöhnen setzte sich Beatrice zu ihren Mitbewohnern und stopfte sich ein paar Kekse in den Mund, als hätte sie eine Woche lang keinen Zucker mehr zu sich genommen. Ella und Marcel hatten eine halb angefangene Packung Butterkekse auf den Tisch gestellt und waren dann mit Elke im NB-Zimmer verschwunden.

„Wisst ihr, was? Ich wurde eben beobachtet", meinte Beatrice, nachdem sie einen Keks geschluckt hatte. „Von einem Mann. Er stand die ganze Zeit an meinem Fenster und hat mich angestarrt."

Luna fühlte sich, als hätte man ihr einen Eimer kaltes Wasser über den Kopf geschüttet. Mit großen, ängstlichen Augen sah sie zu ihrer Mitbewohnerin. „Was? Wann?"

„Er stand gerade eben an meinem Fenster."

„Hast du gesehen, wie er aussieht?" Die Worte sprinteten nur so aus ihrem Mund.

„Ich hab' mit ihm gesprochen, danach ist er gegangen."

Lunas Augen wurden immer größer und größer. „Was hat er von dir gewollt? War er wegen mir da?"

„Ich soll den Müll beim nächsten Mal richtig sortieren."

Luna spürte, wie die gesamte Anspannung aus ihrem Körper entwich wie Luft aus einem platten Reifen. „Was?"

„Er wollte, dass ich den Müll richtig sortiere", wiederholte Beatrice mit einem seufzenden Unterton und nahm sich weitere Kekse.

Luna fiel nach hinten in den Stuhl. Nun wurde ihr bewusst, dass ihre Mitbewohnerin nicht den Fremden in der Nacht, sondern nur einen der peniblen Nachbarn gesehen hatte. Sie stöhnte. Wusste nicht, was sie lieber machen sollte. Beatrice eine scheuern, weil sie sie so erschreckt hatte, oder einfach nur darüber lachen.

„Hey, Jungs!", sagte Kevin mit erhöhter Stimme, als er zur Kaffeerunde kam, und blickte Robin, Markus und Noah an, die mit ihren Smartphones Videos ansahen und ihren Mitbewohner ignorierten. Luna stellten sich die Nackenhaare auf, als sie die krächzende Stimme ihres Mitbewohners hörte. Mühevoll schluckte sie einen halben Keks, den sie sich gerade in den Mund geschoben hatte, mit einem Bissen herunter.

Kevin setzte sich ebenfalls an den Tisch, würdigte Beatrice und Luna jedoch keines Blickes. Luna war dies recht. Sie wollte nichts von ihm hören, wollte nicht an den Trinkabend erinnert werden. Nach diesem Abend hatte sie Kevin bis dato nicht mehr gesehen, nicht mehr ertragen müssen.

„Hey, Leute", wiederholte Kevin und sah zu der Verpackung mit den Keksen.

„Na, hab' dich lang nicht mehr gesehen", meinte Noah und runzelte die Stirn. „Dass du dich hier noch hertraust."

„Warum sollte ich mich nicht mehr hertrauen?", fragte Kevin.

„Hast du nicht mitbekommen, wie Luna deinetwegen im Krankenhaus lag?"

Mist. Luna wollte aus diesem Raum hinaussprinten. Warum musste dieses Thema wieder aufgegriffen werden? Sie hatte doch gerade diese Erinnerung in einem der weitesten Teile ihres Gehirns abgelegt, um sie nicht mehr abrufen zu müssen.

„Wieso?", verlangte Kevin zu wissen und stemmte seine Hände in die Hüfte. Er wirkte wie ihr Mathelehrer, der die gleiche Haltung einnahm, wenn sie mal wieder ihre Hausaufgaben nicht gemacht hatte, dachte sich Luna.

„Du hast sie Samstag total abgefüllt", sagte Robin und stierte seinen Mitbewohner an.

Kevin hob mahnend seinen Zeigefinger und sagte: „Ey, sie wollte es selber."

„Du wolltest doch, dass sie umkippt!" Robin erhob seine Stimme.

„Die ist selbst schuld, wenn sie immer mehr trinkt! Außerdem, was habt ihr denn gemacht? Habt doch auch bloß zugesehen und nichts unternommen, euch selbst über die lustig gemacht!"

„Wir haben sie wenigstens zu den Betreuern gebracht, was man von dir nicht sagen kann!", meinte Noah und nahm sich einen Keks mit Schokoladenüberzug.

„Ach, jetzt habe ich nur Schuld, was? Ich weiß ganz genau, ihr fandet das auch lustig! Habt euch bestimmt auch totgelacht darüber, wie die sich besäuft", brüllte Kevin und zeigte mit seinem Zeigefinger auf das glatzköpfige Mädchen, welches ihn zu ignorieren versuchte.

„Wenn du schreien willst, dann geh raus!", mischte sich Markus ein und schlug mit einer seiner fleischigen Hände auf den Tisch.

„Halt du dich da raus! Du warst nicht dabei!", sagte Kevin zu ihm und starrte danach wieder Robin und Noah an.

„Wenn du dich hier wieder mal aufführen willst wie die letzte Sau, dann hau ab!", zischte Noah ihn an. „Wir wollen unsere Ruhe haben."

Doch Kevin dachte gar nicht daran zu gehen. Er wollte seinen

Frust rauslassen, sich die eigene Schuld nicht eingestehen. Der Möchte-
gern-Junge hatte sich schließlich besaufen wollen. Kevin nahm sich
eine Handvoll Kekse aus der Verpackung, setzte sich hin und aß sie,
während er Robin und Noah misstrauisch beäugte. Ein paar Krümel
fielen ihm aus dem prall gefüllten Mund heraus. Stille herrschte, bis
Beatrice das Wort erhob: „Waren die Polizisten heute da?"

„Gestern, aber die anderen sind noch nicht gefunden worden",
antwortete Luna und blickte zur Tischplatte.

„Oh, Mann! Hoffentlich sind die anderen nicht tot!", sagte Beatrice mit glasigen Augen in die Runde, während sie sich mit einer
Hand durch ihr fettiges Haar fuhr.

„Ist doch völlig egal! Einzig Mila tut mir leid!" Kevin hatte den
Blick von Robin und Noah noch immer nicht abgewendet.

„Mann, Kevin, halt deine Fresse!", forderte Robin ihn auf, der
sich langsam immer bedrängter fühlte. „Du hilfst uns gar nicht weiter!"

„Ach, du glaubst wirklich, sie kommen wieder? Die sind wahrscheinlich von einem Tier zerfetzt worden!", sagte Kevin emotionslos
und nahm sich eine weitere Handvoll Kekse, steckte mehrere auf
einmal in den Mund und schmatzte absichtlich laut.

„Bist echt eine tolle Hilfe!", sagte Robin zu ihm. „Schreist hier
rum für Aufmerksamkeit und besäufst dich und ziehst Unschuldige
mit hinein. Du bist eine Schande für uns alle! Verpiss dich!"

„Ich darf auch hier sein! Außerdem hast du mir nichts zu sagen!",
beschwerte sich Kevin mit Trotz in der Stimme. Er ballte seine Fäuste
und zermalmte einen Keks so fest, dass dieser in vielen kleineren
Bruchstücken auf die Tischplatte fiel. „Ihr vermisst doch nur euren
heißgeliebten Karsten!"

„Wir vermissen nicht nur ihn. Es ist für uns alle eine Scheißzeit.
Mitglieder von uns sind verschwunden und man hat keine Gewissheit,
was mit ihnen passiert ist. Und alles, woran du denkst, sind Partys,

Drogen, Kiffen!"

„Hä? Ihr habt doch mit Party gemacht, das war sogar deine Idee. Also sag mir nicht, dass ihr euch nicht auch besaufen wolltet. Bestimmt habt ihr das, nachdem ihr mich rausgeschmissen habt!"

„Da haben wir Luna geholfen, zu den Betreuern zu gehen", meinte Robin. „Außerdem warst du eh schon besoffen, du Spatzenhirn!"

„Fake! Ihr beschissenen Lügner!"

„Ich wusste es!", sagte Noah zu Robin und schüttelte den Kopf. „Wir hätten ihn nicht einladen sollen. War vorherzusehen, dass so etwas passiert!"

Robin nickte ihm daraufhin zu und wandte sich an Luna. „Am Ende hätten wir ihn einfach aus dem Fenster schmeißen sollen, als er dir immer mehr gegeben hat."

Luna sah sie nicht an, knetete nur schweigend ihre Handflächen. Es war ihr deutlich anzumerken, dass diese Situation ihr unangenehm war. Robin hatte Mitgefühl, als er ihr trauriges, rundes Gesicht betrachtete. Sie war noch zu jung für diesen Scheißalkohol, diesen Scheiß-Kevin.

„Ach, ich wusste gar nicht, dass du auf Transweiber stehst. Du bist genau wie Karsten. Der hat sich auch bei jedem eingeschleimt. Bestimmt hat dieser Mistkerl die anderen entführt, gefoltert, getötet. Und sich danach aus dem Staub gemacht", meinte Kevin provokant und kratzte sich seine orangegefärbten Haare.

„Das würde Karsten niemals tun!", erwiderte Beatrice.

„Man kann niemandem trauen. Und so einem Schlappschwanz traue ich schon gar nicht! Der war doch verrückt", erzählte Kevin und nahm sich noch einen Keks aus der Verpackung vor ihm. „Der immer mit seinen bescheuerten Aussagen. Voll der Loser. Wer weiß, vielleicht hatte er Spielschulden oder war sogar bei der Mafia."

„Karsten ist weder ein Loser noch bescheuert!", meinte Luna und starrte ihn mit hasserfüllten Augen an.

„Doch, genauso wie du!", brüllte Kevin ihr zu und widmete sich den Jungs. „Ihr habt doch gesagt, dass Karsten eine falsche Identität hatte. Bestimmt hat er Mila vergewaltigt und umgebracht. Den anderen die Kehle durchgeschlitzt und sie verbluten lassen."

„Wie kannst du nur so über Karsten reden?" Die Art und Weise, wie Kevin sich über ihren Betreuer äußerte, machte Luna rasend vor Wut. Am liebsten hätte sie ihn am Hals gepackt und den krächzenden Hahn aus dem Fenster geworfen. „Warum erzählst du …"

„Ach, halt die Klappe, du irrer, krebskranker Junge!", unterbrach Kevin sie und warf ihr mit einer arktischen Miene einen zerbrochenen Keks ins Gesicht.

Das traf Luna hart. Körperlich, aber auch psychisch. Sie wandte sich von ihm ab, presste die Lippen zusammen. Noch nie konnte sie Kevin leiden. Schon zu Beginn, als sie eingezogen war, hatte er sich ihr gegenüber ablehnend verhalten, hatte dumme Witze ihr gegenüber gemacht, aber nie hatte er sie so beleidigt.

„Lass sie und Karsten in Ruhe, oder …", fauchte Robin seinen Mitbewohner an und legte sein Smartphone zur Seite.

„Oder was?", fragte Kevin und starrte ihn an. „Willst du dich etwa mit mir anlegen? Da krieg ich aber Angst. Nicht!" Er lachte höhnisch und offenbarte allen seine vergilbten, abgenutzten Zähne.

„Glaub' mir, du solltest dich nicht mit Robin anlegen", warnte Noah ihn. „Er ist viel stärker, als du es jemals sein wirst!"

„Er ist zwar fetter als ich, aber nicht unbedingt stärker", sagte Kevin und warf ihm ebenfalls einen Keks in die Haare. „Wenn er wenigstens Grips in seinem kleinen, fetten Köpfchen hätte, statt dieses zotteligen Strohs, dann würde er das auch kapieren! Karsten war genauso dumm, oder Adam, diese treulose Tomate. Vielleicht hat Adam ja die anderen geköpft und sich im Wald verschanzt."

„Das reicht!" Luna schlug mit beiden Fäusten auf die Tischplatte. Mit einem Aufschrei stand sie auf, packte Kevin an seinem verwaschenen grauen Shirt und schlug ihm so heftig auf die Nase, dass er gleich samt Stuhl auf den Boden fiel. Ein heftiges Krachen durchflutete den Raum.

„Ha, von einem Mädchen zu Boden geschlagen!", lachte Noah und zeigte auf den am Boden liegenden Kevin.

„Du irre Transe!", schrie Kevin auf. Blut floss aus seiner Nase. Noah lachte daraufhin und applaudierte Luna. Diese drehte sich um, wollte sich gerade wieder setzen, da griff Kevin an. Mit lautem Gebrüll sprang er Luna von hinten auf den Rücken und schlug ihr dann von der Seite aus ins Gesicht. Blitzartig drehte Luna sich um und schnappte sich ihren Gegner. Würgte seinen Hals. Schüttelte ihn. Hasserfüllt prügelte sie ihm dann ins Gesicht. Hörte nicht mehr auf. Selbst als er auf dem Boden lag, schlug sie weiter.

Die anderen waren alle aufgestanden. Beatrice hatte gleich zu Beginn angefangen, hysterisch zu schreien, und fuchtelte mit ihren Händen in der Luft herum. Noah feuerte Luna lautstark an, wobei Robin dagegen zu ihr gerannt war und versuchte den Streit zu schlichten. Doch nachdem Robin es geschafft hatte, Luna von Kevin wegzuziehen, stand Kevin mit cholerischem Gesicht wieder auf und trat mehrfach auf seine Gegnerin ein. Trat ihr gegen ihre Brust, trat ihr in den Bauch. Kreischend griff Luna sich ihren Mitbewohner erneut, dachte an Adam und schlug Kevin mit aller Kraft ins Auge. Dabei flog seine Brille, die bereits leicht verbogen war, durch den Raum. Landete mit einem Klatschen im Flur.

Die Betreuer, vom Lärm alarmiert, stürmten aus dem NB-Zimmer und eilten zu Hilfe.

„Seid ihr bescheuert, oder was?", schrie Elke, die versuchte dazwischenzugehen. „Stopp! Verdammt nochmal, hört auf!" Doch das nützte nichts. Im Gegenteil. Schnell fing sie sich von Luna einen Schlag unterm Kinn ein und fiel rückwärts zu Boden. Dort blieb sie liegen. Hielt die Luft an. Durch ihre hüftlangen blonden Haare, die sich in jede Richtung zu verlaufen schienen, erinnerte Elke an die Gemälde von Frauen, die in den Museen ausgestellt wurden. Gelächter und Geschrei hallte in ihren Gehörgängen. „Das ist deine Strafe für alles!"

Marcel, Ella und Robin hatten nach kurzer Zeit beide Streitpartner voneinander trennen können. Luna riss sich aus den Griffen von Robin und Ella und stampfte zur Tür. Marcel setzte Kevin derweil auf einen Stuhl und gab dem aufgebrachten Jungen ein Taschentuch.

„Wenn meine Nase gebrochen ist, dann zeige ich dich an! Das schwör' ich dir, du Transweib!", drohte er seiner Mitbewohnerin.

„Halt's Maul!", entgegnete ihm Luna. „Ich hoffe, deine Nase ist gebrochen, damit du nie wieder atmen kannst!"

„Habt ihr etwas herausgefunden?", fragte Philip seine Kollegen, die er kurz zuvor in sein Büro gerufen hatte.

„Nichts Erfreuliches", äußerte Chloe. „Wir haben die Datenverbindungen von den Handys der Hippiegruppe überprüft. Anscheinend haben sie uns die Wahrheit gesagt."

„Sie waren zur besagten Zeit zuhause", ergänzte Leon. „Ihre Mobiltelefone waren mit einem Funkmast in der Nähe ihrer Wohnung verbunden. Nicht mit einem in deiner Nähe."

„Das kann doch nicht wahr sein!", stöhnte Philip und drehte sich im Kreis. Damit hatte er nicht gerechnet. Er war fest davon überzeugt gewesen, dass sie etwas mit dem Verschwinden zu tun hatten. Seine Gedanken überschlugen sich, suchten nach möglichen Antworten.

„Es scheint, als hätten sie die Wahrheit gesagt. Sie können den Strick nicht an deine Haustür gehängt haben."

„Es kann doch auch sein, dass sie ihre Handys daheim liegen gelassen haben, weil sie ahnten, dass wir dann ihre Spuren nachweisen könnten."

„Für so schlau halte ich sie nicht", entgegnete Malia kopfschüttelnd.

Philip trat einen Schritt näher. „Wir wissen ja nicht, ob sie Komplizen haben. Wenn da eine ganze Gruppe mit im Spiel ist, dann …"

„Philip, wir haben keine Beweise, die darauf hindeuten, dass es diese Hippies waren", entgegnete Walter. „Kann auch nur ein dummer Streich von Kindern gewesen sein."

„Unsinn! Das wäre ein zu großer Zufall."

Malia strich sich alle Strähnen aus dem Gesicht und band ihre dunklen Locken zu einem losen Dutt. „Wir konnten aber auch herausfinden, dass die Hippies nicht in der Wohngruppe waren. Am Sonntag waren sie nicht in Rodingshausen eingewählt."

Chloe schüttelte den Kopf. „Also können sie das auch nicht gewesen sein."

„Die sind doch eh bald wieder da", äußerte Walter und nahm sich einen Schluck von seinem pechschwarzen Kaffee.

„Was meinst du?", fragte Chloe.

„Ich denke, es wird der Tag kommen, an dem die Vermissten wieder auftauchen werden! Zu eurer Verwunderung bin ich dennoch der Meinung, dass sich alle vier abgesetzt haben. Wahrscheinlich sind sie mit ihrem Betreuer abgetaucht und ziehen hier nur eine alberne Nummer ab!"

„Aber dafür gibt es keine Indizien!", meinte Chloe. „Die Laptops wurden untersucht und man hat nichts Brauchbares darauf gefunden. Die Techniker haben alle Daten und Dokumente durchforstet. Auch das Handy hat zu keinem Erfolg geführt. Und Geld haben sie auch nicht mitgeführt. Die Kontoverbindungen aller vier Personen sind seither abgebrochen. Und was ist mit dem gelöschten Foto? Wen zeigt es? Wie hätten sie das löschen sollen? Ihre Laptops haben sie zuhause gelassen."

„Mach mal halblang! Das stimmt zwar, aber vielleicht haben sie sich schon monatelang darauf vorbereitet! Gegebenenfalls haben sie einen weiteren Computer und Geld. Das können wir nicht ausschließen. Und auf dem Foto ist nichts Spektakuläres abgebildet. Zudem hat eine von denen eine Borderline-Störung. Die haben doch ständig Stimmungsschwankungen und kommen mit ihrem Leben nicht klar. Die beiden Jungen waren kurz vor'm Abschluss. Vielleicht hatten sie einen Burn-out! In diesem Alter ist es nicht ungewöhnlich, dass man abhaut!"

„Oder der Betreuer wollte sich tatsächlich mit jemandem treffen und dann ist etwas passiert. Was ist mit den anderen Spuren?", fragte Philip.

Walter stöhnte. „Die Bilder auf der Kamera waren ein Flop. Nichts Auffälliges eben. Die Daten auf den Laptops haben keine Hinweise ergeben. Ich schätze, wir stehen wieder bei null."

„Nein, ich weiß, wir sind der Antwort ganz nah. Irgendwer liefert uns da Informationen."

„Eventuell die Vermissten selbst, die sich über uns lustig machen. Dieser Zettel, diese Fotos, das mit dem WLAN und der geheimen Botschaft. Das ergibt doch alles keinen Sinn! Wenn jemand ein Verbrechen vertuschen will, dann verhält er sich doch nicht so auffällig."

„Walter!"

Walter hob die Arme hoch. „Was? Kann doch sein. Es deutet alles mehr auf die Vermissten hin als auf Dritte. Wer sollte wissen, wo die Vermissten wohnen? Wer sollte sich schon in der Wohngruppe so gut auskennen? Vielleicht hat dieses Mädchen die Nachricht selbst verschickt. Nein, im Ernst. Was ist, wenn diese Einrichtung selbst etwas damit zu tun hat? Vielleicht decken sie sie."

„Walter, genug jetzt!" Philip hatte keine Lust mehr, sich mit seinem Kollegen um die immer wiederkehrenden Theorien zu streiten. Ihm ging die Kraft aus.

„Philip, wir müssen allen Hinweisen nachgehen! Nicht nur diesen Hippies. Verrenne dich da nicht in einer Sache! Du wirkst ganz paranoid."

Philip schwieg. War er das wirklich? Paranoid?

„Warum gehst du immer nur davon aus, dass hier eine Sekte ihr Unwesen treibt? Wir haben überhaupt keine Hinweise darauf. Ist doch total lächerlich", äußerte Walter. „Wenn mehrere Leute sich da am Laves-Kulturpfad aufgehalten hätten, dann wäre es aufgefallen. Irgendwer hätte dann doch mehrere Autos auf den Parkplätzen gesehen."

Philip fragte sich, wer der eigentliche Abteilungsleiter war. Wirklich er oder doch sein älterer Kollege? Er spürte, wie seine Stirn zu schwitzen anfing. Spürte, wie sein Mund austrocknete. Am liebsten wäre er aus dem Raum gesprintet, der Diskussion entflohen. Sein Kollege hatte ja nicht Unrecht. Er ging tatsächlich nur von der einen Theorie aus. Doch plötzlich keimte in ihm eine Idee auf. „Das könnten wir doch herausfinden", schlug er seinen Kollegen schließlich vor. „Vielleicht sollten wir uns auch mal auf die Lauer legen."

„Was?"

„Geht nach Hause und schlaft euch aus. Wir werden die Nacht unterwegs sein."

Aufmerksam sah Luna hinunter auf den Rasen. Kein Mensch vor dem Haus. Auch keiner hinter dem Haus. Luna war sich sicher, dass der Fremde wiederkommen würde, doch seit zwei Stunden stand sie nun da und wartete. Ihre Beine schmerzten schon, sie verspürte ein Kribbeln in den Füßen. Doch warum sollte er? Schließlich hatte er das bekommen, was er wollte. Oder?

Luna hatte Ella und Marcel zur Kaffeerunde in das Geschehen einweihen wollen, doch nach ihrem Wutausbruch hatte sie ihr Vorhaben geändert. Sie schmunzelte bei dem Gedanken, wie Kevin mit funkelnden Augen eine Hand vor seine blutende Nase gehalten hatte.

Erinnerte sich noch, wie ihre Gruppenleiterin auf dem Boden gelegen, wie sie eine geklatscht bekommen hatte. Sie hatte selbst kaum glauben können, dass sie dazu in der Lage gewesen war. Sie lachte auf und hielt eine Hand über ihren Bauch, der noch immer schmerzte.

Es klingelte. Luna schreckte mit einem Mal auf. Sie legte ihre Stirn in Falten. Wer konnte das sein? Es war doch etwas spät für Besuch. In Eile zog sie ihre Gardine zurück und rannte zur Wohnungstür, öffnete diese. Erstarrte beinahe, als sie sah, wer vor ihr stand. „Was machst du denn hier?"

„Ich wollte nochmal mit dir reden", sprach ihre Gruppenleiterin emotionslos. Mit in die Hüften gestemmten Händen stand sie vor ihr.

Luna fragte sich, was sie noch hier machte. Hatte sie nicht längst Feierabend? „Ich aber nicht mit dir!"

„Dein Verhalten vorhin mir gegenüber war unter aller Sau!"

„Ach, und dein Verhalten die letzten Tage mir gegenüber war in Ordnung?", fragte Luna. „Pass mal auf, Elke! Wenn du hier bist, um mich weiter zu demütigen, dann sage ich dir, das wird nicht klappen. Ich habe gerade andere Probleme, als mich mit dir herumzuschlagen."

„Du zerstörst deine Wohnung, greifst andere Leute an, schwänzt die Schule und führst dich auf wie eine Irre! Zu allem Übel hast du mich geschlagen. Und alles nur für einen lahmen Jungen. Ich habe langsam die Nase voll von dir."

„Was willst du dagegen tun? Mich etwa einsperren?" Ihr Magen fing bei dem Gedanken an, sich zusammenzuziehen. „Du sahst heute wirklich gut aus, wie du da lagst."

Elke schwieg.

„Hau ab!", schrie Luna und wollte ihr gerade die Tür vor der Nase zuknallen, da zog Elke kopfschüttelnd etwas aus ihrer vorderen Jeanstasche.

Luna stockte der Atem, als sie sah, was Elke da in der Hand hielt:

ihr Foto.

„Hast du das schon vermisst?", fragte Elke, ein Lächeln huschte über ihre Lippen.

Luna schluckte. Warum war sie nicht gleich darauf gekommen? Es gab gar keinen Fremden, der in ihre Wohnung eingebrochen war. Die Betreuer hatten schließlich auch einen Schlüssel. „Du warst das!" Groll stieg in ihr auf.

„Deine Freunde wären so enttäuscht, wenn sie dich sehen würden."

Luna streckte ihre Hand aus. „Gib es zurück!"

„Und wenn nicht? Willst mich dann verpetzen?", fragte Elke mit einem hämischen Lächeln. „Schau mal!" Sie fing langsam an, das Foto zu zerreißen. „Ich hoffe, das ist dein letztes Andenken an diese Plagen!"

„Nein! Nicht!"

„Die anderen Fotos von deinen Freunden hab' ich schon von der Fotowand genommen. Die wirst du nicht mehr wiedersehen. Ich werde dafür sorgen, dass die Wohnungen deiner toten Freunde geräumt werden, damit endlich neue Jugendliche einziehen können."

„Das darfst du nicht!"

Langsam zerriss Elke das Bild weiter. „Doch, das darf ich! Das Verschwinden macht dich krank und unsere Aufgabe ist es, dich davor zu beschützen. Du hättest einfach mal auf mich hören sollen. Wärst du in die Schule gegangen, hättest mich nicht angegriffen und mich zu Boden geschlagen, dann hättest du das Problem gar nicht. Aber du siehst ja nicht ein, dass du schwer krank bist, Luna!"

„Halt dein Maul!"

Elke betrachtete das Foto. „Weißt du, ich habe ihn wirklich gern gehabt. Ich habe ihn sogar geliebt."

„Was? Adam?"

„Karsten, du Nuss! Wir haben gerade angefangen, uns zu verstehen, uns zu küssen und zu lieben. Er hat mir von seiner Frau erzählt, hat erzählt, wie sie sich auseinandergelebt haben. Ich hab' meine Chance gewittert, doch jetzt ist er verschwunden."

Luna traute ihren Ohren nicht. Karsten sollte mit dieser Person etwas angefangen haben?

„Das ist alles Adams Schuld! Karsten verwest irgendwo in der Wildnis und das hat alles dein Freund zu verantworten!"

„Halt's Maul, du Hure! Ich …" Luna wollte weitersprechen, wurde jedoch von einem stechenden, schmerzenden Schlag gegen ihre Wange unterbrochen. Unwillkürlich fasste sie sich an die Gesichtspartie, die leicht erwärmt war.

Elke und Luna starrten sich an, ehe das Licht im Treppenhaus erlosch und Elke die Bewohnerin in ihre Wohnung schubste.

„Seht ihr etwas?", fragte Philip in den Hörer seines schwarzen Funkgeräts.

„Nichts zu sehen, nichts zu hören", antwortete Walter mit gedämpfter Stimme.

Sie hatten sich zu zweit im Wald auf die Lauer gelegt, versteckten sich seit Sonnenuntergang im Schatten des Dickichts. Philip und Chloe standen hinter einem massiven Baumstamm, während ihre Blicke den Tempel fixierten. Walter und Malia dagegen hockten am Mausoleum, gespannt, ob etwas geschah, und Leon am Parkplatz, wo er die Straße im Blick hatte.

„Okay, wartet weiter. Vielleicht geschieht etwas."

„Philip, wie lange sollen wir das noch machen? Wir sitzen bereits seit einer Stunde hier."

„Halt den Mund und beobachte das Mausoleum! Wir werden die ganze Nacht hierbleiben, falls es nötig ist."

Ein unterdrücktes Stöhnen war aus dem Hörer zu vernehmen.

Philip konnte seine Unzufriedenheit verstehen, aber er musste sich absolut sicher sein, dass sich keine Menschen hier nachts trafen, um irgendwelchen Ritualen nachzugehen. Er drehte sich zu seiner Kollegin um, die sich bereits auf den weichen Erdboden gekniet hatte. „Kannst du etwas sehen?"

„Momentan nicht. Nicht mal etwas hören. Unheimlich."

Philip sah in Richtung des Tempels, eine schwarze Kontur, die von schwankenden Ästen, durch eine leichte Brise in Bewegung versetzt, umkreist wurde. Sie hatte recht. Es war still hier. Einzig ein weit entferntes Rauschen sowie das Rascheln einiger Äste konnte er hören. „Irgendwas ist hier, das spüre ich."

„Und wenn nichts passiert?"

„Dann weiß ich auch nicht weiter." Philip atmete aus. Er durfte keinen Gedanken daran verlieren. Instinktiv konnte er sich selbst nicht erklären, was er hier, mitten in der Nacht auf dem Waldboden kniend, tat. Wenn eine Sekte im Spiel sein sollte, dann wäre sie längst über alle Berge geflohen. Sie würden doch nicht ein zweites Mal kommen?

„Wie wär's, wenn du uns dafür zum Essen einlädst?" Fragend schmunzelte Chloe ihren Kollegen an.

Er zuckte zusammen. Von seiner Linken war das Rascheln eines Kleintiers, womöglich einer Maus, zu hören. „Vielleicht, mal sehen."

„Geht es dir wirklich gut? Du wirkst so schlapp und … verwahrlost!"

„Wie bitte?"

„Du scheinst nicht viel geschlafen zu haben in den letzten Tagen, was?" Chloe kam mit leisen und bedachten Schritten näher und betrachtete ihren blassen, mit Augenringen gekennzeichneten Kollegen. Auch wenn sie ihn durch die Schwärze kaum sehen konnte, erkannte sie die Müdigkeit in seinem Gesicht.

„Mir geht's gut!" Philip klang gereizt. Der Fall war wohl für sie die perfekte Möglichkeit, sich bei ihm anzunähern.

Chloe ahnte, dass ihr Kollege mit seinen Gedanken ganz woanders war. Aber wo, fragte sie sich. War er wirklich bei den Vermissten oder doch bei seiner Frau? „Seit den letzten Tagen wirkst du irgendwie verändert. Als wärst du gar nicht richtig da. Wir machen uns echt Sorgen um dich."

Philip ignorierte die Anmerkung und horchte auf. Das Rufen eines Uhus konnte er aus der Ferne wahrnehmen.

Chloe dachte gar nicht daran aufzugeben. Zu verstummen. Sie wollte wissen, was ihren Kollegen betrübte. Warum mussten Männer immer so stur sein? „Philip?"

„Ihr braucht euch keine Sorgen zu machen!" Philip atmete tief durch, ehe er nach einer kurzen Zeit des Schweigens fortfuhr: „Weißt du, wir waren damals sehr mit uns selbst beschäftigt, dass wir nicht mehr viel Zeit für uns hatten."

Chloe runzelte die Stirn. „Wie meinst du das?"

„Ich hätte besser auf sie aufpassen sollen. Wir haben uns geliebt, bereits seit der achten Klasse. Wir kannten uns schon so lange und doch habe ich nicht auf sie aufgepasst!"

„Redest du von deiner Frau?" Chloe wollte sich auf die Stirn klatschen, hielt sich jedoch zurück. Natürlich sprach er von seiner Frau. Von wem sonst?

Philip sah kurz in ihre Richtung, ehe er sich wieder dem Tempel widmete und nach Stimmen, Lichtern oder maskierten Gestalten Ausschau hielt. „Wenn ich gewusst hätte, dass sie mal verschwinden würde, hätte ich besser auf sie Acht gegeben."

„Philip, du darfst dir keine Vorwürfe machen. Du kannst doch nichts dafür."

„Ich hätte ihr Verschwinden verhindern können, aber ich habe es nicht. Ich hab' nicht mal herausgefunden, was mit ihr überhaupt passiert ist. Hab' den Fall nie klären können."

„Sie ist bei einem Flugzeugabsturz umgekommen. Es sind bereits sieben Jahre vergangen!", meinte Chloe und beugte sich vor.

Philip achtete nicht auf ihre Worte. Nach kurzem Zögern fuhr er fort: „Hab' ich dir eigentlich mal erzählt, dass ich Vater bin?"

Chloe blinzelte und schüttelte verwundert den Kopf. Das hatte er nie erwähnt. Im Leben hätte Chloe nicht gedacht, dass ihr vereinsamter Kollege ein Kind hatte, zumal sie davon ausgegangen war, dass er sich nicht gut mit Kindern verstand.

„Bislang habe ich es niemandem erzählt. Ich bin Vater von einem Säugling. Ein hübsches Kind. Es müsste jetzt aber älter sein."

„Hast du keinen Kontakt mehr?", fragte Chloe gespannt, während sie ihre dunkelgrüne Jacke enger zusammenzog.

„Nein! Ich habe es auch nie richtig kennengelernt. Joelle und ich waren jung, als wir Eltern wurden. Fast noch Teenager. Deswegen haben wir das Kind zur Adoption freigegeben. Danach haben wir nichts mehr gehört. Ich weiß nicht, ob unser Baby von einer liebevollen Familie adoptiert wurde oder sein ganzes Leben im Waisenhaus verbracht hat." Philip schluckte. Seine Stimme wurde belegter. „Jedenfalls haben wir beide nach vier, fünf Jahren darüber nachgedacht, ob es wirklich der richtige Weg war, und sind irgendwann zu dem Schluss gekommen, dass wir beschissen gehandelt haben. Seitdem haben wir es bereut und wollten nicht mehr miteinander darüber reden."

„Tut mir leid." Jetzt verstand sie, warum der Fall ihn so mitnahm. Hierbei ging es auch um Jugendliche, überwiegend aus problematischen Familien. Wahrscheinlich hatte er eine Tochter. Vielleicht schien er daher sich mit Luna zu beschäftigen und sich irgendwie schuldig zu fühlen.

„Wenn dir der Fall zu viel wird, dann ..." Chloe wurde von einem entfernten Knacken unterbrochen, gefolgt von Stille.

„Hast du das gehört?", flüsterte er, während er die Umgebung musterte.

„Ja, vielleicht ein Tier?" Ein weiteres, lauteres Knacken war zu hören, dann ein Rascheln.

„Oder jemand anderes."

„Ich kann niemanden sehen, du etwa?"

„Nein." Langsam erhob sich Philip. „Bleib du hier. Ich umrunde mal den Tempel."

„Sei vorsichtig!"

Behutsam versuchte er, auf keinen Ast zu treten. Er sah um sich nur die Bewegungen der Bäume. Philip schluckte, als er auf dem Weg ankam. Ein beklemmender Eindruck stieg in ihm auf, als würde er in einer Arena stehen, umzingelt von beängstigenden Blicken in der Finsternis. In schnellen, aber leisen Schritten eilte er auf die Rückseite des Tempels. Eine Totenstille herrschte, nicht einmal das Rascheln der Bäume war mehr zu hören. Er blickte in die Dunkelheit des Waldes, konnte allerdings nichts sehen. Intuitiv griff er nach seinem Funkgerät, sprach zu seinen Kollegen: „Ist bei euch etwas Auffälliges passiert?"

„Nein! Bei mir nicht", flüsterte Leon.

„Bei uns auch nicht", seufzte Walter.

Philip wollte ihnen gerade etwas sagen, da vernahm er ein erneutes Knacken. Diesmal unmittelbar vor ihm. Abrupt hob er den Kopf, sein Herz bebte vor Aufregung. Just als er sich fragen wollte, was es war, konnte er eine schwarze Silhouette ein paar Meter vor ihm stehen sehen. Philips Augen verkleinerten sich. War das etwa ein Baum? Er tat einen Schritt nach vorn, versuchte seinen Puls zu beruhigen. Vielleicht ein toter Baumstamm, der von einem Blitz getroffen wurde? Doch dann fing der Schatten an, sich zu bewegen. Unnatürlich für einen Baum. Philip erschrak. „Hey!", rief er, als die Silhouette davonsprintete. „Stehen bleiben!"

Philip nahm die Beine in die Hand und rannte hinterher. Schenk-

te seinen Kollegen, die in ihre Funkgeräte sprachen, keinerlei Beachtung. Alles, was ihn interessierte, war, die Gestalt zu fassen, die ihn
offensichtlich beobachtet hatte. Die er Tage zuvor im Wald beobachtet hatte. Er sprang über einen Baumstamm, verfolgte sie mit hastigen
Schritten. Er konnte sie vor sich sehen, doch bevor er den schwarzen
Fleck erreicht hatte, knallte ihm etwas ins Gesicht und schleuderte
ihn rücklings zu Boden.

„Verdammte Scheiße!", fluchte er und hielt sich die Nase. Sofort
stand er auf, erkannte, dass er gegen einen Ast gerannt war. Philip
wollte weiter, doch er konnte die Gestalt weder sehen noch hören.
Überstürzt zückte er sein Smartphone aus der Tasche, schaltete die
Taschenlampe ein und blendete in die Umgebung. Doch wie sehr
er auch versuchte, jeden Winkel auszuleuchten, er konnte nichts
entdecken. Die Silhouette war in der tiefen, tiefen Dunkelheit verschwunden.

Kapitel 7

Donnerstag, 20.06.2019

Genervt schnaufte Philip auf und schlug mit seiner Faust so fest an die Wand seines Büros, dass der Schmerz noch minutenlang nachhallte. Enttäuscht über sich selbst, setzte er sich wieder auf seinen Bürostuhl und durchforstete zum hundertsten Mal die Akten. Irgendetwas musste er doch übersehen haben.

Er war der erste von seinen Kollegen, der im Polizeipräsidium eingetroffen war. Die gestrige Nacht war lang gewesen, lang und erfolglos. Seine Kameraden und er hatten die halbe Nacht damit verbracht, den Wald nach der Gestalt abzusuchen, doch diese war unauffindbar gewesen. Als wäre sie in eine andere Dimension verschwunden. Keiner seiner Kollegen, auch nicht Chloe, hatte etwas bemerkt, geschweige denn etwas gesehen. Sie hatten teils behauptet, dass er sich da irgendetwas eingebildet hatte. Beeinflusst durch die Übermüdung. Doch Philip war sich sicher, dass er da eine reale Person gesehen hatte.

Er musste unbedingt herausfinden, welche Rolle der Betreuer spielte. Sonst würde er nicht weiterkommen. War er nur ein Zufallsopfer oder hatte er doch eine elementare Rolle? Der Kommissar massierte sich die Nasenwurzel und schloss die Augen.

Sie hätten sich intensiver mit den Freunden der Jugendlichen beschäftigen sollen. Hätten die Wohnungen viel eher durchsuchen sollen. Hätten mehr Einsatzbereitschaft und Ernsthaftigkeit in den Fall investieren sollen. Nun war es zu spät. Er konnte es nicht mehr rückgängig machen.

Lange hatte er keine so große Niederlage erlebt. Und das ausgerechnet zu Beginn seiner neuen Karriere als Abteilungsleiter. In diesem Fall schien alles verrückt zu sein. Das Verschwinden, der Ort, die Spurenlage, die Geschehnisse.

Philip seufzte. Er fühlte sich ratlos, verzweifelt, erschöpft. Manch anderer hätte den Fall aufgegeben, aber Philip Eckhart kannte das Wort gar nicht. Er wollte den Fall nicht aufgeben. Was sollten die Kollegen denken? Zudem ließ der Fall ihn selbst nicht los. Es schien ihm, als würden die Vermissten ihn förmlich anziehen. Immer näher zu ihrem Geheimnis. Er ahnte, dass es etwas gab an diesem Ort. Eine magische Kraft, magische Energien, die außer ihm und Chloe auch Luna gespürt hatte. Doch wie sollte er das seinen Kollegen, seinem Vorgesetzten oder der Öffentlichkeit erklären?

„Philip!" Chloe eilte, ohne anzuklopfen, in sein Büro. „Das musst du sehen!"

„Was?", fragte er, als sie an seinem Schreibtisch ankam.

„Ich habe etwas zu unserem vermissten Betreuer herausgefunden."

Philip streckte seinen Rücken. „Was?"

„Ich hab' nochmal einen Versuch gestartet und im Netz Annalena, also den Namen hinter dem Foto des Betreuers, und Grothenburg eingegeben und recherchiert. Dort gab es vor fünf Jahren einen Autounfall, zu dem Karsten Wendt erwähnt wird. Seine damalige Freundin und sein Sohn, Annalena Stevens und Luka, ein Jahr alt, kamen dabei ums Leben", meinte Chloe und legte ihm einen Artikel, den sie aus dem Internet ausgedruckt hatte, vor die Augen.

Philip studierte diesen aufmerksam, überflog den Text. „War Karsten Wendt damals gefahren?"

„Ja, aber er hatte keine Schuld. Ein Geisterfahrer kam ihnen mit hundert Stundenkilometern entgegen. Wie der Betreuer überhaupt überleben konnte …" Chloe schüttelte den Kopf.

„Also ist seine Familie tot. Kann es sein, dass er mit der Trauer nicht zurechtkam und für ihn die Welt nach dem Unfall dieselbe war wie zuvor?" Philip schluckte schwer, als vergangene Erinnerungen in ihm hochstiegen. „Weil er alles ignorierte? Das ganze Sein ausblendete?"

„Möglich. Aber damals war er so wütend, dass er dem Geisterfahrer, der ebenfalls nur knapp überlebt hat, gedroht hat, ihn umzubringen. Viel mehr ist darüber nicht bekannt."

„Kann der Geisterfahrer etwas mit seinem Verschwinden zu tun haben?"

„Eher nicht. Nach dem Zeitungsartikel hat er selbst die Schuld für den Unfall eingestanden und es bereut. Na ja, immerhin wissen wir jetzt, was es mit seiner Lüge auf sich hat."

„Nicht ganz. Ich weiß nicht, ob Herr Wendt alle absichtlich angelogen hat oder ob er sich in einer Traumabewältigung befand. Das sind zwei große Unterschiede. Wenn die Jugendlichen davon Wind bekommen und ihn an diesem Tag damit konfrontiert haben, kann es eine Erklärung sein, warum die vier verschwanden." Philip bemerkte, dass er nun möglicherweise eine Spur hatte. „Vielleicht ist die Situation eskaliert."

„Glaubst du, Luna ist in dich verliebt?"

Adam wich ihrem Blick aus und sah in Richtung der Fenster der Wohngruppe. „Keine Ahnung."

„Ich glaube schon. Zumindest folgt sie dir auf Schritt und Tritt",
meinte Jendushen und sah zu Mila, die neben ihm saß und Aschewol-

ken in die Luft absetzte. Die drei hatten sich vor der Eingangstür des Gruppenbereichs getroffen und saßen direkt vor der Tür.

„Wir sind nur Freunde."

„Wohl sehr gute Freunde, was?", lachte Mila.

„Ein Wunder, dass sie jetzt nicht hier ist. Wo ist sie überhaupt?", wollte Jendushen wissen.

Adam zuckte mit den Schultern. „In ihrer Wohnung vielleicht?"

„Kommst du eigentlich wegen ihr weniger raus?", fragte Mila und zog an ihrer Zigarette.

„Was meinst?"

„Du kommst jetzt so selten raus. Was ist los? Wir haben das Gefühl, dass du uns voll meidest."

Adam winkte ab. „Das hat doch nichts mit Luna zu tun."

„Etwa mit uns?"

„Auch nicht!"

„Die Betreuer?", hakte Mila nach. Jeder wusste, wie gut sie darin war, aus jemandem jedes kleinste Detail auszuquetschen.

Adam sah zur Straße, sah zu den Autos, die wegfuhren. Am liebsten wäre er auch vor der Situation geflüchtet. „Weiß auch nicht. Ich brauch' in letzter Zeit mehr Ruhe."

„Adam, du weißt, du sprichst hier mit uns?", meinte Mila und neigte ihren Hals seitwärts, fragend zu ihm blickend.

Adam holte tief Luft und sah zu seinen Mitbewohnern. „Fühlt ihr euch hier eigentlich wohl? Glaubt ihr, dass es hier wieder besser wird?"

„Nicht wirklich", antwortete Mila, während sie eine Aschewolke in die Luft pustete. Sie blickte zu Boden. „Du sprichst von Frau Ahrens und Elke, oder?"

Adam nickte leicht. „Mein ganzes Leben nervt mich. Die Schule, meine Eltern, das Leben hier. Immer dieser geordnete Alltag, immer diese Abhängigkeit."

„Ein unstrukturierter Alltag wäre besser?", fragte Jendushen ihn.

„Es wäre wenigstens eine willkommene Abwechslung."

„Willst du?" Mila bot Adam ihre Zigarette an. Mit kurzem Zögern nahm er sie an und steckte sie in den Mund.

„Was haben sie mit dir gemacht, dass du nicht mehr herkommen magst?"

Adam inhalierte den Rauch, obwohl er sich geschworen hatte, nie eine Zigarette in den Mund zu nehmen. „Ach, ständig meckern sie wegen Kleinigkeiten und verteilen Strafen. Und dann wundern sie sich, warum man seltener erscheint. Letztens musste ich den ganzen Gruppenraum im Beisein von Elke wischen."

„Scheiße. So ist das doch immer."

„Elke find' ich in letzter Zeit immer ätzender. Vorher war sie noch in Ordnung, doch jetzt nimmt es schon Ausmaße an, das glaubt man schon gar nicht mehr."

Jendushen fuhr sich mit einer Hand übers Kinn. „Die wollte schon immer so sein wie die Ahrens. Die kennen sich auch schon lange. Alles, was Frau Ahrens sagt, wird akzeptiert."

Mila schmunzelte. „Und alles wird getan, um der Alten zu gefallen. Die will doch ihren Posten haben!"

„Zum Glück ist Karsten hier. Ihm kann ich mich immer anvertrauen."

„Sei dir da mal nicht so sicher", meinte Mila und sah zu Jendushen. „Wir haben etwas Interessantes über ihn herausgefunden."

„Was denn?", fragte Adam und schritt zu ihnen. Glitt aus ihrem Sichtfeld. Sie streckte sich, beugte sich nach vorn, sodass ihr Gesicht beinahe an der Fensterscheibe klebte. Aber sie konnte nur seinen Rücken sehen. Sie stellte sich auf die Zehenspitzen, hielt sich mit beiden Handballen an der Fensterbank fest, lauschte, was sie sagten. Doch dann rutschte sie mit einer Hand aus, verlor das Gleichgewicht und fiel samt der künstlichen Pflanze, die auf der Fensterbank gestanden hatte, zu Boden. „Scheiße!"

„Habt ihr das gehört? Was war das?"

„Das war ich!", flüsterte sich Luna zu, die auf dem Bett lag und die Erinnerungen in ihrem Gedächtnis zurückspulte. Die Arme über dem Kopf, die Beine angewinkelt.

Blitzartig war sie dann wieder in ihre Wohnung verschwunden, nachdem sie ihre Freunde vom Treppenhaus her belauscht hatte. Hatte nie erfahren, was die anderen Adam mitgeteilt hatten.

Adam hatte nie mit ihr darüber gesprochen, so hatte Luna den Vorfall ganz verdrängt. Geglaubt, dass er nicht wusste, wie sie sie belauscht hatte.

Doch seit der letzten Nacht grübelte sie, was Mila damals gemeint hatte. Offenbar hatte Karsten ein Geheimnis, das sie herausgefunden hatten. Hatte er wirklich eine Affäre mit Elke gehabt? Luna konnte nicht glauben, dass er mit dieser Person etwas Intimes angefangen haben sollte, erst recht nicht nach dem, was ihr letzte Nacht passiert war. Nachdem sie ihr das angetan hatte. Luna schluckte. Sie wollte nicht mehr daran denken, wollte nur vergessen.

Hastig nahm sie das Foto in ihre Hände, welches sie an der oberen Hälfte mit Tesafilm festgeklebt hatte. Sie mit ihren Freunden. Noch so glücklich, noch so unbeschwert. Da dachte sie, dass sie hier geschützt war. Dass ihre Freunde glücklich waren. Konnte es wirklich sein, dass sie mit Karsten doch abgehauen waren? Ohne sie?

Urplötzlich wurde Luna von der Klingel ihrer Tür aus den Gedanken gerissen. Sie stand auf. Mit unguten Ahnungen schlich sie sich zur Tür, blickte in das Guckloch, öffnete dann die Tür. Beatrice stand vor ihr. „Mittagessen!"

Philip fuhr sich über seinen Dreitagebart, welcher unbedingt wieder rasiert werden musste, wie er feststellte. „Wenn sie das herausgefunden haben sollten, dann werden sie ihn sicherlich damit konfrontiert haben", meinte er zu seinen Kollegen, die sich langsam wieder an ihrer Arbeitsstelle eingefunden hatten.

„Meint ihr, er ist daraufhin ausgerastet, hat sie verschwinden lassen und ist untergetaucht?", fragte Malia.

„Wäre möglich. Aber am Laves-Pfad konnten wir keine ausgegrabenen Stellen finden. Vielleicht ist er es ja auch, der die Jugendlichen gefangen hält."

„Meine Fresse, das Ganze kann doch auch nur ein Zufall sein. Es muss nicht gleich bedeuten, dass der Betreuer ihnen deshalb etwas angetan hat", erzählte Walter und gähnte. „Woher sollen die Jugendlichen überhaupt davon erfahren haben?"

„Indem sie recherchiert haben. Und es wäre ein zu großer Zufall, wenn der Betreuer nichts damit zu tun hätte."

„Vielleicht ist der Betreuer ebenfalls krank. Kann ja sein, dass er den Verlust nicht mitbekommen und sich immer mehr von der realen Welt abgeschottet hat", meinte Leon. „Aber dass er deshalb drei Jugendliche entführt und tötet, daran glaube ich nicht so."

Philip fuhr sich über sein trockenes Gesicht. „Gehen wir mal davon aus, sie haben ihn damit konfrontiert. Er wäre aus seiner Scheinwelt herausgerissen und noch einmal mit dem Tod seiner Familie konfrontiert worden. Dann wäre es durchaus vorstellbar, dass Karsten Wendt sich nicht mehr unter Kontrolle hatte. Dem Geisterfahrer hat er ebenfalls gedroht, ihn umzubringen."

„Aber warum sollte er dir drohen? Warum sollte er diesem Mädchen eine Drohung schreiben? Warum sollte er auf sich aufmerksam machen, wenn er doch untertauchen will?", fragte Walter und verschränkte die Arme.

„Na ja, er will nicht gefunden werden. Will nicht, dass wir weiter ermitteln."

Walter seufzte. „Seien wir doch mal realistisch. Wenn dieser Betreuer an dem Abend einen Ausraster bekommen hat, wenn er wirklich einen Blackout hatte, dann wird er doch die Leichen da liegen gelassen haben. Sicherlich wird er sie nicht entführt oder gar irgendwo anders vergraben haben. Das erklärt die Sache mit diesem Köter nicht. Einer von denen hätte es doch geschafft, zu fliehen."

„Vermutlich hat er Komplizen", meinte Chloe nun.

„Seine tote Frau, oder wie? Der Betreuer hatte doch keine sozialen Kontakte außer diesen anderen Betreuern. Das ist doch alles Unsinn, so wie diese Gestalt gestern.

„Das ist kein Unsinn!", äußerte Philip mit einem leicht strapazierten Unterton. „Ich habe jemanden gesehen!"

„Was ist mit seinen Eltern? Womöglich hat er sich da verschanzt", lenkte Malia ab.

„Über die ist nichts bekannt. Weder in den Akten von der Einrichtung noch konnten wir etwas über sie herausfinden. Sie sind noch nicht polizeilich aufgefallen", sagte Chloe.

„Wenn ich etwas sagen darf…", begann Walter wieder das Wort. „Ich weiß nicht, ob ihr schon wisst, dass sich hier in der Stadt ein Mord abgespielt hat."

Philip nickte. „Und? Meinst du, es gibt eine Verbindung?"

„Nein! Ich bin der Meinung, dass wir unseren aktuellen Fall zur Seite legen und lieber den Mord aufklären sollten. Wir haben ja hierbei keine Hinweise auf ein Verbrechen gefunden. Wir haben nirgends Blut, keine Kampfspuren, nur die Kamera und diese Drohungen, von denen wir nicht mit Gewissheit sagen können, dass das nicht irgendwelche albernen Streiche von Jugendlichen waren. Wer weiß, vielleicht möchten diese Kids nicht gefunden werden, warum auch immer."

Philip hatte das Gefühl, als hätte er sich gerade verhört. War das sein Ernst? „Das heißt noch gar nichts!", schnaufte er ihn an. Von Beginn an war sein Kollege dem Fall gegenüber ablehnend aufgetreten. Er war es gewesen, der ihn dazu überredet hatte, die Wohnungsdurchsuchungen zu verschieben. Er war es, der ihm gegenüber die Jugendlichen schlecht redete. Aber er würde es nicht sein, der ihn auch noch dazu verleitete, den Fall aufzugeben. „Wir können den Fall nicht auf Eis legen!"

„Das habe ich auch nicht gemeint. Ich wollte nur sagen, dass wir uns um andere Fälle … "

„Ach ja? Die ganze Zeit nörgelst du nur rum. Jammerst wie 'n Kind, die Vermissten hätten sich aus dem Staub gemacht. Hast du keine besseren Vorschläge?"

„Hast du denn welche, außer dass sie von einer Sekte angegriffen wurden? Du interessierst dich doch nur für deine Theorie. Es geht nur um dich, meine Ideen ignorierst du völlig!" Walter erhob seine Stimme. „Hast du mal daran gedacht, dass die vier den armen Köter da am Tempel angebunden haben und dann geflüchtet sind? Hast du denn mal daran gedacht, dass sie verkleidet mit dem Zug in die nächstgrößere Stadt gefahren sind? Hannover? Göttingen? Hamburg? Nein, daran hast du augenscheinlich nie gedacht. Immer nur diese Sektengeschichte. Du wirkst schon paranoid."

„Verflucht! Dieser Pfad hat eine mystische Aura! Habt ihr das nicht gespürt? Es ist, als wäre es ein verwunschener Ort, als würden dort paranormale Dinge vor sich gehen!"

„Scheiße, Philip! Was erzählst du da?" Walter blickte grinsend in die Runde. „Fängst du jetzt auch mit diesem Mist an? Dieses irre Mädchen hat dir vollkommen den Verstand geraubt! Du bildest dir ja schon Dinge ein, die nicht da sind."

„Jetzt reicht's!" Philip stürmte auf seinen älteren Kollegen zu und wollte ihm die Stirn bieten. Wurde aber im letzten Moment noch rechtzeitig von Malia an den Armen festgehalten.

„Jungs! Beruhigt euch mal wieder!"

„Philip, du gehst die ganze Zeit von einem Verbrechen aus. Hast du dir denn einmal Gedanken darüber gemacht, ob hier überhaupt ein Verbrechen stattgefunden hat? Das bekloppte kahlköpfige Mädchen hat dir den Verstand vernebelt. Sie führt dich an der Nase herum! Lacht dich aus!"

„Luna hat damit nichts zu tun! Ich habe da jemanden gesehen, da auf diesem Pfad."

„Wir aber nicht! Oder?" Walter blickte zu seinen Kollegen, die alle ihre Köpfe schüttelten. „Wir alle haben da niemanden gesehen, obwohl wir die halbe Nacht da herumgeirrt sind. Wir haben nicht mal etwas gehört, nur dich, wie du panisch in den Wald geschrien hast. Wie erklärst du dir das?"

„Schluss jetzt! Alle beide! Beruhigt euch!" Malia ließ ihren Kollegen los.

Philip wollte etwas sagen, doch ihm blieben die Worte im Halse stecken. Er hatte keine Antwort auf diese Frage. Entgeistert sah er um sich, bemerkte die Ungläubigkeit seiner Kollegen in deren Gesichtern. Selbst Chloe schien nicht mehr auf seiner Seite zu sein. Philip fuhr sich durch die Haare. „Ich bin verdammt noch mal nicht damit einverstanden, dass wir irgendeinen anderen Fall bearbeiten, solange der aktuelle nicht gelöst ist."

„Ich auch nicht!" Chloe mischte sich nun ein. „Das würden doch die Angehörigen nicht verstehen. Außerdem ist es ziemlich unwahrscheinlich, dass ein Betreuer mit drei Jugendlichen einer Jugendeinrichtung einfach so abhaut. Für eine Liebesbeziehung würde es schon möglich sein, aber in unserem Fall sind nicht nur ein Mädchen und ein Mann verschwunden, sondern noch zwei weitere Jungen."

„Na ja, wer weiß. Vielleicht führt der Betreuer auch eine Mehrfachbeziehung. Aber ich bin auch der Meinung, dass wir den Fall vorübergehend auf Eis legen, bis wir weitere Informationen erhalten. Wir haben nicht wirklich eine andere Wahl", meinte Leon.

„Der Fall muss ja kein Cold Case werden, Philip! Natürlich werden wir noch weiter ermitteln, aber zurzeit ist die Spurenlage mickrig und dir scheint das Ganze nicht mehr gutzutun! Wir sollten die Kollegen in den nächsten Städten informieren, Fahndungen nach den vieren auszuschreiben."

„Ihr stellt euch vielleicht an. Jemand hat Luna und mich bedroht, befindet sich da im Wald und ihr wollt den Fall auf Eis legen? Ihr seid echt tolle Kameraden", brüllte Philip stocksteif. „Noch wird der Fall nicht beiseitegelegt. Ich werde weiter ermitteln!"

Noch bevor er den Satz ausgesprochen hatte, schritt er zur Tür hinaus und verließ den Raum. Auf die Rufe seiner Kollegen achtete er nicht. Schaltete seine Ohren auf stumm und hörte keinen Ton mehr.

Wenig später, nachdem er sich den Fernsehbericht angesehen hatte, lag Philip in seinem Bett. Hatte sich die Akten darauf ausgebreitet, die er aus dem Kommissariat mitgenommen hatte, es sich halbwegs bequem gemacht und dachte daran, ob die Jugendlichen wirklich die Wahrheit über ihren Betreuer erfahren hatten. Kam es bei der Wanderung zu einem Streit? Haben sie ihn konfrontiert? Und wenn sie dies getan hatten, wo konnte sich der Betreuer nun verstecken?

Präzise studierte er die einzelnen Bilder. Dieser Fall nagte an ihm wie ein lästiger Käfer an einem frischen Baumstamm. Dieser Fall nahm ihn mit, riss ihn in die Tiefe. Sein Blick schweifte von Karsten mit dem undurchdringlichen Bart zu Mila mit der markanten Brille, zu Jendushen mit der dunklen Haut und hin zu Adam, bei dem er immer wieder hängen blieb. Irgendetwas an ihm schien ihn in seinen Bann zu ziehen. Adam — ein lebensfroher junger Mann, durchschnittlicher Typ. Bald eine Akte in seinem Stapel aus ungelösten Fällen, zusammen mit seinen Freunden.

Er hatte lange gebraucht, aber nun war er sich sicher, dass es die Gesichtszüge des Jungen waren, die ihn die letzten Tage faszinierten. Jetzt wurde es ihm bewusst, als würde er langsam aus einem nicht enden wollenden Traum erwachen. Ebenfalls die Augen stachen ihm wie ein Blitzgewitter hervor und leuchteten vor seinen trüben Augenlinsen auf. Philip blickte zu seinem Nachttisch. Dann wieder zu den Bildern. Er wurde blass wie ein Gespenst. Hatte das Gefühl, als würde sein Atem aussetzen.

„Nein", flüsterte er sich stirnrunzelnd zu. „Das ist unmöglich!"

„Nichts ist unmöglich, daher sage niemals nie!", hörte er seine Großmutter im Innern sagen.

Aber das konnte doch nicht sein. Da war der Kommissar sich ganz sicher. Schließlich war es unvorstellbar. Aber wenn es tatsächlich so wäre, würde der Fall in eine andere Richtung gehen. Er erinnerte sich daran, was die Eltern ihm anvertraut hatten.

Der Kommissar richtete sich im Bett auf. Dann waren die Personen keine Zufallsopfer, sondern wurden gezielt ausgesucht. Unwillkürlich dachte er an den Strick mit der Henkersschlaufe zurück. Was war, wenn es gar nicht die Wandergruppe war, um die es ging? Sondern er?

Freitag, 21.06.2019

Ella öffnete die Haustür und trat ins Freie. Ein kühler Luftzug kam ihr entgegen und ließ ihre Haare nur so fliegen. Sie, die an diesem Morgen die Nachtbereitschaft übernommen hatte, schloss für einen kurzen Augenblick die Augen, atmete erleichtert aus. Endlich wieder Frischluft. Sie öffnete sie wieder und sah die Fenster der Wohnungen der vermissten Jugendlichen. Sie spürte, wie ihr Herz zu erhärten schien. Kein Hauch von Leben war darin mehr zu erkennen. Ella atmete tief durch. Das das Leben einem so schnell einen Strich durch die Rechnung macht, dachte sie sich, ehe sie mit einem beklemmenden Gefühl das Gemeinschaftsbüro betrat. Es stand noch einiges an Schreibarbeit an.

Sie legte ihren Rucksack auf den Boden, schaltete einen Computer an und machte sich einen Kaffee. Gähnend setzte sie sich an den Tisch und fing langsam an, einen Bericht zu verfassen. Doch sie hatte Schwierigkeiten anzufangen. Ihre Finger stockten, wollten nichts schreiben. Ihre Gedanken lagen bei den Vermissten. Zwei Wochen. Zwei verdammte Wochen.

Gerade als sie ihren ersten Satz begann, fing auf einmal das Telefon zu klingeln an. Sie nahm ab.

„Guten Tag, Noll hier!", fing sie an. Kratzte sich dabei den letzten Schlaf aus den Augen.

„Hey, Ella, ich bin's, Elke. Ich … wollte nur mal sagen, dass … ich kündige!"

„Wie?", fragte Ella mit vergrößerten Augen. Damit hatte sie nicht gerechnet. Sie hatte das Gefühl, dass ihre Ohren sich weiteten, um jede kleinste Information mitzubekommen. War das wirklich Elke? „Wie, du kündigst?"

„Ich hab' meine Sachen schon gepackt und gestern mitgenommen. Die Schlüssel habe ich in mein Fach gelegt."

„Okay! Aber das wundert mich gerade. Wie … " Ella blieben die Worte im Mund stecken. Es ging alles viel zu schnell. Diese Information war zu viel für sie an einem Freitagmorgen.

„Lange Geschichte. Jedenfalls wünsche ich euch alles Gute."

„Okay. Danke, das wünsche ich dir auch! Aber … "

„Ciao!"

Das Gespräch wurde wieder beendet. Fassungslos saß Ella am Tisch, das Telefon noch in der Hand, und reflektierte, was gerade geschehen war. „Sie hat echt gekündigt!", flüsterte sie leise vor sich hin, während sie das Telefon mit offenem Mund betrachtete. „Ich fass' es nicht!" Nie hätte sie gedacht, dass die Gruppenleiterin, die bekannt für ihre Zielstrebigkeit war, je freiwillig kündigen würde. Wollte sie nun auch dem Alptraum entfliehen? Was war geschehen?

Erst nach ein paar Minuten wurde ihr klar, dass Elke ab nun nicht mehr Teil der Gruppe sein würde. Doch keiner würde ihr großartig eine Träne nachweinen. Eilig schrieb sie in die Gruppe, was gerade geschehen war, lehnte sich in ihrem Stuhl zurück und binnen kürzester Zeit fingen die Spekulationen an:

Ein Betreuer meinte: „Wahrscheinlich hat sie Anschiss von Herrn Krüger bekommen!"

Natascha meinte dagegen: „Vielleicht ist der Druck ihr zu viel geworden und das ganze Drama hier hat ihr den Rest gegeben."

„Ich glaube eher, sie hat Ärger bekommen!", schrieb Claudi in die Gruppe. „Und ich bin mir auch sicher, dass sie längst was Neues hat. Sie ist eine Planerin und hat das vermutlich schon länger in Betracht gezogen oder sich einen Plan B zurechtgelegt für die schlimmsten Fälle."

„Ich versteh' nur nicht, warum sie uns das nicht persönlich gesagt hat. Stattdessen hat sie es sich einfach gemacht. Da sieht man schon, wie feige diese Person ist!", schrieb Marcel.

„Allerdings. Vielleicht hatte sie doch mehr mit den Vermissten zu schaffen als angenommen."

„Irgendwie ist das wie ein übler Scherz. Erst Karsten und die drei Kids, dann die Ahrens und jetzt noch die Böhm! Die Gruppe reduziert sich ja zunehmend."

„Hoffentlich geht das nicht so weiter!"

Die ganze Zeit hatte Philip sich überlegt, wann er fahren könnte. Nun war ein guter Zeitpunkt gekommen. Im Kommissariat herrschte Ruhe, niemand wollte etwas von ihm. Alle Arbeit, die er hatte machen können, um die Vermissten wiederzufinden, hatte er getan. Jetzt konnte er nur noch abwarten. Warten, dass sie von allein wiederkehrten oder dass man etwas fand. Spuren, die ihnen nicht weiterhalfen. Der Hund, der ihnen nichts sagen konnte, die Kamera, die nichts zeigte, der Zettel, der niemanden mit seiner Handschrift überführen konnte.

Philip fuhr sich mit einer Hand durch das Gesicht, als er an den Zettel dachte. Der zerknitterte Zettel, von dem jeder annahm, dass Luna ihn selbst geschrieben hatte. Außer ihm. Er war nun davon überzeugt, dass jemand anderes diesen Zettel verfasst hatte.

Der Kommissar überlegte sich, was er seinen Kollegen sagen sollte. Er wusste, wenn er ihnen die Wahrheit offenbarte, würden sie kritisch reagieren, ihm es wieder ausreden. Doch er musste raus an diesen Ort, an dem die Wahrheit zu finden war. An den Ort, der ihn anzog. Nicht irgendwen anderes, sondern ihn. Heute würde er diesen Pfad nochmals aufsuchen und nach der Gestalt suchen. Es war Zeit, sich seiner Vergangenheit zu stellen.

Er erinnerte sich, wie er morgens mit dunklen Rändern unter den Augen aus dem Alptraum aufgeschreckt war. Die komplette letzte Nacht hatte er mit der Frage verbracht, ob es Schicksal oder doch absichtlich herbeigeführt war. Ob es Zufall war? Nein, das war kein Zufall. An Zufälle glaubte er nicht. Jemand wollte ihn dort haben.

Auf dem Parkplatz angekommen, stellte er seinen Wagen genau an der Stelle ab, an der vor zwei Wochen die Vermissten es mit ihrem Fahrzeug getan hatten. Seinen Kollegen hatte er nur erzählt, er wäre kurz etwas einkaufen, da er die Woche dazu keine Zeit gefunden hätte. Er dachte sich, dass das Vorhaben nicht so viel Zeit in Anspruch nehmen würde, obwohl er selbst nicht wusste, was er zu finden hoffte. Vielleicht hätte er seinen Kollegen sagen sollen, dass ihm plötzlich übel war. Zu spät. Jetzt war er schon los. Allerdings würden seine Kollegen womöglich auch nicht bemerken, dass er je weg gewesen war. Vorstellen konnte er es sich.

Er stieg aus seinem Fahrzeug und ging zum anderen Ende des
Pfades. Er wollte den Rundweg von der anderen Richtung entlang-
laufen, als sie sonst immer gelaufen waren. Dann wäre er schneller an
dem Ort, wo er eigentlich hinwollte.

Zielgerichtet lief er, ohne einen Blick darauf zu werfen, an dem
Informationsschild, auf dem der Name des besagten Pfades stand,
vorbei, tief in den Wald und verschwand hinter den unzähligen Baumstämmen. Ein leichter Nebel lag in der Luft und legte sich auf seine
Haut und Haare. Roch nach Regen und feuchter Erde. Es war kein
hängender Nebel. Nein, es war ein Nebel, der sich den Weg entlang-
zubewegen schien, ihm gar folgte. Rechts und links überall Bäume.
Bedrohlich standen sie da, hatten sich zusammengeschlossen und
verbargen ihr Geheimnis dahinter.

Plötzlich hörte er ein Geräusch — rechts neben ihm. Er zuckte
zusammen, drehte sich abrupt um und sah mit großen, erstarrten Augen zu den Bäumen. Ein Rabe hatte sich auf einen der mit einzelnen
Blättern bestückten Äste gesetzt und starrte ihn regungslos an. Philip
atmete aus, betrachtete den Vogel, wie er krächzte, und schritt dann
weiter.

Die Stimmung wirkte unheimlich, als er den verlassenen Pfad
entlanglief. Irgendetwas ließ ihn schneller laufen, zog ihn regelrecht
vorwärts. Philip spürte eine Präsenz, die ihn beobachtete, sich mit
ihren finsteren Augen in seinen Nacken brannte, als hätte man ihm
haufenweise Brennnesseln darauf gelegt. Nicht den Vogel, der ihm mit
seinen düster leeren Augen hinterherstarrte, sondern etwas anderes.
Mehrfach blickte er sich über die Schulter, konnte allerdings nur die
Konturen von den Buchen und Büschen ausmachen, die im Wind
den Monstergestalten aus seinen Kindheitsträumen ähnelten. Der
schwarze Schatten war nirgends zu sehen. So schritt er weiter. Sein
Körper hatte die Kontrolle übernommen, er konnte nichts dagegen

machen.

Es war ein sensationeller Blick, als er den Teetempel von weitem sah. Joelle hätte instinktiv ihre Kamera, die sie nur zum Schlafen und Duschen abgelegt hatte, gezückt und gleich ein paar Bilder geschossen.

Der Tempel war durch die Sonne in einen orangefarbenen Schleier gehüllt und wirkte mystischer als in den Tagen zuvor. Als wäre er ein Ort einer anderen Zeit, einer anderen Dimension. Philip starrte hoch zu den Konturen des Gebäudes, schaute dann um sich herum, doch durch den Nebel konnte er nur die Umrisse der Bäume sehen. Ein Gefühl von Beklommenheit überkam ihn. Kein Mensch schien hier zu sein, doch irgendwie fühlte er sich beobachtet, schien schleichende Schritte zu vernehmen. Abrupt sah er sich erneut um in der Hoffnung, irgendjemanden zu entdecken. Wanderer? Spaziergänger mit ihren Hunden? Fotografen? Fehlanzeige. Sein Unbehagen blieb allerdings. Wurde er wirklich paranoid? Oder war da doch jemand? Schließlich hörte er doch ab und an ein Rascheln hinter sich.

Er ging auf den Tempel zu, stieg auf das Steinpodest und blickte zu dem Weg, von dem er gekommen war. Es war so unheimlich still an diesem Ort. Kein Vogelgezwitscher, kein Straßenlärm, nur ein leises, weit entferntes Rauschen von den Bäumen. Philip wandte sich dem Gebäude zu und blickte nochmals in das Innere. Der Ast, der bis vor kurzem noch darin gelegen hatte, war von der Spurensicherung entfernt worden. Nun lag dort nur noch Schotter. Philip schaute sich genau um, ob nicht doch noch irgendwo ein paar Zettel herumlagen. Auch wenn er sich dabei dämlich vorkam, aber eine innere Stimme sagte ihm, er würde hier die Lösung finden. Hier, an diesem Klotz aus Stein.

Plötzlich vernahm er ein Geräusch hinter ihm, das er nicht zuordnen konnte. Mit einem Schlag drehte er sich um, konnte jedoch, außer der weißen Schicht, nichts sehen. Philip fühlte sich unwohl. Es war ruhig. Zu ruhig. Er konnte nicht mal mehr das Rascheln der Bäume hören. Alles um ihn herum war still geworden, wie ein Publikum, das angespannt auf den Start des Boxkampfes wartete. Und was war mit dem Nebel? Hatte er sich verdichtet?

Ist es das, was Luna meinte, fragte er sich und sah in den bedeckten Himmel. Er konnte keine Gesichter sehen, nicht einmal Konturen. Auch Stimmen konnte er nirgends hören. Ein kalter Luftzug wehte ihm ins Gesicht und er vernahm erneut ein Geräusch. Philip drehte sich um und sah auf den Boden. Ein zerknülltes Papier rollte vor seinen Füßen entlang und ließ das Herz des Kommissars beben. Ein Zettel! Woher kam er? Gerade eben war er doch nicht da gewesen. Es schien gar, als wäre er aus dem Nebel erschienen. Philip beugte sich zu dem Stück Papier hinunter, nahm es in die Hände und entknüllte es. Seine Nackenhaare stiegen in die Höhe, als er die Notiz las: *„Du bist nicht allein. "*

Schlagartig wurde ihm klar, sein Bauchgefühl hatte ihn nicht getäuscht. Er war nicht alleine …

Ruckartig hörte er einen dumpfen Schlag. Verspürte einen starken Schmerz am Hinterkopf. Er zuckte zusammen, fiel auf die Knie. Philip wurde sofort übel und er konnte auf einmal Sterne vor sich sehen. Schweißperlen bildeten sich auf seiner Stirn, seine Knie zitterten und panische Angst überfiel ihn. Er musste sich beruhigen, er fing an, mehr Luft in seine Lunge ein- und auszupusten. Dann fing er an nachzudenken. Dachte an den mysteriösen Fall, an seine Kollegen, an das Mädchen Luna und zuletzt an seine Frau Joelle. Er schloss die Augen und versuchte, seine Gedanken zu ordnen, versuchte, alle Stressfaktoren für eine kurze Zeit auszublenden, als er einen weiteren heftigen Schmerz wahrnahm.

Zuckend fiel er vor den Säulen des Tempels auf den feuchten, kalten Steinboden, vernahm den Geruch von Erde und blickte in den Nebel, ehe er nur noch in die tiefe, tiefe Dunkelheit sah.

„Hast du Philip gesehen?" Chloe lehnte an dem Türrahmen und blickte Leon fragend an, der an seinem PC saß.

Dieser blickte vom Bildschirm auf und drehte sich zu seiner Kollegin um. „Nein, er meinte vorhin, er müsse für kurze Zeit was erledigen. Er wollte nicht lange wegbleiben! Ist er noch nicht zurück?"

„Nein, anscheinend nicht. Ich suche ihn schon seit einer Weile. Hat er dir gesagt, was er erledigen wollte?"

Leon zuckte mit den Schultern. „Er wollte etwas einkaufen. Bestimmt kommt er gleich! Vielleicht hat er die Zeit unterschätzt oder die Schlange ist zu lang."

„Ja, aber heute war er irgendwie komisch!", bemerkte Chloe und trat näher an ihren Kollegen. „Er war vorhin so still, als würde er uns etwas verheimlichen. Ist dir das auch aufgefallen?"

„Na ja, er war ein wenig geknickt. Ist aber verständlich nach dem Streit gestern. Die Jugendlichen sind noch nicht gefunden worden und die Eltern machen ihm riesigen Druck. Es sind jetzt zwei Wochen vergangen und wir haben noch keine eindeutige Spur, die uns helfen könnte."

„Ja, das versteh ich, aber ich hab' irgendwie ein schlechtes Gefühl bei der Sache." Chloe verschränkte ihre Arme.

„Meinst du?", fragte Leon und richtete seine Brille.

„Irgendwie schon. Weißt du denn, wohin er wollte?"

„Nein!", meinte ihr Kollege und schüttelte vehement den Kopf. „Das hat er nicht gesagt."

„Wo sind Malia und Walter?"

„Nicht hier. Walter befragt eine Freundin von Mila und Malia ist vor zehn Minuten zu den Technikern gegangen."

„Auf seinem Schreibtisch liegen noch all die Unterlagen vom Vermisstenfall weit ausgebreitet", meinte Chloe. „Frag mich nicht, warum, aber in mir kommt der Gedanke auf, dass er wieder zu diesem Pfad gegangen ist."

Leon blickte sie an, als hätte sie etwas vollkommen Absurdes gesagt. „Was? Warum sollte er das machen? Er weiß doch, dass wir da schon des Öfteren gesucht haben. Erhofft er sich, diese Gestalt zu fassen oder irgendwelche Zettel zu finden?"

„Er benimmt sich in letzter Zeit merkwürdig und ist nicht wie sonst. Er hat sich zurückgezogen." Chloe begann, auf und ab zu laufen. Sie wollte sich keine Sorgen machen, wollte ihren Kollegen nicht bemuttern, doch es gelang ihr nicht. Irgendetwas musste ihm zugestoßen sein. Warum sonst meldete er sich nicht? Sie hatte das Gefühl, als würde man ihren Magen zusammenpressen wie eine Orange.

„Ruf ihn doch mal an, vielleicht meldet er sich ja", schlug ihr Leon vor.

„Das habe ich bereits versucht. Es geht immer nur die Mailbox ran."

„Was gibt's?"

Claudi und Marcel hatten alle Jugendlichen in den Gruppenraum gerufen, um ihnen die neuesten Informationen mitzuteilen. „Elke wird nicht mehr wiederkommen. Sie hat gekündigt."

„Was? Elke ist weg?", fragte Noah und stand auf, konnte nicht mehr sitzen bleiben. Auch die anderen blickten sich verwirrt an.

Claudi nickte. „Ja, sie hat heute gekündigt und ihre Sachen bereits mitgenommen."

„Geil! Endlich ist die Alte weg!", brüllte Kevin und trommelte mit seinen Händen auf den Tisch.

„Krass!", entgegnete Sven.

Markus fragte: „Wisst ihr, warum Elke gekündigt hat?"

„Nein! Sie hat heute Morgen angerufen und nur gesagt, dass sie gekündigt hat. Den Grund hat sie nicht genannt", erklärte Marcel.

„Wahrscheinlich auch nicht so wichtig. Sie wird ihre Gründe gehabt haben. Vermutlich hat sie sich das Ganze schon vorher überlegt, vielleicht in ihrem Urlaub", entgegnete Claudi.

Luna saß mit offenem Mund da und starrte ihre Betreuer an. Verarbeitete langsam das Gesagte. Sie konnte es nicht fassen. Elke war für immer weg.

„Bestimmt wegen Frau Ahrens. Hier verschwinden doch alle gerade!", meinte Robin.

„Bald sind wir ganz allein!", lachte Noah.

„Möglicherweise hat Elke auch Ärger bekommen von Herrn Krüger."

Langsam schüttelte Luna den Kopf. Sie glaubte nicht daran. Eine andere Theorie kam ihr in Erwägung und schnürte ihr den Brustkorb zu. Vielleicht lag der Grund darin, was vorletzte Nacht passiert war. Was sich in ihrer Wohnung abgespielt hatte.

„Egal! Hauptsache, Elke ist weg!", lachte Noah.

„Ich finde, sie hätte sich auch bei uns verabschieden können. Das ist so unhöflich!", schimpfte Beatrice.

„Dafür ist sie doch zu feige!", scherzte Robin und klatschte Noah in die Hand.

Luna schluckte. Sie wollte etwas sagen, öffnete ihren Mund, wurde dann allerdings von Beatrice gerüttelt und geschüttelt. „Sie ist weg! Freust du dich?", fragte sie sie mit einem breiten Grinsen und umarmte sie.

Luna war überfordert, wollte sich aus der Umarmung befreien und einfach aus dem Haus sprinten. Wollte nur rennen, weg von allem. Elke hatte sie zurückgelassen. Für immer. Mit einem Geheimnis, welches nur sie beide kannten.

„Ich wusste es, er muss hier irgendwo sein!", rief Chloe und sprang aus dem Auto, als würde sie gleich einem Banditen hinterherjagen. Nach einer halben Stunde, in der Philip sich noch immer nicht gemeldet hatte, hatte sie Leon dazu überredet, mit ihr in das Waldgebiet zu fahren und nachzuschauen. Sie wusste, etwas stimmte nicht. Auf Philip war immer Verlass. Er hätte sich längst gemeldet.

Gleich als sie ankamen, stach ihnen sofort das Fahrzeug ihres Kollegen ins Auge, welches noch auf dem Parkplatz stand.

„Das ist sein Auto, aber was will er hier? Etwa weiter nach Zetteln suchen?", fragte Leon kopfschüttelnd, nachdem er den Wagen geparkt hatte und ausgestiegen war.

„Vielleicht. Komm, lass uns den Rundweg von der anderen Seite gehen, dann sind wir schneller am Tempel und am Mausoleum! Ich denke, wenn er hier irgendwo ist, dann da!"

Der Nebel hatte sich gelegt und man konnte wieder die Umgebung genauer betrachten. Eine frische Brise huschte in die Gesichter der Kommissare, ließ ihre Haare durch die Luft sausen, als sie den Weg zum Tempel hinaufliefen. Zum Glück für Leon, der nichts von Kondition hielt und somit etwas Erfrischung bekam. Schnaufend stampfte er seiner Kollegin hinterher, die regelrecht hinaufsprintete.

Als sie am Tempel angekommen waren, riefen sie nach ihrem Kollegen. Schauten sich um, um Hinweise zu bekommen, ob ihr Kollege oder jemand anderes vor Ort war. Doch sie konnten niemanden entdecken. Der Ort war menschenleer, wirkte wie ausgestorben. Chloe stieg auf das Podest und rief nach ihrem Kollegen, jedoch war dieser nicht hier.

„Lass uns den Weg hier abschauen. Vielleicht finden wir ihn hier irgendwo." Leon stand noch vor dem Tempel und zeigte auf den Weg zum Mausoleum.

Chloe nickte. Während sie zu ihrem Kollegen lief, sah sie des Öfteren über die Schulter. Fokussierte den Tempel, die Säulen, das Tor, das Dach. Spürte, wie ihr etwas entging. Die beiden Kommissare machten sich auf, um den ganzen Pfad zu durchkämmen, doch sie konnten Philip trotz mehrmaligen Rufens und genauen Hinsehens nicht entdecken.

„Wir müssen die Kollegen anrufen! Ich befürchte, dass etwas passiert ist", forderte Chloe ihren Kollegen schnaufend auf, als sie wieder am Parkplatz ankamen und das Fahrzeug ihres Kollegen betrachteten. „Ruf die anderen an! Ich nehme mir Philips Auto genauer unter die Lupe."

Am späten Nachmittag hatten sich mehrere Beamte an dem Parkplatz eingefunden, um erneut eine Suchaktion zu starten. Nun allerdings ging es um einen Kommissar. Einen von ihnen. Die Suchmannschaft teilte sich in zwei kleinere Gruppen auf, die von unterschiedlichen Richtungen anfingen. Chloe und Walter starteten mit einigen Beamten der Bereitschaftspolizei, um die Richtung zu durchsuchen, die dem Tempel nähergelegen war.

„Wie konnte das passieren?", wollte Walter geschockt wissen. „Habt ihr Anzeichen gefunden, die darauf hindeuten, dass ihm etwas zugestoßen ist?"

„Nein. Ach, ich weiß es doch auch nicht! Aber ich spüre, dass ihm etwas zugestoßen ist. Er hat sich heute ganz seltsam benommen. Ich mache mir Sorgen um ihn." Chloe wirkte, als würde sie jeden Moment in Tränen ausbrechen.

„Beruhig dich! Wir sollten jetzt nicht sentimental werden. Er muss hier irgendwo sein. Wer weiß, vielleicht streunert er noch irgendwo herum und will seine Ruhe haben. Dann sind wir alle umsonst hier!"

„Glaube ich nicht. Das hätte er doch vorher gesagt. Was passiert hier nur? Erst verschwinden hier vier Wanderer, dann das mit dem Mädchen und nun ist auch noch Philip hier verschwunden. Genau wie diese Gruppe vor zwei Wochen. Immer am Freitag. Das hat doch was zu bedeuten."

„Du magst vielleicht recht haben, aber es kann sein, dass er hier doch irgendwo ist und nur seine Ruhe haben will. Du kennst ihn doch! Er kann eigenwillig sein! Womöglich braucht er nur Zeit, um nachzudenken."

Chloe schüttelte den Kopf. „Aber das sieht mir nicht danach aus. Etwas ist passiert. Das kann ich spüren! Vielleicht hat er ja neulich wirklich jemanden gesehen?"

„Fängst du nun auch damit an? Er ist ein erwachsener Mann. Er kann auf sich aufpassen, außer", meinte Walter, „er will sich etwas antun."

Chloes zusammengekniffene Augen funkelten ihn wütend an. Der Zorn färbte ihr Gesicht bis zum Haaransatz tiefrot. „Wie bitte? Meinst du, Philip hängt irgendwo dort draußen, weil ihm alles nun egal geworden ist? Denkst du noch immer, dass sie alle abgehauen sind?"

Walter wurde blass. Sah seiner Kollegin mit großen Augen ins Gesicht. „Jetzt mach mal halblang! Es ist nicht meine Schuld, dass er verschwunden ist! Konnte doch keiner ahnen, dass es so weit kommt."

„Da!" Chloe ignorierte ihren Kollegen und zeigte zum Gebäude. „Da ist der alte Tempel. Er muss hier irgendwo sein."

Atemlos sprintete sie erneut zum Steinwerk und kletterte auf das Podest. Bereits vorhin konnte sie spüren, dass ihr Kollege hier gewesen war. Dass er diesen Ort aufgesucht und nach Spuren gesucht hatte. Sie sah sich das Innere des Tempels an. Irgendwas stimmte hier in diesem alten Gebäude nicht. Doch was es auch war, sie konnte es nicht erkennen. Der Schlüssel zum Schloss fehlte.

Samstag, 22.06.2019

Langsam öffnete er die Augen. Er stöhnte auf, verspürte noch immer Schmerzen am Hinterkopf. Starke, brennende Schmerzen, die bis in jede kleinste Ecke seines Gehirns stachen. Mit gerunzelter Stirn betastete er seinen Kopf. Was war geschehen?

Plötzlich konnte er Stimmen wahrnehmen. Erst verschwommen, wie Geräusche in der Ferne, dann aber klarer. Sofort dachte er an Luna. Erlebte er dasselbe, was Luna erlebt haben wollte? Dieses surreale Erlebnis?

Über ihm konnte er allmählich dunkle Umrisse einer Gestalt ausmachen, die sich zu bewegen schien. Er konnte nicht erkennen, was oder wer es war. Seine Kollegen? Ärzte? Geister? Er blinzelte und atmete tief durch die Nase. Versuchte sich zu erinnern, was passiert war. Er war auf dem Laves-Kulturpfad gewesen, an dem Tempel. Hatte sich umgesehen. Hatte diesen Zettel gefunden. *Du bist nicht allein.* Er war nicht alleine, das stimmte.

Erst nach mehrmaligen Versuchen, die Augen zu öffnen, erkannte er, wer über ihm kniete. Wer ihm in die Augen sah. Es war ein Mensch. Ein Junge, dunkler Hautton, vermutlich Inder oder Pakistaner. Jendushen.

„Hallo?"

Schlagartig sprang Philip auf, als wäre er von einer Hummel gestochen worden, nahm seine ganze Kraft auf und packte den Jungen am Kragen. Er würde nicht zulassen, dass er nochmals verschwand. Schob ihn vor sich, so nah, dass ihre Nasenspitzen sich berühren konnten. „Jetzt hab' ich euch!"

Jendushen erschrak und fiel nach hinten. „Hey, was wird das denn jetzt?" Vergebens versuchte er die Hände von sich wegzubekommen, doch sie klammerten sich viel zu fest an seine Kleidung.

„Was ist passiert? Wo wart ihr?" Philip schüttelte den Jungen, dachte gar nicht daran, ihn loszulassen. Er wollte endlich Antworten haben, wollte wissen, was hier vorging.

„Möglicherweise ist das auch so ein Irrer?"

Philip konnte diese Stimme als weiblich identifizieren. Er blickte vom Jungen weg, lockerte seinen Griff jedoch nicht. Erst jetzt bemerkte er, wie hinter Jendushen noch zwei weitere Personen auf dem Boden saßen. Mila und Adam. Er ließ den Jungen los, fasste sich an die Stirn und schloss die Augen. Musste seine Gedanken sortieren. War das wieder einer seiner wilden Träume?

Der Kommissar ließ seinen Blick durch den Raum streifen. Ein kleiner, kahler und verdreckter Kellerraum. Ohne Fenster. Nur eine alte, verstaubte Glühlampe hing an der mit Schimmel bedeckten Decke herab und spendete ein wenig Licht in den Raum. Links von ihm fand sich eine verrostete Metalltür, die abgeschlossen zu sein schien. Rechts von ihm eine verstaubte, graue Wand, an der sich ebenfalls Schimmel breitgemacht hatte, der ein versprenkeltes Fleckenmuster an der Wand hinterließ. Davor lagen drei schmutzige Matratzen nebeneinander, auf denen eine große graue Decke lag. So grau wie die abgeranzten Wände daneben. Gegenüber von ihm, gute zehn Meter entfernt, befand sich eine weitere Tür, die offen stand und in einen dunklen Raum führte.

„Geht es Ihnen gut?", fragte Adam und riss ihn aus seinen Gedanken.

Philip sah zu dem Jungen hinüber. Blickte tief in seine Augen. So hörte er sich also an. So sah er in der Realität aus. Philip erkannte die Augen. Wusste genau, von wem er sie hatte.

„Was guckt er denn so?", flüsterte Mila Adam ins Ohr, ohne den fremden Mann aus den Augen zu lassen.

„Vielleicht ist er traumatisiert", gab Jendushen als Antwort.

Philip erwachte aus seiner Schockstarre. „Mir geht es gut. Einigermaßen. Was ist überhaupt passiert?"

„Ich glaube, er hat Sie niedergeschlagen. Jedenfalls hat er Sie hierhergebracht." Jendushen sah ihn an und deutete auf seinen Hinterkopf.

„Wer?", fragte Philip.

„Der Typ, der uns hierhergebracht hat!"

Chloe nahm sich einen Schluck von ihrem Kaffee. Sie musste wach bleiben, hatte die ganze Nacht kaum ein Auge zugemacht. Hatte nur dagelegen und gegrübelt.

Nun musste sie den Blick auf den Fall richten. Sich auf alle Spuren konzentrieren. Anders konnte sie ihrem Kollegen nicht helfen. Anders würde sie ihn und die anderen nicht finden.

Seitdem sie morgens angekommen war, durchwühlte sie hastig die Akten zu dem Fall, kontrollierte alles doppelt und dreifach. Hoffte, einen Hinweis zu bekommen. Hatte Philip etwas aufgeschrieben? Welche Bedeutung hatte der Ort? Was war mit den seltsamen Ereignissen?

Die Suchaktion nach ihrem Kollegen hatte nichts gebracht. Daher war die Spurensicherung erneut dazugerufen worden, die den Wagen ihres Kollegen aufbrach und nach Spuren untersuchte. Allerdings hatte dies zu nichts geführt. Man hatte noch immer nichts von ihm gehört. Sein Smartphone war ausgeschaltet und seine Familie wusste auch nicht, wo er war. Weder zur Arbeit noch zu sich nach Hause war er zurückgekehrt. Das passte nicht zu ihm. Etwas war geschehen.

Glücklicherweise waren die anderen Kollegen auch davon überzeugt und studierten nun mit Hochdruck alles, was sie über den Fall wussten. Die Staatsanwaltschaft hatte ihnen noch am Vorabend die Einwilligung gegeben, die Wohnung ihres Kollegen zu untersuchen. Der Laptop wurde beschlagnahmt und gleich den Technikern zur Untersuchung gegeben.

Jeder von ihnen ging davon aus, dass das Verschwinden ihres

Kollegen etwas mit dem Fall zu tun haben musste. Durch das Smartphone konnte festgestellt werden, dass Philips letzter Standpunkt der Laves-Kulturpfad gewesen war. Auch der Computer ihres Kollegen wurde untersucht. Dokumente, Internetseiten wurden geöffnet in der Hoffnung, etwas zum Verbleib ihres Kollegen zu finden. Doch alles, was Philip zuletzt gegoogelt hatte, handelte nur vom Pfad.

„Was für ein Mann? Euer Betreuer Karsten Wendt?", fragte Philip.

„Nicht Karsten. Der andere!", entgegnete Mila und kratzte sich in ihren fettigen Haaren. „Wir kennen ihn nicht."

„Und wir wissen auch nicht, warum er uns hier eingesperrt hat wie Sträflinge!", ergänzte Jendushen.

„Wo ist dieser Mann jetzt?"

„Wissen wir nicht. Er hat Sie nur kurz abgeladen und ist dann ohne ein Wort weiter. Ich glaube, er ist nicht die ganze Zeit hier", meinte Mila.

Philip sah zur offenen Tür. „Was ist dahinter?" Der Kommissar zeigte darauf.

„Das ist die Toilette. Mit einem Waschbecken darin."

Philip seufzte. Das wäre ja auch zu schön gewesen. So leicht würde es nicht sein. „Was ist mit eurem Betreuer? Wo ist der?"

Die Jugendlichen schauten sich verzweifelt an. „Ich glaube, dass er noch hier irgendwo ist", erwähnte Adam.

„Wie meinst du das?" Philip versuchte sich auf das Gesagte zu konzentrieren. Durfte sich nicht von seinen Gedanken, seinen Schmerzen ablenken lassen.

„Na ja, Karsten hat uns vor ein paar Tagen hierhergeführt. Eigentlich wollten wir wandern gehen, aber Karsten und dieser Mann haben sich am Tempel getroffen. Und der Mann wollte uns was zeigen. Wir sind mitgegangen, dann hat er uns bedroht und uns hier eingesperrt."

„Ein paar Tage. Ihr seid nun seit zwei Wochen verschwunden! Hat dieser Mann auch Karsten eingesperrt?"

„Siehst du, wir sind doch schon länger hier!", flüsterte Mila zu ihrem Mitbewohner.

„Woher wissen Sie denn, dass wir seit zwei Wochen vermisst werden?", fragte Jendushen stirnrunzelnd. „Wer sind Sie überhaupt?"

„Weil ich dem Fall mit meinen Kollegen nachgehe."

„Cool, dann sind Sie ein …"

„Bulle? Ja! Kriminalhauptkommissar Philip Eckhart!"

„Das war es zwar nicht, was ich sagen wollte, aber ist ja auch egal. Ich wollte immer mal einem Hauptkommissar begegnen." Jendushen klang fast aufgeheitert. Wie ein Kind, das die Kerzen auf seinem Geburtstagskuchen ausblies.

„Hat dieser Mann auch Karsten eingesperrt?", wiederholte der Kommissar seine Frage.

„Nein, wir hatten den Eindruck, dass Karsten und er unter einer Decke stecken, obwohl ich das Karsten niemals zugetraut hab'. Wir haben Karsten angefleht, uns hier rauszulassen. Haben ihn gefragt, warum er uns hier einsperrt, aber … Karsten hat nichts gesagt. Er ist verstummt, als könnte er nicht mehr sprechen. Er hat uns ab und an nur irgendwas zu essen und zu trinken gegeben."

„Verstehe." Philip wendete seinen Blick von dem Jungen ab und sah sich den Kellerraum an. „Wisst ihr, wo wir hier sind?"

„Irgendwo unter dem Mausoleum. Karsten und sein Freund haben uns in ein geheimes, unterirdisches Tunnelsystem geführt und uns in einen alten Lagerraum gesperrt", erzählte Jendushen. „Ich weiß, es klingt alles so abgespact, aber es ist wahr. Auf dem Boden des Mausoleums gibt es eine lockere Steinplatte, die man zur Seite bewegen kann. Durch den ganzen Dreck sieht man sie kaum. Darunter befindet sich eine Treppe, die hier hinunter führt."

„Okay! Wir müssen hier raus. Wisst ihr, wo sich der Ausgang

befindet?"

„Nicht ganz!" Mila zuckte mit den Schultern. „Wir wissen ungefähr, wie wir reingekommen sind, aber das ist schon etwas her. Wie
gesagt, wir wussten bis vor kurzem nicht, wie lange wir bereits hier
sind. Zudem sehen die Gänge alle gleich aus. Ob es noch einen anderen Ausgang gibt, können wir nicht bestimmt sagen. Außerdem
haben wir versucht abzuhauen, doch beide sind bewaffnet. Und der
eine ist in der Lage, damit umzugehen."

„Wir müssen trotzdem versuchen, hier irgendwie rauszukommen!"

„Und wie? Wir haben versucht, die Tür aufzubrechen, doch keine
Chance! Und wir können uns auch nicht mal richtig wehren. So
gut verpflegt wurden wir hier nicht. Außerdem wissen wir ..." Mila
wurde von einem dumpfen, rhythmischen Geräusch hinter der Tür
unterbrochen. Schritte waren zu hören. Schritte, die immer näher
kamen.

„Das muss er sein!"

Ein Polizeibeamter holte sich einen Kaffee und flitzte durch den
Flur. Ein weiterer führte zwei Eheleute in ein Büro. Zwei andere wiederum unterhielten sich über etwas, was sie nicht verstehen konnte.
Angespannt und erschöpft saß Chloe an ihrem Schreibtisch und
schaute sich die Bilder von der gefundenen Kamera an ihrem Computer noch einmal an. Die meisten zeigten stimmungsvolle und atmo-
sphärisch gut gelungene Werke. Meist Landschaften oder Gebäude.
Auf den letzten waren vereinzelt auch Personen drauf. Die Vermissten. Wie sie diesen geheimnisvollen Pfad entlanggingen. Wie sie am
Mausoleum standen und dieses betrachteten. Wie sie vor dem Tempel
ankamen. Und dann hörten die Bilder auf. Chloe nahm sich jedes
der einzelnen Bilder ein erneutes Mal unter die Lupe. Dann blieb
sie beim Foto stehen, das zuvor gelöscht wurde. Irgendetwas musste

sie dort doch erkennen. Sie betrachtete den Unterkörper der Person genauer. Glaubte dort den verschlüsselten Hinweis auf die Lösung des Falles zu sehen.

Chloe fuhr sich mit ihrer Hand über ihr trockenes Gesicht und reckte sich. Ihre Augen brannten. Ihr Mund war trocken. Ihre Motivation war von Bild zu Bild immer weiter gesunken. Mehrere Dutzend Bilder hatte sie nun durchleuchtet. Jeden einzelnen Winkel hatte sie immer und immer wieder nach irgendwelchen Anhaltspunkten durchsucht. Vergeblich. Nichts hatte sie gefunden. Nichts. Diese Worte hallten in ihr Trommelfell und ließen es beben, als würde jemand darauf Trampolin springen. Keine Spur. Nicht die geringste Hilfe für Philip und die vermissten Wanderer.

Doch was war das? Sie sah hinunter zu den Füßen der Person. Das Bild musste entstanden sein, nachdem sie den Tempel passiert hatten. Es waren dunkelbraune Schuhe zu erkennen. Aber nicht die Schuhe an sich weckten ihre Aufmerksamkeit, sondern etwas anderes … Endlich, dachte sich Chloe voller Hoffnung, etwas entdeckt zu haben. Hastig nahm Chloe sich die Maus zur Hand und zoomte näher heran. Sie zoomte so nah heran, wie es nur ging. Hellte das Bild auf, verdunkelte es danach wieder. Und erschrak zutiefst, als sie endlich sah, was dort unbemerkt fotografiert worden war. Ihre Pupillen weiteten sich, ihr Blick wurde starr. Ihr Atem blieb stehen. Zumindest fühlte es sich so an. Sie war nun hellwach. Sie wusste, was es war. „Oh, mein Gott!"

„Er kommt näher!"

„Was machen wir jetzt?" Angst stieg unter den Jugendlichen auf. Angst, die er hätte greifen können. Am liebsten hätte Philip dies getan und sie die Toilette heruntergespült. Angst brauchten sie nun gar nicht.

„Beruhigt euch!", versuchte er sie zu besänftigen und lauschte den Schritten.

„Ich frag' mich nur, was er von uns will. Wir kennen ihn doch gar nicht. Haben Sie beziehungsweise unsere Wohngruppe, in der wir leben, denn irgendwelche Erpresserbriefe bekommen?", wollte Jendushen von Philip wissen.

„Nicht, dass ich wüsste!" Philip blickte zur Tür. Wollte endlich wissen, mit wem er es zu tun hatte. Den Betreuern? Herrn Lennarts? Den Hippies? Anderen? An Geister glaubte er nicht mehr. Das fühlte sich nicht mehr surreal an. „Und kennen tut ihr ihn nicht?"

Die drei schüttelten ihre Köpfe.

„Wie sieht er aus? Könnt ihr ihn beschreiben?" Der Kommissar beugte sich zu den Jugendlichen. Fragte sich zeitgleich, ob es ein Täter oder mehrere waren. Vielleicht sogar eine Sekte?

„Na ja, er ist etwas älter, ergraute Haare, normale Figur …"

„Und er hat diesen Blick! Diesen stechenden, kühlen Blick! Eiskalt", ergänzte Mila und zeigte mit einem Finger auf ihre Augen.

Philip sah zur Tür. Wer war das nur? Eine rechteckige Luke wurde mit einem leisen Klacken geöffnet und ein Augenpaar spähte in den Raum. Philip runzelte die Stirn, als er diese beiden Augen sah. Er hatte sie doch schon mal gesehen. Er kniff seine Augen zusammen, um genau hinzusehen. Für einen kurzen Augenblick dachte er, dass sein Verstand ihm einen Streich spielte. Er musste sich täuschen. Hatte der Schlag auf den Kopf ihm so zugesetzt?

Der Schlüssel wurde in das Schloss gesteckt. Ein klickendes Geräusch durchströmte den kahlen Raum, ließ ihn zittern. Wahrscheinlich nur eine Verwechslung. Das Schloss wurde entriegelt. Ein lächerlicher Verdacht! Knarrend öffnete sich die Tür und Philip gefror das Blut in den Adern, als er erkennen musste, wer vor ihm stand und ihn hämisch anlächelte. Für einen kurzen Moment hatte er das Gefühl, sein Atem würde aussetzen.

„Nein! Nein, das kann nicht sein!", hörte er sich nur noch sagen.

Eilig kamen Malia und Leon auf den Computer von Chloe zu. Wollten unbedingt wissen, was ihre Kollegin herausgefunden hatte. Diese fragte sie, wo Walter sei. Leon meinte daraufhin, dass er seinen freien Tag hatte und auf einer Familienfeier wäre. Chloe drehte sich zum Bildschirm herum und tippte diesen an, noch immer war das Foto abgebildet. Beide Kollegen runzelten die Stirn, sie bemerkten nichts. Chloe zoomte zu den Schuhen, tippte mit ihrem Zeigefinger zu den Bändern. Abrupt ließ Malia ihren vollen Kaffeebecher auf den Boden fallen und legte ihre Hand vor den Mund. So groß war der Schock, als sie sah, was man im Wald fotografiert hatte, wen man dort fotografiert hatte. Es war nichts weiter als ein Unterkörper mit dunkelbraunen Schuhen. Schuhen, die eine braunschwarze Schnur als Schnürsenkel hatten.

„Das kann nicht sein! Du?" Fassungslos starrte Philip seinen Kollegen an, der im hell beleuchteten Gang stand.

„Ja, ich, Philip! Erkennst du mich wieder?" Walter hob beide Augenbrauen in die Höhe, verdeutlichte seinen stechenden Blick.

„Was machst du hier? Sag, dass das nicht wahr ist! Sag, dass du uns hier rausholst!" Eindringlich blickte er seinen Kollegen an. Hoffte, er würde dem zustimmen.

„Tut mir leid, aber ich habe dich hier reingebracht. Und ich habe auch nicht vor, dich wieder rauszulassen!"

„Sie kennen den Mann?", fragte Jendushen.

„Wie … kannst du das nur tun?" Philip ignorierte die Frage des Jungen und schluckte schwer. „Du bist dafür verantwortlich? Für alles?"

„Warum sollte ich das wohl tun, hm?" Walter warf ihm einen abschätzenden Blick zu und lehnte sich an die Tür.

„Ich dachte, wir wären Kollegen. Freunde!" Philip schaute sich im Raum um. Wo war die versteckte Kamera? Wann wachte er aus diesem Alptraum auf?

„Ach ja, sind wir das? Du bist echt ein toller Freund!" Verächtlich schaute Walter seinen Kollegen an und schüttelte den Kopf.

„Was meinst du damit? Sag schon!" Philip erhob seine Stimme. Seine Lippen bebten. Das hatte ihm den letzten Rest gegeben. Er konnte es nicht fassen. Hatte das Gefühl, dass er gerade eine gescheuert bekommen hätte.

„Du warst schon immer ein Idiot, Philip. Wir waren vor langer Zeit Freunde. Bis zu dem Moment, als du meine Tochter getötet hast."

„Ich habe sie nicht getötet!" Philip spürte, wie sich seine Kehle zuschnürte. Darum ging es ihm.

„Lügner! Du hast mir alles genommen. Meine Familie, meine Karriere. Du hattest immer das Sagen im Team. Die anderen haben doch immer nach deiner Pfeife getanzt. Und wenn wir mal unsere Arbeit perfekt gemeistert hatten, dann hast nur du den Ruhm abbekommen, all das ganze Ansehen. Du hast ja gesehen, wie die anderen zu dir halten. Und das, obwohl du ein Mörder bist! Auf mich habt ihr nie gehört! Habt mich nur verspottet. Du dafür bist bei allen beliebt. Bei den Kollegen, bei Hammer, bei der Staatsanwältin, der Presse …"

„Deswegen hast du unschuldige Jugendliche entführt und hältst sie hier gefangen?"

„Sie sind freiwillig mit meinem Freund mitgekommen. Und außerdem sind nur zwei von denen unschuldig." Walter lächelte seinen Kollegen schief an.

„Wovon sprichst du?", fragte Philip ihn, obwohl er bereits ahnte, auf was er hinauswollte. Er legte beide Handflächen auf den kalten Boden, stützte sich hoch.

„Du weißt, wovon!" Lächelnd blickte Walter zu Adam hinüber. Seine Augen funkelten den Jungen an, verbrannten ihm die Haut.

„Ich hätte meinen Sohn nicht weggegeben!"

„Lass ihn in Ruhe! Er hat damit nichts zu tun! Und die anderen beiden auch nicht, lass sie gehen! Das ist ein Gespräch unter uns!" Philip versuchte sein Gleichgewicht zu halten, stellte sich seinem Kollegen gegenüber. Klar konnte er pessimistisch sein, doch er war dennoch sein engster Verbündeter gewesen. Joelles Tod hatte sie zusammengeschweißt. Er war der Kollege, den er am längsten kannte. Den er am besten zu kennen geglaubt hatte. Ein Trugschluss, wie er jetzt feststellte.

„Tja, Joelle hat mir davon erzählt. Hat mir vertraut. Ich bin mir sogar sicher, dass sie mich am Ende mehr mochte als dich! Ihr habt euch ja nur noch gestritten!"

„Halt's Maul, du weißt gar nichts!", zischte Philip ihn an. Seine Lippen prickelten. Wollten so viele Beleidigungen herausschreien. Doch der Kommissar konnte im Augenwinkel erkennen, wie Adam ihn irritiert beäugte. Er durfte seine Fassung nicht verlieren. Musste wenigstens nun vor ihm ein wenig Würde zeigen und ein Vorbild sein.

Plötzlich ertönten wieder Schritte. Wenig später stand ein schlanker Mann hinter Walter. Karsten Wendt, der vermisste Betreuer. „Karsten, unser Freund möchte, dass wir das Gespräch in einen anderen Raum verschieben! Nimm du den Jungen!"

Karsten nickte kurz, schritt schweigend zu Adam und packte ihn an den Armen. Daraufhin begann sich der Junge zu wehren.

„Lass ihn sofort los!", schrie Philip ihn an. In seinem Herzen brodelte es vor Energie, er wollte sich auf den Betreuer stürzen. Auch die anderen beiden fuhren diesen an, dass er es unterlassen sollte. Dann hallte ein Knall in den Raum. Ein Schuss. Gefolgt von bedrückendem Schweigen. Walter hatte seinen Revolver gezückt und einen Warnschuss an die Decke abgegeben.

„Warum tust du das, Karsten?" Entmutigt sah Adam zu seinem

Bezugsbetreuer. Dem Menschen, dem er vor zwei Wochen noch vertraut hatte, für den er gar seine Hand in Flammen gehalten hätte.

„Klappe halten! Du kommst mit und du auch, Philip! Und keine Dummheiten, mein Freund!" Walter zeigte mit der Waffe auf seinen Kollegen. Betonte das letzte Wort bis zum letzten Buchstaben. Langsam machte Philip ein paar Schritte auf ihn zu. Blieb erst stehen, als seine Brust die Waffe berühren konnte. Auge in Auge sahen sich beide Männer an, die als Kollegen, gar gute Freunde bekannt waren.

„Ich hätte nicht gedacht, dass du so tief sinken kannst!"

„Die Zeit der Rache ist gekommen!" Hass funkelte in den Augen von Walter.

Atemlos eilte Malia zu ihren Kollegen ins Büro. „Eine Streife hat Walters Zuhause abgesucht, doch er war nicht da! Die Familie weiß von keiner Feier."

„Wir müssen sein Handy orten! Sofort!", drängte Chloe ihre Kollegen mit einem Anflug von Panik in ihrer Stimme. Schweißperlen glitten von ihrer Stirn am Gesicht herunter. Jetzt lag es an ihr, die Personen zu finden.

„Ja, mach ich! Wir haben ja seine Nummer!", meinte Leon.

„Wo könnte er sich jetzt aufhalten?", rätselte Malia mit einer Hand vor dem Mund.

„Ich bin fest überzeugt, er befindet sich irgendwo am Laves-Pfad. Philips Handy wurde dort zuletzt geortet."

„Kann schon sein. Dort gibt es doch alte Fischerhäuser. Womöglich hält er Philip da gefangen."

„Ich kann es noch immer nicht fassen!", sagte Leon kopfschüttelnd. „Das klingt so absurd!"

„Ja, warum sollte er das tun? Warum das Ganze?", fragte Malia stirnrunzelnd.

„Keine Ahnung!", entgegnete Chloe ihrer Kollegin, die Anspannung in ihrer Stimme war spürbar. „Das müssen wir ihn selber fragen!"

„Wenn wir die Ortung haben, dann wissen wir, wo er sich aufhält."

„Außer er hat sein Handy ausgeschaltet!", warf Chloe ein. „Oder die Batterie entfernt." Ihre Hände wanderten zu ihren Schläfen. Walter war einer von ihnen. Er war nicht dumm. „Dann können wir ihn nicht orten. Sicherlich hat er sein Handy ausgeschaltet. Er hat alles geplant."

Malia grübelte. „Dann müssen wir nach ihm und seinem Fahrzeug fahnden."

„Und wir müssen seinen Computer untersuchen. Seine Notizen, seinen Schreibtisch. Vielleicht kann das uns weiterhelfen."

„Er hat alles geplant!"

Die beiden Männer führten Philip und Adam in einen kleinen beleuchteten Raum, der mit einem Tisch, ein paar Stühlen, einer Singleküche sowie ein paar Schränken möbliert war.

„Setz' den Jungen dort ab!" Walter zeigte mit der Waffe auf einen alten Holzstuhl, der an dem kleinen Tisch stand. Karsten schubste den sich sträubenden Jungen darauf.

„Was soll das, Karsten? Du bist unser Betreuer, wann lässt du uns gehen?" Verständnislosigkeit erklang aus der Stimme des jungen Mannes.

„Sei ruhig, Junge!" Walter holte mit seiner freien Hand ein Seil aus einem der alten Billigschränke, ließ Philip sich auf den gegenüberliegenden Stuhl setzen und fesselte ihn.

„Lass ihn da raus! Er hat damit nichts zu tun, Mann!" Philip versuchte sich vergeblich gegen die Fesselung zu wehren.

„Ach, Philip, du Idiot! Natürlich hat er was damit zu tun! Er ist dein Sohn! Das weißt du doch, oder nicht?"

Philip verstummte. Die Worte blieben ihm im Mund stecken.

„Mein Gott, Philip. Du warst auch schon mal schneller in deinen Ermittlungen. Ich habe dir so viele Spuren dagelassen. Das Auto, die Fundsachen, den Hund, die Kamera, die Handydaten, den Strick. Du hast gar nichts gecheckt. Ich wollte demnächst sogar einen der anderen beiden Jugendlichen opfern, aber vermutlich hätte das auch nichts gebracht. Der Laves-Kulturpfad hat eine mystische Aura, was für ein Schwachsinn!"

„Das warst alles du? Die ganze Zeit hast du uns so verarscht? Hast mich nicht mehr schlafen lassen, mit mir gespielt?"

„Ich und mein Freund Karsten. Ich wollte dich verrückt machen, was mir auch gelungen ist. Ich wollte, dass du merkst, wie ich mich gefühlt habe, als meine kleine Tochter starb. Zudem wollte ich wissen, wie schnell du checkst, dass es dein eigener Sohn ist, den du da suchst. Nur um zu sehen, wer der bessere Ermittler von uns beiden ist. Und ich bin mir eindeutig sicher, ich bin es." Mit großen Augen sah Walter zu seinem Kollegen und grinste ihn mit einem breiten Lächeln an, als wäre er ein Wahnsinniger, der aus der Irrenanstalt geflohen ist. „Ich hätte dich schon dazu gebracht, den Fall beiseitezulegen. Dann hätte Hammer gesehen, was für ein Taugenichts du bist. Hätte dir das Amt entzogen und mich zum Abteilungsleiter ernannt."

„Deswegen hältst du gemeinsam mit deinem Freund die Jugendlichen fest?"

„Ich wollte nur deinen Sohn, um dich zu ködern! Deswegen stand ich nachts im Keller der Wohngruppe und habe diese Nachricht an das irre Mädchen geschrieben. Deswegen habe ich die Kamera in den Tempel gelegt und den Köter im Wald ausgesetzt. Es war ein trauriger Zufall für die anderen beiden, dass sie auch mitgekommen sind."

„Wie hattest du dir das vorgestellt? Was hättest du mit den Jugendlichen getan?"

„Ganz einfach. Ich hätte es so aussehen lassen, als hätten sie sich umgebracht."

„Lass sie gehen! Bitte. Nimm mich, aber lass die Jugendlichen da raus!" Philip presste die Lippen aufeinander und kaute auf seiner Unterlippe herum.

Walter fing an, schadenfroh zu lachen. „Trottel! Sie wissen doch alle viel zu viel. Du brauchst hier nicht auf verantwortungsvollen Vater zu machen, der du niemals warst. Außerdem, Philip, habe ich nicht vor, irgendjemanden freizulassen!"

„Mann, ich dachte, wir wären Kollegen!" Der Kommissar ballte die Fäuste, versuchte die Fesseln aufzureißen, wie es in den Actionfilmen immer gezeigt wurde. Doch in der Realität sah es anders aus. Die Fesseln rieben an seinem Handgelenk, dass es schon bald schmerzte.

„Dachte ich anfangs auch! Aber dann hast du meine Tochter getötet und ihr habt alle so getan, als wäre nichts gewesen." Walter beugte sich zu Adam hinunter. „Dein Vater ist so ein Schwachmat, nicht wahr? Checkt gar nichts!"

„Ich weiß nicht, wovon Sie reden! Mein Vater ist nicht hier. Sie müssen mich verwechseln!" Adam sah abwechselnd zu den drei Männern im Raum. Fühlte sich wie im falschen Film.

Walter fing erneut an zu lachen, lauter, und sah zu Philip hinüber. „Natürlich. Soll ich es ihm erzählen oder willst du es machen?"

Philip wusste nicht, was er sagen sollte. Eigentlich sollte er dem Jungen sagen, was er herausgefunden hatte, als er abends das Bild seiner Frau und das von ihm verglich. Er hatte dieselben Augen, dasselbe Lächeln. Philip machte den Mund auf, brachte jedoch keinen Ton heraus. Schaffte es nicht. Und dann war Walter schon schneller.

„Das dachte ich mir." Walter sah zu Adam, legte ihm eine Hand auf die Schulter. „Du wurdest adoptiert, Junge. Haben es deine tollen Eltern dir nie gesagt?"

Philip sah, wie etwas in dem Jungen vor sich ging. Mit bleichem

Gesicht saß er da und ließ die Worte von Walter an sich abprallen. Er wollte nicht glauben, dass er adoptiert wurde. Philip verspürte tiefes Mitleid mit dem Jungen. Er hätte sich gewünscht, dass Adam es nicht in so einer Situation erfahren musste.

„Deine Mutter Joelle war eine gute Freundin von mir. Sie hatte dich gern, aber dein Vater wollte dich nicht behalten", fuhr Walter fort.

„Nachdem deine Mutter mir von deiner Adoption erzählt hatte, habe ich mich auf die Suche nach dir gemacht. Ich habe es ihr versprochen, da sie sich starke Vorwürfe gemacht hatte. Es war einer ihrer letzten Wünsche gewesen. Anders als dein Vater habe ich dich auch gefunden. Hat zwar lange gedauert, aber es hat sich gelohnt. Deine Adoptiveltern haben dich in Hildesheim adoptiert und sind dann Jahre später mit dir von hier weggezogen. Es war ein Glück für mich, dass du später hier in eine Jugendeinrichtung gezogen bist. Du glaubst nicht, wie ich mich gefreut habe. Ab da habe ich einen Plan geschmiedet, um es deinem Vater heimzuzahlen. Eigentlich hatte ich es anders geplant, ich habe deinem Vater mehrfach eins ausgewischt. Mal habe ich ihm etwas weggenommen, mal habe ich ihm kleine Fallen aufgestellt und habe Sachen von anderen in seinen Rucksack gepackt, damit es so aussah, als wäre er ein Dieb. Doch immer wieder konnte er sich bei den anderen gut herausreden. Einschleimen war schon immer eine seiner Stärken." Walter blickte zu seinem Kollegen, der ihn fassungslos anstarrte.

„Es hat mir gefallen, ihn in miese Situationen zu bringen, allerdings hat es mich nicht ganz erfüllt. Ich wollte weitergehen. Zu etwas Größerem. Und als ich dich gefunden hatte, fing ich an, Pläne zu schmieden. Zuerst wollte ich dich entführen, als du noch ein Kind warst, aber deine nervigen Adoptiveltern haben dich ja keine Millisekunde aus den Augen gelassen. Es war Schicksal, dass du in die Einrichtung gezogen bist. Allerdings musste ich erst mal dein Vertrauen erlangen. Deswegen hab' ich meinen alten Freund Karsten in den Plan eingeweiht, da er Erzieher ist und somit in der Wohngruppe arbeiten konnte." Walter blickte zum Betreuer, ehe er fortfuhr.

„Es war ein Deal zwischen uns beiden. Er hat schnell Zugang zu dir gefunden, wurde glücklicherweise dein Betreuer und wir haben unser Vorhaben geplant. Karsten hat mir von diesem Bunker hier erzählt, den keiner mehr kennt. Seine Mutter hatte vor Jahrzehnten mal in der Gemeinde gearbeitet und dort eine geheime Karte zu dieser Unterwelt gefunden und diese mitgehen lassen. Daher kennt keiner den Bunker mehr, was unser Glück ist. Die Eltern von Karsten waren so wie deine Mitbewohner. Haben nur von einem Weltuntergang gesprochen und es sich hier gemütlich gemacht, alles eingerichtet. Hier sind sie auch gestorben. Ich habe dann Karsten gesagt, er soll dich mal hierherbringen, und vor zwei Wochen war es endlich so weit. Ich hab' mich gefreut wie ein ausgehungerter Köter, der seine erste Mahlzeit für den Tag riecht. Ich hab' alles geplant und kalkuliert. Es war der perfekte Zeitpunkt. Vielleicht war es auch besser, dass deine Freunde mitgekommen sind. Dann würde die Außenwelt erst recht denken, dass ihr euch aus dem Staub gemacht habt, und keiner würde euch vermissen. Und jetzt ist endlich der Zeitpunkt gekommen, mich an deinem Vater zu rächen!"

„Sie sind irre!" Adam sah trotzig zu seinem Betreuer hin, der sich regungslos an die Küchentheke lehnte und zum Boden blickte. „Und ich habe dir vertraut, Karsten. Wir alle haben dir vertraut! Dabei hast du uns allen nur etwas vorgegaukelt! Uns den heiligen Betreuer gespielt!"

Karsten sagte kein Wort. Adam wusste nicht, ob er nur keine Lust hatte zu reden oder seine Worte ihn doch verletzt hatten. Ohnehin wusste er gar nichts mehr. Wusste nicht mal, wer er war. All die Informationen kamen wie eine Kugel auf ihn zugeschossen. Alles, was er immer gedacht und geliebt hatte, wurde kaltblütig zerschmettert.

Sein ganzes Bild von seinem Leben wurde umgeschmissen.

Walter steckte seinen Revolver in seinen Waffengürtel, zog ein Messer aus seiner Jackentasche und hielt es Adam an die Kehle. Beklommenheit und Angst überfielen den Jungen. Wurde er jetzt abgemetzelt? War nun alles vorbei? Hier an dieser Stelle?

Die ganze Zeit hatte er gedacht, sie würden es überleben. Hatte gehofft, sie würden befreit werden. Hatte den anderen Mut gespendet.

„Soll ich?" Walter lächelte seinen Kollegen an. Wie eine gierige Schlange streckte er seine Zunge heraus.

„Nein! Lass das!" Panisch versuchte Philip, ihn zu besänftigen. Rüttelte an den Fesseln. „Lass ihn gehen! Bitte!"

„Niemals! Du hast meine Tochter auf dem Gewissen, hast mir alles genommen. Und trotzdem warst du bei allen beliebt. Ich dagegen war allen scheißegal, stand immer wieder hinter deinem Rücken. Dabei bin ich doch der Älteste nach Hammer. Ich habe das Amt als Abteilungsleiter verdient. Aber er will ja, dass du sein Nachfolger bist. Du, der Mörder meiner Tochter! Ich hab' mich nach ihrem Tod, sooft es ging, bemüht, hab' mein Bestes gegeben. Aber meine Frau hat mich verlassen und Hammer hat nur Augen für dich gehabt. Aber jetzt ist Schluss damit!" Walter blickte zu Adam hinunter. „Ich werde ihn dir nehmen! So wie du mir die Tochter genommen hast. Der Ruhm und das Geld waren eine Sache, aber meine Tochter eine andere."

„Bitte, Walter! Wir können doch über alles reden. Das war ein Unfall!"

„Jetzt nicht mehr!" Walter zerrte an den Haaren des Jungen und riss dabei den Kopf so hoch, dass der Hals frei zu sehen war. Adam versuchte sich gegen seinen Angreifer zur Wehr zu setzen, versuchte ihn mit seinen Armen aufzuhalten, doch Walter stieg über ihn und wollte auf ihn einstechen. Wollte seinen ganzen Hass loswerden und sich an Philip rächen.

„Lass ihn in Ruhe!", brüllte Philip ihn an und versuchte sich verzweifelt aus seinen Fesseln zu befreien. So stark, dass er beinahe vom Stuhl klatschte. Doch sie lösten sich nicht.

„Jetzt siehst du mal, wie es ist, alles zu verlieren, elender Bastard!", brüllte Walter zurück und wollte gerade die Klinge in den Hals des Jungen rammen, da spürte er schlagartig einen Widerstand von hinten. Karsten hielt seinen Ellenbogen und versuchte ihm das Messer wegzunehmen.

„Lass den Scheiß, Walter! Das war so nicht abgesprochen!", sagte der Betreuer und brach sein tagelanges Schweigen.

Walter drehte sich stirnrunzelnd zu seinen Kumpan um. „Sag mal, willst du mich verarschen?", brüllte er diesen an. „Du wusstest ganz genau, dass es dazu kommen wird! Also mach jetzt keinen Rückzieher, halt ihn fest!"

„Nein, du wolltest deinem Kollegen nur eins auswischen. Niemals hast du darüber gesprochen, den Kids etwas anzutun!"

Walter ließ Adam los und wandte sich dem Betreuer zu. „Was ist jetzt dein Problem, hä? Du wolltest es doch selber! Du wusstest, was auf dich zukommt." Er schubste Karsten von sich weg.

„Alles, was ich will, ist, den Mörder meiner Familie umzubringen! Keine Unschuldigen. Daher lass …"

„Halt's Maul! Du Feigling hinderst mich jetzt nicht an meinem Plan!" Walter wollte sich wieder Adam zuwenden, doch Karsten packte ihn erneut. Diesmal fester. Intensiver. Bestimmter.

„Lass das!", fauchte Karsten und blickte ihn mit einem Gesicht an, als würde er ihm gleich den Hals umdrehen. Er versuchte dem alten Kommissar das Messer wegzunehmen, doch dieser war schneller und rammte ihm das Messer in den Hals. Blut spritzte in einer Fontäne an die Wand, besudelte die Singleküche, den Boden, die Wände mit einem roten Laken.

„Karsten!", schrie Adam auf und erhob sich. Mehr konnte er nicht sagen. Ein fetter Kloß saß in seinem Hals. Wie gelähmt stand er da und sah zu, wie sein Betreuer laut aufschrie, seine Hände auf seinen Hals presste und langsam zu Boden sackte.

„Was hast du getan?" Fassungslos blickte Philip zu dem blutbesudelten Walter hin, der ihm einen scharfen Blick zurückgab. Er konnte nicht glauben, was sein Kollege gerade getan hatte. Erst jetzt wurde ihm klar, in welcher Gefahr sein Sohn, dessen Freunde und er selbst sich befanden. Erst jetzt wurde ihm klar, wie unberechenbar sein Kollege war.

„So ein Idiot!" Bedächtig stieg Walter über den zuckenden Körper seines Freundes hinweg, schmiss das Messer auf den Boden. Mit klirrendem Poltern fiel es neben den Körper des Betreuers, aus dem jedes Leben langsam entwich. Er wandte sich zu Adam zurück, der steif und fest vor dem Stuhl stand und zu seinem toten Betreuer hinabsah. Sein Gesicht weiß wie Mehl.

„Wieso …" Dem Jungen blieben die Worte im Munde stecken. Er brachte kein Wort mehr heraus. Es war ihm anzusehen, dass ihm alles zu viel wurde. Er war hier völlig falsch. Er wollte nur weg. Weg von allem. Diesem Verrückten, diesem Mann gegenüber von ihm, dieser Blutlache, in der sein geliebter Betreuer lag, von diesem schrecklichen Bunker.

„Er war ein Weichei!" Walter schubste Adam wieder auf den Stuhl. „Erst wollte er mir helfen, jetzt aber zieht er seinen Schwanz ein. Toller Mann, was? So wie dein Vater!"

Adam mied dessen Blicke. Sah auf die Tischplatte und versuchte, alles um ihn herum zu vergessen. Wollte nur noch aufwachen aus diesem endlosen Alptraum, doch er fühlte sich wie ein Stein im Meer, der immer tiefer in die Verzweiflung, in den Horror sank. In was war er nur hineingeraten? Langsam wanderte Adam mit seinen Augen zu dem älteren Mann. „Warum haben Sie das getan?"

„Weil der Zeitpunkt gekommen ist, mich an deinem Vater zu rächen. Niemand kann mich jetzt aufhalten! Dein Betreuer war nur ein mickriger Wurm in meinem komplexen Plan. Was glaubst du, wer Schuld hat an dem Tod meiner Tochter?"

Adam blickte wieder zur Tischplatte. Atmete deprimiert aus und schloss die Augen.

„Dein Vater, der Mann gegenüber von dir!"

„Walter! Das war ein verdammter Unfall!"

„Ach, Philip! Weißt du nicht mehr? Du bist derjenige gewesen, der das Auto gefahren hat. Ich hatte dir meine Tochter anvertraut, und was machst du? Baust einen Scheißunfall und nimmst sie mir! Das hast du mit Absicht getan!"

Philip schluckte schwer. Er erinnerte sich noch gut daran, wie er aus dem Fenster gekrabbelt war, wie Walter ihn an dem Tag angebrüllt hatte und wie alle Leute ihn auf der Beerdigung angestarrt hatten. „Das war keine Absicht, das weißt du genau! Ein Junkie kam uns mit voller Geschwindigkeit entgegen!"

„Du hättest ja besser aufpassen können! Schließlich bist du nicht das erste Mal Auto gefahren! Sie war noch so jung. Nur zwei Jahre alt. Wie auch immer. Gleich liegst du eh neben dem da unten. Ich hoffe, du hast dich von den anderen verabschiedet." Walter stellte sich ans Waschbecken und wusch seine blutüberlaufenen Hände.

Adam öffnete die Augen, blickte zu dem Mann hinüber, der sein tatsächlicher Vater sein sollte. Sah ihm ins Gesicht. Blickte in seine funkelnden Augen. Erkannte nach einigen Sekunden auch gewisse Ähnlichkeiten.

„Nein!", schnitt Walter seinem Kollegen scharf das Wort ab und nahm sich ein Handtuch. „Die sind viel zu blöd dafür. Sie werden denken, die Assi-Kinder sind abgehauen, dafür werde ich sorgen. Ihr seid doch nicht mal auf mein Versteck gekommen. Dafür habe ich auch alle Hinweise, die zu mir führen könnten, gelöscht."

Philip runzelte die Stirn. „Etwa das fehlende Foto auf der Kamera."

Walter nickte. „Dieser Junge hatte mich fotografiert, bevor ich ihm die Kamera weggenommen habe. Ich musste es löschen. So wie ich dein Leben nun auch auslöschen werde."

„Darf ich das machen?"

Beide Männer blickten mit großen Augen zu dem Jungen, der nun zu Walter aufsah. Philip hatte das Gefühl, als hätte er sich eben gerade verhört. Doch der Gesichtsausdruck des Jungen blieb ernst.

„Wie?", wollte Walter wissen und beäugte den Jungen argwöhnisch.

„Ich ... will das machen! Schließlich hat er sich für mich ja nicht interessiert. Wie Sie gesagt haben, hat er mich weggegeben. Wenn Sie die Wahrheit sagen, dann will ich es machen. Mich an ihm rächen!"

„Du willst es machen?", fragte Walter und lächelte finster. „Du verarschst mich! Du giltst doch als netter Junge."

„Nein, ich bin nicht immer der nette Junge. Jeder, der das sagt, hat keine Ahnung. Ich will es wirklich. Ich will meinen Vater erschießen!", sagte Adam mit ruhiger Stimme und deutete auf den Waffengürtel von Walter.

Panik erfüllte Philips Gesicht. Ein frustrierter, traumatisierter Junge war zu allem fähig, das wusste er. „Nein! Adam, das willst du nicht!"

„Doch, das will ich! Also halt deine verdammte Klappe!" Adam funkelte seinen Vater mit hasserfüllten Augen an. Er wirkte gar nicht mehr wie der sympathische Junge auf den Fotos.

„Oh, Philip, na, das ist doch was! Wirst am Ende von deinem eigenen Sohn abgeknallt, das hätte ich mir in meinen Träumen nicht vorgestellt."

„Adam, hör mir zu! Komm zur Vernunft. Versau dir nicht dein Leben!", brüllte Philip und versuchte, sich zu dem Jungen zu beugen.

Adam lächelte kurz. „Mein Leben ist gleich doch eh vorbei. Wenn ich jetzt fliehen würde, dann würde ich hier nicht mehr herausfinden und ersticken! Außerdem bist du es ja, der mein Leben ruiniert hat."

„Da hast du Recht, Junge! Ich hätte nicht gedacht, dass du den Mut dazu besitzt, jemanden abzuknallen, obwohl ich dich als den Mutigsten unter euch dreien einschätze."

„Kommt drauf an, wen ich abknallen soll! Er hat mich doch in so eine Scheißsituation gebracht, oder?", fragte Adam und zeigte zu Philip.

„Jap, hat er. Er ist derjenige, der dich im Stich gelassen hat. Der deine Mutter im Stich gelassen hat. Sie wollte dich zurückholen, aber dein Vater hat es nicht zugelassen. Er hatte keine Lust auf ein Kind. Du standest ihm nur im Weg. Er wollte Karriere machen! Wollte deine Mutter nur für sich haben!"

„Das ist nicht wahr und das weißt du auch! Jeden Tag habe ich an meinen Sohn und meine Frau gedacht. Jedes Mal hab' ich den größten Fehler meines Lebens bereut", entgegnete Philip. Seine Augen wurden feucht, sein Atem trocken und staubig.

„Ach, erzähl nicht irgendeinen Scheiß, der nicht wahr ist!" Walter blickte zu Adam zurück. „Junge, er wollte dich nicht. Er wollte kein Kind. Schon gar keinen Jungen. Wenn, dann hätte er sich eine Tochter gewünscht! Eine hübsche kleine Prinzessin. Deswegen hat er sich ständig bei uns als Babysitter gemeldet, hat meine Kleine überall mit hingenommen. Und hat sie am Ende einfach ihrem Schicksal überlassen."

Philip stöhnte lauthals auf. „Adam, glaub' ihm kein Wort! Kein einziger Tag ist vergangen, an dem ich nicht an euch gedacht habe!"

„Ich finde deine Entscheidung gut. Tu ihm weh, so wie er uns wehgetan hat!", stachelte Walter den Jungen immer weiter an und streichelte ihm über die Schulter.

„Bitte, Adam! Tu das nicht! Das willst du doch gar nicht. Du bist viel zu klug dafür!" Verzweiflung klang aus Philips Worten heraus. Mit großen Augen blickte er den Jungen an, den er gezeugt hatte. Der ihn nun erschießen würde?

„Ach, erzähl uns nichts! Du solltest deinem Vater nicht glauben. Er ist der geborene Lügner." Walter lächelte den Jungen an. „Ich hätte dich nicht weggegeben!"

Philip brodelte vor Wut. Sein ganzer Körper fühlte sich an, als würde er jederzeit in die Luft fliegen. Erst hielt er seinen Sohn gefangen und jetzt schleimte er sich bei ihm ein, da er eine günstige Gelegenheit gewittert hatte, es ihm doppelt zu geben.

„Wer Rache sät, wird auch Rache ernten! Mach dir deine Hände nicht schmutzig, Adam! Nicht für diesen Mann! Er ist derjenige, der lügt. Er hätte dich nicht behalten!" Philip versuchte den Jungen irgendwie umzustimmen, ihn auf seine Seite zu ziehen, doch es war zu spät.

„Darf ich? Bevor er noch weitere Lügen erzählt?" Adam blickte Walter an und lächelte. Dieser zögerte einen Moment, doch er war sich sicher, dass Adam es ernst meinte. Er hielt seinem eiskalten Blick stand, zeigte keine Unsicherheit! Er war fest dazu entschlossen.

„Du willst es wirklich, was?"

„Ja!", meinte Adam ohne jeglichen Ausdruck im Gesicht. „Ich will diesen Bastard von Vater erschießen. Diesen Kindsmörder!"

„Na gut! Sieh, Philip, was du mir jahrelang angetan hast, werde ich dir jetzt antun. Und dein Sohn hilft mir dabei sogar." Walter lächelte seinen Kollegen hämisch an und nickte dem Jungen zu. Er nahm seinen Revolver aus dem Waffengürtel und reichte ihn Adam. Dieser drehte die Waffe, betrachtete sie. Sie fühlte sich unheimlich schwer an, als würde er Gewichte in der Hand halten. Dann stand er langsam auf. Blickte zu seinem angeblichen Vater. Hielt die Waffe ganz fest, so dass er den Griff hätte zerdrücken können.

„Ist die Waffe geladen?", fragte Adam und sah zu Walter hinüber.

Dieser nickte ihm zu. Danach sah er wieder zu Philip, blickte ihm in die Augen. Erhob die Waffe, hielt sie ihm vor sein kreidebleiches Gesicht.

Philip schluckte. Sein Herz rutschte ihm zu seinen Füßen. „Bitte, Adam! Bitte tu es nicht."

Adam hörte nicht auf ihn, lächelte nur kalt. Ließ die Waffe nicht aus der Hand, seine Finger umklammerten diese nur fester, als er in das Gesicht des Mannes vor ihm sah.

„Bitte!" Tränen bildeten sich in den Augen des Kommissars. Würde er jetzt so sterben? Von seinem eigenen Sohn erschossen? Verdient hätte er es.

„Scheiße, die geht nicht auf!" Mila rüttelte an der Tür des Verlieses, doch sie öffnete sich nicht. Mit voller Wucht schlug sie mit ihren Handflächen darauf, dass diese brannten vor Schmerz. „Scheiße!"

„Was machen wir denn jetzt?"

„Na, versuchen hier rauszukommen!", brüllte Mila so laut, dass ihre Stimme inmitten des Satzes brach.

„Ja, ohne Schlüssel wird es schwer! Und ich glaube nicht, dass Karsten uns noch helfen wird. Wie sehr wir ihn auch rufen." Jendushen verschränkte die Arme, blickte in den stockfinsteren Raum.

„Ja, das weiß ich auch, doch …"

„Hast du eine Haarspange oder sowas?", fragte Jendushen.

Mila schüttelte den Kopf. „Nein, das würde sowieso nicht klappen! Scheiße! Wir müssen Adam helfen!"

„Meinst du, wir kommen noch lebend hier raus?"

„Halt den Mund! Wir müssen versuchen, positiv zu denken!", meinte Mila und atmete tief durch.

„Was glaubst du, warum haben sie die beiden rausgezerrt?"

„Keine Ahnung! Wir müssen nach …"

„Pst!", unterbrach Jendushen sie und legte seinen Zeigefinger auf die Lippen. „Hörst du das?"

Hinter der Tür ertönten Schreie. Schreie, die immer lauter, immer wilder wurden. Und dann knallte es. Ein Schuss ertönte in den langen Gang.

„Scheiße, was war das?"

„Ein Schuss! Denkst du …" Jendushen sprach nicht mehr weiter. Er wollte nicht, wollte das Grauen nicht aussprechen. Beide starrten sich an, obwohl sie einander kaum sahen.

„Scheiße! Adam!"

Adam erschauderte. Die Zeit blieb stehen. Seine Hände zitterten voller Schrecken. Sein Atem bebte wild. Sein Puls raste wie ein Marathonläufer. Kein Wort konnte beschreiben, wie er sich fühlte. Er hatte ihn angeschossen, ihn verletzt. In den Filmen sah es immer so aus, als wäre es nichts, doch in der Realität war das Ganze anders. Adam registrierte eine Bewegung, sah, wie der Mann, dem er in die Brust geschossen hatte, sich bewegte. Adam schluckte. Was hatte er getan? Was hatte er da nur getan? Kam er nun ins Gefängnis?

„Adam. Adam!" Adam wurde aus seinen chaotischen Gedanken gerissen. Philip blickte zu ihm auf. Erkannte den Schock in seinen aufgerissenen Augen. „Adam, wir müssen hier weg!"

Adam überwand seine Schockstarre, eilte zu ihm und befreite ihn aus seinen Fesseln. Hielt jedoch noch Blickkontakt zu Walter, der jammernd und japsend auf den Unterschenkeln des toten Betreuers lag und sich an die Brust fasste. Philip war so stolz auf den Jungen, seinen Sohn, nachdem er ihn befreit hatte. Er biss sich auf die Unterlippe, blickte ihm in sein verängstigtes Gesicht. Am liebsten hätte er ihn jetzt genommen, ihn fest gedrückt, gar nicht mehr losgelassen, doch sie mussten zuerst aus dieser Hölle heraus.

„Wir müssen deine Freunde befreien! Hol du sie. Ich bleibe hier!"

Philip stand vom Stuhl auf, nahm ihm sacht die Waffe ab und deutete für seinen Sohn zur Tür. Dieser nickte eilig und wollte gerade gehen, als ihn Philip zurückrief. „Nimm die Schlüssel mit. Ohne wirst du sie nicht rausbekommen." Philip beugte sich zu seinem Kollegen, nahm ihm die Schlüssel ab und gab sie Adam. Dieser verschwand daraufhin in dem langen Gang, aus dem sie gekommen waren.

„Mann, Walter, ich bin echt enttäuscht von dir!" Philip tastete seinen Kollegen nach Waffen ab, keine vorhanden. Walter versuchte sich aufzurappeln, doch wurde gleich wieder von ihm zu Boden gedrückt. Blickte danach zu dem Messer, mit dem er Karsten ermordet hatte. Dem Messer, welches Philip mit einem Fuß zur Seite kickte.

„Komm nicht erst auf den Gedanken." Philip kniete sich zu seinem Kollegen, blickte auf seine Wunde. „Keine Sorge, du wirst nicht sterben."

„Halt's Maul!", fuhr ihn dieser an.

Philip schüttelte seinen Kopf. „Ich wollte sie dir nicht wegnehmen. Wirklich nicht. Es war ein schrecklicher Unfall. All die Jahre habe ich an Ida gedacht und mir Schuldgefühle gemacht. Lange Zeit konnte ich dir nicht mehr in die Augen sehen. Walter, ich konnte nicht mehr bremsen, ich konnte nicht mehr ausweichen. Es ging alles viel zu schnell. Du hättest mit mir reden sollen. Das hätte uns so viel erspart. Dann wäre es nicht zu alledem gekommen."

„Bastard!"

Philip seufzte. „Mach es wenigstens jetzt gut, indem du uns erzählst, wie wir hier rauskommen."

„Du bist doch so schlau, Philip. Finde es selbst heraus!"

Adam war an der Tür angekommen, von der er sich sicher war, dass dahinter seine Freunde eingesperrt waren. Wild blickte er sich um, niemand da. Nur dunkle Türen zu ungewissen Räumen. Er blickte zu seinen Händen, mit denen er zuvor geschossen hatte, und schluckte schwer. Zum Glück war niemand gestorben. Das hätte ihn nachts nicht mehr schlafen lassen.

Abrupt sah der Junge zur Metalltür vor ihm. Seine Freunde sprachen miteinander, äußerten Vermutungen, was passiert sein konnte. Adam war klar, dass sie den Schuss auch gehört hatten. Bestimmt hatte das ganze Dorf es gehört.

„Leute, ich bin's!" Normalerweise hätte Adam nun gerne einen Scherz gemacht, hätte seine Mitbewohner erschreckt. Doch er war dazu nicht mehr im Stande.

„Adam? Bist du das? Geht es dir gut? Mach uns auf!", ertönte es gedämpft hinter der Tür.

Adam versuchte die Tür mit den vielen Schlüsseln zu öffnen. Es waren insgesamt elf Schlüssel. Gott sei Dank keine hundert, dachte er sich. Er brauchte fünf Versuche, ehe er den richtigen Schlüssel hatte. Mit einem Klacken im Schloss wurde die Tür quietschend geöffnet. Mila und Jendushen stürmten heraus und stolperten ihm dabei in die Arme.

„Endlich! Was ist passiert?", wollte Mila gleich wissen und fuhr sich durch ihre Haare.

„Wir haben einen Knall gehört? War das ein Schuss?", fragte Jendushen und blickte um sich. „Was ist geschehen? Und wo ist dieser Kommissar?"

„Und wo ist dieser Verrückte?"

Adam schloss die Augen, wollte die vielen Fragen gar nicht beantworten. Wollte nicht, dass sie wussten, was er getan hatte. „Wir müssen hier weg. Der Verrückte ist angeschossen, der andere Mann ..." Adam blickte zu seinen Mitbewohnern. Sollte er ihnen das sagen? Nein, besser nicht. „Der Kommissar ist bei ihm, Karsten ... Er ... er ist ..." Adam blieben die Worte im Halse stecken. Er versuchte, schneller zu sprechen, doch verhaspelte sich nur umso mehr.

„Komm her!", meinte Mila und umarmte ihren Mitbewohner.

„Was ist mit Karsten?“

Adam zögerte einen Moment. „Er ist tot! Der Irre hat ihn umgebracht.“

„Scheiße.“ Mila trat einen Schritt zurück. Sie wollte etwas sagen, wurde jedoch von einem Geräusch unterbrochen, das aus dem langen Gang zu kommen schien. Einem Geräusch, das sie alle nicht zuordnen konnten.

„Was war das? Ist noch jemand hier?“

„Ich hab' keine Ahnung!“, meinte Adam und blickte in den Gang. Auch wenn dieser schwach beleuchtet war, konnte er niemanden sehen.

„Scheiße! Wir müssen weg! Ich bleibe keine Sekunde mehr in diesem Verlies!“, meinte Mila und schubste ihre Mitbewohner sanft den Gang entlang. „Weg von hier!“

„Jetzt weiß ich, warum du so negativ drauf warst die ganze Zeit.“

„Schön für dich!“, sagte Walter sarkastisch. Mit blutgetränkten Händen drückte er sich auf die Brust. Philip hatte ihm das Handtuch vom Waschbecken gereicht und es ihm auf die Brust gelegt.

„Sind hier noch andere Personen?“

„Kein Wort werde ich dir sagen“, stöhnte Walter und biss sich auf die Lippen.

Philip hörte Schritte, die näher kamen. Stimmengemurmel. Dann kamen Adam und seine Freunde in den Raum.

„Scheiße!“ Mila hielt sich die Hand vor den Mund, als sie Karstens Leichnam sah.

Philip streckte seinen Arm zu den Jugendlichen, verdeutlichte, dass sie da blieben, wo sie waren. „Hey, wir müssen hier weg. Meine Kollegen suchen hoffentlich schon nach uns. Wisst ihr, wie ihr hier reingekommen seid?“

„Ich hab' am anderen Ende des Ganges eine Treppe gesehen, die nach oben führt. Ich glaube, wir sind von dort gekommen, als sie uns hierhergeführt haben", meinte Jendushen.

„Okay!", meinte Philip und stand auf. „Gehen wir!"

„Was machen wir mit dem Irren?", fragte Mila und zeigte auf den Mann, der von Philip auf den Boden gedrückt wurde.

„Der bleibt hier! Wir sollten uns beeilen, nicht, dass er uns noch folgt."

Die Jugendlichen nickten und schritten aus dem Raum. Philip blickte zu seinem Kollegen zurück, als er aus dem Raum trat. „Es ist vorbei, Walter! Es tut mir so schrecklich leid!"

„Das vorhin war echt mutig von dir", meinte Philip zu Adam, während er die Hände hinter seinen Rücken nahm. Er hatte den Jungen, kurz nachdem seine Kollegen am Mausoleum eingetroffen waren, für einen Spaziergang zur Seite gezogen, um mit ihm unter vier Augen zu sprechen. Kurz zuvor war Walter im Rettungswagen vor aller Augen davongefahren worden.

„Na ja, geht."

„Hatte echt gedacht, du meinst es ernst", erzählte Philip, ohne ihn dabei anzusehen. „Wie geht es dir mit all dem, was passiert ist?" Philip richtete seinen Blick auf den einsamen, bewaldeten Weg, der in Richtung des Tempels führte.

„Na ja, wie soll man sich fühlen, wenn der eine vertraute Mensch einen so hintergeht, auch noch vor den eigenen Augen ermordet wird und wenn man zusätzlich noch einen Mann anschießt?" Adam stopfte seine Hände in seine Hosentaschen. Irgendwie verspürte er Kälte, obwohl die Sonne ihn durch die Baumkronen anstrahlte.

„Ich weiß, dass du jetzt 'ne schwierige Zeit durchmachst. Kann ich absolut nachvollziehen. Das wollte ich nicht. Glaub' mir, wenn es nach mir ginge, hätte ich … es dir anders erzählt. In einer anderen Situation."

Adam presste die Lippen zusammen. „Sie sind … mein Vater … oder?"

„Du kannst mich gerne duzen, wenn du willst." Philip blickte zu den Bäumen hoch, an denen sie vorbeikamen. Versuchte Mut zu tanken. „Und ja, ich bin dein Vater. Es ist ein schräges Zusammentreffen, ich weiß!"

Adam lächelte verlegen, um seine Unsicherheit zu verbergen. „Also wurde ich adoptiert. Das haben mir meine Eltern … besser gesagt, meine Adoptiveltern nie gesagt."

„Wahrscheinlich wollten sie dich nicht verletzen. Ich habe mit ihnen gesprochen, sie scheinen dich sehr ins Herz geschlossen zu haben."

„Kann schon sein. Was ist eigentlich mit meiner Mutter? Also meiner leiblichen?"

Philip atmete tief ein. „Sie ist vor sieben Jahren bei einem Flugzeugabsturz gestorben. Ihr Name war Joelle."

„Okay." Adam blickte zu Boden.

„Ich bin dir noch viele Antworten schuldig, ich weiß. Sie war eine wundervolle Frau. Jeder Mann hat ihr hinterhergeschaut. Sie war etwas Besonderes. So selbstbewusst, so tapfer. Ich habe sie gesehen und gemerkt, wie es zwischen uns gleich geknistert hat. Ihr ging es genauso."

„Warum … warum habt ihr mich dann … zur Adoption freigegeben?"

Philip hatte diese Frage befürchtet. Nie in seinem ganzen Leben hatte er gedacht, dass er seinem Sohn diese Frage beantworten würde. „Zuerst muss ich dir sagen, alles, was mein Kollege erzählt hat, ist Müll. Wir waren noch jung. Deine Mutter und ich. Wir waren überfordert. Haben uns nicht wohlgefühlt damit, Eltern zu werden. Und unsere Eltern waren nicht gerade verständnisvoll. Deine Mutter wollte auch noch in ihrem Job aufgehen. Sie war keine Frau, die zuhause bleiben wollte. Sie war Archäologin und liebte es, zu reisen. Du hast ihre Augen geerbt."

„Ehrlich? Archäologe ist ein aufregender Beruf. Früher ist mir mal der Gedanke gekommen, auch diesen Beruf auszuüben." Adam fing an zu schmunzeln. „Habt ihr oder hast du … an mich wirklich so oft gedacht?"

„Natürlich!" Philip blieb stehen und blickte tief in die Augen seines Sohnes. „Jeden Tag haben wir an dich gedacht. Als wir älter wurden, haben wir es bitter bereut, dich abgegeben zu haben, glaub' mir, Adam. Wir haben nach dir gesucht, konnten deine Spur allerdings nicht finden. Ein Wunder, wie Walter dich gefunden hat. Deine Mutter und ich haben so gehofft, dass du in einer liebevollen Familie aufwächst und nicht in einem Heim. Seit dem Tod deiner Mutter habe ich nur noch Zeit damit verbracht, an dich zu denken. Hab' mir vorgestellt, wie es so wäre, wenn wir eine normale Familie geworden wären. Ich habe nie wieder eine Frau kennengelernt, und das nicht, weil mir keine über den Weg gelaufen ist, sondern, weil ich es nicht zugelassen habe. Ich habe mich schuldig gefühlt, mich nur noch meinen Fällen gewidmet. Nie war etwas richtig Spannendes dabei, wie man es in Fernsehserien sieht. Erst euer Vermisstenfall hat mir Kopfzerbrechen bereitet. Jetzt weiß ich, wieso."

„Und wieso?"

„Weil er so seltsam und in einer Art mysteriös war. Ich wollte ihn schleunigst lösen, doch dieser Pfad hat etwas Geheimnisvolles an sich. Es gab merkwürdige Ereignisse, aber jetzt weiß ich, dass es alles nur gestellt war. Und dann sind meine Blicke immer bei dir stehen geblieben. Du hast mich an jemanden erinnert. An deine Mutter und … an mich selbst."

Adam nickte. „Dieser Pfad hat wirklich etwas Geheimnisvolles an sich. Der Laves-Pfad zieht einen an und lässt einen nicht mehr gehen. Karsten hat von diesem Pfad geschwärmt. Es ist nur schwer vorzustellen, was mit uns passiert ist." Für einen kurzen Moment schwieg er, bevor er fortfuhr: „Dieser Mann hat doch gemeint, du hättest seine Tochter auf dem Gewissen."

Philip holte tief Luft. „Dieser Mann ist mein Kollege. Hauptkommissar Walter Schmitt. Wir kennen uns schon so lange. Ich hab' mich gerne um seine Tochter gekümmert, als eine Art Wiedergutmachung, dass ich dich abgegeben habe. An dem Tag, als der Unfall passiert ist, waren wir gerade auf dem Rückweg vom Zoo. Ich fuhr die Straße entlang, Ida saß hinter mir. Ich hab' sie lachen hören und mich umgedreht. Sie hat mich angelächelt und als ich auf die Fahrbahn zurückblickte, raste mir ein Auto von rechts ins Auto hinein. Der Fahrer hatte Drogen genommen und eine rote Ampel übersehen. Es ging so verdammt schnell. Das Nächste, an das, ich mich erinnere, ist, wie ich blutend auf allen vieren aus dem Auto gekrabbelt bin. Für die kleine Ida kam jede Hilfe zu spät."

„Grausam!" Adam schüttelte den Kopf. „Weißt du, warum ich nicht auf dich, sondern auf ihn geschossen habe?"

Philip schüttelte den Kopf.

„Weil eine innere Stimme mir sagte, dass ich das nicht tun sollte!"

Für einen Moment schauten sich Vater und Sohn tief in die Augen, ohne ein Wort zu sagen. Philip hatte einen großen Drang, seinen Sohn in den Arm zu nehmen. Ihn zu sich zu reißen, sich an ihm festzuhalten. Sein junges, kleines Herz schlagen zu hören. Doch er traute sich nicht. Es war alles so plötzlich. Wahrscheinlich würde der Junge zurückweichen.

„Ich freue mich zwar schon, meine Eltern beziehungsweise Adoptiveltern wiederzusehen, aber … ich würde … dich … auch gerne kennenlernen wollen." Adam blickte von seinem Vater ab. Versteckte seine Hände in den tiefen Winkeln seiner Hosentaschen.

„Ich … würde dich auch gerne endlich richtig kennenlernen wollen." Philips Augen wurden feucht. Er nahm seinen ganzen Mut zusammen und breitete seine Arme aus. „Komm her!"

Langsam ging Adam auf ihn zu und ließ sich in seine Arme fallen. Spürte die Wärme, die von ihm ausging. Konnte zum ersten Mal den Geruch seines leiblichen Vaters vernehmen. Hörte deutlich sein pochendes Herz. Spürte diese Geborgenheit. Fühlte sich absolut sicher, befreit und beschützt.

Auch Philip war ein Stein vom Herzen gefallen. Er war erleichtert, dass sein Sohn es zuließ. „Nie hab' ich daran gedacht, diesen Moment noch zu erleben. Dass ich meinen heranwachsenden Sohn tief in die Arme nehmen kann. Ich bin verdammt stolz auf dich!"

Beide waren so sehr mit sich beschäftigt, dass sie gar nicht bemerkten, wie sie beobachtet wurden.

„Das ist so romantisch! Ich wünschte, ich hätte meine Kamera noch." Jendushen und Mila waren ihnen gefolgt und betrachteten aus einiger Entfernung das Schauspiel. „Adam hat echt Glück, einen Kommissar als Vater zu haben!"

„Da hast du recht! Voll süß", flüsterte Mila. „Und wie es mir erscheint, ist er bestimmt ein echt cooler Vater!"

Freitag, 28.06.2019

„Er hat euch nur gefangen gehalten, da er dir eins auswichen wollte? Nur weil er nicht mehr hinter deinem Rücken stehen wollte?" Jürgen Hammer strich sich über sein glattrasiertes Kinn.

„Ich denke, hauptsächlich ging es ihm um seine Tochter." Philip saß seinem Vorgesetzten gegenüber. Dieser hatte mit ihm sprechen wollen, da er erfahren wollte, wie es zu dem Verbrechen kommen konnte. Konnte es nicht fassen, dass einer seiner Mitarbeiter dafür verantwortlich war. „Du weißt doch, dass ich der Patenonkel von ihr war und mit ihr Unternehmungen gemacht habe. Dann kam der

Unfall. Und seitdem hat er einen Groll auf mich, was ich absolut nachvollziehen kann." Philip sah seinem Vorgesetzten in die Augen. Erkannte dessen Fassungslosigkeit.

„Und dieser Adam ist dein Sohn?"

Philip nickte. „Walter hat ihn mit Hilfe von Privatermittlern aufgespürt. Jahrelang hat er sein Vorhaben peinlichst geplant. Wollte ihn eigentlich aus Frankfurt entführen oder ihn hierherlocken. Nur damit ich ermittle."

„Das ist 'ne Sache."

„Das kannst du laut sagen. Ich kann es selbst nicht glauben. Nie hätte ich mir in meinen Träumen ausgemalt, meinen Sohn jemals wiederzusehen. Walter hat mich schmerzhaft verletzt und mir zugleich meinen größten Traum erfüllt."

„Unvorstellbar! Da hält er Unschuldige wochenlang gefangen und bringt jemanden einfach kaltblütig um. Es ist so, als wäre er eine ganz andere Person geworden."

„Du kannst niemandem in den Kopf sehen", erzählte Philip, während er zum Linoleumboden sah.

„Und während der Ermittlungen hat er auf unschuldig getan? Desinteressiert? So als wäre nichts passiert?"

„Ja. Dabei hat er alles fingiert. Es war ein abgekartetes Spiel. Er wollte mich bei dir anschwärzen, mich schlechtreden, damit du ihm die Stelle als Abteilungsleiter zuteilst."

„Ich kann es nicht fassen." Sein Vorgesetzter schüttelte den Kopf. „Ich kenne euch schon so lange. Ich mochte dich immer mehr als ihn, aber das lag immer daran, weil du offener, authentischer wirkst. Aber ich hatte ihn auch gern. Gut, ich habe es ihm nicht so oft gezeigt, aber ich hatte ihn dennoch gern. Vielleicht ist es auch meine Schuld, weißt du?"

„Das darfst du nicht denken. Niemand konnte ahnen, dass es so weit kommt." Philip holte tief Luft. „Ich hab' in letzter Zeit viel nach-

gedacht. Ich glaube, ich möchte zurücktreten. Ich will den Posten
…"

„Philip!", unterbrach Jürgen Hammer ihn. „Es hat einen Grund,
warum ich wollte, dass du die Funktion als Abteilungsleiter bekommst.
Nicht weil ich dich mehr mochte, sondern weil du Natürlichkeit und
Empathievermögen ausstrahlst, die Walter nicht hat. Ihm ging es nur
um den Posten, dir um die Opfer. Du hast es geschafft, die Kids zu befreien und sie zu ihren Familien zurückzubringen. Walter war meine
zweite Wahl und das lag daran, wie er sich gegeben hat. Wie er sich mit
den anderen im Team verstanden hat. Ihm fehlte die Ausstrahlung
und die Wärme! Ich hätte niemals gedacht, dass er so reagieren würde,
nur aus Eifersucht."

Philip nickte. „Es war die Eifersucht auf den Mörder seiner Tochter. Für ihn bin ich das. Ich war es, der gefahren ist. Er hat mich
damals mit hasserfüllten Augen angesehen. Als Joelle gestorben war,
kam er auf mich zu und spendete mir tröstende Worte. Ich dachte,
er würde mich verstehen, doch jetzt muss ich erkennen, dass es nur
Heuchelei war. Wahrscheinlich hat er da schon Pläne geschmiedet.
Den ganzen Zorn hat er die ganze Zeit in sich getragen. Walter hatte
die Jahre über niemanden zum Reden. Seine Frau hat kurz nach dem
Tod der Tochter die Stadt verlassen."

„Oh, Mann, die Wut hat ihn vermutlich innerlich zerfressen."
Der Abteilungsleiter nickte. „Pass auf dich auf! Und auf deinen Jungen."

„Philip! Geht es dir besser?" Chloe eilte zu ihrem Kollegen, der
mit bedrücktem Gesicht aus dem Zimmer von Jürgen Hammer kam.
Malia und Leon folgten ihr.

„Ach, geht schon", meinte Philip und zuckte mit den Schultern.

„Bist du denn schon wieder genesen?", verlangte Malia zu wissen
und stemmte die Hände an die Hüfte.

„Ich finde schon. Du weißt doch, dass ich nicht lange in Krankenhäusern bleiben kann. Furchtbare Orte."

„Du solltest dich schonen." Voller Sorgen betrachtete Chloe ihren Kollegen. Sie wusste, dass er jemand war, der seine privaten und beruflichen Probleme beiseiteredete, lieber in sich hineinfraß.

Philip stöhnte und fuhr sich durch sein Haar. „Das habe ich bereits. Ich muss noch Unterlagen schreiben und …"

„Und etwas entspannen", ergänzte Leon ihn mit einem scharfen Blick. „Überanstrenge dich nicht und schone deinen Hinterkopf!"

Philip hob eine Hand. „Ich weiß, ich weiß. Ich werde es machen. Versprochen!"

„Ich kann es noch immer nicht glauben, was hier in den letzten Wochen geschehen ist. Und das mit Walter …", fing Malia plötzlich an. „Das macht mich sprachlos. Dass er uns so verraten hat. Und überhaupt. Jetzt verstehe ich auch, warum er wollte, dass wir in dem Fall nicht weiter ermitteln."

„Ich denke, niemand von uns kann es so richtig glauben. Er hat uns alle getäuscht. Wir werden uns damit abfinden müssen, was Walter gemacht hat. Es sollte uns eine Lektion sein. Wir sollten das nächste Mal professioneller arbeiten. Er hat uns alle manipuliert und unsere Ermittlungen behindert."

„Oh ja, das werden wir. Schließlich sind wir Kommissare. Wir haben die Pflicht dazu", sagte Chloe mit erhobenem Kinn. „Ich hoffe nur, du nimmst dir das nicht zu sehr zu Herzen, Philip."

„Du kennst mich doch, wenn ich arbeite, geht es mir prima." Philip brachte ein leichtes Lächeln heraus.

„Wollen wir heute Abend mal zum Abschluss des Falles etwas trinken gehen? Bei mir um die Ecke ist 'ne gute Bar", meinte Leon.

„Ich kann heute nicht, aber ihr könnt ja gehen", meinte Philip und blickte seine Kollegen an.

„Was machst du denn heute noch? Ich hoffe nicht, dass du bis in die späten Abendstunden wieder in neue Fälle vertieft bist." Malia warf ihrem Kollegen einen skeptischen Blick zu.

„Keine Sorge. Ich bin mit ... meinem Sohn verabredet. Wir wollen Zeit miteinander verbringen, reden und vieles nachholen."

„Das find' ich schön", sagte Chloe und lächelte ihn an. „Wie geht es ihm und seinen Freunden?"

„Ihnen geht es recht gut, soweit ich weiß. So langsam verarbeiten die drei das Ganze, aber es ist alles sehr viel auf einmal. Vor allem für Adam. Der Junge ist echt tapfer. Ich hätte nicht gedacht, dass er seinen nichtsnutzigen Vater mal kennenlernen will."

„Er kommt halt nach dir, Philip. Klar, dass er tapfer ist", meinte Chloe. „Und natürlich will er dich kennenlernen, du bist und bleibst sein Vater. Er ist gespannt auf die Person in dir."

Philip nickte und sah zu seiner Kollegin. „Wir haben einen Vaterschaftstest gemacht. Das Ergebnis steht fest. Ich bin sein Vater. Ich. Sein leiblicher Vater. Ich weiß, ich wiederhole mich, aber nach all den Jahren hätte ich es nicht für möglich gehalten, meinen Jungen wiederzusehen. Schon gar nicht so! Nach alledem hat der Fall doch etwas Gutes."

„Manchmal ist die Welt nicht besonders groß. Das Leben hat dir eine zweite Chance gegeben. Nutze sie!"

Philip nickte. „Ich werde versuchen, ein halbwegs guter Vater zu sein."

„Hast du es den Adoptiveltern von ihm auch schon erzählt?"

„Ja, sie waren genauso überrascht. Wollten mir nicht glauben, bis das Ergebnis vom Vaterschaftstest vorlag. Natürlich kann ich sie nicht ersetzen, sie haben ihn großgezogen. Sich immer um ihn gekümmert, was meine Aufgabe gewesen wäre. Aber ich werde versuchen, noch einen guten Stellwert bei ihm zu bekommen."

„Wann kommt er?"

„Müsste gleich da sein." Adam blickte auf das blaue Ziffernblatt seiner Armbanduhr und sah zurück zur Straße hin. „Jeden Augenblick."

„Und er ist echt dein Vater?" Ungläubig schaute Luna ihren Mitbewohner an, der es bestätigte.

„Ja. Mein leiblicher Vater." Adam sah sie nicht an.

„Krass, dass der Kommissar, der nach dir gesucht hat, dein Vater ist." Mit weit aufgerissenen Augen starrte Luna zu den anderen.

„Nach uns!", ergänzte Mila, die zwischen ihren Betreuerinnen vor der Haustür saß und an ihrer Zigarette zog, während sie auf ihrem Smartphone eine Nachricht verschickte.

„Also ich finde ihn irgendwie sympathisch", meinte Adam und studierte die vorbeifahrenden Autos, wie ein Blitzer, der nur darauf lauerte, jemanden beim Rasen zu erwischen. „Er wirkt mir vertraut, nicht wie ein schlechter Mensch."

Mila blickte von ihrem Smartphone ab. „Ich finde deinen Vater total cool! Beneide dich voll!"

„Und ich erst", meinte Jendushen und kraulte Merlin, der auf der Wiese lag. „Du kannst dich glücklich schätzen, einen Kriminalhauptkommissar als Vater zu haben."

Adam wandte sich zu seinen Freunden. „Ihr könnt auch mal mitkommen. Ich denke, er hat nichts dagegen."

„Ist er das nicht sogar?" Ella zeigte mit ihrer Zigarette auf den elegant gekleideten Mann, der auf sie zukam. Dieser fiel durch seine Kleidung sofort auf. Zu schick für diese Gegend. Totaler Kontrast zum tristen Hintergrund.

„Ja, das ist er!", meinte Mila und grinste. „Adam, Papa ist da!"

„Ich dachte schon, du kommst gar nicht." Adam drehte sich zu seinem Vater und begrüßte ihn mit einem breiten Lächeln.

„Ich hab' dir doch versprochen, ich komme. Und, wollen wir noch etwas unternehmen?", fragte Philip sichtlich angespannt. Sein

Herz pochte vor Aufregung. Seit mehr als zehn Minuten hatte er im Wagen gesessen und die Personen beobachtet. Immer mehr Selbstzweifel hatten ihn überfallen wie ein unvorhergesehener Sturm die Erdbewohner. Er hatte befürchtet, dass der Junge sich umentschieden hatte und doch gar keinen Kontakt zu seinem Vater haben wollte. Aber das vertraute Lächeln sagte etwas anderes. Genauso wie seine Mutter, dachte Philip sich.

„Natürlich."

Philip schloss die Augen und atmete tief aus. Dieses einzige Wort bewirkte, dass ein schwerer Felsen von seinem Rücken genommen wurde. Sein Sohn gab ihm eine Chance, obwohl er ihn jahrelang im Stich gelassen hatte. Nicht für ihn da gewesen war. Ihm nicht beim Aufwachsen zugesehen hatte. Nicht an seinen Geburtstagen anwesend gewesen war. Auch nicht bei seiner Einschulung. Aber bei seinem Abschluss. Da wollte er auf jeden Fall dabei sein.

„Adam freut sich schon auf Sie", erzählte Claudi, blies Rauchwolken in die Luft und sah zum Kommissar. „Hat die ganze Zeit sehnsüchtig auf Sie gewartet. Dürfen wir Ihnen einen Kaffee anbieten? Schließlich haben Sie unsere Kids ja heil zurückgebracht."

„Danke vielmals. Gern beim nächsten Mal", antwortete Philip verlegen, schüttelte den Kopf und blickte zu den Jugendlichen hinüber. „Wie geht es hier voran? Mir kam zu Ohren, dass Ihre Bereichsleiterin nicht mehr da ist. Wie war nochmal ihr Name?"

„Madame Satan!", erzählte Mila und lachte laut.

Claudi winkte ihr mit einer Handbewegung ab. „Frau Ahrens. Und ja, sie ist nicht mehr da. Wir wissen nicht genau, was mit ihr ist. Uns wurde nur erzählt, sie sei für eine unbekannte Zeit krank und wird höchstwahrscheinlich auch nicht mehr wiederkommen. Wir erhalten bald auch schon eine neue Bereichsleiterin. Erst mal nur zur Vertretung."

„Und eine neue Gruppenleitung. Diese Böhm ist zum Glück

auch weg!", meinte Mila und würgte. „Die konnte niemand leiden. Ich bin froh, dass beide weg sind. Ab in die Hölle! Ich hoffe, die neue Leitung ist nicht so schlimm."

„Glaub' ich nicht!" Claudi schüttelte den Kopf, zog an ihrer Zigarette und blickte wieder zum Kommissar. „Sonst kommt der gewohnte Alltag auch wieder langsam zurück. Zwar haben wir einen Kollegen verloren, das ist für alle schrecklich, aber wir werden bestimmt auch bald für ihn einen Ersatz finden. Ich denke, dass unsere Kids sich auch wieder stabilisieren. Ne?" Claudi sah zu Mila hinüber.

„Ja, endlich kann ich mein Handy wieder in der Hand halten. Ehrlich, ich hab' mein Handy voll vermisst", äußerte Mila und hielt ihr Smartphone fest in ihren Händen. Schmiegte ihr Gesicht daran.

„Na, wenn sonst nichts ist!" Ella blickte zu ihrer Kollegin und rollte scherzhaft die Augen. „Das ist wieder typisch Mila."

Philip schmunzelte. Die Jugendlichen hatten sich anscheinend wieder an ihren Alltag gewöhnt. Verdrängten das Erlebte. Doch zumindest bei Adam würde das nicht so einfach sein. Wenn man einen Mord gesehen hatte und zusätzlich jemanden anschoss, war es praktisch unmöglich, dies zu verdrängen. Wahrscheinlich würde er es nie mehr in seinem Leben vergessen.

„Na, Herr Eckhart. Wie geht es Ihnen?", fragte Mila nun und lächelte ihn frech an.

„Ich kann nicht klagen. Habt ihr euch einigermaßen von dem Schock der letzten Wochen erholt?", wollte Philip von den Freunden seines Sohnes wissen.

„Schon. Ich finde es im Nachhinein eigentlich voll cool!" Jendushen strahlte den Kommissar an. „Wie in den Krimis."

„Scheiße", sagte Mila und lachte. „Mann, du wieder!"

„Ist doch wahr! Darüber könnte man ein Buch schreiben. Vielleicht werde ich später Schriftsteller."

Mila sah nun ebenfalls zu Philip. „So langsam beruhigt man sich.

Allmählich kommt man wieder in den normalen Alltag. Ich muss aber erst mal realisieren, was genau passiert ist und warum. Dass wir von einem Polizisten, einem Ihrer Kollegen, festgehalten wurden. Zwei Wochen unter der Erde, das konnten meine Freunde gar nicht glauben."

Philip nickte aufmerksam. „Ihr könnt mich ruhig duzen. Ich bin privat hier."

„Was passiert jetzt mit deinem Kollegen?", fragte Adam stirnrunzelnd an Philip gewandt.

Philip holte Luft. „Na ja, er ist erst mal in Untersuchungshaft. Er wird sich für die Taten verantworten müssen. Auf jeden Fall wird er für mehrere Jahre in den Knast gehen. So schnell kommt er da auch nicht mehr raus."

„Da gehört er auch hin! Nach dem, was er uns und Karsten angetan hat. Obwohl Karsten selber nicht besser war", sagte Mila kopfschüttelnd.

„Ich finde, wir sollten zu seiner Beerdigung gehen", meinte Adam und blickte mit erhobener Brust zu seinen Freunden. „Ich weiß, er hat mitgeholfen, uns da einzusperren, und nur hier angefangen, damit er sich bei mir einschleimen konnte. Aber ich bin fest davon überzeugt, dass er auch eine andere Seite hatte. Und die hat er uns gegenüber auch gezeigt. Ich glaube nicht, dass alles gespielt war. Schließlich hat er versucht, mich zu beschützen, und ist dafür gestorben."

Mila nickte bedrückt. „Vielleicht hast du recht. Ich wüsste jedoch gerne, warum er das getan hat."

Philip zuckte mit den Schultern. „Das wissen wir auch nicht ganz. Aber er war eng mit Herrn Schmitt befreundet und beide haben Familienangehörige bei einem Unfall verloren. Karstens Frau und sein Kind starben bei einem fremdverschuldeten Autounfall. Eventuell wollten sie sich bei den Verantwortlichen rächen. Karsten wird von meinem Kollegen vermutlich stark beeinflusst und manipuliert worden sein."

„Ich kann es nicht fassen, dass Karsten so 'ne Scheiße gemacht hat! Nie im Leben hätte ich ihm das zugetraut", meinte Luna und starrte alle mit offenem Mund an, ehe sie sich Philip widmete. „Ich muss mich noch einmal bei Ihnen bedanken, weil Sie meine Freunde zurückgebracht haben."

„Das ist mein Job. Ich bin sogar froh, dass du da warst. Sonst hätte ich wahrscheinlich nicht im Alleingang nach den Jugendlichen gesucht. Daher kann ich dir danken. Ich hoffe, dir geht es jetzt besser. Auch mit deinem Erlebnis, von dem du berichtet hattest."

„Viel besser. Meine Freunde sind ja wieder lebendig zurück." Luna blickte mit weit hochgerissenen Mundwinkeln zu ihren drei Freunden. „Jetzt macht der Alltag hier wieder Spaß."

„Was war nun jetzt mit deinem Erlebnis, von dem du berichtet hattest? Ich hab' das nicht ganz verstanden", verlangte Mila von ihr zu wissen.

Luna begann darauf, ihr Erlebnis von der Suchaktion erneut zu schildern.

„Unglaublich. Ich weiß nicht, was du da gesehen hast, aber uns bestimmt nicht. Wir waren nicht im Himmel. Eher in der Hölle. Nur wenige Meter unter dir." Mila schmiss ihre Zigarette in den Aschenbecher, der vor dem Haus stand.

„Vielleicht hast du uns gehört. Wir haben anfangs oft nach Hilfe gerufen", meinte Adam.

„Ich kann es nicht genau sagen. Die anderen meinen, es wäre ein Traum gewesen, aber ich bin nicht eingeschlafen. Ich dachte für einen Augenblick daran, dass mir etwas Übernatürliches passiert ist. Das alles wirkte so real."

„Ach, ehrlich gesagt kann ich nicht daran glauben und Merlin ist vermutlich nur zum Tempel gelaufen, da er uns da zum letzten Mal gesehen hatte", ergänzte Jendushen und streichelte den Hund. „Ja, bevor wir dich da zurücklassen mussten."

„Aber dieses Gebiet ist so geheimnisvoll. Vor allem da am Tempel", entgegnete Luna.

„Hab' ich mir auch gedacht, als Karsten uns dahin geführt hat", meinte Adam zu ihr.

„Ihr seid nicht die Einzigen, denen es so erging", erzählte Philip und atmete aus. „Ich selbst habe eine mystische Aura an diesem Ort gespürt."

„Tatsächlich muss ich sagen, dass es mir ähnlich erging. Ich hatte auch das Gefühl, dass dieser Pfad außergewöhnlich ist. Einerseits so idyllisch, andererseits auch verwunschen", mischte sich nun Ella ein.

„Also erging es uns allen so!", meinte Philip nachdenklich in die Runde. „Für manche Menschen scheint das Gebiet auf eine unbestimmte Art besonders zu sein. Wir werden wahrscheinlich das Geheimnis des Pfades nie lösen. Das Gebiet bleibt geheimnisvoll, aber das macht jetzt auch nichts mehr. Die Hauptsache ist, wir haben euch gefunden. Gesund und munter."

„Das stimmt", meinte Adam und sah seine Gruppenmitglieder lächelnd an. „Jeder Ort hat etwas Magisches an sich."

„Was habt ihr denn so vor, Adam?", wollte Claudi wissen, während sie aufstand und die Zigarette an der Hauswand ausdrückte.

Adam blickte zu seinem Vater auf. „Ich denke, wir reden etwas miteinander und gehen essen oder spazieren."

Philip entgegnete seinen Blick und nickte. „Das ist für den Anfang eine gute Idee. Ich werde ihn rechtzeitig zurückbringen!"

„Alles gut!" Claudi schmiss ihre Zigarette in den Aschenbecher. „Lassen Sie sich ruhig Zeit. Bei Ihnen habe ich da keine Bedenken. Sie haben bewiesen, dass Sie gut auf unsere Schützlinge aufpassen können."

Philip musste schmunzeln.

„Und keine Sorge! Wandern gehen werden wir erst mal nicht!", äußerte Adam grinsend.

Alle Umstehenden mussten daraufhin lachen.

„Scheiße. Wenn ihr wandern wollt, dann nehmt uns mit! Ohne uns seid ihr aufgeschmissen." Mila lächelte Jendushen zu. „Ne, Jendushen, wir sind dabei!"

„Klar. Für Abenteuer sind wir doch immer zu haben."

„Lass uns gehen!" Adam schüttelte lächelnd den Kopf und blickte zu seinem Vater. „Wo ist dein Auto?"

„Da hinten! Nicht weit von hier!"

Adam wandte sich seinen Betreuerinnen zu. „Wir sind dann erst mal weg."

„Viel Spaß."

Adam und sein Vater gingen zum Auto. „Also, auf was hast du Hunger?", fragte Philip und legte vorsichtig seinen Arm auf Adams Schulter. Noch bevor sein Sohn antworten konnte, rief Mila ihnen nach: „Und kommt ja wieder!"

Beide drehten sich abrupt um. „Keine Sorge! Machen wir!"